V
COLTON

This Savage Song

L'autrice

V. E. Schwab est l'autrice prodige de plus d'une vingtaine d'ouvrages, aussi bien adultes que jeunes adultes et jeunesse, traduits dans près de vingt-cinq langues, au premier rang desquels la série *Shades of Magic*. Unanimement saluée par la critique, elle prend d'assaut à chaque nouvelle création les listes de best-sellers du *New York Times* et on ne compte plus les projets d'adaptations de ses œuvres à l'écran. Après le succès international de *La Vie invisible d'Addie Larue* et *Gallant*, sort enfin en France *A Savage Song*, premier tome d'une duologie où brillent son inventivité et sa maîtrise stylistique… Née en 1987, elle se passionne pour les contes et légendes, le folklore et les récits qui vous font douter de la réalité du monde. Fille d'une mère britannique et d'un père californien, elle a grandi dans le sud des États-Unis, mais partage désormais son temps entre Nashville et Édimbourg en Écosse, où on peut en général la trouver attablée dans un café, occupée à imaginer des histoires de monstres.

Victoria Schwab

This Savage Song

Traduit de l'anglais (États-Unis)
par Sarah Dali

LUMEN

Pour le fou, le monstrueux, l'étrange

Nombreux sont les êtres humains
qui ont tout d'un monstre,
et nombreux les monstres qui savent
se faire passer pour humains.

V. A. Vale

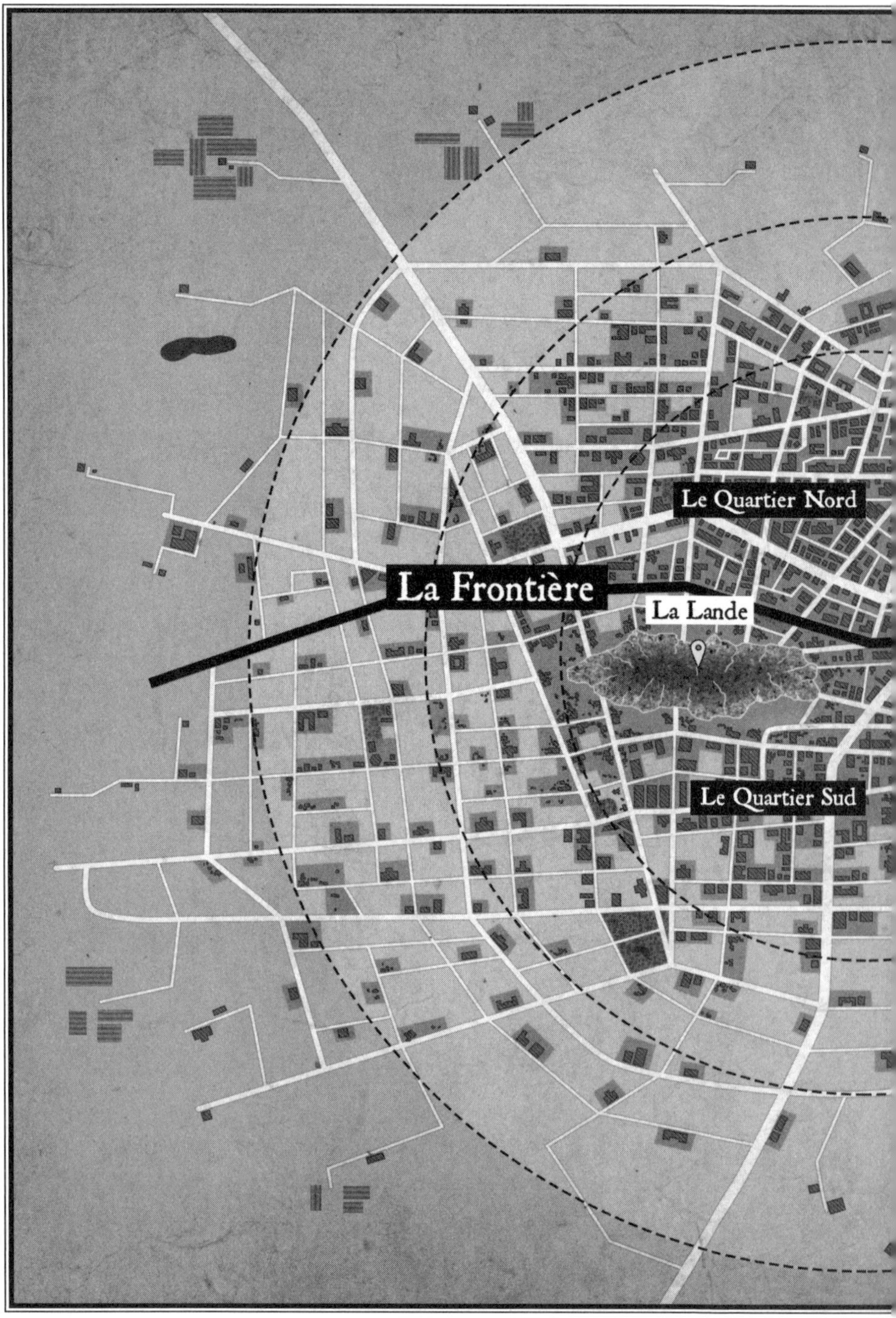
Le Quartier Nord
La Frontière
La Lande
Le Quartier Sud

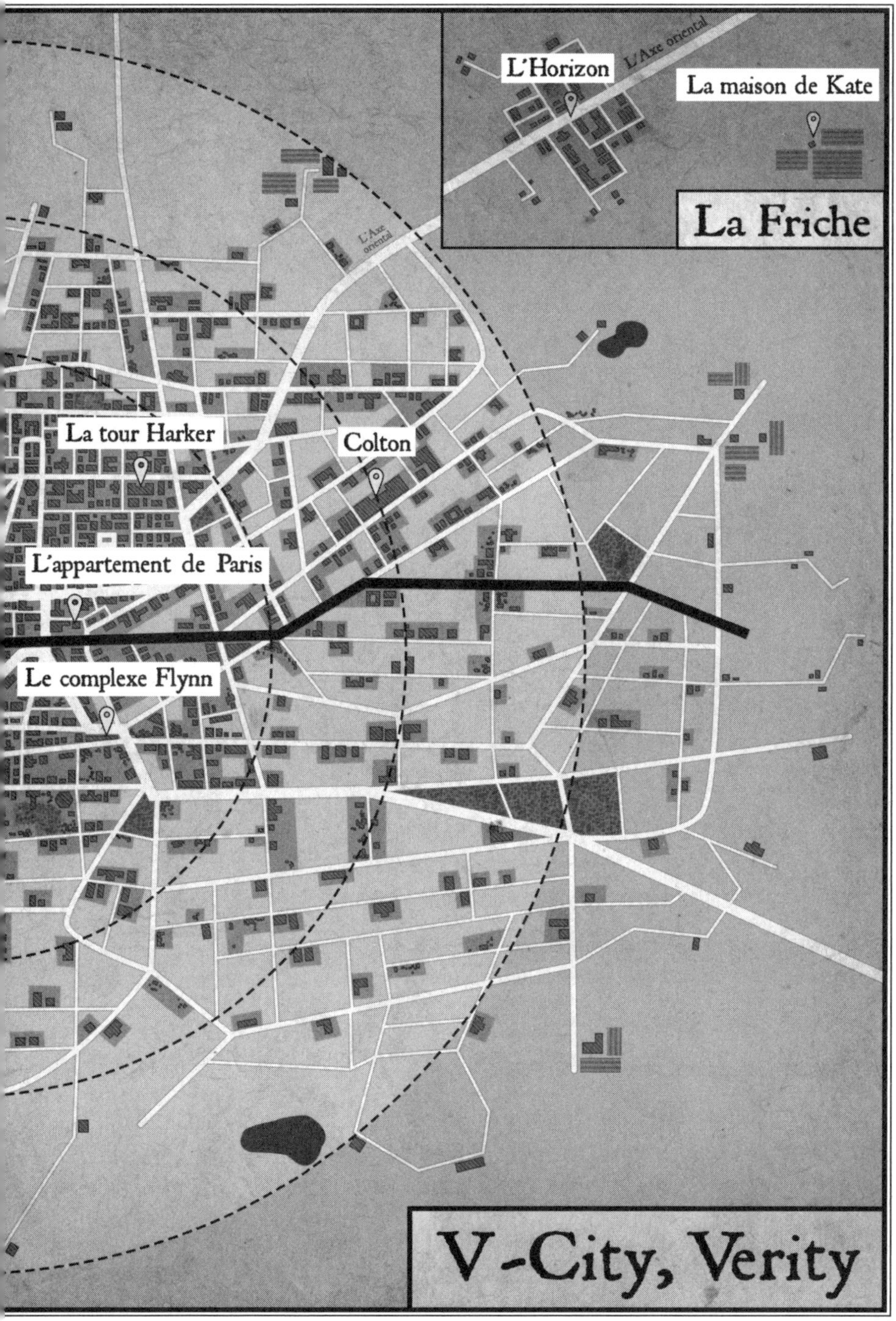
L’Horizon
L’Axe oriental
La maison de Kate
La Friche
L’Axe oriental
La tour Harker
Colton
L’appartement de Paris
Le complexe Flynn
V-City, Verity

PRÉLUDE

Kate

Le soir où Kate Harker décida de mettre le feu à la chapelle de son lycée, elle n'était pas furieuse ni ivre, mais désespérée.

Réduire l'église en cendres était vraiment une solution de dernier recours. Elle avait déjà cassé le nez d'une pensionnaire, fumé dans le dortoir, triché à son premier examen et insulté trois des religieuses. Quoi qu'elle fasse, Sainte-Agnès continuait de lui pardonner. C'était là le problème des établissements catholiques : à leurs yeux, Kate était une âme à sauver.

Or elle n'avait pas besoin d'être sauvée. Elle cherchait seulement à se faire expulser.

Il était presque minuit quand elle atterrit sur la pelouse sous la fenêtre du dortoir. L'heure du crime, soi-disant – ce moment funeste où les esprits tourmentés partaient en quête de liberté. Les esprits tourmentés… et les adolescentes coincées dans des pensionnats trop éloignés de leur domicile.

Elle parcourut le chemin dallé parfaitement entretenu qui reliait les dortoirs à la chapelle de la Croix. Dans son sac en bandoulière, des bouteilles tintaient au rythme de ses pas, tels des éperons. Elle était parvenue à toutes les y fourrer sauf une, un grand cru de la réserve privée de sœur Merilee, qu'elle portait à la main.

Les cloches se mirent à sonner l'heure. Leur doux carillon venait de la grande chapelle des Saints de l'autre côté du campus. Celle-là n'était jamais laissée sans surveillance : mère Alice, la religieuse supérieure faisant office de directrice de l'école ou ce qui s'en rapprochait le plus, dormait dans une chambre attenante. Kate avait l'intention de réduire le bâtiment en cendres, d'accord, mais elle n'était pas assez bête pour ajouter le meurtre à l'incendie criminel. Pas quand la violence se payait à un prix aussi fort.

Les portes de la petite chapelle étaient verrouillées la nuit, mais la jeune fille avait subtilisé une clé plus tôt dans la journée pendant l'un de ces interminables sermons sur la quête de l'état de grâce dont sœur Merilee avait le secret. Une fois à l'intérieur, elle posa son sac par terre juste derrière la porte. L'église était plus sombre que jamais, le vitrail bleu rendu noir par le clair de lune. Une dizaine de bancs séparaient Kate de l'autel. L'espace d'un instant, elle se sentit presque coupable de mettre le feu à ce petit édifice pittoresque. Enfin, ce n'était pas la seule chapelle de l'école – même pas la plus jolie – et, dans leurs prêches, les religieuses de Sainte-Agnès ne cessaient d'insister sur l'importance du sacrifice.

Au cours de sa première année d'exil, Kate avait fait un passage éclair – c'était le cas de le dire – dans deux pensionnats, suivi d'un troisième l'année d'après. Elle espérait que son père baisserait les bras, mais il trouvait sans cesse de nouvelles options (l'entêtement était un trait de caractère familial). Le quatrième établissement, une maison de correction pour adolescents en difficulté, l'avait supportée près d'un an avant de jeter l'éponge. Quant au cinquième, une école pour garçons prête à faire une exception en échange d'une dotation substantielle, il n'avait pas fait long feu – il n'avait tenu bon que quelques mois. Son père devait avoir quelque part dans son portable le numéro de cet épouvantable monastère privé, avec une place réservée à son nom, car elle y avait été expédiée sans même passer par V-City.

Six établissements en cinq ans. Mais l'aventure s'arrêterait là. Il le fallait.

Accroupie sur le parquet, Kate ouvrit son sac et se mit au travail. Après la sonnerie des cloches, la nuit semblait trop silencieuse, l'église étrangement calme. Elle commença à fredonner un cantique en déballant ses provisions : deux bouteilles de bourbon et une de vodka presque pleine, toutes récupérées dans un carton d'objets confisqués, ainsi que trois bouteilles de vin rouge maison, un whisky hors d'âge qui venait du cabinet de mère Alice et le grand cru de sœur Merilee. Elle aligna son butin sur le banc du fond avant de s'approcher des cierges. À côté des trois étages de petits bols en verre, elle trouva une coupe remplie d'allumettes à l'ancienne avec de longues tiges en bois.

Sans cesser de fredonner, Kate retourna à sa réserve d'alcool, déboucha les différentes bouteilles et entreprit d'oindre les sièges, un rang après l'autre, en tentant d'économiser son stock. Elle réserva le whisky de mère Alice pour l'ambon de bois sur lequel reposait une bible. Dans un instant de superstition, la jeune fille décida d'épargner le livre sacré, qu'elle jeta sur l'herbe par la porte ouverte. De retour à l'intérieur, le parfum lourd et sucré de l'alcool assaillit ses sens. Prise d'une quinte de toux, elle cracha le goût âcre qui lui emplissait la bouche.

Au fond de la chapelle, un énorme crucifix pendait au-dessus de l'autel. Malgré l'obscurité, Kate sentit le regard de la statue sur elle lorsqu'elle leva l'allumette.

Pardonnez-moi, mon Père, car j'ai péché, pensa-t-elle en la grattant contre le chambranle.

— Vous n'y êtes pour rien, ajouta-t-elle à voix haute quand surgit la flamme.

Pendant un long moment, Kate regarda l'allumette se consumer, le feu ramper vers ses doigts. Juste avant de se brûler, elle la déposa sur le banc le plus proche, qui s'embrasa aussitôt dans un souffle. Les flammes commencèrent par lécher l'alcool, puis s'attaquèrent au bois en dessous. En quelques instants, le mobilier s'enflamma, suivi du plancher et enfin de l'autel. Le feu ne cessait de grandir, passant d'une lueur petite comme son ongle à un brasier animé de sa propre vie. Fascinée, Kate le vit danser, grimper et dévorer les lieux centimètre après centimètre, jusqu'à ce que la chaleur et la fumée la contraignent à sortir dans la nuit fraîche.

Fuis ! lui intima d'instinct une petite voix à la fois douce et pressante tandis que la chapelle se consumait.

Kate résista à la tentation. Assise sur un banc à bonne distance de l'incendie, elle balançait ses pieds d'avant en arrière dans l'herbe de fin d'été.

En plissant les yeux, elle parvenait à distinguer à l'horizon les lumières de la ville la plus proche : Des Moines.

Un nom suranné qui datait de l'époque précédant la reconstruction. Il subsistait dans la périphérie de Verity une demi-douzaine d'agglomérations, dont aucune ne comptait plus d'un million d'habitants, tous enfermés, confinés. Aucune ne pouvait rivaliser avec la capitale. Et tant mieux, car personne ne souhaitait attirer les monstres… ou Callum Harker.

Après avoir sorti son briquet – une belle pièce en argent que mère Alice lui avait confisquée la première semaine –, Kate le fit tourner entre ses mains pour les empêcher de trembler. Peine perdue. Elle tira alors de la poche de son chemisier une cigarette – autre trésor récupéré dans le carton d'objets confisqués – et l'alluma en regardant la petite flamme bleue s'agiter devant l'immense brasier orangé. Elle aspira une bouffée avant de fermer les yeux.

Où es-tu, Kate ? se demanda-t-elle.

C'était un jeu auquel elle s'adonnait parfois depuis qu'elle avait découvert la théorie des multivers. Selon cette dernière, la trajectoire que l'on emprunte dans la vie n'est pas vraiment linéaire mais plutôt ramifiée comme un arbre, chaque décision créant une autre branche où bourgeonne un autre soi. Elle aimait l'idée qu'il y ait mille Kate différentes menant mille vies différentes.

Et si, dans l'une d'entre elles, les monstres n'existaient pas ? Et si sa famille était encore unie ? Et si sa mère et elle n'étaient jamais parties ? Et si elles n'étaient jamais revenues ?

Et si, et si, et si… S'il existait vraiment mille vies, mille Kate, alors elle n'était que l'une d'elles : celle qu'elle était censée être. Au bout du compte, il lui était plus facile d'accomplir son destin en se persuadant qu'ailleurs, une autre version d'elle pouvait faire un autre choix, mener une vie meilleure – ou, du moins, plus simple. Peut-être même qu'elle l'épargnait, qu'elle permettait à cette autre Kate de rester saine et sauve.

Où es-tu ? se demandait-elle.

Allongée dans un pré, en train de contempler les étoiles. La nuit est chaude, l'air pur, l'herbe fraîche sous mon dos. Il n'y a pas de monstres dans le noir.

Comme c'est agréable, se dit-elle tandis que, sous ses yeux, la chapelle s'effondrait dans une gerbe de braises.

Des sirènes retentirent au loin. Kate se redressa sur le banc.

C'est parti !

En quelques minutes, les pensionnaires affluèrent des dortoirs et mère Alice apparut en robe de chambre, son visage blême rougi par la lumière de l'église qui achevait de se consumer. Kate eut le plaisir d'entendre la vieille et respectable religieuse lâcher un chapelet de jurons avant que les camions de pompiers n'arrivent, leurs sirènes noyant tous les autres sons.

Même les écoles catholiques avaient leurs limites.

Une heure plus tard, Kate était assise à l'arrière d'une voiture de police municipale envoyée par Des Moines, mains menottées sur les genoux. Le véhicule fonçait dans la nuit à travers les terres d'ombre situées au nord-est de Verity, quittant la sécurité de la périphérie pour se diriger vers la capitale.

Kate remua sur son siège en quête d'une position plus confortable à mesure qu'ils prenaient de la vitesse.

Il fallait trois jours pour traverser Verity en voiture. Elle estimait qu'ils étaient encore à quatre bonnes heures de route de la capitale et à une heure de la Friche, mais en aucun cas ce policier ne pourrait s'aventurer dans un endroit pareil avec ce type de véhicule. L'automobile n'était en effet pourvue d'aucune autre protection que ses garnitures métalliques et ses phares UVR – à ultraviolets renforcés – qui traçaient des lignes nettes dans l'obscurité.

L'homme crispait ses mains sur le volant. Elle hésita à lui dire de ne pas s'inquiéter pour le moment – ils se trouvaient encore loin. Les abords de Verity étaient relativement sûrs, car aucune des créatures qui se déchaînaient dans la capitale ne songerait à traverser la Friche pour les atteindre alors qu'il restait plein de gens à manger dans les environs de V-City. Mais le policier lui jeta un regard tellement mauvais qu'elle décida de le laisser mariner.

Sa bonne oreille appuyée contre le siège en cuir, Kate se mit à contempler les ténèbres. La route devant eux paraissait déserte et la nuit, dense. Elle étudia son reflet dans la vitre. Étrangement, seules les grandes lignes de son visage se détachaient sur la paroi de verre obscurcie – cheveux clairs, menton anguleux, yeux bleu foncé –, pas la cicatrice en forme de larme au coin de son œil, ni celle qui suivait l'implantation de ses cheveux de la tempe à la mâchoire.

À Sainte-Agnès, la chapelle de la Croix n'était sans doute plus qu'une coque carbonisée. Devant ce spectacle, les pensionnaires en pyjama avaient accouru, toujours plus nombreuses, pour se signer (Nicole Teak, à qui Kate avait récemment cassé le nez, affichait un sourire arrogant, comme si sa camarade l'avait bien mérité, comme si elle n'avait pas cherché à se faire attraper), et mère Alice avait récité une prière pour le salut de son âme pendant que la pyromane quittait les lieux du crime sous escorte.

Bon débarras, Sainte-Agnès !

Le flic marmonna quelques mots qui se transformèrent en sons étouffés avant même de l'atteindre. Elle se retourna vers lui.

— Quoi ? demanda-t-elle d'un ton qui se voulait détaché.

— On y est presque, grommela-t-il, contrarié d'avoir été forcé de la conduire aussi loin au lieu de la jeter en cellule pour la nuit.

Ils passèrent devant un panneau qui indiquait : « V-CITY – 378 KM ». Ils se rapprochaient donc de la Friche, la zone tampon qui séparait la capitale du reste de Verity. *Des douves, peuplées de leurs propres monstres*, songea Kate. Malgré l'absence de frontière nette, le changement était perceptible, comme une berge dont le sol semblait s'incliner alors même qu'il demeurait à niveau. Les dernières villes cédaient la place à des champs stériles, le calme au néant complet.

Après quelques kilomètres de silence pénible – l'officier avait refusé d'allumer la radio –, une route secondaire vint briser la monotonie de la voie principale. La voiture de police s'y engagea, ses roues passant de l'asphalte aux gravillons avant de s'arrêter dans un crissement.

Le cœur de Kate palpita d'appréhension lorsque l'agent utilisa ses feux d'arrêt UVR pour inspecter les environs. Ils n'étaient pas seuls : un fourgon noir attendait sur le bord de la route étroite, avec pour uniques signes de vie les ultraviolets renforcés de son châssis, la lumière rouge de ses feux de position et le ronflement assourdi de son moteur. L'arc lumineux décrit par les feux d'arrêt UVR de la voiture de police ricocha sur les vitres teintées du van et s'arrêta sur l'entrelacs métallique capable d'envoyer une décharge de cent mille volts dans tout ce qui s'approcherait trop près. Voilà au moins un véhicule conçu pour traverser la Friche – et affronter tout ce qui pouvait s'y tapir !

Kate arbora à son tour le sourire que lui avait décoché Nicole devant l'église – un sourire arrogant, qui ne dévoilait pas les dents. Non pas joyeux, mais victorieux. Le policier descendit de voiture, ouvrit la portière arrière et tira sa passagère par le coude pour lui ôter ses menottes. Il marmonna dans sa barbe des propos sur la politique et les privilèges pendant que l'adolescente se frottait les poignets.

— Je peux y aller ?

Le flic croisa les bras, ce qu'elle prit pour un oui. Elle commença donc à s'avancer vers le fourgon avant de se retourner, la main tendue.

— Rendez-le-moi.

Il ne bougea pas.

Les yeux plissés, menaçants, Kate claqua des doigts. L'homme jeta un regard méfiant au pseudo-tank vrombissant derrière elle avant de sortir de sa poche le briquet en argent.

Les doigts refermés sur le métal lisse, la jeune fille se remit en route. Sa bonne oreille perçut le mot « garce », mais Kate ne prit pas la peine de se retourner. Elle grimpa dans le fourgon, s'affala sur le siège en cuir et écouta le moteur de la voiture de police s'éloigner. Son chauffeur était au téléphone. Il croisa son regard dans le rétroviseur.

— Oui, je l'ai récupérée... Entendu... Je vous la passe.

Il lui tendit le portable à travers la cloison de séparation. Le cœur battant, Kate le porta à son oreille gauche.

— Katherine... Olivia... Harker.

La voix au bout du fil évoquait un grondement de tonnerre, un tremblement de terre. Puissante sans être assourdissante, c'était le genre qui inspirait le respect, voire la terreur. Cette voix, que Kate entendait pourtant depuis des années, la faisait toujours frissonner. Elle s'efforça néanmoins de répondre sur un ton égal.

— Bonjour, papa.

— Tu es fière de toi, Katherine ?

Elle étudia ses ongles.

— Plutôt.

— Avec Sainte-Agnès, ça fait six.

— Hmm ? murmura-t-elle en feignant la distraction.

— Six établissements. En cinq ans.

— Les sœurs ont dit que je pouvais réussir tout ce que j'entreprenais si je m'en donnais les moyens. Ou bien c'étaient les professeurs de Wild Prior ? Je commence à m'y perdre...

— Ça suffit !

Ces mots lui firent l'effet d'un coup de poing.

— Tu ne peux pas continuer comme ça.

— Je sais.

Elle s'efforçait d'être la gentille Kate, celle qu'elle désirait être avec lui, celle qui le méritait. Pas la jeune fille allongée dans le pré, ni celle qui pleurait dans la voiture juste avant l'accident. Celle qui n'avait peur de rien ni de personne, pas même de lui. Elle ne parvint pas à afficher ce fameux sourire arrogant, mais elle le visualisa et s'accrocha à cette image.

— Je sais, répéta-t-elle. Et j'imagine que ce genre d'exploits devient de plus en plus difficile à couvrir. De plus en plus coûteux, aussi.

— Alors pourquoi…

— Tu sais pourquoi, papa, le coupa-t-elle. Tu sais ce que je veux.

La tête appuyée contre le dossier en cuir, elle l'écouta soupirer à l'autre bout de la ligne. Par le toit ouvrant du fourgon, elle voyait les étoiles consteller les ténèbres profondes.

— Je veux rentrer à la maison.

August

« Tout commença par une explosion. »

August lut ces mots pour la cinquième fois sans parvenir à les assimiler. Assis au comptoir de la cuisine, il faisait rouler une pomme d'une main tout en maintenant ouvert de l'autre un livre sur l'univers. Derrière les volets en acier du complexe, la nuit était tombée. August sentait l'appel de la ville de l'autre côté des murs. Il consulta sa montre, la manche de sa chemise remontant juste assez pour révéler la dernière de ses marques noires. La voix de sa sœur lui parvenait de la pièce voisine même si ses paroles ne lui étaient pas destinées. Il entendait le brouhaha des discussions émanant des dix-huit étages inférieurs, le martèlement de bottes, le claquement métallique d'une arme qu'on recharge et les milliers d'autres sons fragmentés qui composaient la musique du complexe Flynn. Il reporta son attention sur le livre.

« Tout commença par une explosion. »

Ces mots lui rappelaient le vers d'un poème de T. S. Eliot, *Les Hommes creux :* « Pas dans une explosion, mais dans un murmure. » Bien sûr, l'un parlait du commencement de la vie et l'autre de la fin, mais l'adolescent se mit à réfléchir à l'univers, au temps, à sa propre existence. Les pensées se télescopaient dans sa tête tels des dominos, l'une faisant basculer la suivante, qui tombait sur la suivante, qui tombait…

August releva la tête quelques secondes avant que la porte en acier de la cuisine ne s'ouvre sur Henry. Henry Flynn, grand et mince, avec ses mains de chirurgien. Il portait la tenue camouflage noire des Forces spéciales et, épinglée à sa chemise, une étoile argentée qui avait jadis appartenu à son frère, avant lui à son père, encore avant à son grand-oncle et ainsi de suite sur cinquante ans, avant l'effondrement, la reconstruction puis la fondation de Verity, et sans doute plus loin encore dans le temps car il y avait toujours eu un Flynn au centre névralgique de cette ville.

— Salut, papa ! lança August sur un ton anodin, alors qu'il avait attendu cet instant toute la soirée.

— Bonsoir, August, répondit Henry en posant une balise UVH – à ultraviolets haute densité – sur le comptoir. Comment ça va ?

Son fils cessa de faire tourner la pomme dans sa main. Il referma le livre et se contraignit à rester immobile, même si à un corps inerte correspondait un esprit agité – ce qui s'expliquait, selon lui, par les énergies potentielle et cinétique. Pour résumer, il avait conscience d'être un corps en quête de mouvement.

— Tout va bien ? insista Henry devant son silence.

La gorge d'August se serra. Il ne savait pas mentir, mais pourquoi la vérité était-elle si difficile à dire ?

— Je ne peux pas continuer.

Henry examina le livre.

— L'astronomie ? demanda-t-il d'un ton faussement léger. Tu n'as qu'à faire une pause.

August planta ses yeux dans ceux de son père. Henry Flynn avait un regard doux et un sourire triste, ou l'inverse, qui sait ? Les visages se prêtaient à une infinité de variations, et pourtant ces dernières se combinaient toutes pour former des expressions distinctes et identifiables comme la fierté, le dégoût, la frustration, la fatigue… Le voilà qui perdait de nouveau le fil de ses pensées. Il s'efforça de le retrouver avant qu'il ne soit trop tard.

— Je ne parle pas du livre.

— August… commença Henry, qui savait déjà où cette conversation les mènerait. On ne va pas remettre le sujet sur le tapis.

— Si tu acceptais juste…

— Les Forces spéciales, c'est hors de question !

La porte d'acier coulissa de nouveau pour laisser entrer Emily Flynn, chargée d'un carton de provisions qu'elle déposa sur le comptoir. Légèrement plus grande et plus large d'épaules que son mari, elle avait la peau mate, le visage auréolé de cheveux courts, et portait un holster à la hanche. Sous son allure de soldat, elle avait le même regard las et la même mâchoire crispée que Henry.

— Ça ne va pas recommencer, lança-t-elle.

— Je suis en permanence au contact des Forces spéciales, protesta August. Où que j'aille, je m'habille comme eux. Je ne vois pas ce que ça changerait si j'en faisais partie !

— Moi, si, répondit Henry.

— Tu te mettrais en danger, précisa Emily en commençant à sortir les courses. Ilsa est dans sa chambre ? On pourrait peut-être…

— On est en danger partout, l'interrompit August, qui refusait de s'avouer vaincu. C'est bien le problème. Vos hommes sont dehors, à risquer leur vie chaque jour contre ces… ces créatures, et moi, je reste ici, à lire des bouquins d'astronomie en faisant comme si tout allait bien.

Emily secoua la tête, puis s'empara d'un couteau pour couper les légumes tranche après tranche, créant ainsi de l'ordre dans le chaos.

— Dans le complexe, tu es en sécurité. Du moins, plus que dans les rues en ce moment.

— C'est bien pour ça que je devrais être dans la zone rouge, à leur apporter mon aide !

— Tu aides à ta manière, lui rappela Henry. C'est…

— De quoi avez-vous peur ? le coupa August.

Emily reposa le couteau.

— À ton avis ?

— Vous pensez qu'ils pourraient me faire du mal ?

August se leva d'un bond sans lui laisser le temps de répondre. D'un geste fluide, il s'empara du couteau pour le planter dans sa propre main. Henry tressaillit. Emily retint son souffle. La lame ripa sur la peau de l'adolescent comme sur de la pierre et la pointe s'enfonça dans la planche à découper. Un silence de mort envahit la cuisine.

— Vous réagissez comme si j'étais en verre, reprit-il en lâchant le couteau. Mais ce n'est pas le cas.

Il prit les mains de sa mère, comme il avait vu son père le faire tant de fois.

— Maman… murmura-t-il. Je ne suis pas fragile. Bien au contraire.

— Tu n'es pas non plus invincible. Pas…

— Je ne te laisserai pas sortir, intervint Henry. Si les hommes de Harker t'attrapent…

— Tu laisses bien Leo diriger les Forces à lui tout seul, riposta son fils. Son portrait est placardé partout et pourtant, il est toujours en vie.

— C'est différent, protesta le couple d'une seule et même voix.

— En quoi ? les défia-t-il.

Emily toucha le visage d'August comme elle le faisait dans son enfance. Sauf qu'il n'avait jamais vraiment été un enfant, car les enfants n'apparaissaient pas par magie, déjà adolescents, en plein milieu d'une scène de crime.

— On cherche seulement à te protéger. Leo participe à la campagne depuis le début, ce qui fait de lui une cible permanente. Plus nous gagnerons du terrain dans cette ville, plus les hommes de Harker feront tout leur possible pour exploiter nos faiblesses et nous voler nos forces.

— Et moi, je suis quoi pour vous ? s'enquit August en s'écartant d'elle. Une faiblesse ou une force ?

Les yeux noisette d'Emily s'écarquillèrent pour se vider de toute émotion lorsqu'elle lâcha sa réponse.

— Les deux.

D'accord, il n'aurait pas dû poser la question. Mais la vérité n'en restait pas moins difficile à accepter.

— D'où te vient cette envie ? lui demanda son père en se frottant les yeux. Tu n'aimes pas te battre…

Il avait raison : August ne tenait pas à se battre – ni dans les rues en pleine nuit, ni dans la maison avec sa famille. Il n'en ressentait pas moins dans ses os cette terrible vibration, cette pulsion qui menaçait de s'échapper, comme une mélodie qui retentissait de plus en plus fort sous son crâne.

— C'est vrai, répondit-il. Mais j'aimerais vous aider.

— Tu le fais déjà, insista Henry. Les Forces spéciales ne peuvent traiter que les symptômes. Ilsa, Leo et toi, vous traitez la maladie. C'est comme ça que ça marche.

Mais ça ne marche pas, justement ! aurait voulu hurler August. La trêve de V-City, conclue six ans plus tôt entre Harker et Flynn, s'effritait déjà. Tout le monde savait qu'elle ne durerait pas. Chaque nuit, la mort franchissait un peu plus la Frontière. Il y avait trop de monstres et pas assez d'hommes vertueux.

— S'il vous plaît, implora-t-il. Laissez-moi vous aider pour de vrai.

— August… fit Henry.

Il l'arrêta d'une main.

— Promettez-moi au moins d'y réfléchir.

Puis il sortit de la cuisine avant que ses parents ne soient contraints de lui avouer toute la vérité.

La chambre d'August mêlait ordre et entropie dans un chaos maîtrisé. Cette petite pièce sans fenêtre aurait pu le rendre claustrophobe si elle ne lui avait pas été aussi familière. Les livres, qui ne tenaient plus sur les étagères depuis longtemps, étaient à présent entassés en piles instables sur et autour de son lit. D'autres encore reposaient, ouverts à l'envers, sur les draps. Certains lecteurs privilégiaient un genre ou un sujet. August, lui, n'avait pas de préférence tant qu'il ne s'agissait pas de fiction – il désirait tout connaître sur le monde présent, passé et possible. Apparu de manière soudaine, comme un lapin sorti d'un chapeau, il redoutait la fragilité de son existence et craignait de disparaître à tout moment.

Les livres étaient empilés par thème : astronomie, religion, histoire, philosophie.

Il était scolarisé à domicile ou, plus exactement, il se donnait des cours à lui-même – Ilsa tentait parfois de l'aider, quand son cerveau marchait droit plutôt qu'en zigzags, mais son frère, Leo, n'avait aucune patience avec les livres. Quant à ses parents, ils étaient trop occupés, si bien que leur fils cadet se retrouvait seul la plupart du temps. Ce qui ne le dérangeait pas. Au moins jusqu'à récemment... À quel moment précis avait-il commencé à éprouver cette isolation comme un isolement ? Il ne le savait pas. Quoi qu'il en soit, le changement avait bien eu lieu.

En dehors des meubles et des livres, sa chambre ne comportait qu'un seul objet : un violon, rangé dans un étui ouvert en équilibre sur deux piles d'ouvrages. Attiré d'instinct par l'instrument, August se retint de s'en saisir pour en jouer. À la place, il repoussa un livre de Platon posé sur son oreiller pour se laisser tomber sur les draps emmêlés.

On étouffait dans cette pièce. Il retroussa les manches de sa chemise, révélant les centaines de marques noires qui partaient de son poignet gauche pour lui remonter vers le coude et l'épaule jusqu'à l'omoplate et aux côtes.

Ce soir-là, elles étaient au nombre de 412.

August écarta les cheveux de ses yeux et écouta ses parents, restés dans la cuisine, poursuivre leur conversation à voix basse. Ils parlaient de lui, de la ville et de la trêve.

Que se passerait-il si cette dernière était vraiment rompue ? Enfin, « quand » elle serait rompue, pour reprendre la formule de Leo.

August n'était pas encore né lorsque la guerre des territoires avait éclaté à la suite du Phénomène. Mais il avait entendu parler du bain de sang et voyait la peur briller dans les yeux de Henry dès que ce sujet était abordé – ce qui arrivait de plus en plus souvent. Leo, en revanche, ne semblait pas inquiet : selon lui, leur père avait gagné la guerre des territoires et puisque c'était à eux qu'on devait la trêve, ils pourraient très bien réitérer l'exploit.

— *Le moment venu, nous serons prêts*, déclarait-il.

— *Non*, répliquait Henry, l'air grave. *Personne n'est prêt pour ça.*

Les voix dans l'autre pièce finirent par s'estomper. August se retrouva seul avec ses pensées. Il ferma les yeux en quête de sérénité, mais le silence était à peine installé qu'il fut aussitôt brisé par les lointains coups de feu saccadés qui retentissaient dans sa tête chaque fois qu'il était tranquille.

« Tout commença par une explosion. »

Il roula sur le côté pour tirer le vieux lecteur de musique de sous son oreiller, mit ses écouteurs et appuya sur « PLAY ». La musique classique envahit ses pensées, à la fois forte, vive et merveilleuse, et August plongea dans la mélodie tandis que les nombres dérivaient dans sa tête : douze, six, quatre.

Douze ans depuis le Phénomène, lorsque la violence avait commencé à prendre forme et que V-City s'était effondrée. Six ans depuis la trêve qui avait fait renaître non pas une seule ville, mais deux. Et quatre ans depuis le jour où il s'était réveillé dans la cantine d'un collège qu'on entourait d'un ruban jaune – celui des scènes de crime.

— *Mon Dieu ! Mais d'où est-ce que tu sors ?* s'était étonnée une femme en l'attrapant par le coude avant d'avertir les autres. *J'ai trouvé un garçon !*

Elle s'était agenouillée devant lui pour le regarder en face, mais surtout pour l'empêcher de voir quelque chose. Quelque chose de terrible.

— *Comment tu t'appelles, mon petit ?*

August l'avait fixée d'un air ahuri.

— *Il doit être sous le choc*, avait commenté un homme.

— *Sortez-le d'ici*, avait ajouté un autre.

— *Mon cœur, je veux que tu fermes les yeux*, lui avait demandé la femme en lui prenant les mains.

C'est à ce moment-là qu'il avait vu ce qui se trouvait derrière elle. Les draps noirs, alignés comme des marques de dénombrement sur le sol.

Le premier mouvement de la symphonie se termina dans ses écouteurs. Quelques instants plus tard commença le second. Il en reconnaissait chaque accord, chaque note. Pourtant, s'il se concentrait suffisamment, il distinguait encore le murmure de son père et les pas de sa mère. Voilà pourquoi il n'eut aucun mal à entendre le triple bip du portable de Henry ni à saisir sa réponse et la suite de ses paroles même quand sa voix baissa d'un ton, empreinte d'inquiétude.

— Quand ? Vous êtes sûr ? Quand a-t-elle été inscrite ? Non, non, vous avez bien fait de me prévenir… D'accord… Oui, je sais… Je vais m'en occuper.

Henry raccrocha. Il garda un moment le silence avant de reprendre une conversation, cette fois avec Leo. August avait tout entendu sauf le retour de son frère. Et c'est de son cas personnel qu'ils discutaient.

Il se redressa et retira ses écouteurs.

— Accorde-lui ce qu'il veut, disait Leo de sa voix grave et posée. Tu le traites comme un animal de compagnie plutôt que comme un fils, alors qu'il n'est ni l'un ni l'autre. Nous sommes des soldats, Henry. Nous sommes le feu sacré…

August leva les yeux au ciel. S'il appréciait le témoignage de confiance de son aîné, il pouvait se passer de son côté moralisateur.

— Et puis, vous l'étouffez, tous les deux, ajouta Leo.

August était d'accord sur ce point.

Emily intervint dans la conversation.

— On essaie juste de…

— De le protéger ? gronda Leo. Quand la trêve partira en fumée, il ne sera plus en sécurité dans ce complexe.

— Hors de question de l'envoyer derrière les lignes ennemies.

— On vous offre une opportunité. Je vous suggère simplement d'en profiter…

— Le risque…

— N'est pas si grand, tant qu'il fait attention, rétorqua Léo. Et l'avantage…

Lassé d'entendre parler de lui comme s'il n'était pas là, comme s'il ne pouvait pas les entendre, August se leva, renversant une pile de livres au passage. Trop tard : le temps qu'il ouvre la porte de sa chambre, la conversation était déjà terminée. Leo était parti et, face à lui, son père avait la main levée, comme pour toquer.

— Qu'est-ce qui se passe ? demanda-t-il.

Henry ne tenta pas de dissimuler la vérité.

— Tu as raison. Tu mérites de nous aider. Je crois que j'ai trouvé un moyen.

— Quoi que ce soit, je suis partant, répliqua August, tout sourire.

PREMIER COUPLET
Monstre, je peux entrer ?

Chapitre 1

Ce n'était pas du tout ce qu'August avait en tête.

Son sac de classe était posé sur le lit, débordant de fournitures, et son uniforme bien trop serré. Selon Emily, c'était la bonne taille, mais August avait l'impression que ses vêtements tentaient de l'étrangler. Contrairement à la tenue des Forces spéciales de Flynn, souple et conçue pour le combat, l'uniforme de Colton était aussi raide qu'étouffant. Les manches de sa chemise lui arrivaient juste au-dessus des poignets, si bien que les marques noires les plus basses sur son avant-bras – à présent au nombre de 418 – se voyaient chaque fois qu'il pliait le bras. Il tira de nouveau sur le tissu en grognant, puis se peigna sans parvenir à empêcher les boucles brunes de tomber dans ses yeux gris clair. Au moins, il aurait essayé…

Lorsqu'il se redressa et croisa son regard dans le miroir, l'absence d'expression sur son visage le fit frissonner. Chez Leo, ces traits inexpressifs passaient pour de l'assurance. Chez Ilsa, pour de la sérénité. Mais August, lui, avait l'air… perdu. Il avait observé Henry, Emily et tous ceux qu'il croisait, en s'efforçant de mémoriser la manière dont leur visage était illuminé par l'enthousiasme, déformé par la colère ou les remords. Il avait passé des heures entières devant la glace, à chercher à maîtriser ces nuances pour recréer leurs expressions, sous le regard implacable de Leo.

« *Tu perds ton temps* », lui répétait son frère.

Sauf que Leo avait tort. Ses efforts finiraient par payer. August cligna des yeux – un autre mouvement naturel qui lui semblait forcé, artificiel – et réussit à froncer légèrement les sourcils, pour se donner une mine pensive. Il récita alors la phrase qu'il avait apprise.

— Je m'appelle F… Freddie Gallagher.

Il avait un peu accroché sur le « F » parce que les mots lui écorchaient la gorge. Ce n'était pas un mensonge, enfin pas vraiment – il s'agissait d'un nom d'emprunt, comme « August ». Il n'avait pas de nom à lui. C'était Henry qui lui avait choisi son prénom. À présent, August choisissait celui de Freddie. Les deux lui appartenaient sans vraiment être à lui. Voilà ce qu'il se répétait en boucle jusqu'à y croire, car la vérité n'avait rien à voir avec les faits. Elle était personnelle. Il déglutit avant de s'essayer à la deuxième réplique, celle qui n'était destinée qu'à lui-même.

— Je ne suis pas un…

Mais ses lèvres se paralysèrent et les mots restèrent coincés.

Je ne suis pas un monstre, voilà ce qu'il voulait dire. Seulement il n'y arrivait pas, car il n'avait pas trouvé le moyen d'en faire une vérité.

— Tu es superbe ! s'exclama une voix à la porte de sa chambre.

August, face au miroir, découvrit sa sœur Ilsa, appuyée contre le chambranle, un sourire discret aux lèvres. Plus âgée que lui, elle ressemblait à une poupée avec ses longs cheveux blond vénitien, relevés comme d'habitude en un chignon désordonné, et ses grands yeux bleus fiévreux, comme si elle n'avait pas dormi (elle dormait rarement). Elle se faufila dans la chambre, ses pieds nus contournant les piles de livres sans qu'elle ait besoin de regarder par terre.

— Superbe, mais maussade, ajouta-t-elle. Tu devrais être ravi, petit frère. Ce n'est pas ce que tu voulais ?

Bonne question. August s'était toujours imaginé en treillis des Forces spéciales, à défendre la Frontière et protéger le Quartier Sud. Comme Leo. Il entendait les troupes parler de son frère comme d'un dieu qui tenait les ténèbres à distance armé d'un simple morceau de musique dans la tête. Redouté. Vénéré. August redressa son col, ce qui fit remonter ses manches encore une fois. Il les rabaissa aussitôt. Lorsque Ilsa le prit dans ses bras, il se figea. Si Leo refusait ce type de contact, August, lui, ne savait jamais comment réagir. Toucher quelque chose revenait souvent à s'en emparer, mais comme Ilsa avait toujours été tactile, il se contenta de lever la main pour la poser sur son bras.

Là où la peau d'August était striée de courtes lignes noires, celle de sa sœur était couverte d'étoiles. De quoi remplir tout un ciel, du moins dans son imagination, puisqu'il n'avait jamais vu qu'une poignée de vraies étoiles les nuits où le réseau lâchait. Il avait toutefois entendu parler d'endroits qui n'étaient pas éclairés par les lumières de la ville et où les astres étaient si nombreux que l'on pouvait s'y repérer même par une nuit sans lune.

— Tu as la tête dans les nuages, lança Ilsa de sa voix mélodieuse avant de poser le menton sur son épaule, les paupières plissées, soupçonneuse. Qu'est-ce que tu as dans les yeux ?

— Quoi ?

— Cette petite tache, juste là. C'est de la peur ?

— Peut-être, admit-il en croisant le regard de sa sœur dans le miroir.

Il n'avait pas mis les pieds dans une école depuis le jour de sa catalyse. Son cœur battait la chamade tellement il était nerveux. Curieusement, il était aussi très enthousiaste à l'idée de feindre la normalité. Bref, chaque fois qu'il tentait de démêler ses sentiments, il se retrouvait avec de nouveaux nœuds.

— Ils te libèrent, déclara Ilsa.

Elle le fit tourner face à elle avant d'approcher son visage à quelques centimètres de celui d'August. La menthe. Elle sentait toujours la menthe.

— Alors sois content, petit frère.

Puis sa voix perdit toute joie et ses yeux s'assombrirent, passant en un clin d'œil d'un bleu clair à une nuance crépusculaire.

— Et prudent.

— Je suis toujours prudent, répliqua August avec un petit sourire forcé.

Elle ne semblait pas l'avoir entendu. Elle secouait à présent la tête de droite à gauche sans s'arrêter. Ilsa perdait pied très facilement, tantôt quelques instants, tantôt plusieurs jours.

— Tout va bien, la rassura-t-il doucement pour la ramener à la réalité.

— La ville est si grande, dit-elle d'une voix aussi tendue qu'une corde de violon. Et pleine de trous. Ne tombe pas dedans.

Ilsa n'avait pas quitté le complexe depuis six ans, date du début de la trêve. Sans connaître tous les détails de sa situation, August savait que sa sœur ne sortait jamais, quoi qu'il arrive.

— Je regarderai où je mets les pieds, répondit-il.

Les doigts de sa sœur se resserrèrent sur son bras, puis ses yeux s'éclairèrent. Elle était revenue à elle.

— Je n'en doute pas un seul instant, confirma-t-elle, radieuse, avant de déposer un baiser sur le crâne de son cadet.

August se dégagea de son étreinte pour se diriger vers le lit où était posé son étui à violon, ouvert. Le superbe instrument patientait sagement à l'intérieur. L'envie le démangeait de jouer – le désir créait un vide dans sa poitrine, une sensation de faim –, mais il ne s'autorisa qu'à caresser le bois du bout des doigts avant de refermer la boîte d'un coup sec.

August traversa la pénombre de l'appartement en jetant un coup d'œil à sa montre : 6 h 15. Même au dix-neuvième étage, au sommet du complexe Flynn, les premières lueurs de l'aube restaient tapies derrière les immeubles qui s'étendaient à l'est.

Dans la cuisine, il trouva un sac repas noir avec un petit mot accroché sur le devant :

Bonne rentrée.
J'ai pris une bouchée, j'espère que tu ne m'en voudras pas.
Em

Quand August ouvrit le sac, il découvrit que tout le contenu, depuis le sandwich jusqu'à la barre chocolatée, était déjà bien entamé. C'était vraiment gentil de sa part. Emily lui avait préparé non seulement un déjeuner, mais aussi une excuse. Si jamais on lui posait la question, il pourrait répondre qu'il avait déjà mangé. Le seul aliment intact était une pomme verte au fond du sac.

Il rangeait son repas dans son sac à dos lorsque les lumières de la cuisine s'allumèrent. Henry entra d'un pas nonchalant, une tasse de café à la main. Il paraissait fatigué, comme toujours.

— Bonjour, August, bâilla-t-il.

— Bonjour, papa… Tu t'es levé tôt, dis donc.

Henry avait tout de l'oiseau de nuit. Il s'était inventé un dicton – « Puisque les monstres chassent la nuit, alors nous aussi » – mais, ces derniers temps, ses nuits s'étaient encore allongées. August tentait de l'imaginer avant le Phénomène – avant que la violence ne fasse surgir les Corsai, les Malchai et les Sunai, avant l'anarchie, les frontières fermées, les luttes intestines et le chaos. Avant que Henry ne perde ses parents, ses frères et sa première épouse.

Avant qu'il ne devienne le Flynn vers lequel se tournait la ville, le seul Flynn qui lui restait. Le créateur des FSF – Forces spéciales de Flynn –, le seul homme prêt à tenir tête à un criminel porté aux nues et à lutter.

August avait bien vu des photos de lui sauf que, sur celles-ci, il arborait des yeux brillants et un sourire décontracté, comme s'il venait d'un autre monde, d'une autre vie.

— C'est le jour J, déclara Henry avant de bâiller de nouveau. Je tenais à te souhaiter une bonne journée.

C'était la vérité, mais en partie seulement.

— Tu es inquiet, fit remarquer August.

— Bien sûr, répliqua son père en serrant sa tasse de café entre ses doigts. On revoit les règles encore une fois ?

— Non, répondit August.

Henry poursuivit malgré tout.

— Tu vas directement à Colton. Tu rentres directement à la maison. En cas d'incident sur la route, tu appelles. En cas de sécurité renforcée, tu appelles. En cas de problème, n'importe quoi, même un mauvais pressentiment…

— J'appellerai.

Devant la mine soucieuse de son père, August se redressa.

— Ne t'en fais pas.

Ils avaient passé le plan en revue une centaine de fois au cours de la semaine précédente pour s'assurer que tout soit en ordre. L'adolescent consulta sa montre, révélant une fois de plus les marques qu'il couvrit de nouveau, sans savoir pourquoi il se donnait cette peine.

— Il faut que j'y aille.

Henry acquiesça.

— Ce n'est pas ce que tu espérais, je le sais, et j'espère que ces précautions s'avéreront inutiles, mais...

— Tu crois vraiment que la trêve va être rompue ? le coupa August, les sourcils froncés.

Il tenta d'imaginer V-City comme elle avait dû être à l'époque : deux moitiés d'une ville en guerre autour d'un îlot sanglant. Dans le Quartier Nord, Harker. Dans le Quartier Sud, Flynn. Ceux qui préféraient payer pour leur sécurité contre ceux qui étaient prêts à se battre pour elle jusqu'à la mort.

— J'espère que non, répondit son père en se frottant les yeux. Pour notre bien à tous.

Il avait éludé la question, mais August n'insista pas.

— Repose-toi un peu, papa.

— Il n'y a point de paix pour les méchants, répliqua Henry en secouant la tête, un sourire triste aux lèvres.

August savait que son père ne parlait pas de lui.

Il se dirigea vers les ascenseurs, mais quelqu'un se tenait déjà devant. Sa silhouette se découpait dans la lumière des portes ouvertes.

— Petit frère.

La voix était à la fois grave et douce, presque hypnotique. Un instant plus tard, l'ombre s'avança pour se transformer en un homme sec et large d'épaules, tout en muscles effilés et os longilignes. Le treillis des Forces spéciales lui allait à la perfection et, sous ses manches retroussées, de petites croix noires entouraient ses deux avant-bras. Au-dessus d'une mâchoire ciselée, des cheveux blonds tombaient dans ses yeux charbonneux.

Seule imperfection notable, une petite cicatrice barrait son sourcil gauche – vestige de ses premières années de vie. N'empêche que Leo Flynn ressemblait davantage à un dieu qu'à un monstre.

D'instinct, August se redressa pour imiter la posture de son grand frère, avant de se rappeler qu'un adolescent ne se tenait pas aussi droit. Il se voûta donc à nouveau, quoique un peu trop cette fois. Quelle était la position normale ? Pendant ce temps, son aîné le fixait de ses yeux noirs, sans ciller. Il avait beau être de chair et de sang, il ne passait pas tout à fait pour un être humain.

— Prêt à aller en cours, jeune Sunai.

Sa voix ne monta pas à la fin de la phrase, car ce n'était pas une question.

— Laisse-moi deviner, répliqua August en se forçant à sourire. Toi aussi, tu veux me souhaiter une bonne journée et me dire de bien m'amuser ?

Leo pencha la tête sur le côté. Il n'avait jamais été très doué pour détecter les sarcasmes – pas plus qu'August, en réalité, mais l'adolescent avait acquis quelques notions chez les membres des Forces spéciales.

— De bien t'amuser, non. Mais de bien te concentrer, oui. Tu n'es même pas encore sorti que tu as déjà oublié quelque chose.

Il lui jeta un objet qu'August attrapa avec une grimace. C'était un médaillon du Quartier Nord, estampé d'un *V* d'un côté et d'une série de chiffres de l'autre. Le fer lui picotait la paume. Le métal pur avait un effet répulsif sur les monstres. Les Corsai et les Malchai ne pouvaient pas y toucher. Quant aux Sunai, ils n'aimaient pas ça (tous les uniformes des Forces spéciales en étaient garnis, hormis le sien et celui de Leo, tissés avec un alliage).

— Je suis vraiment obligé de le porter ? demanda-t-il, déjà nauséeux après ce contact prolongé.

— Si tu comptes passer pour l'un d'eux, oui, répondit Leo. En revanche, si tu veux être attrapé et massacré, je t'en prie, abstiens-toi.

La gorge serrée, August fit glisser le pendentif par-dessus sa tête.

— C'est une excellente contrefaçon, poursuivit son frère. Il résistera à un examen superficiel à l'œil nu par n'importe quel humain, mais ne te fais pas prendre au nord de la Frontière après la tombée de la nuit. Je ne suis pas certain qu'il te soit utile contre toute créature venue rallier le camp de Harker.

Car le métal seul ne suffisait pas à tenir les monstres à distance. Il fallait y ajouter le sceau de Harker, sa loi.

August posa le médaillon contre sa chemise avant de remonter la fermeture éclair de sa veste des Forces spéciales. Au moment où il s'apprêtait à entrer dans l'ascenseur, Leo lui barra le passage.

— Tu as mangé récemment ?

Il marqua un temps, mais les mots lui montaient déjà à la bouche. Il y avait une différence entre être incapable de mentir et avoir besoin de dire la vérité. Malgré tout, le mensonge par omission était un luxe qu'il ne pouvait pas se permettre face à son frère. Lorsqu'un Sunai posait une question, il exigeait une réponse.

— Je n'ai pas faim.

— Tu as toujours faim, gronda Leo.

— Je mangerai plus tard, se justifia-t-il.

Son aîné le dévisagea, méfiant. Sans lui laisser le temps d'ajouter quoi que ce soit – ou de l'interroger plus avant –, August le bouscula pour passer. Il était à mi-chemin de l'ascenseur quand la main de Leo surgit pour se refermer sur la sienne, celle qui tenait son étui à violon.

— Tu n'as pas besoin de ça.

August se raidit. En quatre ans, il n'avait jamais quitté le complexe sans son instrument. Cette idée suffisait à lui donner le vertige.

— Et s'il arrivait quelque chose ? demanda-t-il, gagné par la panique.

Une lueur d'amusement éclaira le visage de Leo.

— Dans ce cas, tu devras te salir les mains.

Sur ces mots, il arracha l'étui à son cadet, qu'il poussa ensuite dans l'ascenseur. August trébucha avant de se retourner. L'absence de son instrument lui brûlait déjà les doigts.

— Au revoir, petit frère, lança Leo en appuyant sur le bouton du rez-de-chaussée.

Juste avant que les portes ne se referment, il ajouta :

— Amuse-toi bien à l'école.

Les mains dans les poches, l'adolescent attendit que l'ascenseur descende les dix-neuf étages. À la fois gratte-ciel et base d'opérations, le complexe avait tout d'une forteresse. Un monstre fait de béton, d'acier, de plexiglas et de barbelés, constitué en grande partie de casernes abritant les Forces spéciales. L'immense majorité de ses soixante mille membres logeaient dans d'autres casernes de la ville, mais les mille et quelques agents en poste au complexe servaient de camouflage. Moins il y avait d'allées et venues dans le bâtiment, plus chaque visiteur se faisait remarquer. Et si vous étiez Harker, avide de débusquer les trois Sunai de votre ennemi juré – ses armes secrètes –, vous conserviez une trace de chaque individu qui franchissait les portes du quartier général adverse. Le problème ne se posait pas pour Leo, qui était le visage même des FSF, ni pour Ilsa, assignée à résidence, mais Henry était résolu à garder l'identité de son fils cadet secrète.

Au rez-de-chaussée circulait déjà un flot d'agents (avec le couvre-feu, les journées commençaient tôt). August se mêla à eux comme s'il était des leurs. Il traversa le hall en béton, franchit les portes bien gardées et sortit dans la rue, où il fut inondé par la lumière chaude et vive du matin que seuls venaient gâcher le disque de métal qui lui irritait la peau et l'absence de son violon.

Les rayons du soleil filtraient entre les immeubles. Après avoir pris une profonde inspiration, August observa le complexe qui se dressait au-dessus de lui. Quatre ans passés sans presque jamais sortir, et toujours de nuit. Et voilà qu'il se retrouvait à l'extérieur, seul. Il n'était que l'un des vingt-quatre millions d'habitants que comptait cette super-ville au dernier recensement, un visage de plus parmi tous ceux qui se rendaient au travail. L'espace d'un délicieux moment qui lui sembla infini, il eut l'impression de se tenir au bord d'un précipice, entre la fin d'un monde et le commencement d'un autre, entre un murmure et une explosion.

C'est à ce moment-là que sa montre bipa, l'éloignant brusquement du bord et lui enjoignant de se mettre en route.

Chapitre 2

La berline noire traversait la ville telle une lame de couteau.

Kate regardait par la vitre tandis qu'ils fendaient le flot des voitures, rue après rue, pont après pont, comme si le véhicule se découpait une trajectoire dans la chair du Quartier Nord. Si, à l'extérieur, la matinée était aussi bruyante que lumineuse, de l'intérieur, les vitres teintées affadissaient les couleurs comme dans un vieux film. La musique classique douce mais monotone diffusée par la radio renforçait ce calme illusoire dont se satisfont la plupart des gens. Kate demanda au chauffeur, un homme impassible du nom de Marcus, de changer de station, mais il fit la sourde oreille. Aussi mit-elle son écouteur gauche avant d'appuyer sur le bouton « PLAY » de son vieux lecteur de musique. Plongée dans une mélodie à la basse lourde ponctuée d'une voix furieuse, elle s'adossa au dossier en cuir de la banquette arrière et laissa défiler la ville, laquelle paraissait presque normale.

Kate ne connaissait V-City qu'à travers des aperçus, des instantanés, une succession de moments séparés par des années entières. On l'avait chassée une première fois pour sa propre sécurité, enlevée la deuxième fois en pleine nuit et bannie une troisième fois à cause des crimes de sa mère. La voilà qui revenait enfin parmi les siens, dans la ville de son père, à ses côtés.

Cette fois, elle comptait bien y rester.

Kate jouait avec son briquet tout en consultant, sur la tablette calée sur ses genoux, un plan de V-City. À première vue, la capitale ressemblait à n'importe quelle autre super-ville – un centre à forte densité et une périphérie clairsemée – mais, lorsqu'elle tapa sur l'écran de son ongle métallique, un deuxième niveau d'informations apparut.

Une ligne noire coupait l'image de gauche à droite : la Frontière. En réalité, cette ligne n'était pas droite, mais elle n'en scindait pas moins V-City en deux parties distinctes. Du côté nord, le territoire de Callum Harker. Du côté sud, celui de Henry Flynn. Une solution simpliste à six années chaotiques de combats violents, de sabotages, de meurtres et de monstres. Tracez une ligne dans le sable et ne la franchissez pas. Rien d'étonnant à ce que la trêve ne tienne pas.

Flynn était un idéaliste. C'était bien beau de parler de justice, d'avoir une « cause » quand, au bout du compte, ses hommes mouraient. Chair et os contre crocs et griffes.

V-City n'avait pas besoin d'un code moral, mais d'un chef prêt à prendre le contrôle et à se salir les mains. Elle avait besoin de Harker. Kate ne se faisait pas d'illusions : son père était un homme mauvais, elle le savait, mais cette ville n'avait pas besoin d'un homme bon.

« Bon » et « mauvais » n'étaient pas des mots assez forts. Les monstres se moquaient des intentions et des idéaux. Les faits étaient simples : chaos dans le Sud et ordre dans le Nord. Un ordre acheté au prix du sang et de la peur, mais un ordre malgré tout.

Kate passa le doigt le long de la Frontière, sur le carré gris qui représentait la Lande.

Pourquoi son père s'était-il contenté de la moitié de la ville ? Pourquoi laissait-il Flynn se cacher derrière son mur, simplement parce qu'il avait dompté quelques créatures étranges ?

Tout en se mordillant la lèvre, elle cliqua de nouveau sur la carte pour révéler un troisième niveau d'informations : trois cercles concentriques dessinaient une cible sur le plan. Cette grille des risques représentait l'augmentation du nombre de monstres et la nécessité de rester sur ses gardes à mesure que l'on se rapprochait du centre de la ville. Une bande verte formait le cercle extérieur, suivie d'une jaune, et d'une rouge au milieu. De jour, la plupart des habitants ne prêtaient pas attention à ces secteurs, mais tout le monde connaissait la localisation des frontières, là où la zone rouge plongée dans la violence cédait la place à la jaune, qui appelait à la vigilance, avant de se dissoudre dans la relative sécurité de la verte. Bien sûr, pour les citoyens protégés par le père de Kate, le risque était presque nul… tant que l'on restait dans les limites du Quartier Nord. En sortant de la zone verte, on tombait sur la Friche, là où Nord et Sud n'avaient plus aucune importance car c'était chacun pour soi.

En s'éloignant suffisamment, on finissait par se retrouver en terrain sûr, près des frontières extérieures où les monstres étaient encore rares et la population peu nombreuse. Là où les habitants de la super-ville, susceptibles d'apporter avec eux le fléau des ténèbres, n'étaient pas les bienvenus. Là où une jeune fille pouvait incendier une chapelle ou s'allonger dans un pré à côté de sa mère pour apprendre les noms des constellations…

Un klaxon retentit. Kate leva les yeux, la maison de campagne de ses souvenirs cédant la place aux rues de la ville. Elle regarda, à travers la cloison puis le pare-brise, la gargouille en argent fixée sur le capot. À l'origine, la berline possédait un ornement en forme d'ange, ses ailes et ses bras rejetés en arrière par un vent invisible, mais Harker l'avait arraché pour le remplacer par cette bête voûtée dont les minuscules griffes enserraient la calandre.

« Cette ville abrite des monstres », avait-il déclaré en jetant l'ange à la poubelle.

Il avait raison. Sauf que les monstres – les vrais – ne ressemblaient pas à ce stupide petit ornement de capot. Non : les véritables monstres étaient bien pires.

Chapitre 3

Le visage tourné vers le soleil, August savourait cette matinée de fin d'été, laissant son corps se mouvoir tandis que son esprit restait parfaitement immobile. Comme il lui était facile de penser de façon linéaire quand il était en mouvement, même sans son violon ! Il marchait sur des trottoirs fissurés, dépassait des immeubles aux fenêtres condamnées. La moitié des bâtiments de la ville étaient des coquilles calcinées, abandonnées, vidées de tout matériau susceptible de renforcer d'autres édifices. Malgré son allure de cadavre ravagé, le Quartier Sud était en reconstruction. Omniprésents, les membres des FSF se tenaient sur les toits et patrouillaient les rues, les micros portatifs accrochés à leurs uniformes émettant des signaux radio semblables à des grésillements. La nuit, ils chassaient les monstres. Le jour, ils tentaient d'empêcher leur prolifération, le crime. Voilà quelle était la cause. Les Corsai, les Malchai et les Sunai n'en étaient que la conséquence.

August se mêla à la foule dense des piétons qui se dirigeaient vers le nord. Autour de lui, les bruits de la ville composaient une musique à la fois harmonieuse et discordante, rythmée et désaccordée. Les couches se superposaient jusqu'à ce que la mélodie bascule vers la dissonance, l'émerveillement vers la détresse. Il lui fallait lutter pour se concentrer sur son trajet plutôt que sur tout ce qu'il rencontrait. Son itinéraire n'était pas compliqué : un kilomètre de marche sur l'avenue centrale, une ligne droite vers la Frontière.

August ralentit à sa vue. La barrière, immense, s'élevait comme une barricade haute de deux étages traversant le centre-ville d'est en ouest, parée de bandes de métal pur et parsemée de caméras. Ce rempart était le résultat de six années de guerre des territoires au cours desquelles chaque acte de violence, chaque décès humain avait fait naître de nouveaux Corsai et Malchai, tout simplement parce que les Flynn possédaient la ville et que Harker la convoitait.

À quarante mètres vers l'ouest se trouvait la Lande – une parcelle de terre brûlée qui servait d'avertissement pour les deux camps. C'était autrefois une place, un lieu de verdure au cœur de la ville, mais il n'en restait plus rien. Selon les rumeurs, on pouvait encore distinguer les silhouettes des morts sur la chaussée. La plupart des membres des FSF racontaient que le dernier jour de la guerre des territoires, Henry Flynn y avait fait détoner une arme assez puissante pour éliminer tout signe de vie. August n'y croyait pas – il refusait d'y croire. Quoi qu'il en soit, la menace d'une nouvelle explosion avait suffi pour que Harker appelle à la trêve et accepte de couper en deux V-City.

De jour, la capitale était toujours unifiée, du moins en théorie. On avait créé trois portails dans la Frontière pour laisser passer les habitants, mais ils étaient surveillés par des hommes en armes sous les yeux rouges de caméras mobiles omniprésentes. Tous ceux qui souhaitaient la traverser devaient présenter une pièce d'identité, les scanners vérifiant au passage qu'ils étaient bien humains.

Ce qui posait problème.

August tourna dans une rue étroite à moitié détruite, parallèle à la Frontière, pour arriver devant un immeuble de bureaux aux vitres remplacées par des feuilles d'acier, la porte flanquée de deux agents des Forces spéciales. La femme à l'accueil lui adressa un bref hochement de tête lorsqu'il franchit le portique de sécurité avant d'emprunter un ascenseur spécial qui menait au sous-sol. De petites taches de peinture fluo sur le mur indiquaient le chemin. Il les suivit à travers un réseau de couloirs humides jusqu'à un mur. Ou, plutôt, ce qui ressemblait à un mur, car des plaques métalliques s'écartèrent pour révéler un tunnel, qu'August parcourut pour arriver devant une paroi identique à la précédente. Après l'avoir fait coulisser, il pénétra dans la cave d'un appartement situé au rez-de-chaussée.

Le silence régnait. Soulagé malgré lui de retrouver la solitude, il s'arrêta et s'accorda dix secondes, le temps que les battements de son cœur ralentissent et que ses nerfs s'apaisent, avant de s'épousseter et de gravir l'escalier.

Paris préparait le petit-déjeuner en fumant cigarette sur cigarette. Elle ne sursauta même pas quand August entra dans la cuisine derrière elle.

— Bonjour, mon petit ! lança-t-elle.

Autour de son cou, le médaillon en fer était à deux doigts de tremper dans son omelette.

Les alliés du côté nord étaient rares, extrêmement coûteux et toujours risqués, mais Henry et Paris étaient de vieux amis et Leo avait donné son aval. August jeta un œil à la ronde. L'appartement de Paris était… douillet, comme sur les photos de magazines datant d'avant le Phénomène. Carrelage, bois et vitres.

— Le pass pour le métro est sur la table.

— Merci, Paris.

Il défit la fermeture éclair de sa veste des Forces spéciales et la suspendit à un crochet près de la porte. Les manches de sa chemise étaient de nouveau remontées, dévoilant à présent deux rangées de marques noires. Il les rabaissa, même si Paris ne pouvait pas les voir. Ni les marques, ni le reste.

Elle avait beau être aveugle, ses autres sens n'en étaient pas moins affûtés. Suffisamment pour qu'elle remarque l'absence du violon, la vibration de ses cordes à peine audible à l'intérieur de la boîte. Songeuse, elle souffla une bouffée de fumée.

— Pas de concert aujourd'hui ? demanda-t-elle en faisant tomber de la cendre dans ses œufs.

Les doigts d'August se recourbèrent par habitude autour de la poignée de l'étui pour ne rencontrer que du vide.

— Non, répondit-il.

Il tira de son sac le blazer de Colton et l'enfila devant le miroir de l'entrée, surpris de voir les traits de son visage se plisser de façon presque machinale.

— Henry m'a parlé de la musique, marmonna Paris.

À son ton, il devina qu'elle faisait allusion à leur don à tous les trois, Ilsa, Leo et lui.

— Je me suis toujours demandé à quoi elle ressemblait... poursuit-elle, pensive.

— J'espère que tu ne le sauras jamais, répliqua August en boutonnant sa veste avant de se diriger vers la porte. Je serai rentré avant la tombée de la nuit.

— Passe une bonne journée à l'école ! s'écria-t-elle au moment où la porte se refermait derrière lui.

Contrairement à Leo, elle semblait sincère.

Une fois dans la rue, August poussa un soupir de soulagement : la Frontière se trouvait désormais dans son dos. Il tourna ensuite vers le nord des yeux écarquillés. Il avait beau s'y être préparé, le contraste entre les deux moitiés de V-City lui coupa le souffle. Le Quartier Nord n'était pas une coquille en ruines. Ses cicatrices avaient toutes été couvertes, repeintes. Les bâtiments scintillaient, tout de métal, pierre et verre. Dans les rues circulaient d'élégantes voitures et des gens bien habillés – si Harker avait des hommes de main, ces derniers se fondaient dans la masse. Une vitrine était remplie de fruits tellement colorés qu'August eut envie de croquer dedans, même s'il savait qu'ils auraient un goût de cendre.

Devant cette image – cette illusion – de ville propre et sûre, la colère monta en lui. Les marques sur sa peau se mirent à le picoter en signe d'avertissement, leur chaleur contrée par le poids atrocement froid du médaillon contre son torse. *Concentre-toi, concentre-toi.*

La station la plus proche se trouvait à un pâté de maisons. Le Quartier Sud avait fermé le métro – trop dangereux, les Corsai étant attirés par l'obscurité – et barricadé de son mieux les passages souterrains, même si les Forces spéciales utilisaient toujours les tunnels en cas de nécessité.

Il descendit les marches deux par deux. Il avait lu quelque part que V-City s'était développée autant à la verticale qu'à l'horizontale, les immeubles étant en réalité construits au-dessus de l'ancien réseau, et le métro, là où se trouvaient les rues d'origine. Il ignorait si c'était vrai, mais la station souterraine était aussi propre que la surface, tout en pierre blanche polie avec, quelque part sous le bruit de pas des piétons, des accords de musique classique. Un concerto pour piano. Aucun signe de lutte ni de souffrance, aucune trace des horreurs qui surgissaient la nuit. C'était une ruse destinée à attirer les habitants du Sud et à rappeler à ceux du Nord pourquoi ils payaient aussi cher.

August arriva sur le quai juste à temps pour rater le métro. Appuyé contre un poteau en attendant le prochain, il laissa son attention passer d'un couple qui s'embrassait un peu plus loin à un joueur de guitare, avant de se poser finalement sur une petite fille qui serrait la main d'une femme. Elle lui jeta un coup d'œil et August la fixa en retour, fasciné par la vue d'une fillette si jeune. Il y avait très peu d'enfants dans le complexe et dans le Quartier Sud en général. Elle se fendit d'un grand sourire qu'August se surprit à lui rendre.

Puis elle se mit à chanter gaiement.

— *Monstres, monstres, petits et grands, ils vont te dévorer vivant.*

Un frisson le parcourut.

— *Corsai, Corsai, crocs et griffes, ombres et os t'écorchent vif. Malchai, Malchai, sourires tranchants, montrent les crocs et boivent ton sang.*

August en avait la bouche sèche, car il connaissait la suite.

— *Sunai, Sunai, yeux de charbon, volent ton âme d'une chanson.*

La fillette sourit de plus belle.

— *Monstres, monstres, petits et grands, ils vont te dévorer vivant !*

Elle poussa un petit cri ravi. Pris de nausée, August recula d'un pas. Lorsque la rame entra en station, il choisit une autre voiture.

Chapitre 4

« *Monstres, monstres, petits et grands…* » Kate fredonnait dans la voiture qui continuait de foncer. Elle tapa sur l'écran de la tablette pour refermer la carte et ouvrir une nouvelle fenêtre, où elle parcourut les dossiers sur le serveur privé de son père – elle avait volé les codes d'accès le premier soir de son retour – jusqu'à trouver ceux qu'elle cherchait. Son paternel avait placé tout le Quartier Nord sous surveillance, pas seulement la Frontière mais presque toutes les rues de la zone rouge. Chaque jour, les images étaient contrôlées puis effacées, sauf en cas d'« incidents » – dans ce cas précis, elles étaient stockées pour qu'il puisse les visionner et agir en conséquence, si nécessaire. Bien sûr, ces « incidents » ne feraient jamais la une. Ils savaient qu'il fallait éviter de passer ce genre de sujets à la télévision afin de ne pas perturber l'illusion de normalité et de sécurité pour laquelle payaient les habitants.

Mais le père de Kate devait tenir les monstres à l'œil. Il lui fallait savoir quand il en apparaissait de nouveaux ou quand les anciens se conduisaient mal. Les vidéos sélectionnées étaient classées par catégories : « MONSTRES », « HUMAINS », « GENÈSE ».

La jeune fille les écumait depuis son arrivée pour apprendre tout ce qu'elle pouvait sur les vrais monstres de Verity. Lorsqu'elle cliqua sur « GENÈSE », deux options lui furent proposées : Corsai ou Malchai (on n'avait jamais réussi à filmer la création d'un Sunai). Elle eut l'impression de plonger dans un tunnel en sélectionnant « CORSAI ». L'écran se remplit d'extraits vidéo dont les vignettes n'étaient que des ombres floues. Elle laissa ses doigts planer un instant au-dessus du quadrillage avant de choisir une vidéo. L'image s'afficha en plein écran.

La vidéo avait été coupée, réduite au maximum pour ne conserver que l'épisode de violence. La caméra ne disposait pas d'un bon angle de vue, mais Kate distingua malgré tout deux hommes à l'entrée d'une ruelle, sous un lampadaire. Elle mit un moment à se rendre compte qu'elle assistait à une bagarre. Au début, ce n'était rien : une conversation animée, une poussée contre un mur, un coup de poing maladroit. L'un d'eux tomba et l'autre se mit à le rouer de coups de pied – encore et encore –, jusqu'à ce que l'homme à terre ne soit plus un homme mais un enchevêtrement de membres secoués de spasmes, le visage ensanglanté.

Après le départ de l'assaillant, le malheureux resta étendu de longues secondes sur le trottoir. Sa poitrine se soulevait et s'abaissait à un rythme irrégulier. Il s'efforçait de se relever lorsque les ombres autour de lui commencèrent à bouger. Trop occupé à se décoller du sol, il ne remarqua rien, mais Kate, elle, pétrifiée, vit les ténèbres s'étirer, se mouvoir, se détacher des murs et de la chaussée pour s'assembler. La silhouette ainsi formée s'éleva dans l'air comme de la fumée. De son visage, on ne distinguait que des dents scintillantes et d'inquiétants yeux blancs qui perturbaient la mise au point de la caméra. Le spectre ouvrit grand la bouche et son corps ondoya, fluide et brillant, ses membres terminés par des serres.

L'homme, toujours à quatre pattes, commit soudain l'erreur de ramper hors de la zone sécurisée du lampadaire. Dès qu'il sortit de la lumière s'abattit sur lui un déluge de crocs et de griffes qui se plantèrent dans sa chair pour commencer à la déchiqueter.

« La violence engendre la violence », avait déclaré l'une des enseignantes de Sainte-Agnès après que Nicole Teak eut fait un croche-pied à Kate, qui avait riposté en lui cassant le nez. Leur professeure avait ensuite souligné que Kate ne faisait que se laisser entraîner dans une spirale, mais la jeune fille ne l'écoutait déjà plus. À ses yeux, Nicole l'avait bien mérité.

La religieuse avait pourtant raison sur un point : la violence engendre, au sens propre du terme.

Lorsque quelqu'un appuie sur la détente, déclenche une bombe ou fait tomber d'un pont un car rempli de touristes, il ne reste pas seulement des douilles, des décombres et des corps. Il subsiste autre chose. Quelque chose de mauvais. Une répercussion. Un contrecoup. Une réaction à toute cette colère, cette douleur, ces morts. Voilà ce qu'était vraiment le Phénomène : un tournant. Verity avait toujours été violente – c'était la pire ville des Dix Territoires. Bientôt, une masse suffisante s'accumulerait et tout ce mal commencerait à prendre forme.

Kate caressa du pouce le médaillon épinglé sur le devant de son uniforme, une protection contre les créatures qui se déchaînaient. Sur son écran, le Corsai continuait de se régaler. Sa frénésie était en grande partie perdue dans l'ombre mais, çà et là, un croc ou une griffe étincelait. À la vue des gerbes de sang qui jaillissaient dans le halo de lumière, l'adolescente poussa un gémissement écœuré. Heureusement que les images étaient muettes...

Lorsque Marcus lui fit signe de l'autre côté de la cloison, Kate retira son écouteur, replongeant ainsi dans un monde en noir et blanc marqué par la lumière matinale et la douce mélodie d'un piano.

— Que se passe-t-il ? demanda-t-elle, agacée.

— Désolé, mademoiselle Harker, répondit le chauffeur. On est arrivés.

Colton se trouvait à la jonction des zones jaune et verte. La ville y cédait la place à la banlieue, secteur le plus sûr où les riches pouvaient se construire leurs petits cocons et faire comme si Verity ne se faisait pas dévorer vivante. Avec ses bâtiments de pierre claire entourés de pelouses vertes, le tout baigné par l'éclatante lumière matinale, on aurait dit une carte postale à seulement un quart d'heure en voiture du cœur obscur du Quartier Nord, ce qu'on ne pouvait pas soupçonner. *C'est le but du jeu*, se dit Kate. Elle aurait préféré aller dans un lycée du centre-ville, en pleine zone rouge, mais la plupart avaient été fermés et, dans le cas contraire, son père n'aurait de toute façon pas accepté. Qu'elle vive à V-City, d'accord, mais à condition qu'elle soit

« en sécurité ». C'est-à-dire à l'écart, puisque cette ville n'avait rien de sûr des deux côtés de la Frontière.

Marcus lui tint la portière et elle descendit. Après avoir chassé le souvenir du Corsai et repris une expression impassible, elle lissa le col de son pull fourni par l'académie et passa une main sur ses cheveux clairs. Elle les portait détachés, avec une raie sur le côté pour couvrir les cicatrices là où sa tête avait heurté la vitre. Le bilan aurait pu être pire – sa perte d'audition n'était que partielle –, mais Kate savait qu'il valait mieux ne pas les montrer. Elles constituaient une faiblesse et, à ce titre, devaient être cachées – telle était la leçon que lui avait apprise son père, quand elle avait douze ans et des cicatrices encore fraîches.

— *Pourquoi ?* avait-elle demandé, avec la naïveté propre à son âge.

— *Toute faiblesse expose la chair, or la chair attire les couteaux*, avait-il répondu.

— *Et toi, quelles sont tes faiblesses ?*

Les lèvres de son père avaient alors formé ce qui ressemblait presque à un sourire.

Jusqu'à ce jour, il n'avait jamais répondu à sa question. Parce qu'il n'osait pas lui confier ses faiblesses ? Ou parce qu'il n'en avait pas ou plus ? Kate se demandait parfois s'il existait dans un monde alternatif une autre version de Callum Harker, et si celle-là cachait des secrets, des faiblesses, des endroits que les couteaux pourraient atteindre.

— Mademoiselle Harker, votre père tenait à ce que je vous transmette un message, annonça le chauffeur.

— Quoi donc, Marcus ? répondit-elle d'une voix égale en glissant son briquet en argent dans la poche de son chemisier.

— Si vous êtes renvoyée, il vous expulsera de Verity. Pour de bon, cette fois.

— Pourquoi me ferais-je renvoyer ? répliqua Kate, un sourire froid aux lèvres, les yeux fixés sur l'établissement. Me voilà enfin là où j'ai toujours rêvé d'être.

Chapitre 5

«*Park Station* », annonça une voix aussi calme que métallique.

Affalé sur le siège du métro, August tira de son sac à dos un exemplaire abîmé de *La République* de Platon, qu'il ouvrit en plein milieu. Peu importe sur quelle page il tombait : il connaissait le texte presque par cœur. L'essentiel, c'était que le livre lui donne une raison de baisser les yeux. Il écoutait le nom des stations sans risquer le moindre coup d'œil au plan de la ligne afin de ne pas attirer l'attention des caméras au-dessus de sa tête. Encore des petits yeux rouges en quête de monstres, même si tout le monde savait qu'ils ne sortaient que la nuit.

Enfin, pour la plupart, pensa August.

« Martin Center. »

Plus que trois arrêts avant Colton. Comme la rame se remplissait peu à peu, August se leva pour céder sa place à une vieille dame. Tout en feignant d'être concentré sur sa lecture, il balaya du regard les passagers, en pantalons et jolies robes, costumes et talons hauts. Pas une seule arme en vue.

Un homme lui donna un coup d'épaule pour passer. August se raidit. Si l'apparence du malotru n'avait rien d'inhabituel – costume cravate un peu détendu au niveau du ventre –, c'est son ombre qui attira le regard de l'adolescent. Elle ne se comportait pas comme une ombre ordinaire – d'ailleurs, dans un espace aussi bien éclairé, elle n'aurait même pas dû exister. Lorsque l'inconnu s'arrêta, elle continua de se mouvoir, ondulant autour de lui à la manière d'un passager agité. Personne d'autre ne pouvait la voir mais, aux yeux d'August, elle flottait dans l'air comme un fantôme aux contours trop précis pour une ombre mais pas assez pour un homme. Il savait ce que c'était : l'écho d'un acte violent, la marque d'un péché. Quelque part dans la ville, un monstre vivait et tuait à cause de cet individu et de ce qu'il avait fait.

Les doigts d'August se resserrèrent sur la barre du métro.

Dans le Quartier Sud, il pourrait obtenir le nom de l'homme. On le lui remettrait – à lui ou à Leo – sur un bout de papier, avec une adresse. Puis il irait le trouver dans la nuit, pour faire taire cet écho et faucher sa vie.

Mais ils étaient dans le Quartier Nord. Là où les méchants s'en sortaient toujours, tant qu'ils avaient de l'argent.

August détourna le regard lorsque la vieille dame assise sur la banquette se pencha en avant.

— J'ai toujours voulu monter sur scène, confia-t-elle. Je ne sais pas pourquoi je ne l'ai jamais fait. Maintenant, j'ai peur qu'il ne soit trop tard…

Il ferma les yeux.

« Union Plaza. »

Plus que deux arrêts.

— Je suis certaine qu'il est trop tard… radotait la femme. N'empêche que j'en rêve encore…

Ce n'était même pas à lui qu'elle s'adressait. Enfin, pas vraiment. Si les monstres ne pouvaient pas mentir, les êtres humains, eux, devenaient… sincères au contact des Sunai. August n'avait pas à les y forcer – d'ailleurs, s'il pouvait les forcer à quoi que ce soit, ce serait plutôt à ne pas se confier à lui. Non, le fait est qu'ils vidaient leur sac d'eux-mêmes, le plus souvent sans s'en rendre compte.

Henry appelait ce phénomène « influence ». Leo, lui, avait trouvé un meilleur terme : « confession ».

« Lyle Crossing. »

Plus qu'un arrêt.

— J'en rêve encore…

C'était sans nul doute le pouvoir qu'il appréciait le moins – pour tout dire, il le mettait mal à l'aise. Leo, au contraire, s'en délectait : il amenait tous ceux qui l'entouraient à exprimer leurs doutes, leurs peurs, leurs faiblesses.

— Ça vous arrive de rêver…

« Colton », annonça la voix au-dessus de sa tête.

Le métro s'arrêta avec force grincements de pneus. August prononça une prière silencieuse au moment de s'enfuir de la rame, hanté par la confession de la femme.

Si le Quartier Nord était surréaliste, Colton, c'était une autre histoire. August ne s'était jamais autant éloigné de la zone rouge. L'établissement était clôturé mais, contrairement à la Frontière, le mur avait l'air plus esthétique que fonctionnel. Derrière le portail en fer forgé, l'académie se dressait sur une pelouse vallonnée bordée d'arbres. August avait déjà vu des arbres par le passé, dans un parc en piteux état à trois rues au sud du complexe, mais ceux-ci n'avaient rien à voir. Ils étaient assez nombreux pour former un rempart. Non, une forêt – le terme semblait approprié, vu la quantité.

Mais ce n'étaient pas tant les arbres qui attiraient son attention que la population.

Partout où il regardait, il en voyait. Pas des élèves officiers des Forces spéciales ou des civils du Quartier Nord, mais des adolescents vêtus de l'uniforme bleu de Colton. Des garçons et des filles qui franchissaient les portes ou restaient assis en petits groupes sur l'herbe. Il s'émerveilla de la décontraction avec laquelle ils bavardaient et s'agglutinaient, coude à coude ou bras sur l'épaule, tête contre tête et hanche contre hanche. De la manière dont ils se fendaient d'un large sourire, pinçaient les lèvres d'un air agacé ou éclataient d'un fou rire. À les voir, tout paraissait si… naturel.

Que faisait-il donc là ?

Leo avait sans doute raison : il aurait dû manger. Trop tard. Résistant à l'envie de battre en retraite, il tenta de se rappeler que sortir du complexe était son idée, que son frère en particulier s'était porté garant de lui et qu'il avait une mission à remplir, aussi importante que celle des FSF. Il se contraignit donc à avancer même si à chaque pas, il pensait que quelqu'un allait voir clair dans son jeu et, loin de se laisser abuser par l'uniforme de Colton et le sourire forcé, s'apercevoir qu'il n'était pas humain. Comme si c'était marqué sur son front aussi clairement que les stries sur son bras. Soudain, les heures passées devant le miroir lui semblèrent ridicules. Comment pourrait-il un jour imiter l'être humain ? Comment pouvait-il se croire capable de passer pour l'un d'eux, sous prétexte qu'il avait le même âge ? Cette pensée retint son attention. Non, ils n'avaient pas le même âge. Ils paraissaient de son âge. Enfin, c'était lui qui paraissait de leur âge, car ils étaient tous nés, contrairement à August qui s'était réveillé sous la forme d'un garçon de douze ans, l'âge des corps dans les sacs noirs quand « tout commença par une explosion » – pas l'univers, cette fois, mais les détonations saccadées des armes à feu et…

Il s'arrêta net pour reprendre son souffle. Quelqu'un lui donna un coup d'épaule, pas amical mais hostile. August trébucha avant de retrouver l'équilibre juste à temps pour voir le garçon – blond et à la large carrure – lui jeter un regard dur.

— C'est quoi, ton problème ? aboya August sans même réfléchir.

L'autre fit volte-face et l'agrippa par le col.

— Tu étais sur mon chemin, grogna-t-il. Tu crois que je vais laisser un petit nouveau tout foutre en l'air ? C'est mon année à moi, enfoiré. C'est mon école.

Sous les yeux horrifiés d'August, le garçon continua de parler.

— Tu crois que tu peux me faire flipper avec ce regard mauvais ? Je n'ai pas peur de toi. Je n'ai peur de personne. Je… bredouilla-t-il, non sans se rapprocher du visage de son interlocuteur. Je n'arrive pas à dormir. Dès que je ferme les yeux, je les vois.

— Eh ! intervint un autre élève dans le dos d'August. Il y a un problème, Jack ?

L'adolescent blond, le fameux Jack, cligna plusieurs fois des paupières, le regard de nouveau acéré, avant de repousser August, qui fut rattrapé par son sauveur d'une main protectrice sur l'épaule.

— Allez, laisse tomber. Mon ami est désolé. Il ne voulait pas t'énerver, ajouta son bienfaiteur d'un ton à la fois amical et décontracté.

— Éloigne-le de moi, Colin, lança Jack d'une voix redevenue normale. Sinon je lui casse sa gueule de frimeur.

— Je m'en occupe... Pauvre con ! marmonna Colin en secouant la tête tandis que Jack s'éloignait à grands pas agacés.

Il se tourna vers August. Mince et de petite taille, il avait des cheveux en pic de veuve et des yeux chaleureux agrémentant un visage avenant.

— Alors comme ça, on se fait des amis dès le premier jour de cours ?

August se redressa et lissa sa veste.

— Qui a dit que c'était mon premier jour ?

Colin éclata d'un rire détendu, aussi naturel qu'une respiration.

— On n'est pas si nombreux que ça, et c'est la première fois que je te vois, répondit-il, un grand sourire aux lèvres. Comment tu t'appelles ?

— Frederick, mentit August, la gorge serrée.

— Frederick ? répéta Colin en haussant un sourcil.

August se demanda s'il avait commis une erreur, choisi le mauvais prénom.

— Oui... confirma-t-il d'une voix traînante. Mais tu peux m'appeler Freddie.

Personne ne l'avait jamais appelé Frederick ni Freddie, mais c'était la bonne réponse : l'expression de Colin changea de nouveau pour passer en un éclair du scepticisme à l'enthousiasme.

— Ouf ! Parce que Frederick, ça fait vraiment prétentieux. Sans vouloir te vexer. Ce n'est pas ta faute...

Lorsqu'ils commencèrent à se diriger vers le bâtiment principal, deux élèves appelèrent Colin.

— Je te retrouve à l'intérieur ! dit-il en trottinant vers eux.

À mi-chemin, il se retourna avec un nouveau sourire.

— Évite d'énerver quelqu'un d'autre avant le début des cours !

August parvint à imiter plus ou moins le sourire du garçon.

— Je vais faire de mon mieux.

— Nom ? demanda la femme au bureau des inscriptions.

— Frederick Gallagher, répondit August en écartant de ses yeux une mèche de cheveux avec ce qu'il espérait être un sourire nerveux. Mais on m'appelle Freddie.

— Ah, fit l'employée. Tu dois faire partie des petits nouveaux.

Elle sortit une chemise marquée d'une bande jaune. August hocha la tête et ajusta son sourire. Cette fois, elle le lui rendit.

— Regardez-moi ça. Cheveux bruns, regard doux, fossettes. Ils vont te dévorer tout cru !

— J'espère bien que non, répliqua-t-il sans vraiment savoir ce qu'elle entendait par là.

Elle se contenta de rire. Tout le monde ici riait si facilement.

— Il te reste à récupérer ta carte d'étudiant, conclut-elle. Va au bureau d'à côté et donne-leur la première page de ton dossier. Ils s'occuperont de toi.

Elle semblait hésiter à ajouter une remarque plus personnelle. Il s'esquiva sans lui en laisser le temps.

Une courte file d'attente s'échappait de la salle voisine dont la porte indiquait : « INSCRIPTIONS ». Le premier élève de la file remit son document à l'homme derrière le comptoir avant de se placer, tout sourire, devant un fond vert clair. Un instant plus tard, un flash se déclencha. August grimaça. Un autre élève répéta le processus. Puis un autre encore. Il s'éloigna.

Le reste des lycéens paraissaient se diriger vers une imposante double porte à l'extrémité du hall. Il les suivit et se retrouva à l'entrée d'un auditorium. Il existait apparemment un système tacite, un ordre naturel que tout le monde semblait comprendre. Tous rejoignirent leurs places tandis qu'August, en retrait, s'efforçait de ne pas bloquer le passage.

— Quelle classe ? demanda une voix de femme.

Il se retourna pour faire face à une professeure en jupe armée d'une pile de dossiers.

— Première, répondit-il.

— Assieds-toi dans les premiers rangs, côté gauche.

Pendant qu'il cherchait une place, l'auditorium se remplit de corps et de brouhaha au point de lui donner le vertige. Tout autour de lui, des centaines de voix parlaient les unes par-dessus les autres, se superposant tels des instruments de musique sauf que le tempo, plus proche du jazz que du classique, n'était pas bon. Quand il tenta de les démêler, il ne se retrouva pas avec des accords mais avec des syllabes, des rires et des sons qui n'avaient aucun sens. Enfin, par bonheur, le calme se fit : un homme en impeccable costume bleu traversait la scène à grands pas.

— Bonjour, commença-t-il en tapotant le micro sur l'estrade. Je suis monsieur Dean, le proviseur de Colton. Je souhaite la bienvenue à ceux qui nous rejoignent et une excellente année aux anciens. Vous n'avez peut-être pas remarqué, mais nous comptons quelques petits nouveaux dans nos rangs. Parce que Colton est une communauté, je vais leur demander de se lever quand je les appellerai, pour que vous puissiez leur réserver un accueil chaleureux.

August en avait déjà la nausée.

— Nous avons deux arrivants en seconde. Marjorie Tan…

Une jeune fille se mit debout une dizaine de rangs derrière lui, cramoisie sous le regard collectif. Elle voulut se rasseoir aussitôt, mais le proviseur agita la main.

— Restez debout, s'il vous plaît, insista-t-il. Ellis Casterfeld ?

Un garçon dégingandé se leva pour saluer la salle.

— En première, un nouvel élève a rejoint nos rangs. (Le cœur d'August battait la chamade.) M. Frederick Gallagher.

August soupira, soulagé de ne pas entendre son nom avant de se rappeler que c'était justement le sien. Il se leva, la gorge serrée. De tous côtés, les premières se tournèrent sur leurs sièges pour mieux le regarder. Le visage brûlant, il souhaita pour la première fois être moins réel, sinon capable de disparaître.

Puis le proviseur prononça le fameux nom et le vœu d'August s'exauça.

— Pour finir, notre nouvelle élève de terminale, Mlle Katherine Harker.

Le silence s'abattit sur l'auditorium. Au premier rang, une jeune fille se mit debout. Toutes les têtes se tournèrent vers elle. Les autres furent aussitôt oubliés.

Katherine Harker, la fille unique de Callum Harker, le « gouverneur » du Quartier Nord, un homme connu pour collectionner les monstres comme on collectionne les armes. La raison de la présence d'August à Colton.

Ce dernier se remémora la conversation qu'il avait eue avec Henry et Leo.

— *Je ne comprends pas. Vous voulez que… que j'aille en cours ? Avec elle ?*

Il avait froncé le nez à cette idée. Harker était l'ennemi. Un meurtrier. Katherine, pour sa part, demeurait un mystère, sauf que si elle ressemblait un tant soit peu à son père…

— *Pour faire quoi, au juste ?*

— *La suivre*, avait répondu Leo.

— *Colton est une petite structure. Elle va me repérer.*

— *Tu ne seras pas toi-même. Le but, c'est justement qu'elle te remarque, que vous deveniez proches.*

— *Pas trop non plus*, était intervenu Henry. *Mais on aimerait que tu la surveilles, au cas où on aurait besoin d'un moyen de pression...*

— *C'est aussi pour ça que ses hommes te cherchent*, avait expliqué Leo. *Quand la trêve sera rompue...*

— *Si la trêve est rompue...* l'avait corrigé Henry.

— *Elle nous sera peut-être utile.*

— *On ne connaît rien d'elle*, avait fait remarquer August.

— *C'est l'héritière de Harker. S'il tient à quelqu'un, c'est bien à elle.*

August fixa la jeune fille au premier rang. Katherine ressemblait à son père : mince, la mâchoire carrée, tout en angles. Ses cheveux n'étaient pas comme sur la photo. Toujours blonds mais raides et coupés à hauteur d'épaules, ils lui couvraient désormais la moitié du visage. Contrairement à la plupart des lycéennes de Colton, qui avaient choisi une jupe pour aller avec leur polo, elle portait un pantalon ajusté et gardait les mains nonchalamment enfoncées dans ses poches. Autour d'August, les élèves commencèrent à chuchoter. À ce moment précis, Katherine, qui dardait devant elle des yeux à la fois froids et vides, se tourna, une esquisse de sourire aux lèvres, pour jeter un coup d'œil par-dessus son épaule... vers August.

Bien qu'elle ne sache pas – comment l'aurait-elle su ? – qui il était, elle posa sur lui un regard appuyé, comme pour l'étudier, avant que M. Dean ne leur demande à tous de se rasseoir. August s'enfonça dans son fauteuil avec l'impression d'avoir frôlé la mort.

— Bon, poursuivit le proviseur, si vous n'avez pas encore votre carte d'étudiant, assurez-vous de la récupérer d'ici la fin de la journée. Non seulement elle vous servira à payer votre déjeuner et les fournitures scolaires, mais vous en aurez aussi besoin pour accéder à certaines parties du campus, dont l'amphithéâtre, les installations sportives et les salles de musique insonorisées.

Ces dernières paroles ne manquèrent pas de piquer la curiosité d'August. Il se moquait bien de la cafétéria, ne s'intéressait guère au théâtre ou au sport, mais un endroit où il pourrait jouer en paix ? Voilà qui valait bien une carte d'identité.

— Un employé sera présent dans le bureau des inscriptions durant la pause-déjeuner et une demi-heure après les cours…

Le proviseur poursuivit encore quelques minutes, mais August ne l'écoutait plus.

À la fin de la réunion, il se laissa porter par le flot des élèves depuis l'auditorium vers le hall, où il mit trente secondes à comprendre qu'il ignorait où il était censé se rendre. Le hall lui apparaissait comme un enchevêtrement de corps en uniforme. Il tenta de s'en écarter pour tirer son emploi du temps de son sac.

— Frederick !

Il vit Colin fendre la foule à coups de coude avant de le saisir par la manche pour l'extraire du flot.

— Je te tiens.

À la vue de l'avant-bras d'August, là où sa manche était remontée, le garçon écarquilla ses yeux expressifs.

— Oh, sympas, tes tatouages ! Mais ne les montre pas au proviseur. Il est super strict. Un jour, je m'étais fait un tatouage éphémère sur le visage… une abeille, il me semble, j'ai oublié pourquoi… et il m'a obligé à l'enlever. Règlement intérieur.

August rabaissa sa manche tandis que Colin jetait un coup d'œil à la feuille dans sa main.

— Parfait ! On a anglais ensemble. Je me disais bien que j'avais vu ton nom sur la liste. Je regarde toujours les listes en avance, histoire de connaître mes adversaires. Enfin, tu vois, quoi…

Non, August ne voyait pas. Il ignorait si c'était son influence qui rendait Colin aussi bavard ou si c'était simplement le caractère du garçon. Il pencha pour la seconde hypothèse.

— Bref, viens avec moi, ajouta le lycéen en le tirant vers une porte qui menait à un escalier. Je connais un raccourci.

— Pour aller où ?

— Bah, en cours d'anglais ! On pourrait passer par le hall, mais il y a trop de crétins de seconde ! s'écria-t-il.

Plusieurs élèves plus jeunes le dévisagèrent avec des yeux ronds. La professeure en jupe lui jeta un regard noir.

— Rejoignez votre classe, monsieur Stevenson.

Colin lui répondit par un clin d'œil avant de pénétrer dans la cage d'escalier en tenant la porte à August, qui se demandait si son camarade lui venait en aide ou tentait de le kidnapper. Comme il n'avait pas envie d'arriver en retard au premier cours de sa vie, il le suivit. Juste avant que la porte ne se rabatte derrière lui, il crut voir passer Katherine Harker. Les élèves s'écartaient sur son passage comme la mer Rouge devant Moïse.

Chapitre 6

Pour parler du jour de la rentrée, on employait des expressions comme « recommencer à zéro » ou « prendre un nouveau départ » avant de souligner que c'était l'occasion de se définir – ou de se redéfinir.

De l'avis de Kate, le jour de la rentrée n'était qu'une opportunité dont elle avait tiré profit dans chacun des précédents établissements qu'elle avait fréquentés. Toutes ces rentrées étaient comme un processus éducatif qui conduisait à celle de Colton. C'était le moment idéal pour elle de donner le ton, de faire impression. Elle avait un avantage sur ses camarades, celui d'être en terrain connu. Les autres élèves ne la connaissaient peut-être pas, mais ils avaient tous entendu parler d'elle, et c'était mieux ainsi : ces informations formaient une base sur laquelle elle pourrait se construire. D'ici la fin de la semaine, elle tiendrait Colton dans le creux de sa main. Après tout, si elle n'était pas capable de diriger un lycée, elle ne méritait pas de diriger une ville.

En réalité, Kate se moquait pas mal de régner sur une école ou sur une cité. Tout ce qui lui importait, c'était de ne pas passer aux yeux de Harker pour une faible, une incapable, une fillette qui n'avait en commun avec lui qu'une certaine ressemblance physique et une nuance de blond. Voilà pourquoi elle tenait à ce qu'il voie en elle quelqu'un qui méritait sa place. Plutôt mourir que de le laisser la bannir ! Cette fois, c'était hors de question.

Elle s'était battue pour en arriver là et elle se battrait pour y rester.

Je suis la fille de mon père, se dit-elle en parcourant le couloir, les bras le long du corps et la tête haute (le souvenir des crocs monstrueux et luisants sur les images de la vidéo lui donnait des forces). Son médaillon et ses ongles métalliques scintillaient à la lumière. Les élèves la suivaient des yeux en chuchotant derrière leurs mains en coupe. De toutes parts, ils affluaient avant de s'écarter, se précipitaient pour reculer ensuite telle une vague ou une nuée d'étourneaux. À la fois tous ensemble et chacun de son côté.

« *Il faut les briser au plus vite* », lui avait un jour confié son père. Bien sûr, il parlait des monstres, pas des adolescents, mais les deux avaient beaucoup en commun, notamment l'instinct grégaire : ils pensaient – et agissaient – en groupes. Tout comme les villes, les établissements scolaires étaient un microcosme de la vie et les petites structures possédaient leur propre écosystème fragile.

Sainte-Agnès avait été la plus petite d'entre elles, avec seulement une centaine de pensionnaires, tandis que les effectifs de Fischer, sa première école privée, s'élevaient à 650 élèves. Colton en comptait quant à elle quatre cents, un nombre assez réduit pour donner une impression d'intimité mais assez grand pour garantir un minimum de résistance.

Rien de plus naturel. Il y en avait toujours qui cherchaient à défier le pouvoir en place pour s'emparer de l'autorité, de la popularité ou de ce qui leur chantait. Kate les repérait d'ordinaire en moins de cinq jours. Cette minorité perturbait l'esprit de groupe et elle allait devoir s'y attaquer au plus vite, elle en avait conscience.

Tout ce qu'il lui fallait, c'était trouver une occasion de s'imposer. Or, à sa grande surprise, cette occasion se présenta presque aussitôt.

Elle savait que des rumeurs circuleraient sur son compte, ce qui n'était pas forcément une mauvaise chose, car elles s'apparentaient parfois à de la propagande. Dans les couloirs, entre deux cours, elle pencha la tête sur le côté pour saisir les plus croustillantes.

— Il paraît qu'elle a incendié sa dernière école.

— Il paraît qu'elle est allée en prison.

— Il paraît qu'elle boit du sang comme une Malchai.

— Vous saviez qu'elle avait tué un élève à la hache ?

— Psychopathe.

— Meurtrière.

Et puis, au moment d'entrer dans la classe…

— Il paraît que sa mère est devenue folle.

À ces mots, elle ralentit le pas.

— Je vous jure, poursuivit celle qui avait parlé, assez fort pour que Kate l'entende. Elle a perdu la boule et tenté de les jeter toutes les deux du haut d'un pont en voiture.

Kate posa son sac sur une table pour fouiller distraitement dedans, sa bonne oreille tournée vers la commère.

— J'ai entendu dire que Harker l'avait chassée parce qu'il ne supportait plus de voir sa tête. Elle lui rappelait sa femme décédée.

— Charlotte, chuchota une autre élève. Tais-toi.

Oui, tais-toi, Charlotte, pensa Kate.

Mais l'intéressée n'en fit rien.

— Il l'a peut-être chassée parce qu'elle aussi, elle est folle.

Pas folle, aurait voulu la corriger Kate. Non : aux yeux de son père, elle était trop jeune et aussi faible que sa mère. Mais il avait tort.

Elle se planta sauvagement les ongles dans les paumes et s'assit, sans quitter le tableau du regard. Elle resta dans cette position pendant tout le cours, la tête haute, mais sans écouter ni prendre de notes. Elle n'entendit pas un seul mot du professeur et s'en moquait. Immobile, elle attendit que la cloche sonne pour suivre Charlotte dans le couloir. Le cours suivant n'était pas aussi important que sa mission.

Lorsque la lycéenne fit un détour par les toilettes, Kate y pénétra à son tour et ferma le verrou derrière elle.

Charlotte, d'une beauté tristement ordinaire, retouchait son maquillage devant le lavabo. Kate vint se placer à côté d'elle pour rincer les gouttes de sang en forme de croissants sur ses paumes avant de glisser ses cheveux derrière son oreille, révélant la cicatrice qui courait sur son visage, de la tempe à la mâchoire. La commère de service croisa le regard de Kate dans le miroir et eut l'audace de lui adresser un sourire en coin.

— Je peux t'aider ?

— Comment tu t'appelles ? demanda Kate.

La jeune fille haussa un sourcil décoloré avant de se sécher les mains.

— Charlotte, répondit-elle en s'apprêtant à partir.

— Non, répliqua Kate d'une voix lente. Ton nom complet.

Sa camarade s'immobilisa, méfiante.

— Charlotte Chapelle.

Kate éclata d'un petit rire silencieux.

— Qu'est-ce qu'il y a de drôle ? lâcha son interlocutrice d'un ton sec.

— J'ai brûlé une chapelle un jour, confia-t-elle en haussant les épaules.

— Espèce de tarée, marmonna Charlotte avec une moue de dégoût avant de s'éloigner.

Elle n'alla pas très loin. En un éclair, Kate l'avait plaquée contre le mur, ses cinq doigts aux ongles métalliques serrés autour de sa gorge. De sa main libre, elle tira le briquet de sa poche et appuya sur une encoche qui, d'un petit clic, fit sortir une lame en argent.

— Tu es encore plus folle que je le croyais, haleta la lycéenne, les yeux écarquillés.

L'espace d'un instant, Kate eut très envie de la blesser. Grièvement. Cet acte gratuit lui ferait vraiment beaucoup de bien. Mais se faire renvoyer ruinerait tous les efforts qu'elle avait accomplis pour se retrouver là.

« Il vous expulsera de Verity. Pour de bon, cette fois. »

— Quand le proviseur apprendra…

— Il n'en saura rien, la coupa Kate en posant la lame sur la joue de sa victime. Parce que tu ne lui diras rien.

Elle avait prononcé ces paroles d'une voix calme et posée, comme d'habitude.

Un jour, elle avait vu un documentaire sur les gourous et ce qui les rendait si charismatiques. L'un de leurs principaux atouts était la force de leur présence. On croit souvent que pour s'imposer, il faut parler fort, alors qu'en réalité ceux qui en imposent n'ont pas besoin de hausser le ton. Ils sont capables de contrôler un public sans élever la voix. Le père de Kate possédait ce talent. Elle l'avait observé pendant le peu de temps qu'ils avaient passé ensemble. Callum Harker ne criait jamais.

Kate non plus.

Elle desserra légèrement les doigts autour de la gorge de Charlotte et, de sa lame, tapota le *V* gravé du médaillon qui pendait contre le chemisier de sa proie d'un geste nonchalant.

— N'oublie jamais, Charlotte Chapelle, déclara-t-elle en se penchant vers elle. Ce pendentif te protège peut-être des monstres, mais pas de moi.

La sonnerie retentit. Kate recula, tout sourire. La lame disparut dans le briquet et sa main quitta la gorge de la lycéenne.

— Va-t'en, lança-t-elle d'un ton glacial. Ce serait bête que tu sois en retard.

La main serrée sur sa gorge contusionnée, Charlotte se précipita hors des toilettes.

Kate resta sur place. Elle s'approcha du lavabo et se lava de nouveau les mains avant de refaire passer ses cheveux devant son oreille. L'espace d'un instant, quand elle croisa son regard dans le miroir, elle vit une autre version d'elle-même derrière le bleu orageux de ses yeux. Une version qui menait une autre vie, dans un monde plus doux. Mais cette Kate-là n'avait pas sa place dans son univers.

Elle prit une profonde inspiration, étira sa nuque et partit rejoindre sa salle de classe, persuadée d'avoir fait une solide première impression.

Chapitre 7

August était censé être en cours de sport.
De fait, tous les autres élèves de première étaient censés y être et s'y trouvaient sans doute. Mais à cause d'un problème de santé – de l'asthme, selon son dossier –, on lui avait permis d'aller en permanence à la place.

August n'avait pas d'asthme. En revanche, il avait 418 lignes uniformes qui lui couraient le long d'un bras et commençaient à s'enrouler autour de son dos et de son torse. Or Henry craignait qu'elles n'attirent l'attention.

Voilà pourquoi, au lieu d'aller au cours de sport, August s'était retrouvé en salle d'étude. Enfin, il y avait fait un tour. Ça partait d'une bonne idée sauf que, le jour de la rentrée, il n'y avait encore rien à étudier. Il avait donc demandé au surveillant la permission d'aller aux toilettes et n'était jamais revenu. Il se tenait à présent devant le bureau des inscriptions.

En chemin, il s'était creusé les méninges afin de trouver un prétexte pour ne pas être pris en photo – un jour, il avait lu un article sur une tribu qui croyait perdre son âme en se laissant photographier. Au bout du compte, il n'eut pas besoin d'excuse.

En effet, le bureau était désert. Les lumières étaient allumées et, lorsqu'il tourna la poignée, il s'aperçut que la porte n'était pas verrouillée. Après avoir jeté un regard nerveux autour de lui, August entra, puis referma la porte derrière lui. Comme le formulaire d'identification était toujours affiché sur l'écran d'ordinateur, il saisit ses données : Frederick Gallagher, 16 ans, première, 1,78 m, cheveux noirs, yeux gris.

À droite de ces renseignements se trouvait un rectangle vide. August savait à quoi il servait. La gorge nouée, il appuya sur le bouton du retardateur avant de se placer devant le fond clair, comme il avait vu faire les autres élèves. Il regarda droit dans l'objectif de l'appareil et le flash se déclencha. Aveuglé, il cligna des paupières. Il contourna le comptoir en retenant son souffle, mais son cœur se serra à la vue de la photo sur l'écran. Malgré son absence d'expression, son visage comportait presque tous les bons éléments : menton, bouche, nez, pommettes, cheveux. Un garçon ordinaire… à part ses yeux. À leur place, il n'y avait qu'une tache noire. Comme si quelqu'un les avait dessinés au fusain avant de les frotter du bout du doigt.

« Sunai, Sunai, yeux de charbon », chanta une voix dans sa tête. Il en eut une boule au ventre.

« NOUVEL ESSAI ? » demanda l'ordinateur.

August cliqua sur « OUI ». Cette fois, il ne regarda pas droit dans l'objectif, mais un peu au-dessus. Sans succès. La même tache sombre dissimulait son regard. Il réessaya encore et encore, en tournant chaque fois les yeux légèrement vers la gauche ou la droite, le haut ou le bas. La tache noire se déplaçait, se réduisait parfois, sans jamais disparaître. Son champ de vision finit par se remplir de points lumineux, comme une dizaine de flashes, chaque fois qu'il clignait des paupières. Lors de sa dernière tentative, il fixait l'écran, les yeux cachés par la même traînée noire, mais un pli de frustration lui barrait le front. Il n'aurait pas dû se donner cette peine : il savait bien que ça ne fonctionnerait pas. Pourtant, il avait espéré… quoi donc ?

L'occasion de se faire passer pour un humain ? gronda la voix de son frère.

« Volent ton âme d'une chanson. »

Il secoua la tête.

« Une explosion. »

Trop de voix.

« NOUVEL ESSAI ? » insista l'ordinateur.

Après avoir laissé un moment son doigt planer au-dessus du « NON », August finit par cliquer sur « OUI ». Une fois de plus, il se plaça devant l'écran, prit une profonde inspiration et se prépara à l'inévitable éclair aveuglant, à la déception d'une ultime tentative ratée. Mais le flash ne se déclencha pas. Il entendit le cliquetis de l'appareil photo numérique, mais la lumière avait dû bugger. Le cœur battant la chamade, il s'approcha de l'ordinateur pour jeter un coup d'œil au résultat.

Il en eut le souffle coupé.

Le garçon sur l'écran ne regardait pas l'objectif. Il se tenait planté là, mains dans les poches, paupières mi-closes, tête détournée. Les contours de sa silhouette étaient légèrement flous, comme sur un cliché en mouvement. Mais c'était bien lui. Sans la tache noire ni le regard vide.

Les doigts tremblants, August cliqua sur « IMPRIMER ». Une minute plus tard, la machine recrachait sa carte. Il fixa la photo de longues secondes, subjugué, avant de l'empocher et de s'éclipser du bureau juste au moment où retentissait la sonnerie du déjeuner. Il se trouvait à mi-chemin de son casier quand quelqu'un l'appela. Enfin, appela Freddie.

Il se retourna pour découvrir Colin, entouré d'un garçon et d'une fille.

— Alex et Sam, je vous présente Freddie, déclara-t-il. Freddie, Alex et Sam.

August ne savait pas à qui attribuer chaque prénom.

— Salut, lança une voix.

— Salut, répéta l'autre.

— Bonjour, répondit August.

Colin passa un bras autour de ses épaules, ce qui n'était pas facile étant donné qu'il mesurait une bonne quinzaine de centimètres de moins qu'August. Ce dernier se tendit à ce contact, sans pour autant se dégager.

— Tu as l'air perdu.

Il s'apprêtait à répondre que non quand Colin enchaîna :

— On va manger un bout ? demanda-t-il d'un ton joyeux. Je meurs de faim. Viens déjeuner avec nous !

— Me donne la chair de poule.

— Fête ce week-end…

— Un vrai enfoiré !

— Jack et Charlotte, en couple ?

August contempla son déjeuner à moitié entamé. La cafétéria était bien plus bruyante qu'il ne l'avait imaginé. À l'incessant tintamarre des plateaux se mêlaient des rires et des cris aussi saccadés que des détonations. Il s'efforça de faire abstraction de ce vacarme pour se concentrer sur la pomme verte qu'il faisait rouler entre ses mains. C'était son aliment préféré, non pas en raison de son goût mais de sa texture. La peau fraîche et lisse, le poids dans sa paume. Comme il sentait le regard de Sam – il s'avéra que c'était la fille – posé sur lui, il porta le fruit à sa bouche et croqua dedans en retenant une grimace.

August était capable de manger, mais il n'en tirait aucun plaisir, même s'il n'éprouvait pas non plus de dégoût. Seulement… les êtres humains évoquaient le moelleux gourmand d'un gâteau au chocolat, le goût sucré d'une pêche, le plaisir coupable d'un bon steak. À leurs yeux, chaque aliment était une expérience.

Pour lui, en revanche, tout avait le même goût : le goût de rien.

— *Parce que c'est de la pâtée pour hommes*, expliquait Leo.

— *Moi aussi, je suis un homme*, se défendait-il, crispé.

— *Non*, répliquait son frère en secouant la tête.

August savait ce qu'il entendait par là. *Tu es plus que ça.* Mais de son côté, il avait l'impression d'être un imposteur.

En réalité, ce que les autres ressentaient pour la nourriture, August l'éprouvait pour la musique. Il savourait chaque note, dégustait chaque mélodie. À cette pensée, ses marques se mirent à le picoter. Ses doigts se languissaient de son violon. En face de lui, Colin racontait une histoire. August ne l'écoutait pas, mais il l'observait. Pendant que son camarade parlait, un défilé d'expressions traversait son visage, chacune se fondant petit à petit dans la suivante.

August prit une deuxième bouchée, qu'il mâcha, puis avala, avant de reposer la pomme.

— Tu n'as pas faim ? demanda Sam, coudes sur la table.

Sans laisser le temps à August de lui montrer les restes de son déjeuner, Colin intervint.

— Moi, j'ai toujours faim, confia-t-il, la bouche pleine. Tout le temps.

— J'ai remarqué, railla la jeune fille, les yeux levés au ciel.

Alex – le garçon – piqua un morceau de fruit avec sa fourchette.

— Alors, Frederick, commença-t-il en détachant chaque syllabe du prénom d'emprunt d'August. Colton ne reçoit pas beaucoup de sang neuf. Tu as été renvoyé d'une autre école ?

— Il paraît que c'est son cas à elle, chuchota Colin, sans avoir besoin de préciser de qui il parlait.

— On peut changer d'établissement pour tout un tas de raisons, lança Sam à Alex. Ce n'est pas parce que toi, tu as été viré…

— C'était un transfert volontaire ! s'exclama l'intéressé avant de reporter son attention sur August. Alors ? Expulsion ? Simple changement d'établissement ? Tu t'es tapé une prof ?

— Non, répondit-il machinalement avant de se reprendre. J'étais scolarisé à domicile.

— Ah, pas étonnant que tu sois aussi réservé...

— Alex ! le réprimanda Sam en lui donnant un coup de pied sous la table. Reste poli.

— Quoi ? J'aurais pu dire « bizarre ».

Nouveau coup de pied.

— Pas de souci, assura August, un sourire forcé aux lèvres. C'est seulement que je n'ai pas l'habitude de voir autant de gens.

— Tu habites où ? demanda Colin, la bouche pleine de pâtes.

August croqua de nouveau dans la pomme, histoire de bloquer la réponse qui lui venait naturellement. Durant ces quelques secondes volées, il fouilla dans ses répliques en quête d'une vérité adéquate.

— Près de la Frontière, finit-il par répondre.

— Mais non ! s'écria Alex avec un sifflement. Dans la zone rouge ?

— Oui, confirma August, qui prit son temps pour formuler la suite de sa phrase. Mais c'est le Quartier Nord, alors...

— Ce n'est flippant que si on n'a pas de médaillon, compléta Colin en tapotant le pendentif estampé à son cou.

Sam faisait « non » de la tête.

— Je ne sais pas... Apparemment, même ceux qui sont sous la protection de Harker ne s'en sortent pas forcément indemnes.

— J'espère qu'elle ne t'a pas entendue, souffla Alex en jetant un coup d'œil de l'autre côté de la cafétéria. Sinon, elle va le répéter à son père.

Colin haussa les épaules avant d'enchaîner sur un concert à venir – plus encore que celui de son nouveau camarade, son esprit semblait papillonner d'une idée à l'autre –, mais August suivit le regard d'Alex. Katherine, assise seule à une table, ne paraissait pas s'en soucier. Elle affichait même un petit sourire de défi, comme si cette solitude était un choix. Comme si le fait que les autres l'évitent était une marque de distinction. August ne comprenait pas.

— Ça te dit de te joindre à nous, Freddie ?

Il la regardait picorer son déjeuner avec indifférence. Elle finit par passer son ongle métallique sur le bord de son pendentif avant de se lever.

— Freddie ?

L'ensemble des élèves suivit ses mouvements : les yeux dérivaient dans sa direction. Mais elle avait l'air de s'en moquer. La tête haute, elle déposa son plateau et sortit.

— Il n'écoute même pas.

August reprit ses esprits.

— Désolé, quoi ?

— Concert, samedi. Tu veux venir ?

— Personne n'ira, intervint Sam, évitant ainsi à August de devoir répondre. Parce que je te rappelle qu'il y a un couvre-feu, Colin, et que la salle est à deux pas de la Friche !

— On n'a pas envie de mourir, déclama Alex en agitant les bras pour singer le ton dramatique de sa camarade.

— Ma mère me ferait la peau, renchérit la lycéenne, imperturbable.

— Sauf si un Corsai s'en est déjà occupé, railla le garçon.

Sam lui jeta un regard horrifié accompagné d'un coup de poing dans l'épaule.

— Aïe !

Colin se pencha vers eux.

— La vie est courte, les amis, murmura-t-il sur le ton de la conspiration.

Face à lui, August n'avait pas l'impression d'être un nouveau venu. Il se sentait en terrain familier.

— On ne peut pas passer son temps à avoir peur, poursuivit Colin.

August se surprit à acquiescer, alors que pour sa part il passait sa vie à avoir peur. Peur de ce qu'il était et de ce qu'il n'était pas. Peur de se décomposer, de devenir autre chose, de disparaître.

— Bien d'accord ! approuva Alex. La vie est courte et elle le sera encore plus si tu te balades dehors la nuit…

— Freddie n'a pas peur des monstres, lui, si ? demanda Colin avec un rictus.

August ne savait pas comment répondre à cette question, mais il n'en eut pas l'occasion.

— J'en ai vu un une fois, ajouta Colin.

— N'importe quoi !

— Qu'est-ce que tu as fait ?

— Je me suis enfui, évidemment.

August éclata de rire. Ça faisait du bien.

Puis, entre deux bouchées de pomme, la faim lui tenailla l'estomac.

Au départ, ce n'était rien… ou presque rien. Comme au début d'un rhume, cette fraction de seconde vertigineuse qui vous prévient de l'arrivée de la fièvre. Y prêter attention – *Ai-je les yeux qui piquent ? La gorge encombrée ? Depuis quand est-ce que je renifle ?* – ne fait qu'accentuer les symptômes. August tenta donc d'étouffer la vague de panique qui montait en lui.

Reste stoïque, se dit-il. *Le pouvoir de l'esprit sur le corps*… Sauf que cette stratégie fonctionnerait jusqu'à ce que la faim se propage du corps à l'esprit. C'est à ce moment-là que les ennuis commenceraient. Concentré sur sa respiration, il avala une grande bouffée d'air pour remplir ses poumons.

— Eh, Freddie, ça va ? demanda Colin. Tu n'as pas l'air dans ton assiette.

August se rendit compte qu'il agrippait la table. Il se leva et faillit trébucher en se prenant les pieds dans la chaise.

— Oui. Je me sens juste… Je vais prendre l'air.

Il balança son sac sur son épaule et jeta les restes de son déjeuner avant de franchir les portes de la cafétéria. Peu importe où elles menaient, tant que c'était à l'extérieur.

Il se retrouva donc à l'arrière du bâtiment, avec pour horizon la ligne verte des arbres. L'air était frais. Il respirait à pleins poumons en marmonnant : « Tout va bien, tout va bien, tout va bien », quand il se rendit compte qu'il n'était pas seul.

Quelqu'un se racla la gorge. August fit volte-face pour découvrir Katherine Harker adossée au mur, une cigarette entre les doigts.

— Mauvaise journée ?

Chapitre 8

Tout ce dont Kate rêvait, c'était d'un moment de paix. Un moment pour souffler et réfléchir, sans être exposée aux regards. Les paroles de Charlotte restaient ancrées dans son esprit.

« Il paraît que sa mère est devenue folle. Elle a perdu la boule et tenté de les jeter toutes les deux du haut d'un pont en voiture. »

Ces mots faisaient remonter en elle non pas un souvenir, mais deux. Deux mondes différents. Deux Kate différentes. L'une allongée dans un pré, l'autre étendue sur le trottoir. L'une enveloppée par le léger bruissement de la campagne, l'autre par un silence vibrant.

Elle porta distraitement les doigts à la cicatrice sous ses cheveux et passa un ongle métallique sur la courbe de son oreille. Il était troublant de sentir l'ongle sur la peau sans entendre le frottement.

Juste à ce moment-là, les portes s'ouvrirent d'un seul coup et Kate vit un garçon s'avancer d'un pas mal assuré. Elle laissa retomber sa main. L'élève paraissait un peu perdu, comme malade. Pas étonnant : il sortait de la cafétéria, un endroit qui donnait facilement la nausée.

— Mauvaise journée ?

Il la gratifia d'un regard surpris et elle le reconnut : Frederick Gallagher. Le nouvel élève de première. Avec ses grands yeux gris cachés sous une tignasse de cheveux noirs, son corps tout maigre et son air affamé, il ressemblait davantage à un chien errant qu'à un lycéen digne de ce nom.

Il ouvrit la bouche, puis la referma avant de l'ouvrir de nouveau pour prononcer un seul mot :

— Oui.

Kate fit tomber la cendre de sa cigarette et se redressa de toute sa hauteur.

— Tu es nouveau, non ?

— Toi aussi, répliqua-t-il en haussant à peine un sourcil noir.

Sa réponse la prit de court. Elle l'imaginait plutôt du genre à balbutier ou à ramper. Mais il la regardait droit dans les yeux et sa voix, quoique douce, était ferme. Un chien errant ? Peut-être pas, tout compte fait…

— Tu t'appelles Katherine, c'est ça ?

— Kate. Et toi, Frederick ?

— Freddie, la corrigea-t-il.

Elle tira une bouffée de sa cigarette avant de froncer les sourcils, suspicieuse.

— Tu n'as pas une tête à t'appeler Freddie.

Il haussa les épaules. Ils restèrent un instant plantés là, à se jauger l'un l'autre. Au bout d'un moment, ce jeu de regards devint gênant. August détourna ses yeux gris vers le sol. Un sourire victorieux aux lèvres, Kate désigna la bordure d'herbe sur le bitume.

— Qu'est-ce qui t'amène dans mon bureau ?

Il regarda autour de lui, perplexe, comme s'il était vraiment entré sans permission.

— La vue, lança-t-il avant de reporter son attention sur elle.

— Vraiment ? s'amusa Kate, un sourire en coin.

— Je ne parlais pas de toi, mais des arbres, se défendit-il aussitôt, les joues écarlates.

— Sympa, merci ! dit-elle d'un ton sec. Comment veux-tu que je rivalise avec les pins et les chênes ?

— Aucune idée.

La tête penchée sur le côté, il ressemblait de nouveau à un chien errant.

— Ils sont superbes, ajouta-t-il.

Elle glissa ses cheveux derrière son oreille et son regard croisa celui de Freddie, qui, cette fois, ne s'attarda pas sur elle. Ses joues rouges ne trahissaient pas seulement la gêne. Il semblait vraiment mal en point.

— Je te proposerais bien de t'asseoir, dit-elle en faisant tomber sa cendre sur le bitume.

— Tout va bien, répliqua-t-il en s'adossant au mur adjacent. J'avais juste besoin de prendre l'air.

Elle observa le torse du garçon qui se soulevait et s'abaissait en rythme. Les yeux gris du lycéen, rivés sur un banc de nuages bas, reflétaient sa présence autant que son absence.

Où es-tu ? se demanda-t-elle. La question lui brûlait les lèvres.

— Tiens, on dirait que tu en as besoin.

Elle lui tendit une cigarette, mais Freddie secoua la main.

— Non merci. Ces saletés vont te tuer, un de ces quatre.

Elle éclata d'un rire à la fois doux et silencieux.

— Il existe plein d'autres façons de mourir.

— Pas faux, concéda-t-il, un sourire triste aux lèvres.

La sonnerie retentit. Kate se décolla du mur.

— À la prochaine, Freddie !

— J'ai besoin de prendre rendez-vous ?

— Ma porte est toujours ouverte, répondit-elle en agitant la main.

Puis elle écrasa sa cigarette et rentra dans le bâtiment.

À la fin de la journée, Kate était devenue intouchable.

De toute évidence, la nouvelle de son coup d'éclat avec Charlotte dans les toilettes des filles s'était répandue – du moins, chez les terminales. La plupart des élèves gardaient leurs distances et se taisaient sur son passage, mais certains adoptaient une stratégie différente.

— J'adore tes cheveux.

— Tu as une peau magnifique.

— Tes ongles sont incroyables. C'est vraiment du fer ?

Kate avait encore moins de patience avec ces aspirants sous-fifres qu'avec ceux dans le genre de Charlotte. Elle avait vu les gens ramper aux pieds de son père, tenter de s'attirer ses bonnes grâces par la supplication, la tromperie ou la ruse. Voilà pourquoi il préférait les monstres aux hommes, lui avait-il expliqué un jour. Les monstres étaient des êtres d'une bassesse répugnante, mais peu intéressés par le pouvoir et moins enclins à s'attirer des faveurs ou raconter des mensonges. Leur avidité n'avait rien à voir avec l'ambition.

« *Inutile de me demander ce qu'ils veulent : je le sais déjà* », avait-il affirmé.

Alors que la moitié des lycéens l'évitait et que l'autre lui faisait des avances, Kate, qui avait toujours détesté les monstres, commençait à les voir d'un autre œil. Cette situation l'épuisait. Quand enfin retentit la dernière sonnerie, elle poussa un soupir de soulagement.

— Et voilà le travail, même pas renvoyée ! lança-t-elle à Marcus en arrivant devant la berline noire.

— C'est un miracle, répliqua le chauffeur, impassible, en lui tenant la portière.

Protégée par les vitres teintées, elle finit par abandonner son sourire froid lorsque la voiture s'éloigna de Colton pour la reconduire chez elle.

Chez elle. Elle allait devoir s'y habituer.

Les Harker habitaient au dernier étage de ce qui était autrefois la tour Allsway, désormais connue sous le nom ostentatoire de tour Harker puisque le père de Kate possédait le bâtiment tout entier, du rez-de-chaussée au sommet. Marcus resta près de la voiture pendant que deux hommes en costume noir retenaient les portes vitrées pour laisser entrer la fille du patron. De la musique classique flottait dans l'air comme un parfum, agréable à petites doses mais pénible au bout d'un moment. L'endroit en lui-même était décadent : sous une immense voûte, le rez-de-chaussée était dallé de marbre sombre, les murs en pierre blanche ornés d'une bordure dorée et le plafond, constellé de chandeliers en cristal.

Kate avait lu un roman de science-fiction sur une ville chatoyante où tout était splendide à l'extérieur mais gangrené à l'intérieur, comme une pomme pourrie. Elle se demandait parfois si son père avait lu ce livre (dans ce cas, il ne l'avait manifestement pas terminé).

Suivie d'un agent de sécurité, elle traversa le lobby rempli d'hommes et de femmes richement vêtus, dont beaucoup attendaient à l'évidence un entretien avec Harker. Une en particulier – une superbe femme en manteau couleur crème – tenta de glisser une enveloppe de billets dans la main de Kate, mais l'agent l'en empêcha. (Dommage… La jeune fille aurait peut-être accepté le pot-de-vin, sans toutefois le transmettre au grand patron.) Elle garda les yeux rivés devant elle jusqu'à atteindre l'ascenseur doré. Alors seulement elle se retourna, scruta le vestibule et esquissa un sourire.

« *Les gens sont des profiteurs. C'est bien connu. Profite d'eux ou ce sont eux qui profiteront de toi.* » Une autre citation tirée du manuel de Callum Harker pour conserver sa place au sommet.

Il faut dire qu'il était resté au sommet – ou, du moins, en pleine ascension – pendant très longtemps. Cet homme était doué pour trois choses : se faire des amis, des ennemis et de l'argent (le plus souvent de manière illégale). Bien avant le Phénomène et le chaos, avant la guerre des territoires et la trêve, il avait déjà tout d'un roi. Pas officiellement, car ce titre appartenait aux Flynn. Mais les villes étaient comme des icebergs : le véritable pouvoir demeurait caché sous la surface. Même à cette époque, Harker avait la moitié de V-City dans la poche. Alors quand les ombres avaient commencé à avoir des crocs, quand les territoires limitrophes avaient fermé leurs frontières, quand les habitants paniqués avaient quitté la ville avant d'y être ramenés par ceux de l'extérieur, quand tout le monde avait fini par être terrifié, il s'était imposé.

Il avait sa vision des choses – et ce depuis toujours –, mais voilà qu'il avait aussi les monstres. Le choix paraissait très simple : rejoindre Flynn et vivre dans la peur ou rallier Harker et payer pour sa sécurité.

Or certains étaient prêts à payer une fortune.

Le penthouse de Harker était minimaliste et élégant : tout de marbre et de verre, ponctué de bois sombre et d'acier. Là-haut, il n'y avait pas de domestiques ni d'agents de sécurité. L'appartement, froid et tout en angles, ne convenait pas à une famille. Pourtant, c'était là qu'ils en avaient formé une. Ils y avaient vécu tous les trois pendant quelques mois, entre la trêve et l'accident. Seulement quand Kate fouillait dans ses souvenirs en quête d'un foyer digne de ce nom, les images se confondaient : paysage champêtre et forêt au loin, vitre brisée et métal déformé.

Quelle importance ? Elle était de retour et bien décidée à faire de cet endroit son chez-elle.

— Il y a quelqu'un ? s'enquit-elle.

Pas de réponse. D'accord, elle ne s'attendait pas à une fête de bienvenue, ni même à un « Comment s'est passée ta journée, ma chérie ? ». Ce n'était pas le genre de la famille. Le bureau privé de son père était attenant au penthouse, mais il aurait tout aussi bien pu s'agir de son propre appartement, son propre monde. Les immenses portes étaient fermées et, quand elle colla sa bonne oreille au bois, elle n'entendit qu'un bourdonnement faible et régulier. La pièce était insonorisée. Kate s'écarta du battant pour observer le reste du loft.

De l'autre côté de la baie vitrée, le soleil commençait tout juste à plonger derrière les plus hauts immeubles. Elle tapota un panneau mural et les lumières s'allumèrent, inondant l'espace d'un blanc artificiel. Un autre petit coup et l'épais silence fut brisé par de la musique se déversant des enceintes à l'autre bout de l'appartement. Les yeux fixés sur le bureau de son père, elle garda son index appuyé : le volume augmenta encore et encore, jusqu'à ce que le son vibre dans sa poitrine et comble le vide. Le bruit de ses pas couvert par les basses, elle se rendit dans la cuisine, grimpa sur un tabouret et déballa le contenu de son sac sur le comptoir. La charge de travail à Colton avait beau être imposante, Kate avait passé des années dans des pensionnats qui semblaient n'avoir rien de mieux à faire que de leur donner des devoirs. Au milieu des documents se trouvait un polycopié sur les préparatifs pour l'université intitulé : « La vie après Colton ». Parmi les nombreuses options proposées, la plupart étaient situées à Verity mais quelques-unes en dehors. Les frontières avaient rouvert deux ans plus tôt avec d'importantes restrictions et le territoire demeurait une zone fermée sous le nom de « Quarantaine Code 53 : Autre ». Quoi qu'il en soit, Kate se doutait que certains élèves de l'académie avaient suffisamment de relations pour obtenir des laissez-passer et répondre à l'invitation d'une université.

Après tout, les autres territoires convoitaient en effet les esprits les plus brillants de Verity. En revanche, ce dont ils ne voulaient pas, c'était de leurs monstres.

Elle jeta la brochure. Sur le comptoir en marbre étaient posés un tas de nouveaux médaillons, de lourds disques de fer estampés du fameux *V.* Kate en fit tourner un distraitement entre ses doigts. Du fer. Un métal que les monstres détestaient. Ce n'était pourtant pas lui qui assurait la sécurité des citoyens, mais Harker. N'importe qui pouvait suspendre un bout de métal à son cou en croisant les doigts, mais ces pendentifs-là étaient particuliers.

À l'arrière de chaque médaillon était gravé un nombre et à chaque nombre correspondait un habitant de V-City. Un registre dans le bureau de son père gardait la trace de chacune des âmes qui avait acheté sa protection contre les créatures rôdant dans le noir. Ce n'était pas le métal que craignaient les monstres, mais Harker lui-même.

Kate fit de nouveau tourner le médaillon sous ses yeux telle une toupie. Pas de pendentif, pas de protection : telle était la loi de Harker.

Tout en regardant le disque osciller, elle sentit quelque chose bouger dans son dos. Le martèlement de la musique l'empêchait d'entendre le moindre son, mais elle comprit, comme quand un frisson vous parcourt le corps, qu'elle n'était plus seule.

Sa main passa sous le bord du comptoir pour se refermer sur le pistolet collé au granit. Le temps que le médaillon tombe, elle était déjà debout, le cran de sûreté ôté, l'arme levée. À travers le viseur, elle découvrit une paire d'yeux rouge sang qui la fixaient.

Sloan.

Six ans plus tôt, quand elle était retournée à V-City auprès de son père, elle avait trouvé Sloan à ses côtés.

Vêtu d'un costume noir ajusté, le Malchai préféré de Callum Harker paraissait presque humain. Il était de la même taille, voire de la même carrure que son maître, et il avait les mêmes yeux caves, même si les siens étaient écarlates et ceux de son chef, bleus. Mais si le père de Kate était fort comme un bœuf, Sloan, avec ses os sombres visibles sous sa peau parcheminée, tenait plutôt du spectre. Sa pâleur lui donnait l'air malade. *Non,* pensa Kate, *l'air mort.* Comme un cadavre par une journée d'hiver.

Dans la joue du monstre, juste sous son œil gauche, était gravée la lettre *H*, de la taille et de la forme d'une chevalière. (Son père en portait une à la main gauche, au-dessus de son alliance.)

Les fines lèvres de Sloan s'étirèrent pour découvrir des dents acérées limées en pointe, comme celles d'un requin.

« Malchai, Malchai, sourires tranchants, montrent les crocs et boivent ton sang. »

Sloan parlait, mais elle ne pouvait pas l'entendre à cause de la musique tonitruante. Elle ne s'en portait pas plus mal, car la voix du monstre était désagréable : ni crécelle ni grognement, plutôt un son aussi doux que mièvre. Alors qu'elle n'avait jamais vu le Malchai se nourrir, elle l'imaginait, couvert de sang, s'exprimer de son ton mielleux.

« Je ne t'entends pas », articula-t-elle dans l'espoir qu'il parte. Peine perdue : Sloan était trop patient. Il effleura le panneau mural d'un ongle pointu et la musique s'arrêta, les replongeant dans le silence.

Kate n'abaissa pas le pistolet. Elle se demandait quel type de cartouches il contenait. Argent ? Fer ? Plomb ? Quelque chose qui laisserait une marque.

— De retour depuis moins d'une semaine et tu as déjà trouvé les armes, constata-t-il d'une voix si basse après le vacarme de la musique qu'elle dut tendre l'oreille pour l'entendre.

— Les habitudes ont la vie dure… répliqua Kate, un sourire éteint aux lèvres.

— Tu comptes me tirer dessus ? demanda-t-il en s'approchant d'un pas furtif, ses yeux rouges brillant d'excitation, comme si tout ça n'était qu'un jeu.

— Ça m'a traversé l'esprit.

Mais elle n'en fit rien. Elle sentit le pistolet s'alourdir : la main de Sloan était nonchalamment posée sur le canon. Elle ne l'avait même pas vu bouger. Les Malchai étaient ainsi, lents jusqu'au moment où ils frappaient.

Sloan fit claquer sa langue contre ses crocs acérés.

— Ma chère Kate, je ne suis pas ton ennemi.

Lorsque ses doigts aussi froids que lisses, presque reptiliens, vinrent effleurer les siens, elle se dégagea brusquement et lui abandonna l'arme. Il la posa sur le comptoir entre eux.

— Tout s'est bien passé, j'imagine, reprit-il.

— Je suis rentrée en un seul morceau, confirma-t-elle en se désignant.

— Et l'académie ?

Comme s'il s'en souciait…

— Pareil.

La température dans la cuisine chutait, comme si Sloan aspirait toute la chaleur de la pièce. Kate croisa les bras.

— Tu t'es levé tôt, fit-elle remarquer.

— Très originale, ta blague de vampire.

Il ne souriait jamais, mais il partageait l'humour caustique du père de Kate. Seuls les Corsai étaient des êtres véritablement nocturnes, allergiques à la lumière du jour. Ils avaient beau boire du sang et tirer leur force de la nuit, les Malchai n'étaient pas des vampires : ils ne reculaient pas devant une croix et ne prenaient pas feu une fois exposés au soleil. En revanche, ils ne survivaient pas à un morceau de métal pur planté dans leur cœur.

Sloan examina le tas de médaillons sur le comptoir, puis il recula très légèrement avant de se tourner vers la baie vitrée. La lumière du jour déclinait.

Kate avait une théorie : Sloan n'était pas seulement le sous-fifre de Harker, mais aussi son Malchai attitré. Le produit, la conséquence d'un horrible crime, comme ces Corsai dans la vidéo qu'elle avait regardée. Un être né dans le sillage de Harker. Mais qui donc avait-il tué pour se retrouver avec une créature comme Sloan ? Et depuis quand le Malchai était-il aux côtés de son père, à la place de Kate ? Cette question lui donnait envie de tirer une balle en argent dans l'œil du monstre.

Elle jeta un regard furtif à la marque sur la joue de son interlocuteur.

— Dis-moi, Sloan…

— Hmm ?

— Qu'as-tu fait pour devenir le toutou préféré de mon père ?

Aussitôt, le visage du Malchai se crispa, figé.

— Tu as appris de nouveaux tours en mon absence ? poursuivit-elle. Tu sais t'asseoir ? Te coucher ? Aller chercher la balle ?

— Je n'ai qu'un seul tour dans ma manche, répondit-il en levant une main osseuse le long de la tête de Kate. Je sais écouter.

Il claqua des doigts près de la mauvaise oreille de la jeune fille. Cette dernière tenta de se saisir du pistolet, mais il fut plus rapide.

— Tss, tss… la prévint-il en agitant l'arme de gauche à droite. Sois gentille.

Kate recula d'un pas, les mains levées.

— Qui sait ? ajouta Sloan en faisant tourner le pistolet. Si tu es sage, Harker finira peut-être par faire de toi son héritière.

Chapitre 9

August se sentait vraiment mal.

Chacune de ses 418 marques vibrait faiblement lorsqu'il se laissa tomber sur le siège du métro, les yeux fermés. Le sang lui martelait la tête, accompagné du bruit lointain et régulier de coups de feu. Il faisait tout pour ne pas y penser, mais c'était comme tenter de ne pas gratter une démangeaison.

— Comment as-tu osé ? s'écria une femme de l'autre côté de l'allée.

Elle se tenait debout au-dessus d'un homme penché sur une tablette. Comme il ne levait pas les yeux, elle plaqua sa main sur l'écran.

— Regarde-moi !

— Bon sang, Leslie !

— Je travaille avec elle !

— Tu crois vraiment que c'est le moment ? grommela-t-il. D'accord, on va compter les points.

— Tu n'es qu'un enfoiré.

— Il y a eu Eric, Harry et Joe, mais est-ce qu'on compte aussi ceux qui ne voulaient pas de toi…

Elle le gifla avec force – la claque retentit comme une détonation dans la rame, comme une explosion dans le crâne d'August. Les têtes se tournèrent vers le couple qui se disputait. Il se sentait de plus en plus mal à l'aise : son influence se propageait comme une onde de chaleur autour de lui. Deux sièges plus loin, un homme se mit à sangloter.

— Tout est ma faute, tout est ma faute, répétait-il. Je ne voulais pas…

— Tu es une belle salope !

— Ça n'en valait pas la peine.

— J'aurais dû partir.

— Tout est ma faute.

À mesure que la clameur s'amplifiait, August, cramponné à son siège, les articulations des doigts blanches, comptait les arrêts jusqu'à la Frontière.

— Tu vas bien ? demanda Paris dès son arrivée à l'appartement.

Son sixième sens lui indiquait quand quelque chose clochait.

— Je suis vivant, répondit-il en échangeant son blazer contre sa veste des Forces spéciales.

— Tu es chaud, fit-elle remarquer, une main posée sur sa joue.

Ses os le brûlaient sous sa peau tendue.

— Je sais.

La cave était agréablement fraîche et sombre. August rêvait de s'allonger sur le sol humide, les yeux fermés, mais il poursuivit son chemin et traversa le tunnel pour pénétrer dans le bâtiment d'en face. Il remonta ensuite au rez-de-chaussée pour gagner la sortie et parcourut un kilomètre vers le sud, à travers les rues détruites, jusque chez lui. Dans le miroir de l'ascenseur, il fit de son mieux pour lisser ses cheveux et détendre les traits de son visage. Il avait l'air patraque, mais la maladie ne se voyait pas encore.

Son père l'attendait de pied ferme.

— Tu étais censé m'envoyer un texto en sortant du lycée, maugréa-t-il.

— Désolé…

— Tu vas bien ?

Encore cette question qu'il détestait !

— Ça va aller…

Ce n'était pas un mensonge. Il finirait par aller mieux.

— Tu n'as pas l'air bien, insista Henry.

— J'ai eu une longue journée, grommela-t-il, les dents serrées.

— Eh bien, ressaisis-toi, soupira son père. Emily prépare un bon dîner pour fêter ta rentrée.

— C'est ridicule. On est trois à ne pas manger.

— Fais-lui plaisir.

— Je vais prendre une douche, lança August en se frottant les yeux.

Il laissa les lumières de la salle de bain éteintes et retira son uniforme dans le noir. L'eau était froide, mais il n'augmenta pas pour autant la température. Il entra dans la douche et poussa un cri de surprise quand le jet toucha sa peau nue. Frissonnant sous le flot glacé, il resta ainsi jusqu'à ce que ses os ne soient plus douloureux, jusqu'à ce que le froid apaise le feu dans sa poitrine et qu'il n'ait plus l'impression d'avaler de la fumée à chaque respiration. Le front appuyé contre la paroi de la douche, il se répéta : « Tout va bien, tout va bien, tout va bien. »

Lorsqu'il ressortit de la salle de bain, le soleil était déjà couché. Tout le monde l'attendait dans la cuisine.

— Ah, le voilà ! s'exclama Emily en le serrant dans ses bras. On commençait à s'inquiéter.

Comme August avait encore la peau fraîche après la douche, elle ne remarqua pas sa fièvre. Il se dégagea au plus vite pour s'approcher de la table.

Le plafonnier était trop lumineux, le raclement des chaises trop strident. August se recroquevilla. Tout était intensifié, comme si l'on avait augmenté le volume de sa vie, mais pas de manière festive. Les bruits étaient trop forts, les odeurs trop puissantes et la douleur – oui, il la ressentait – trop vive. Niveau émotions, c'était encore pire. L'agitation, la colère bouillonnaient sous sa peau et dans sa tête. Chaque remarque, chaque pensée crépitait comme une étincelle sur du bois sec.

Sur la table dressée, seules deux assiettes contenaient de quoi manger. Dans les trois autres, uniquement des serviettes. C'était ridicule. Une vraie perte de temps. Pourquoi s'évertuaient-ils à faire comme si…

— Assieds-toi à côté de moi, lui dit Ilsa en tapotant le siège à sa gauche.

August se laissa tomber sur la chaise, les poings serrés. Il sentait le regard de Leo peser sur lui, lourd comme la pierre, mais c'est Henry qui prit la parole.

— Alors, tu l'as vue ?

— Bien sûr, répondit-il.

— Et ? demanda Emily.

— Et elle ressemble plus à une fille ordinaire qu'à une baronne du crime.

Elle avait beau s'en donner les airs, quelque chose dans son comportement sonnait faux. Comme un déguisement. Lui-même se sentait à l'étroit dans le sien. Il ferma les yeux, une goutte de sueur lui glissant dans le dos. Il avait l'impression d'être fait de braises sur lesquelles on soufflait doucement…

— Autre chose ?

Le couple Flynn le regardait avec tellement d'espoir qu'August fit de son mieux pour se concentrer sur son rapport.

— Eh bien, je crois que… sans le vouloir… je me suis fait un ami.

Ilsa sourit. Leo haussa un sourcil surpris. Quant à ses parents, ils échangèrent une œillade.

— August, commença Henry d'une voix lente. C'est formidable. Mais sois prudent.

— Je le suis, répliqua-t-il sèchement.

Son agacement était visible, mais il ne parvenait pas davantage à se calmer qu'à faire baisser sa température.

— Tu voulais que je me fonde dans la masse, non ? Parce que si je reste dans mon coin, c'est là que je risque de me faire remarquer.

— Je serais ravi que tu te fasses des relations, répondit Henry d'un ton monocorde. Garde tes distances, c'est tout.

La colère monta en Auguste. Trop vite.

— Je suis au courant, merci ! Tu me prends vraiment pour un idiot. Parce que tu me retiens enfermé ici depuis quatre ans, tu te dis que je manque de jugeote, c'est ça ? Tu crois quoi, papa ? cracha-t-il. Que je vais les inviter à dîner ?

Il se leva brusquement de table.

— August ! le supplia Ilsa.

Au moment où il quitta la pièce, il entendit ses parents repousser leurs chaises, mais c'est son frère qui le suivit dans le couloir.

— Quand as-tu mangé pour la dernière fois ?

Devant son hésitation, Leo s'approcha de lui. August, recroquevillé, tenta de s'échapper, mais son aîné était trop grand, trop rapide. Il ne parvint à faire qu'un demi-pas avant de se retrouver coincé contre le mur. Leo lui saisit le menton et releva son visage d'un coup sec pour plonger ses yeux noirs dans les siens.

— Quand ?

Sous l'influence de son frère, transmise à la fois par sa voix et sa main, la réponse sortit toute seule.

— Il y a quelques jours.

— Bon sang, August ! s'exclama Leo avant de reculer.

— Quoi ? le défia-t-il en se frottant la mâchoire. Tu jeûnes bien pendant une semaine, parfois plus. Et Ilsa ne semble même pas avoir besoin de se nourrir. Alors pourquoi moi…

— Parce que. C'est une quête ridicule et futile. Tu as un feu en toi, petit frère. Tu devrais accueillir sa chaleur plutôt que de tenter de l'étouffer.

— Je n'ai pas envie…

— Il ne s'agit pas d'envie, le coupa Leo. Tu ne peux pas développer ta résistance en t'affamant. Tu sais très bien ce qui va se passer si tu ne manges pas. Toutes ces précieuses petites marques vont disparaître et tu vas devoir recommencer depuis le début.

Ce n'est pas ce que craignait August, et son aîné le savait. Le problème n'était pas les marques en soi, mais ce qu'il perdrait avec. Ce que Leo avait déjà perdu.

— À combien en es-tu aujourd'hui, petit frère ?

— Quatre cent dix-huit, répondit August, la gorge serrée.

— Quatre cent dix-huit jours… répéta Leo. Impressionnant ! Mais tu ne peux pas tout avoir. Soit tu te nourris, soit tu acceptes les ténèbres en toi. Tu as fait combien de victimes la dernière fois ? Huit ?

Le nombre monta dans la gorge d'August.

— Neuf, murmura-t-il.

— Neuf vies innocentes. Tout ça parce que tu refusais de manger.

August entoura ses côtes de ses bras.

— Qu'est-ce que tu veux ? Être ordinaire ? Humain ?

Son aîné avait prononcé ce dernier mot avec dégoût.

— Mieux vaut humain que monstre, marmonna August.

— Écoute-moi bien, petit frère, déclara Leo, la mâchoire serrée. Ne nous confonds pas avec ces viles créatures. Nous ne sommes pas des Corsai, à grouiller comme des insectes. Ni des Malchai, à nous nourrir comme des bêtes. Les Sunai, eux, sont justes, équilibrés. Ils sont…

— Moralisateurs et enclins à parler d'eux-mêmes à la troisième personne ? lança August du tac au tac.

Sévère, Leo plissa ses yeux noirs sans se départir de son calme. Jamais il ne cédait à la colère. Il sortit son portable et composa un numéro. Quelqu'un répondit.

— Dis à Harris et à Phillip d'aller faire un tour, ordonna-t-il avant de raccrocher.

Il tira ensuite de sa poche une feuille de papier pliée qu'il fourra dans la main d'August.

— Va manger avant de perdre plus que ton sang-froid.

Il referma ses doigts sur la nuque de son cadet pour l'attirer à lui.

— Fais comme si c'était du poulet, ajouta-t-il d'une voix douce. Fais comme si tu étais normal. Fais comme tu le sens, petit frère. Ça ne changera pas ta vraie nature.

Sur ces mots, Leo le lâcha pour retourner à table.

August ne le suivit pas. Il resta dans le couloir jusqu'à ce que les battements de son cœur s'apaisent. Puis il partit chercher son violon.

Chapitre 10

Quand la porte du bureau de Harker finit par s'ouvrir, le soleil était couché et le ciel, enflammé de ses dernières lueurs. Kate était toujours assise au comptoir de la cuisine, moins par zèle scolaire – elle avait terminé ses devoirs – que par obstination : elle attendait son paternel de pied ferme. Il l'avait évitée toute la semaine, depuis que le fourgon noir l'avait déposée quelques heures avant l'aube.

Lors de leurs premiers adieux – elle avait alors cinq ans, la ville se déchirait et le chef de famille poussait dans une voiture sa femme et son enfant, en sanglots car elle ne voulait pas partir –, il lui avait saisi le menton avant de déclarer : « *Ma fille ne pleure pas.* » Ses larmes avaient arrêté de couler sur-le-champ.

À son retour après la trêve, voici les premiers mots qu'il lui avait adressés : « *Rends-moi fier.* » À l'époque, elle l'avait déçue. Cette fois, elle n'échouerait pas.

Les paroles de Charlotte résonnaient dans ses oreilles : « *Il ne supporte plus de voir sa tête.* »

Ce n'était pas vrai. En réalité, il n'avait pas compris qu'elle n'était plus la fillette qu'il avait congédiée douze ans plus tôt, celle qui avait peur du noir et libérait les insectes plutôt que de les écraser. Elle n'était plus la jeune fille revenue six ans plus tard, qui pleurait quand elle faisait des cauchemars et tournait de l'œil à la vue du sang. Elle n'était pas faible comme sa mère. Elle n'allait pas s'effondrer ni tenter de disparaître en pleine nuit.

Non, elle était la fille de son père.

Kate attendait, immobile au comptoir, la tête tournée de manière à entendre les pas lourds de son paternel sur le plancher lambrissé. Mais les pas s'éloignèrent au lieu de se rapprocher. Elle perçut le bip du bouton de l'ascenseur qu'on appelle et le grincement à son arrivée, puis le bruit étouffé de sa descente. Après son départ, elle se leva pour le suivre. Sauf que Sloan bloquait la porte.

Dans la pénombre, le monstre paraissait plus réel, solide au point de l'inquiéter. Son squelette ressortait sous sa peau, telle une contusion, et ses dents avaient l'air plus longues, acérées et argentées, comme des pointes de couteau.

— Tu as faim ?

Kate secoua la tête.

— Où est-il parti ?

— Qui ? demanda le Malchai en plissant ses yeux rouges.

Son regard laissait penser qu'il avait sûrement mieux à faire que de jouer les baby-sitters. Elle décida de le provoquer.

— C'est à ça que mon père t'occupe ?

— Et si on jouait à un jeu ? répondit-il d'un ton aimable. Tu pourrais me dire de dégager. Tu me traiterais de monstre, et moi je te dirais que tu n'es qu'une petite morveuse pourrie gâtée. On se disputerait, ce serait amusant. Peut-être même qu'à la fin, tu partirais en trombe dans ta chambre et tu claquerais la porte comme une adolescente ordinaire.

— Je ne suis pas une adolescente ordinaire, répliqua Kate, un sourire froid aux lèvres.

— Quel dommage… soupira Sloan.

— Dis-moi où…

Le monstre se précipita en avant pour la coincer contre le comptoir. La violence de l'attaque donna à Kate l'impression d'avoir reçu un coup dans les côtes qui lui vidait les poumons.

— Couché, le chien, ordonna-t-elle d'un ton sec en s'efforçant de ne pas laisser transparaître sa peur.

Le Malchai, impassible, la lorgnait de son regard écarlate.

— Tu ne comprends donc pas ? chuchota-t-il. Harker ne veut pas de toi ici.

— Tu n'en sais rien…

— Bien sûr que si.

Il posa un doigt froid sur la joue de Kate. Son ongle était limé en pointe.

Elle décida de ne pas se laisser impressionner.

— Je ne suis plus une enfant.

— Tu seras toujours notre petite Katherine, murmura-t-il. Celle qui s'endort en pleurant et supplie sa mère de l'emmener avec elle.

— C'est elle qui voulait partir, pas moi !

— Tu te mens à toi-même. Moi, je suis incapable de dire autre chose que la vérité, et tu le sais.

Une goutte de sang perla sous l'ongle de Sloan, mais Kate ne se dégagea pas.

— Je suis une Harker, déclara-t-elle en détachant chaque syllabe. Ma place est ici. Maintenant, dis-moi où il est.

Dans un soupir, le Malchai détourna le regard pour fixer l'obscurité de plus en plus totale de l'autre côté de la baie vitrée.

— Au sous-sol.

Kate, qui s'efforçait de retrouver son calme, se dirigea vers l'ascenseur.

— Mais je te déconseille d'y aller, ajouta Sloan.

Les portes s'ouvrirent. Une fois entrée dans la cabine, elle demanda :

— Et pourquoi donc ?

Le Malchai afficha un sourire féroce avant de répondre :

— C'est là que se trouvent les vrais monstres.

Harris et Phillip rejoignirent August dans l'ascenseur. Il s'était arrêté au quatorzième étage pour laisser monter les deux agents musclés en treillis noir. Harris avait dix-huit ans, des cheveux bruns qui dépassaient de sa casquette, Phillip vingt ans et le crâne rasé. Comme la plupart des jeunes hommes du Quartier Sud, ils avaient apparemment sauté sur l'occasion d'entrer dans les Forces spéciales. Ils étaient tous deux enjoués, du genre à bondir à la première alerte pour se précipiter vers les ennuis plutôt que de les fuir. Du genre à se taper dans la main après avoir éliminé un Corsai à l'aide d'un rayon UVH ou un Malchai d'une pointe en métal plantée dans le cœur.

— Donc on était au deuxième étage, dans ce couloir, là, hors de portée des caméras, et... Oh, salut, August !

— Sauvé par l'ascenseur, plaisanta Phillip avant de lui adresser un sourire chaleureux. Tu tiens le coup ?

L'adolescent hocha la tête avec vigueur. Il sentait la colère le quitter, ce qui n'était pas bon signe : le pire était à venir.

— On dirait que tu as besoin d'un petit remontant, fit remarquer Harris en ôtant sa casquette des Forces spéciales pour la poser sur les boucles noires d'August.

Seuls quelques membres des FSF triés sur le volet connaissaient sa véritable identité – et, plus important, sa véritable nature.

— Je parlais justement à Phil de cette superbe...

— Laisse tomber, vous ne jouez pas dans la même cour.

— Sympa...

— Regarde les choses en face, dit Phillip au moment où ils arrivaient au rez-de-chaussée. Elle est cheffe d'équipe de deuxième classe, alors que toi... tu ne viens pas d'être rétrogradé au rang de robot sans cervelle ?

Harris leva les yeux au ciel.

— Et toi, August ? Un beau mons... (Phillip lui jeta un regard noir.) Garçon comme toi, se corrigea-t-il. Tu as quelqu'un en vue ?

— Crois-le ou non, mes options sont limitées, répondit l'intéressé lorsqu'ils sortirent dans la nuit.

— Pff... Il suffit que tu élargisses tes critères de recherche au-delà de tes...

Phillip se racla la gorge.

— À qui rend-on visite ce soir ? demanda-t-il en scrutant la rue.

August remonta la bandoulière sur son épaule. Il avait rangé son violon dans un autre étui, qui paraissait conçu pour une arme plutôt qu'un instrument de musique. Il déplia le papier que Leo lui avait donné. C'était un profil. Celui d'une victime. August préférait ne pas employer ce mot – les victimes étaient innocentes, contrairement à cet homme –, mais il s'imposait chaque fois à lui.

— Albert Osinger, lut-il à voix haute. 259, passage Ferring, appartement 2B.

— Ce n'est pas loin, indiqua Phillip. On peut y aller à pied.

August leur emboîta le pas en examinant le papier. Sous le texte était imprimée une photo de mauvaise qualité. Une capture d'écran faite à partir d'une vidéo.

Parfois, des hommes en quête de justice rapportaient des cas à Henry Flynn, mais la plupart des cibles étaient fournies par les caméras. Le Quartier Sud possédait son propre système de surveillance. Ilsa passait le plus clair de ses journées à scruter les images à la recherche d'ombres que les êtres humains ne voyaient pas et qui ne devraient pas se trouver là. La marque de quelqu'un dont la violence avait pris forme. Un pécheur.

Les Corsai se nourrissaient de chair et d'os, et les Malchai de sang. Peu leur importait la victime. Les Sunai, en revanche, ne pouvaient se nourrir que de pécheurs. Voilà ce qui les distinguait. C'était leur secret le mieux gardé, l'origine du côté moralisateur de Leo et la raison pour laquelle les membres des Forces spéciales ne devaient pas avoir d'ombre. C'était aussi pour cette raison qu'au début du Phénomène et au milieu du chaos grandissant,

Leo avait choisi de se rallier à Henry Flynn plutôt qu'à Callum Harker, un homme aux ombres innombrables.

« Nous sommes les actes les plus sombres devenus lumières », se plaisait-il à affirmer.

Pour August, ils formaient une espèce d'équipe de nettoyage cosmique, créée pour s'attaquer à la source du problème posé par les monstres.

Or Albert Osinger venait d'être officiellement qualifié de « source ».

Lorsque les bottes s'arrêtèrent devant lui, August replia le papier et étudia les environs. Ils se trouvaient au coin d'une rue à l'abandon, la plupart des lampadaires éteints ou clignotants. Phillip et Harris avaient sorti leurs rayons UVH, qu'ils balançaient d'avant en arrière sur le trottoir. Ils l'interrogèrent du regard.

— Quoi ? demanda-t-il.

Phillip pencha la tête sur le côté. Harris montra du doigt un bâtiment.

— Je te disais qu'on était arrivés.

L'immeuble paraissait décrépit. Quatre étages de peinture écaillée et de brique fissurée. Des éclats de vitre jonchaient le trottoir là où elles avaient été remplacées par des planches clouées au mur. On appelait « nid » ce genre d'endroit où les citoyens se terraient comme s'ils attendaient la fin d'une tempête.

Impossible de dire combien d'habitants se planquaient à l'intérieur.

— Tu veux qu'on entre avec toi ? demanda Harris.

Ils proposaient toujours de l'accompagner, mais August se doutait qu'ils préféraient garder leurs distances.

Si la musique ne pouvait pas les blesser, elle laisserait malgré tout des traces.

Il fit « non » de la tête.

— Surveillez plutôt l'entrée, ordonna-t-il avant de se tourner vers Phillip. Et les sorties de secours.

Ils acquiescèrent avant de se séparer. August grimpa les marches du perron. On avait façonné un *X* métallique sur la porte, mais il s'agissait d'un alliage, sans compter que, de toute façon, ce n'était pas cette maigre protection qui l'aurait arrêté. Il tira une carte d'accès de la poche de sa veste. Un outil des FSF, avec un code passe-partout, qu'il inséra. Il eut beau entendre un verrou coulisser, quand il tourna la poignée, la porte bougea à peine. Parce qu'elle était lourde ou bloquée ? Son épaule calée contre le métal, il poussa et sentit le bord inférieur racler le sol en grinçant sur plusieurs centimètres avant de finir – brusquement – par céder.

À l'intérieur, la cage d'escalier était jonchée de boîtes et de cartons censés retenir les ténèbres si elles trouvaient le moyen d'entrer. Au plafond, d'aveuglantes lumières UVH baignaient le hall d'une lueur inquiétante. Dans un coin clignotait un voyant rouge. Même si les caméras de surveillance du Quartier Sud étaient toutes reliées au même réseau fermé, August baissa la casquette des Forces spéciales sur ses yeux avant de grimper au deuxième étage, son violon en bandoulière.

« Sunai, Sunai, yeux de charbon, volent ton âme d'une chanson. »

Il entendait tout un réseau de voix à travers les murs, tantôt discrètes, tantôt puissantes, parfois déformées par la télévision ou la radio, d'autres fois nettes et distinctes.

Une fois arrivé devant l'appartement 2B, il colla son oreille au battant. Plus il avait faim, plus ses sens étaient aiguisés. Il entendait le faible murmure d'un téléviseur, le grincement du plancher sous le poids de pas, le bouillonnement d'un plat sur le feu et la respiration d'un corps. Albert Osinger était chez lui, seul. August recula. Il n'y avait pas de judas sur la porte. Il inspira un grand coup avant de se redresser pour frapper.

Aussitôt, il n'y eut plus un son dans l'appartement. Les pas s'arrêtèrent, la télévision s'éteignit, puis un verrou coulissa. La porte s'ouvrit sur un homme trop maigre dans une chemise à moitié boutonnée, qui jeta un coup d'œil dans le couloir. Son ombre serpentait dans son dos. Derrière elle, la pièce était un vrai capharnaüm : piles de documents et de livres, boîtes à demi écroulées, sacs d'ordures, vêtements, aliments en cours de décomposition.

— Bonsoir, monsieur Osinger, le salua August. Je peux entrer ?

Dès que le locataire du 2B croisa son regard, il comprit. D'une certaine façon, ils comprenaient toujours. L'homme blêmit, puis lui claqua la porte au nez. Ou du moins en avait-il eu l'intention, car August bloqua le battant en bois d'une main et le repoussa. Paniqué, Albert Osinger se mit à courir, renversant une pile de livres et une étagère de boîtes de conserve dans sa tentative de fuite. Comme s'il pouvait s'échapper.

Une fois à l'intérieur, August referma la porte derrière lui en soupirant.

Chapitre 11

Les portes de l'ascenseur s'ouvrirent et le vernis de richesse disparut. Si là-haut, la tour Harker était tout de marbre veiné et moulures dorées, on ne trouvait au sous-sol ni parquets cirés, ni chandeliers scintillants, ni mélodies de Bach. Ce n'était plus la peau cireuse de la pomme en surface, mais son cœur pourrissant.

Le sous-sol de la tour Allsway abritait une « salle de réception ». Dix ans plus tôt, une bombe avait arraché la peinture en même temps qu'elle ôtait la vie à dix-sept âmes, sans pour autant abîmer la structure d'acier et de béton. C'était là, entre ces murs toujours imprégnés des échos de la terreur, que Callum Harker tenait salon. Pas avec ses citoyens – enfin, ses sujets –, mais avec ses monstres.

Kate, en retrait, observait la scène depuis la rangée d'ascenseurs. Toutes les lumières du sous-sol avaient été détournées des cloisons pour éclairer le centre de l'immense pièce, mettant ainsi en valeur l'estrade érigée au milieu. Dans les coins obscurs se tenaient rassemblés des dizaines de Corsai. Tout autour, les monstres bruissaient à la manière de feuilles ou de débris. Un fracas macabre dans l'ombre, un chœur de murmures rauques qui fusionnait leurs voix en une seule.

« Battre briser détruire chair sang os battre briser… »

C'étaient des créatures cauchemardesques sorties d'histoires du soir qui auraient mal tourné – non plus tapies sous le lit ou dans le placard mais vivantes, munies de crocs et de griffes. « Attention, disaient les parents à leurs enfants. Soyez sages, sinon les Corsai viendront vous chercher. » En vérité, les Corsai se moquaient bien de savoir si vous faisiez attention ou si vous étiez sages. Ils grouillaient dans l'obscurité et se nourrissaient de la peur. Leurs corps formaient des silhouettes distendues, malades, qui ne paraissaient humaines qu'une fois dans votre champ de vision. Sauf qu'à ce moment-là, il était souvent trop tard pour fuir.

Kate fixa la plus proche de ces créatures jusqu'à ce que ses yeux s'adaptent à la pénombre. Elle distingua alors les pupilles laiteuses du monstre, ses contours flous et ses crocs aiguisés. Presque impossible à tuer. Un coup d'ultraviolet en pleine tête, rien de moins – sinon on ne faisait que les chasser. Encore fallait-il la trouver, cette tête. Or rien n'était moins aisé quand leur silhouette se fondait dans le noir.

Les Corsai se comportaient en meute – soit on les contrôlait tous, soit on n'en contrôlait aucun – et, d'une manière ou d'une autre, le père de Kate les avait soumis à sa volonté. Apparemment, il les avait attirés au sous-sol avant d'éteindre les lumières, mais la suite de l'histoire appartenait désormais à la légende. D'après certains, c'était son intrépidité qui les avait effrayés. Selon d'autres, il avait rempli les extincteurs de métal liquide et, quand les monstres s'en étaient enfin remis, des jours – voire des semaines – plus tard, ils s'étaient inclinés devant lui.

Les Malchai de Harker se tenaient plus près de la scène. Ils gardaient leurs bras squelettiques croisés, silhouettes noires aux yeux brûlants comme des braises sur leurs visages émaciés. La plupart avaient une allure masculine, quelques-uns vaguement féminine, mais aucun d'entre eux n'avait une apparence humaine. On aurait dit qu'ils irradiaient le froid, comme s'ils aspiraient toute la chaleur de l'air (Kate frissonna au souvenir de la poigne glacée de Sloan), et ils portaient chacun, sans exception, la même marque – un *H* sur la pommette gauche.

Lorsque l'un d'eux fut frôlé d'un peu trop près par un Corsai, il se mit à siffler. Le public était parsemé de quelques femmes et hommes, des voyous aux corps endurcis et aux joues balafrées. Leur simple présence tenait de la démonstration de force et, à côté d'eux, les Malchai semblaient bien plus monstrueux qu'humains.

Les seuls qui manquaient à la collection du père de Kate étaient les Sunai. Ces créatures rares – les plus sombres à avoir été engendrées par le Phénomène – s'étaient rangées du côté de Flynn dans le Quartier Sud. Certains racontaient que les Sunai refusaient d'être contrôlés, d'autres affirmaient qu'ils refusaient seulement d'être contrôlés par Harker. Dans tous les cas, ce dernier avait sous sa coupe un grand nombre de monstres, contrairement à son ennemi, et l'absence des Sunai n'y changeait rien. Partout où le regard de Kate se posait, le sous-sol grouillait de créatures dont les yeux blancs, rouges ou ordinaires fixaient l'estrade baignée de lumière où se tenait leur chef.

Le visage de Callum Harker était de ceux qui projetaient des ombres. Sous ses yeux caves ni bleu clair, ni bleu ciel, ni bleu-gris, mais d'un bleu foncé, cobalt, presque noir une fois la nuit tombée, se dressaient un nez aquilin et une mâchoire sévère. D'imposants tatouages inspirés de motifs tribaux dépassaient de son col et de ses manches, l'encre noire ondulant depuis le dos de ses mains jusqu'à son cou pour s'arrêter à la naissance des cheveux. Ces derniers contrastaient avec le reste : clairs, d'un blond chaud et doré comme ceux de Kate, ils balayaient son front et tombaient sur ses joues. Ce trait lumineux donnait presque envie de lui donner du « Cal », mais seule Alice, la mère de Kate, l'avait surnommé ainsi. Tous les autres lui donnaient du « maître », « gouverneur », « patron ». Aux yeux de sa fille, il était Harker, même si elle s'efforçait de l'appeler « papa » pour le plaisir de voir son visage se crisper – de gêne ? de dédain ? de consternation ? –, ce qu'elle considérait comme une victoire.

Il n'était pas seul sur l'estrade : un homme, à quatre pattes devant lui, le suppliait de le laisser en vie.

— S'il vous plaît, je vous en prie, répétait-il d'une voix tremblante. Je vais trouver l'argent. Je vous le jure.

Deux Malchai se dressaient dans son dos. Dès que leur seigneur et maître esquissa un geste, ils relevèrent le suppliant d'un coup sec avant d'enfoncer leurs ongles dans sa peau. Le malheureux poussa un cri étouffé au moment où le père de Kate se saisissait du pendentif en métal à son cou.

— Pitié, ne faites pas ça, implora-t-il. Je vais trouver l'argent…

— Trop tard, répliqua Harker en arrachant le collier.

— Non !

L'un des Malchai qui le tenait bâilla, révélant des rangées de dents irrégulières qu'il s'apprêtait à lui planter dans la gorge quand leur chef de meute secoua la tête.

— Attendez ! dit-il.

Le pauvre homme poussa un soupir de soulagement. Kate retint son souffle : elle connaissait son père. Ce dernier examina d'abord le médaillon, puis sa victime.

— Donnez-lui un peu d'avance, déclara-t-il en jetant le bijou. Cinq minutes.

Les monstres lâchèrent leur prisonnier, qui s'effondra par terre, cramponné aux jambes de son bourreau.

— Pitié ! s'écria-t-il. Je vous en supplie. Vous ne pouvez pas faire ça !

— Tu ferais mieux de te mettre à courir, Peter, rétorqua le père de Kate, le regard froid.

Blême, l'homme se releva en hâte, descendit de l'estrade en trébuchant et suivit le conseil de Harker. Jusque-là tenue au silence sur ordre de son chef, la foule de monstres et d'humains explosa soudain. Rires, sifflements et huées fusèrent tandis qu'ils s'écartaient pour laisser passer le condamné. Quelques-uns se détachèrent du groupe pour le poursuivre vers l'escalier de béton qui menait à la rue, dans l'obscurité.

Sur la scène – voilà ce dont il s'agissait : une scène, un spectacle –, Harker leva sa canne de fer dont le pommeau en forme de gargouille rappelait le capot de leur voiture (les gourous, avait lu Kate dans ce même livre, étaient doués pour la mise en scène, le faste et les coups de théâtre). Plutôt que d'élever la voix pour faire taire l'assistance, il abattit l'extrémité pointue de la canne sur l'estrade en béton. Le claquement retentit dans le sous-sol et le public se mit à chuchoter, les murmures passant d'une vague à un courant sous-marin.

— Suivant, ordonna-t-il.

Sous les yeux écarquillés de Kate, on traîna un Malchai sur l'estrade. Le monstre se tortillait, sa force atténuée par les chaînes en fer qui lui entouraient les poignets et le cou. À la place de sa marque, il n'y avait plus qu'un carré de peau détruite, comme s'il se l'était arrachée.

— Olivier, déclara le gouverneur d'une voix portant dans tout l'espace. Tu m'as déçu.

— Ah oui ? grogna le monstre d'un ton rauque. C'est plutôt nous qui sommes déçus.

Un frisson parcourut la salle souterraine. « *Nous.* » Les Corsai émirent un bruit de crécelle et les Malchai se mirent à chuchoter.

— Pourquoi devrions-nous mourir de faim à cause de marchés que tu es le seul à passer, humain ? Nous n'avons rien à voir avec ces accords. Les Corsai parlent peut-être d'une seule voix, mais les Malchai ne t'appartiennent pas.

Harker leva la gargouille de fer sous le menton du monstre. Il sourit en voyant celui-ci reculer au contact du métal.

— Tu as tort, répliqua-t-il. Je laisse le choix à chacun d'entre vous : rester sous mes ordres dans le Quartier Nord ou partir au sud vous faire massacrer par ceux de Flynn. Tu as choisi de demeurer dans ma ville, de porter ma marque, et après tu as décidé de saigner une famille à blanc. Une famille qui se trouvait sous ma protection.

Le regard du Malchai brûlait de colère, mais le sourire de Harker ne faiblit pas. Il s'adressa ensuite à l'espace caverneux.

— J'ai instauré un système. Vous savez tous ce qui arrive à ceux qui le perturbent. Ceux qui me suivent en récoltent les récompenses. Ceux qui me défient meurent, conclut-il en reportant son attention sur le monstre.

L'assistance s'agita de nouveau, bouillonnant d'une énergie nerveuse sur le point de dégénérer, alors que le prisonnier luttait contre ses entraves. Même les monstres craignaient la mort. Au moins, le Malchai ne supplia pas. Il n'implora pas. Il se contenta de lever la tête vers Harker en exhibant ses crocs aiguisés.

— Si tu t'approches de moi, je t'égorge, lança-t-il.

Indolent, le gouverneur fit un pas en arrière avant de se retourner. Au bord de l'estrade se trouvait une table couverte de diverses armes, qu'il caressa du doigt comme s'il passait en revue ses options.

— Écoute-moi bien ! grogna le Malchai derrière lui, d'une voix qui porta dans toute la salle alors que sa gorge brûlait sous l'effet du fer. Nous ne sommes pas des serviteurs ni des esclaves, mais des loups parmi les moutons, des monstres parmi les hommes. Et nous allons nous rebeller. Ton règne touche à sa fin, Harker ! Et notre heure approche !

— Peut-être, mais la tienne est déjà arrivée, rétorqua ce dernier en s'emparant d'un couteau.

Kate intervint au moment où il dégaina.

— Je m'en occupe ! s'écria-t-elle assez fort pour que son père l'entende.

Le public, curieux de savoir d'où venait la voix, se figea. Un passage surélevé reliait à la manière d'une passerelle les ascenseurs du fond de la salle à l'estrade au centre. Kate sortit de sa cachette pour pénétrer dans la lumière.

Elle avançait la tête haute, le regard dardé sur son père plutôt que sur la foule, et vit une expression étonnée passer comme un éclair sur le visage paternel – elle aurait préféré de la fierté, mais elle s'en contenterait.

Il la dévisagea un moment tout en analysant son geste, qu'il jugea ostentatoire, public, imprudent voire effronté. Il allait devoir soit accepter son implication, soit punir son insolence. Tous deux en avaient conscience. Kate jouait avec le feu et elle le paierait peut-être plus tard. À son grand soulagement, pourtant, il désigna la table d'instruments avec un sourire, comme s'il s'agissait d'un buffet.

— Je t'en prie.

Kate marcha d'un pas à la fois lent et assuré vers son père en s'efforçant par-dessus tout de maîtriser ses émotions, de contrôler ses nerfs. Elle lui avait emprunté son rictus froid et prenait bien soin de ne pas laisser son regard s'attarder sur le public. Au pied de l'estrade, Harker posa une main sur son épaule et la serra. Un petit geste silencieux, tout sauf chaleureux, qui servait d'avertissement. Puis il s'écarta pour observer la scène.

— Je rêve… siffla le Malchai enchaîné. Tu envoies une gamine me tuer ?

— J'envoie ma fille, répliqua le gouverneur, glacial. Tu crois que j'ai pitié de toi ? Attends de voir !

Kate sourit devant cet éloge, même si ce n'était qu'un numéro. Elle allait lui montrer qu'elle pouvait être forte, rusée, implacable.

— Tu m'envoies peut-être ta fille, mais tu vas récupérer un cadavre, menaça le monstre.

Kate avait gardé sa bonne oreille tournée vers lui, mais elle fit semblant de ne pas l'avoir entendu. Dos à la foule, elle examina la table et fit danser ses doigts au-dessus des armes en visualisant la plaque lisse qui servait de sternum et de côtes aux Malchai. Elle avait bien étudié le sujet. Les ignares, eux, tentaient de percer le bouclier osseux avec une balle ou une lame.

— Quand tu veux, ma petite Katherine, lança le prisonnier.

Elle frémit au souvenir des paroles de Sloan : « *Tu seras toujours notre petite Katherine.* »

La main de Kate se referma sur un pied-de-biche. Il nécessitait plus de force qu'une lame, mais la longueur jouerait en sa faveur. Elle le souleva par une extrémité et le fit glisser sur la table, frottant le métal contre le métal en faisant durer le plaisir à l'instar de son père. Elle s'empara aussi d'un couteau avant de s'approcher du monstre.

Sa quatrième école, Pennington, appliquait une politique de tolérance zéro vis-à-vis des bagarres, mais les autres établissements l'avaient formée : elle avait appris le karaté à Fisher, le kendo à Leighton, l'escrime à Dalloway et le kickboxing à Wild Prior. Sainte-Agnès ne proposait pas ce genre d'activités – on mettait plutôt l'accent sur l'apaisement de l'esprit afin d'accueillir Dieu… ou, dans le cas de Kate, de permettre la concentration.

Lorsque la jeune fille fit tournoyer le pied-de-biche, le silence s'abattit sur le sous-sol.

— Approche, ma jolie, susurra le Malchai. Montre-moi ta gor...

Elle lui planta la pointe du couteau entre les crocs, puis lui enfonça le pied-de-biche sous les côtes. On entendit un bruit de succion suivi du grincement du métal sur l'os. La créature trembla affreusement et vomit une giclée de sang noir sur le chemisier de son bourreau avant de s'effondrer. Au moment où l'adolescente l'étendit sur le dos, le Malchai leva vers elle ses yeux rouges, aussi vides que morts. Une fois le pied-de-biche retiré dans un craquement visqueux, elle se dirigea à grands pas vers la table pour reposer les armes à leur place, laissant une traînée de sang dans son sillage.

Alors seulement, elle croisa le regard de son père.

— Merci ! J'en avais bien besoin, dit-elle en souriant.

Il haussa un sourcil. Elle crut enfin percevoir une infime lueur de respect avant qu'il ne désigne la salle.

— Tu veux que je t'en trouve un autre ?

Kate contempla dans l'assistance toujours silencieuse les visages choqués, les yeux brûlants et les ombres ondulantes.

— Ça ira, répondit-elle en s'essuyant les mains. J'ai des devoirs à finir.

Puis elle quitta le sous-sol à grandes enjambées.

Quand les portes de l'ascenseur se refermèrent, elle aperçut son reflet dans l'acier. Elle portait encore son uniforme scolaire. Des gouttes de sang noirâtre maculaient son visage, le devant de son chemisier et ses doigts. Elle croisa son propre regard, d'un bleu froid, et le soutint pendant que la cabine montait dans la tour Harker, un étage après l'autre jusqu'au sommet.

Sloan avait disparu. Kate traversa sans bruit le loft désert pour rejoindre sa chambre, dont elle referma la porte derrière elle. Les mains tremblantes, elle alluma la radio et monta le volume encore et encore, au point que le son fasse vibrer les murs et noie tout le reste.

À l'abri au milieu du vacarme, elle s'autorisa enfin à s'effondrer par terre, suffocante.

Chapitre 12

La première fois qu'August avait tué un homme, c'était totalement involontaire.

Il était arrivé – né, apparu – à l'école, avec les housses mortuaires noires et cette femme inquiète qui avait tenté de lui cacher la vue en couvrant ses menues épaules de son manteau avant de le faire monter dans une voiture. Le véhicule l'avait conduit à un bâtiment où d'autres enfants étaient récupérés par leurs parents. Non seulement lui n'avait pas de famille, mais il savait avec une étrange et profonde certitude qu'il n'aurait pas dû se trouver là. Aussi s'était-il éclipsé par une porte de service qui donnait dans une petite rue.

C'est précisément à ce moment-là qu'il avait entendu la musique – « la première merveille de ce monde hideux », comme disait Ilsa. La mélodie était ténue, vacillante, mais assez distincte pour qu'on l'entende. August n'avait pas tardé à en trouver la source : un homme à l'air las, emmitouflé dans une couverture élimée, jouait d'un instrument. Le garçon s'était dirigé vers lui en s'interrogeant sur l'ombre de l'inconnu, étirée sur le mur, qui bougeait même quand il restait immobile. Elle avait trop de mains, trop de dents.

Sous l'ombre, l'homme, assis sur un carton d'emballage, avait levé l'instrument à la lumière.

— *Qui jette un violon à la poubelle ?* avait-il murmuré en secouant la tête.

Dans ce fameux bâtiment, August avait reçu un paquet de biscuits et une brique de jus de fruit. Comme ce casse-croûte était insipide, il avait fourré les restes dans les poches du manteau de la femme. Il les sortit pour les proposer à l'inconnu. L'homme devait leur trouver meilleur goût, car il les dévora avant de se mettre à contempler le ciel. August l'imita. Le jour déclinait.

— *Tu devrais rentrer chez toi*, lui conseilla l'homme. *Le Quartier Sud est dangereux la nuit.*

— *Je ne peux pas rentrer chez moi.*

L'inconnu laissa tomber le violon, qui atterrit par terre avec un fracas horrible sans toutefois se casser.

— *Moi non plus. J'ai fait une bêtise*, chuchota-t-il tandis que son ombre se tortillait sur le mur. *Une grosse bêtise.*

— *Ça va aller*, le rassura August en ramassant l'instrument, ses doigts refermés sur le manche de bois.

Il ne se souvenait pas de la suite. Ou plutôt si, mais sous la forme d'un ensemble de flashes, pas d'un film. Des clichés sans lien entre eux. Il tenait le violon et caressait les cordes du pouce. Il y avait de la lumière. De l'obscurité. De la musique. La paix. Puis un corps. Et, un peu plus tard, Leo, qui l'avait trouvé assis en tailleur sur le carton, occupé à jouer avec les cordes devant le cadavre qui gisait à ses pieds, bouche béante et yeux carbonisés. August avait mis longtemps à comprendre ce qui s'était passé entre-temps.

— Monsieur Osinger ? disait-il à présent en pénétrant dans l'appartement encombré.

Son étui à violon heurta une pile chancelante de documents, qui s'étalèrent dans son sillage. À l'autre extrémité de la pièce, le propriétaire des lieux se frayait un chemin dans un escalier étroit, si plein d'ordures qu'il avait du mal à passer. August ne s'embêta pas à tenter de le suivre. Il ôta l'étui de son épaule, l'ouvrit et en tira d'un geste habile le violon, qu'il nicha sous son menton, ses doigts trouvant aussitôt leur position. Dans un soupir, il approcha l'archet des cordes et fit retentir la première note.

Dès qu'il commença à jouer, tout s'apaisa. Son mal de tête s'atténua, sa fièvre retomba, la tension quitta ses membres et le crépitement des coups de feu – qui parasitait désormais en permanence son cerveau – cessa enfin, tandis que la mélodie s'envolait et tourbillonnait dans la pièce. Même s'il ne jouait pas fort, August savait que la musique atteindrait sa cible. Au milieu des accords, il entendit le pécheur s'arrêter, puis faire demi-tour, à un rythme non plus effréné mais lent. Il continua de jouer pendant que l'homme redescendait l'escalier à pas mesurés, attiré par la musique.

La mélodie plongeait avant de grimper pour s'éloigner en spirales. August se représentait les habitants dispersés dans l'immeuble, leurs corps qui s'immobilisaient en entendant le violon, leurs âmes qui montaient à la surface, brillantes pour la plupart mais intouchables. Les yeux toujours fermés, il sentit la présence de sa cible dans la pièce. Il n'avait pas envie d'arrêter de jouer tout de suite : il n'avait encore jamais eu l'occasion de terminer le morceau. Néanmoins, comme la maladie ne l'avait toujours pas quitté, il laissa la mélodie s'estomper et le son mourir sous les crins de l'archet. Lorsqu'il rouvrit les paupières, Albert Osinger se tenait devant lui. Son ombre s'était figée et son âme brillait telle une lumière sous sa peau. Elle était tachée de rouge.

August posa le violon sur une chaise sous les yeux vides et écarquillés de l'homme, qui prit alors la parole.

— La première fois que c'est arrivé, j'étais fauché, avoua-t-il tout bas. Et défoncé. Je n'avais encore jamais tenu de pistolet de ma vie.

Les mots se déversaient sans entraves. August n'intervint pas.

— Tout ce que je voulais, c'était prendre l'argent. Je ne me rappelle même pas avoir tiré sur eux. La deuxième fois… poursuivit l'homme, un sourire lugubre aux lèvres. Je savais très bien ce que je faisais, jusqu'au nombre de balles tirées. Je n'ai pas cillé au moment de presser la détente, mais je tremblais toujours comme une feuille après. (Son sourire s'agrandit, ignoble dans la lumière écarlate.) La troisième fois… c'était la bonne. Tu sais ce qu'on dit : on s'habitue. Pas à vivre, mais à tuer. Je serais prêt à recommencer. D'ailleurs, je vais peut-être le faire.

Une fois finie sa confession, il se tut et attendit.

Leo prononçait sans doute un discours, mais August, lui, ne disait jamais rien. Il se contenta de combler la distance qui les séparait en enjambant ou contournant le désordre, puis il appuya la main sur le cou d'Albert Osinger, là où la chemise à demi boutonnée dévoilait un torse tanné. Dès que les doigts d'August touchèrent sa peau brillante, la lumière rouge se déversa. L'homme ouvrit la bouche, aussitôt imité par le jeune Sunai, qui captura son souffle à mesure que l'énergie déferlait en lui, refroidissant son corps et nourrissant ses veines affamées. C'était à la fois de l'air et du sang, de l'eau et de la vie. Il s'en délecta et, l'espace d'un instant, n'éprouva plus que du soulagement, une paix intérieure, une incroyable sensation enveloppante de calme, d'équilibre.

Puis la lueur s'éteignit.

Le bras d'August retomba le long de son corps et le cadavre d'Albert Osinger s'écroula sur le sol. Une coquille vide aux orbites carbonisées. Une enveloppe sans lumière ni ombre.

Le jeune Sunai resta immobile pendant que l'énergie de sa victime le parcourait. Elle n'avait rien d'électrique. Elle ne l'enivrait pas de pouvoir. Elle lui donnait juste l'impression d'être… réel. Éliminées, la colère, la maladie et la tension. August se sentait entier, tout simplement.

Alors c'était ça, être humain ?

Lorsqu'il jeta un coup d'œil au cadavre de l'homme, une paisible tristesse se répandit en lui, comme un frisson. Soudain, la normalité lui sembla inaccessible. Quelle ruse cruelle de la part de l'univers ! Il ne se sentait humain qu'après avoir accompli un acte monstrueux… Cette brève sensation qu'il avait éprouvée n'était-elle qu'une illusion, un écho de la vie qu'il avait fauchée ? Les émotions d'un imposteur ?

Les mots de Leo lui revinrent, simples mais fermes : *« C'est ce que tu fais. Ce que tu es. »*

La voix d'Ilsa s'éleva à sa rencontre : « *Regarde le côté positif de ton action.* »

August prit une grande inspiration avant de ranger le violon dans son étui. Il n'était peut-être pas humain, mais il était bel et bien vivant. La faim l'avait quitté. La fièvre était retombée, sa peau refroidie et son esprit de nouveau clair. Il s'était offert quelques jours de plus. Quelques marques de plus. Sans compter qu'il avait rendu justice, rendu le monde un peu meilleur ou, du moins, il l'avait empêché de se dégrader. C'était là son objectif, sa mission. Quelqu'un d'autre se chargerait de venir chercher le corps.

Il s'apprêtait à partir quand il entendit un léger bruissement dans un coin de la pièce. Une boîte se renversa sur le côté et une cannette roula sur le sol. August se retourna. Dans un premier temps, il ne vit rien. Puis, tapis dans l'ombre sous un vieux fauteuil, il distingua deux yeux brillants.

Il se raidit avant de se rendre compte, lorsque la créature s'avança à pas feutrés, que ce n'était pas un monstre, mais un chat. Un chat tout noir, hormis la touffe de poils blancs qui surplombait ses yeux d'un vert lumineux. Il se fraya un chemin dans la pièce encombrée avec une grâce féline et s'arrêta à quelques mètres d'August. Le jeune Sunai fixa l'animal, qui lui rendit son regard. Quand il jeta un coup d'œil à la dépouille du propriétaire du félin, celui-ci l'imita.

— Je suis désolé, s'excusa-t-il tout haut.

Il avait déjà vu des animaux se déchaîner contre des monstres (en général, le combat ne se terminait pas bien pour l'animal), mais le chat ne siffla pas, n'attaqua pas. Il contourna tout simplement le cadavre pour venir se frotter contre la jambe d'August. Son étui à violon sur l'épaule, l'adolescent s'agenouilla avec précaution pour le caresser et, à sa grande surprise, le félin se mit à ronronner. Que faire ? August se releva et ouvrit la fenêtre du fond, qui donnait sur l'escalier de secours.

— Vas-y.

Le chat se contenta de le regarder. Il n'était pas idiot. Rares étaient les animaux en liberté dans la ville. Les Corsai y veillaient.

August se dirigea donc à contrecœur vers la porte d'entrée. Cette fois, le petit orphelin le suivit.

— Reste là, chuchota-t-il.

Il se glissa dans le couloir et referma la porte pour empêcher le félin de sortir. Il commençait à s'éloigner quand il l'entendit miauler et gratter pour s'échapper. August s'arrêta en espérant que le bruit cesserait, mais le miaulement plaintif continua. Au bout d'un long moment, il soupira et revint sur ses pas.

Sur le trottoir, appuyé contre l'un des lampadaires qui clignotaient, Harris fredonnait doucement l'air de « *Monstres, monstres, petits et grands…* » Il s'interrompit à la vue d'August.

— Salut !

— Salut, répéta le jeune Sunai.

— D'où il sort, ce chat ?

August avait glissé la créature sous sa veste des Forces spéciales, mais la tête du félin dépassait du col.

— Je ne pouvais pas le laisser là-bas, après... se justifia-t-il en jetant un regard vers l'immeuble.

— Comme tu veux, répliqua Harris avec un haussement d'épaules. Mais, pour info, ce n'est pas ce que je voulais dire quand je te conseillais d'élargir tes critères de recherche.

August éclata d'un rire las.

— On rentre ? suggéra le membre des FSF.

— Bonne idée.

August contempla le ciel dans l'espoir de voir les étoiles quand il reconnut le martèlement des bottes de Phillip qui arrivait en trottinant.

— C'est bon ?

— C'est fait, confirma Harris.

— Dans ce cas, allons-y. Je viens d'entendre parler d'une explosion près de la Frontière.

— On va les aider ? demanda August en se redressant.

— Non, répondit Phillip. Il faut qu'on te ramène.

Il avait à son tour aperçu le chat caché dans la veste sans toutefois poser de question.

Le jeune Sunai s'apprêta à protester, mais à quoi bon ? Les deux agents avaient reçu des ordres – ils utiliseraient au besoin la force pour le traîner jusqu'au complexe. Aussi remonta-t-il la fermeture éclair de sa veste par-dessus la tête du félin avant de leur emboîter le pas.

À son retour, Henry se trouvait dans la cuisine, un plan déroulé sur le comptoir, une radio grésillant dans la main. La voix de Leo crépita à l'autre bout.

— *Sous contrôle...*

— Des victimes ? demanda son père en portant l'appareil à ses lèvres.

— *Deux… impossible de ne pas voir… les signes…*

— Rentre à la maison.

— *Henry…*

— Pas maintenant…

Henry éteignit la radio avant de la déposer sur l'îlot. Puis il se passa une main dans ses cheveux qui grisonnaient aux tempes.

August frotta sa chaussure par terre. Son père leva aussitôt la tête. L'espace d'un instant, son visage exprima un mélange de surprise et de colère, de frustration et de peur. Puis ses traits se lissèrent. Les ombres disparurent sous la surface.

— Tu te sens mieux ?

— Beaucoup mieux, répondit-il en se dirigeant vers sa chambre.

— Dans ce cas, pourquoi est-ce que ton ventre bouge ?

Il s'arrêta, puis jeta un œil à sa veste des Forces spéciales, qui commençait en effet à remuer.

— Ah, ça ?

Il descendit un peu la fermeture éclair et une petite tête poilue émergea.

— Qu'est-ce que c'est ? s'étonna Henry, les yeux écarquillés.

— Un chat.

— Oui, j'en ai déjà vu, répliqua son père en se frottant la nuque. Mais que fait-il dans ta veste ?

— Il appartenait à Albert Osinger, expliqua August en libérant le félin de son blouson. Comme je me sentais responsable… enfin, comme je suis responsable… je n'ai pas pu… J'ai essayé de partir, mais…

— August !

Il changea de stratégie.

— Toi aussi, tu as recueilli ton lot d'animaux errants. Laisse-moi le garder.

Son sarcasme lui valut un sourire réticent.

— Qui va s'occuper de lui ? demanda Henry.

À ce moment précis, quelqu'un poussa un petit bruit – à mi-chemin entre le hoquet de surprise et le cri de ravissement. Ilsa apparut devant eux et souleva aussitôt la créature dans ses bras. August adressa un signe de tête à Henry comme pour lui dire : *Il va faire des heureux.* Son père se contenta de secouer la tête avec un soupir avant de quitter la pièce, vaincu.

Ilsa plaça le chat à trois centimètres de son visage et le regarda dans les yeux. L'animal réagit en tendant une patte noire, qu'il posa sur l'arête du nez de la Sunai. Il semblait fasciné par elle. Comme la plupart des êtres.

— Comment s'appelle-t-il ? murmura-t-elle.

— Je ne sais pas, répondit August.

— On a tous besoin d'un nom, roucoula-t-elle en s'asseyant en tailleur sur le sol de la cuisine. Tout le monde en mérite un.

— Tu n'as qu'à le baptiser.

Ilsa observa le petit chat noir et le tint contre son cou.

— Allegro, annonça-t-elle.

— Ça me plaît, approuva August, un sourire aux lèvres.

Installé en face de sa sœur, il caressa le chat derrière les oreilles. Son ronronnement vibra sous ses doigts.

— Il t'aime bien, affirma Ilsa. Ils savent faire la différence entre le bien et le mal. Comme nous.

Allegro tenta de grimper dans ses cheveux, mais elle le ramena doucement sur ses genoux.

— Tu veux bien veiller sur lui, quand je serai en cours ? demanda August.

— Bien sûr, répondit sa sœur, penchée sur le chat. On veillera l'un sur l'autre.

Ils étaient toujours assis par terre quand Leo revint, une guitare en acier accrochée dans le dos et une traînée de sang – pas le sien – sur la joue. Il jeta un coup d'œil à Allegro en fronçant les sourcils, réprobateur. Allegro, à sa vue, plaqua les oreilles en arrière. Ilsa éclata d'un rire aussi doux qu'un carillon. À cet instant précis, August sut avec certitude qu'il garderait le chat.

Chapitre 13

Kate resta assise sur le sol de sa chambre jusqu'à ce que la musique s'arrête.

Les mains légèrement tremblantes, elle alluma une cigarette dont elle aspira une longue bouffée. Puis, la tête appuyée contre la porte, elle regarda autour d'elle. Sa chambre, comme le reste du penthouse, était élégante et dépouillée, faite de bords pointus et de lignes dures. Il ne subsistait aucune trace de son enfance : pas de traits ni d'entailles au mur pour mesurer sa taille, pas d'animaux en peluche ni de vieux vêtements, pas d'affiches de mode ni de posters. Pas non plus de pré de l'autre côté de la fenêtre.

À douze ans, elle trouvait cet environnement stérile et froid. À présent, elle tentait d'adopter l'austérité de la pièce, de l'incarner. Les murs blancs, le calme inébranlable.

L'un des rares éléments de décoration consistait en un cadre pliant avec deux photographies à l'intérieur posé sur une table. Elle le prit dans ses mains. Sur le premier cliché, Kate, âgée de cinq ans, se tenait entre ses deux parents, un bras passé autour de leur taille. Au-dessus de sa tête, son père embrassait sa femme sur la tempe. Alice Harker était superbe – pas seulement aux yeux de sa fille, mais de manière tout à fait indéniable, avec ses cheveux dorés et ses grands yeux noisette qui s'illuminaient dès qu'elle souriait. Cette photo avait été prise deux mois avant le Phénomène.

La deuxième était une reconstitution, prise le jour de leur retour à V-City après la trêve. Ils étaient de nouveau tous ensemble. Une famille réunie, rassemblée. Elle passa son pouce sur leurs visages. Kate, onze ans, se tenait entre ses deux parents, qui se retrouvaient après six années de séparation. Six années de chaos et de lutte d'un côté, six années de calme et de paix de l'autre.

Tous les trois avaient visiblement changé. Kate n'était plus une enfant au visage rond, mais une jeune fille constellée de taches de rousseur. Sa mère avait de minuscules rides en pattes d'oie. Et son père fixait toujours Alice avec intensité, comme s'il craignait qu'elle ne disparaisse de nouveau s'il détournait le regard.

Ce qui était arrivé.

« Lève-toi, Kate. Il faut qu'on parte. »

Sloan avait tort. Kate avait voulu rentrer à V-City pour y rester.

« Je veux rentrer à la maison », avait-elle chuchoté.

« Je veux rentrer à la maison », avait-elle supplié.

C'était sa mère qui n'était pas parvenue à s'adapter. Sa mère qui l'avait tirée du lit en pleine nuit, les yeux rougis et du rouge à lèvres étalé sur la joue.

« Chut, chut... On ne doit pas faire de bruit. »

Sa mère encore qui l'avait poussée dans la voiture.

« Où est-ce qu'on va ? »

Sa mère qui s'était insérée dans la circulation en sens inverse. Sa mère qui avait écrasé leur véhicule contre la rambarde en acier. Sa mère qui était morte, la tête contre le volant.

Après l'accident, c'était son père qui refusait de la regarder. Elle dormait par intermittence et, chaque fois qu'elle se réveillait, elle le découvrait sur le seuil de sa chambre avant de se rendre compte que ce n'était pas lui mais un monstre aux os sombres, aux yeux rouges et au sourire acéré.

Quand elle avait fini par aller mieux, c'était son père qui l'avait chassée. Qui l'avait enterrée après sa mère. Pas dans le sol, mais à Fisher, puis à Dalloway, Leighton, Pennington, Wild Prior et Sainte-Agnès.

Au début, elle l'avait supplié de la laisser rentrer chez eux pour de bon. Avec le temps, elle avait abandonné. Non pas qu'elle ait changé d'avis, mais elle avait compris qu'implorer Callum Harker ne servait à rien. Il considérerait cette attitude comme un signe de faiblesse. Alors elle avait appris à dissimuler ce qui la rendait faible. Ce qui la faisait ressembler à sa mère.

Après avoir reposé le cadre sur la table de chevet, Kate contempla ses mains. Elle avait mal à la gorge d'avoir fumé, mais ses mains ne tremblaient plus. Elle examina le sang noir qui lui tachait les doigts, non pas avec horreur mais avec une farouche détermination.

Elle était la fille de son père, une Harker. Et elle était prête à tout pour le prouver.

DEUXIÈME COUPLET

Ce que monstre voit, monstre fait

Chapitre 1

— Valor, Prosperity, Fortitude et Verity, énuméra le professeur, un homme d'âge mûr, en désignant les quatre territoires centraux sur la carte.

Ensemble, ils occupaient plus de la moitié du terrain, les six autres comblant l'espace de chaque côté.

— Ce sont, bien sûr, les quatre plus grands des Dix Territoires : ils comptent entre vingt-trois et vingt-six millions d'habitants chacun. Quelqu'un peut-il me citer le plus petit ?

Grace, pensa August en griffonnant dans son cahier une carte sommaire, qu'il partagea en dix pour reproduire les divisions affichées au tableau.

— Fortune ? hasarda une élève en pointant du doigt le coin nord-ouest.

— Non. Je parle en termes de population, pas de superficie. Fortune compte près de dix-sept millions d'habitants.

Ce territoire comportait aussi des montagnes. August regarda par la fenêtre en tentant d'imaginer la brume bleutée de lointains sommets. En vain.

Au fond de la classe, un garçon désigna, dans le coin sud-est, un territoire bordé sur deux côtés par les océans.

— Charity ? suggéra-t-il.

Montagnes, océans… Verity n'offrait rien d'autre que des plaines entrecoupées çà et là de collines, qui n'étaient guère plus que des buttes selon la carte topographique.

— Neuf millions trois cent mille habitants. On s'en rapproche.

— Grace ? hasarda une jeune fille du premier rang en indiquant une masse sur la côte nord-est.

— Voilà ! Quelqu'un peut-il me dire combien…

— Six millions trois cent quinze mille au dernier recensement, répondit Kate sans lever la main.

Elle était assise à la table à côté d'August. Parmi tous les cours qu'ils auraient pu avoir en commun, il fallait que ça tombe sur celui d'histoire… Drôle de hasard.

— Très bien, mademoiselle Harker, répliqua M. Brody avec un sourire de mange-merde (terme qu'August avait appris de Harris). Heureusement pour vous autres, ce cours portera essentiellement sur notre illustre territoire…

August aurait pu trouver la situation actuelle franchement comique – étudier, dans la même pièce que la fille de son ennemi, l'équilibre entre pouvoir et politique à Verity –, mais il consacrait toute son énergie à se retenir d'intervenir. En effet, leur professeur poursuivait sa leçon sur leur très chère capitale en oubliant de parler au passage des monstres qui la dirigeaient en plein jour ou rôdaient dans ses rues la nuit. D'accord, il ne s'attendait pas à un cours objectif, mais August avait néanmoins du mal à supporter ce discours biaisé. Chaque fois que M. Brody appelait le Quartier Nord V-City, comme si la moitié sud ne valait pas la peine d'être mentionnée, comme si elle n'existait pas de l'autre côté de la Frontière,

August en avait un pincement au cœur. Les êtres humains ne pouvaient pas se leurrer à ce point, si ?

Sa nervosité n'était pas seulement liée au cours : ce matin-là, il avait surpris une discussion animée entre Henry et Leo sur le dernier incident survenu à la Frontière. Un petit groupe de Corsai l'avait franchie après y avoir trouvé une brèche. Personne ne savait s'ils avaient été envoyés par Harker ou s'ils commençaient à perdre patience. August s'était attardé devant le bureau pour écouter la conversation.

— *Peu importe la raison de leur venue,* disait son frère, *ou qui les a envoyés. Soit c'est Harker, auquel cas il viole la trêve de manière délibérée, soit ils se sont rebellés, auquel cas il ne les contrôle plus et la trêve est fichue.*

— *Après tout ce qu'on a accompli, je n'ai aucune envie d'entraîner cette ville dans une nouvelle guerre*, avait répliqué son père.

— *On a fait une promesse...*

— *Une menace, plutôt.*

— *Si Harker venait à rompre son engagement, on veillerait à ce que son empire soit rasé.*

— *C'est toi qui as déclaré ça, Leo. Pas moi.*

— *Il faudrait lui rappeler les armes dont on dispose.*

— *Il va y avoir des morts*, avait prévenu Henry.

— *Comme toujours.*

August avait frissonné au son de ce froid détachement.

Au tableau, M. Brody poursuivait sur un ton monotone.

— Quarante ans depuis la dissolution du gouvernement fédéral... comme vous le savez tous... à la suite de la guerre du...

Il s'interrompit dans l'attente d'une réponse.

— Vietnam, compléta un élève.

— Exactement. Troubles intérieurs, économie en difficulté et moral en berne ont entraîné un effondrement au niveau fédéral et, par conséquent, la reconstruction des anciens États-Unis. Bon, ajouta le professeur en tapotant le centre de la carte, quelqu'un peut-il me dire combien de ces anciens États constituent à présent Verity ? Une idée ?

August continuait de colorier sa propre carte, les noms défilant dans sa tête : *Kentucky, Missouri, Illinois, Iowa.* Des mots qui résonnaient étrangement.

— Et après ces événements tumultueux ?

Le jeune Sunai avait écrit la moitié du titre de sa carte quand il sentit le poids d'un regard sur lui. Il jeta un coup d'œil sur le côté : Kate fixait son document. Sans toucher aux territoires en eux-mêmes, il avait commencé une liste dans un coin de la page avec d'autres noms plus appropriés pour chacun d'eux : « Avarice », « Malice », « Gourmandise », « Violence ».

Kate fronçait légèrement les sourcils. August retint son souffle. Tout autour, les bavardages continuaient, mais il avait l'impression que la pièce entière devenait floue, hormis sa camarade et lui.

— Associer les États pour former des territoires moins nombreux et indépendants, récitait une élève à l'avant de la classe.

— Bien.

M. Brody se retourna pour écrire la réponse au tableau. Kate en profita pour tendre la main dans l'allée. August, tétanisé, se demandait ce qu'elle allait faire quand elle posa la pointe de son stylo sur sa carte à lui pour tracer un deuxième *V* à côté de celui de Verity. Perplexe, il fronça les sourcils à son tour.

Lorsque le professeur fit de nouveau face à la classe, Kate avait les mains croisées sur sa table.

— Quoi d'autre ?

— Les États sont devenus autonomes, répondit un garçon.

— Puis ils se sont regroupés pour former les Dix Territoires.

— Le pouvoir s'est concentré dans les capitales.

— Et les habitants aussi.

Chaque fois qu'un élève donnait une réponse, le professeur se retournait vers le tableau et, à chaque fois, Kate ajoutait sur la feuille de son voisin une nouvelle marque – une ligne irrégulière, un trait rapide, deux points. August mit la moitié du cours à comprendre ce qu'elle fabriquait. Enfin, entre deux griffonnages, le dessin prit forme.

Le corps, la bouche, les griffes… Kate avait transformé Verity en monstre.

Il la fixa et ce fut plus fort que lui, un sourire étira ses lèvres.

Chapitre 2

Kate appréciait cet intermède entre les cours, ces cinq minutes accordées par Colton à ses élèves pour passer du point *A* au point *B*. Les heures de cours l'épuisaient : la moitié des professeurs la traitaient comme si elle avait un pistolet chargé, l'autre comme si elle portait une couronne. L'interclasse était le seul moment où elle pouvait vraiment respirer, si bien qu'elle fut extrêmement agacée quand, sur le chemin du gymnase, une de ses camarades du cours d'histoire glissa un bras sous le sien.

— Salut ! gazouilla l'importune d'une voix bien trop enjouée en ce début de matinée. Moi, c'est Rachel.

Kate ne daigna ni ralentir ni répondre.

— J'ai entendu parler de ce que tu as fait à Charlotte Chapelle.

— Je n'ai rien fait à Charlotte.

Pour le moment.

— Moi, je trouve ça super, répliqua-t-elle gaiement. Cette garce méritait une correction.

— Qu'est-ce que tu veux ? soupira Kate.

— T'aider, c'est tout, répondit la lycéenne, un immense sourire aux lèvres. Comme tu es nouvelle ici, j'ai pensé que tu aurais besoin d'une amie.

Kate haussa un sourcil surpris. Être appréciée représentait un avantage, pas une nécessité. Elle pourrait sans doute adopter une stratégie différente, essayer de se plier aux usages, postuler au titre de reine du lycée, instaurer une forme de popularité plus traditionnelle, mais cette tactique lui semblait si… puérile. Elle sentait encore le sang sous ses ongles. Comment pouvait-on accorder autant d'importance à sa place à la cantine quand les Malchai égorgeaient les habitants de la zone rouge ? En même temps, c'était précisément pour cette raison que ses petits camarades habitaient dans le Quartier Nord : ce que leurs parents achetaient, c'était l'ignorance.

— Une amie ? Ben voyons.

— Écoute, Katie, répliqua l'autre avec un sourire plus froid, plus calculateur.

— Kate, la corrigea-t-elle.

— On a tous besoin d'un allié. Tu peux te la jouer invincible, mais je suis prête à parier que tu préférerais être populaire.

— Ah oui ? demanda-t-elle d'un ton sec.

Rachel hocha la tête solennellement.

— Tout le monde sait qui est ton père, mais tu n'es pas obligée de lui ressembler.

Elle prit Kate par les épaules pour la regarder droit dans les yeux, comme si elle allait lui confier une information d'une importance vitale.

— Tu n'es pas ton père.

Kate se crispa de façon imperceptible avant d'esquisser un petit sourire cruel.

— Je peux te confier un secret ?

— Bien sûr, répondit Rachel.

Elle lui souffla alors à l'oreille :

— Je suis bien pire.

Elle se redressa et prit le temps de savourer l'expression sur le visage de la lycéenne avant de s'éloigner.

La première semaine, les cours de sport devaient être consacrés à l'autodéfense, or Kate avait plusieurs points de divergence avec l'interprétation qu'en faisait Colton. Le premier – capital – était l'absence d'armes. Qui pouvait être assez idiot pour se promener dans les rues de V-City sans avoir au moins un couteau sur lui ? Pourtant, l'académie insistait sur la nécessité d'un environnement « sécurisé » (elle commençait à détester ce mot).

Elle aurait pu sécher le cours, mais regarder des élèves tenter de se défendre – lamentablement – contre des agresseurs imaginaires lui paraissait plus intéressant. Elle s'installa donc dans les gradins avec le reste de la classe en faisant mine d'être attentive.

— Qui peut me dire ce que signifie P.O.N.T. ? demanda l'un des instructeurs.

— Pont ? suggéra une lycéenne qui mâchait un chewing-gum.

Quelques-uns de ses camarades ricanèrent. Kate espérait qu'elle plaisantait, mais il y avait peu de chances.

— Euh… oui, concéda le professeur d'une voix traînante. Mais quelle est la signification de cet acronyme ?

Plexus. Orteils. Nez. Testicules.

Un garçon musclé leva la main.

— Plexus, orteils, nez, testicules ?

— Tout à fait !

Kate aurait bien aimé préciser que les Corsai ne possédaient aucun de ces attributs et que si vous vous approchiez assez d'un Malchai pour pouvoir le frapper, il vous égorgerait certainement. Quoi qu'il en soit, elle garda ses commentaires pour elle et se concentra sur le deuxième point le plus frustrant de ce prétendu cours d'autodéfense, à savoir le fait que les professeurs s'y prenaient mal.

Mesurés, les gestes qu'ils enseignaient n'arrêteraient jamais un humain, encore moins un monstre. C'était à croire que les formateurs n'avaient pas vraiment l'intention d'apprendre aux élèves de Colton à se battre. Ce n'était qu'une prestation, un spectacle, pour que les enfants – ou sans doute les parents – se sentent plus en sécurité.

À l'exception de Sainte-Agnès et de Pennington, tous les établissements fréquentés par Kate dispensaient des cours d'autodéfense. Comme la plupart des élèves étaient les fils et filles d'hommes et de femmes influents – ambassadeurs de territoires, patrons de grandes entreprises, vieilles fortunes ou nouveaux riches –, leur progéniture faisait de bonnes cibles. Si personne n'avait jamais eu le cran de tenter de kidnapper Kate, elle s'était néanmoins constitué au fil du temps un arsenal de techniques défensives – voire offensives – qui rendaient cette démonstration d'incompétence encore plus pénible.

Quand un professeur leur montra comment désarmer un assaillant avec des gestes aussi lents que maladroits, Kate ne put se retenir de rire. Pas fort, mais comme le gymnase était une véritable chambre de réverbération, le son porta assez loin pour qu'un instructeur l'entende.

— Il y a quelque chose de drôle ? demanda-t-il en scrutant l'assemblée.

Il ne l'aurait jamais identifiée si tous les élèves qui l'entouraient ne s'étaient pas écartés.

Kate soupira avant de prendre la parole.

— Non. Mais vous vous y prenez très mal.

— Dans ce cas, jeune fille, répliqua-t-il en la pointant du doigt, je vous invite à nous faire une démonstration...

Un murmure parcourut la classe. De toute évidence, l'instructeur ne savait pas qui elle était. L'un de ses collègues lui jeta un regard d'avertissement, mais Kate se leva, se réjouissant à l'avance.

Dix minutes plus tard, elle était assise dans le bureau du conseiller pédagogique. Pas pour s'être moquée de l'instructeur, mais pour lui avoir cassé la clavicule. Elle n'avait pas cherché à le blesser. Du moins, pas grièvement. Ce n'était pas sa faute s'il avait une mauvaise posture et une trop grande confiance en lui.

— Mademoiselle Harker, commença le Dr Landry, un homme rondelet, chaussé de lunettes et à la calvitie avancée. Ici, à Colton, nous faisons en sorte de proposer aux élèves un espace d'apprentissage sécurisé. (Encore ce mot.) Nous appliquons une politique de tolérance zéro face à la violence.

Kate retint un nouvel éclat de rire. Le conseiller pédagogique pinça les lèvres. Elle toussa pour garder son sérieux.

— C'était un cours d'autodéfense, se justifia-t-elle. Et il m'a demandé de participer.

— On vous a demandé de montrer une manœuvre défensive et, ce faisant, vous avez fracturé la clavicule de votre instructeur sans le faire exprès ?

— C'est exact.

— J'ai consulté votre dossier, mademoiselle Harker, soupira le Dr Landry. Il ne s'agit pas d'un incident isolé.

Kate s'installa confortablement sur son siège : elle pensait qu'il allait lui lire la liste de ses délits, comme dans les films, mais il se contenta de retirer ses lunettes pour les nettoyer.

— À votre avis, d'où vient cette agressivité ? s'enquit-il.

Elle planta ses yeux dans les siens.

— C'est une blague ?

Il ne semblait pourtant pas du genre à plaisanter. Au contraire, il paraissait terriblement sincère. Il ouvrit un tiroir et fit glisser sur son bureau un flacon de petits comprimés blancs. Elle n'y toucha pas.

— Ça soigne quoi ? demanda-t-elle plutôt.

— L'anxiété.

Kate se redressa en veillant à garder les épaules bien droites et le visage impassible en affirmant d'un ton abrupt :

— Je ne souffre pas d'anxiété.

Landry lui jeta un regard appuyé.

— Mademoiselle Harker, vous ne cessez de tapoter vos genoux. (Kate posa aussitôt ses mains à plat sur ses cuisses.) Vous êtes tendue, irritable, sur la défensive… et volontairement distante.

— Je vis dans un monde où les ombres ont des crocs, répliqua-t-elle, un sourire glacial aux lèvres. Il y a de quoi perdre son calme…

— Je sais qui est votre père…
— Comme tout le monde.
— Et j'ai lu ce qui est arrivé à votre mère. L'accident.
Elle revit le visage de sa mère éclairé par les phares de la voiture qui venait en sens inverse. Ses grands yeux noisette, le crissement des pneus, le grincement du métal… Kate planta ses ongles dans son pantalon et résista à la tentation de tourner vers son interlocuteur sa mauvaise oreille.
— Et alors ?
— Alors je comprends votre douleur, ainsi que le sentiment de solitude qui s'ensuit. Et voilà maintenant que vous intégrez un nouvel établissement, ce qui signifie un nouveau départ, mais aussi, j'imagine, beaucoup de stress. Vous n'êtes pas obligée de les prendre, ajouta-t-il en désignant les comprimés d'un signe de tête. Mais gardez-les. Ils sont moins nocifs que la cigarette et, sait-on jamais, peut-être qu'ils vous aideront.
Kate observa le flacon. Combien d'élèves prenaient ces pilules ? Combien de citoyens du Quartier Nord ? Ce calme chimique les empêchait-il d'attiser les flammes de la violence ? Les aidait-il à croire que le monde était « sécurisé » ? Leur permettait-il de tenir le coup ? De dormir ?
Méfiante, la jeune fille s'empara malgré tout du flacon. L'aider ? Elle n'y croyait pas mais si, grâce à ce geste, le bon Dr Landry lui fichait la paix et que l'incident n'apparaissait pas dans son dossier scolaire (ni sur le radar de son père), elle était prête à joue le jeu.
— Je peux y aller ?
Le conseiller pédagogique acquiesça avant de la regarder s'échapper dans le couloir désert. Là, elle fit

tomber un comprimé blanc dans sa paume et l'examina, hésitante.

Où es-tu ? se demanda-t-elle.

Loin. En bonne santé. Saine d'esprit. Heureuse. Une dizaine d'êtres différents dotés d'une dizaine de vies différentes, sauf qu'elle ne menait aucune de celles-là. Il lui fallait rester dans le présent et se montrer forte, car si le conseiller pédagogique de Colton discernait ses failles, alors son père les verrait aussi.

Kate avala le comprimé sans eau. Puis elle contempla le couloir désert. Trop tard pour retourner en cours. Trop tôt pour quitter l'établissement. Derrière la porte la plus proche se trouvaient les gradins baignés de soleil, attirants. Elle glissa le flacon dans sa poche et sortit prendre l'air.

Chapitre 3

August l'entendit arriver.

Les gens étaient composés d'éléments – visuels et olfactifs, bien sûr, mais aussi auditifs. Tout était staccato chez Emily Flynn, et legato chez Henry. Les pas de Leo étaient aussi réguliers qu'un métronome, tandis que les cheveux d'Ilsa bruissaient doucement comme en sourdine.

Et Kate ? C'étaient des ongles vernis qui pianotaient en cadence.

Adossé aux gradins métalliques, August offrait son visage au soleil quand elle s'assit sur le rang derrière lui. Le banc en acier vibra sous son poids. Quand bien même elle n'aurait fait aucun bruit, il aurait deviné sa présence à sa façon bien à elle d'occuper l'espace. Il sentit le poids délicieux de son attention, mais garda les yeux clos. Une légère brise s'infiltrait dans ses cheveux et il se laissa aller à sourire – un réflexe presque naturel. Lorsqu'une ombre glissa sur l'éclat rouge incandescent du soleil, il rouvrit les paupières pour la découvrir qui l'observait. Sous cet angle, ses traits affichaient une certaine douceur et son regard paraissait lointain, comme des nuages dans un ciel bleu roi.

— Salut, lança-t-il.

— Salut, répondit-elle.

Distraitement, elle ajouta :

— Où étais-tu ?

— Pardon ? demanda-t-il, perplexe.

Mais Kate secouait déjà la tête, les traits durcis.

— Rien.

August se redressa pour se tourner lentement vers elle.

— Dis-moi.

Il regretta aussi ses paroles. Elle laissa ses yeux flotter dans le vide, la réponse au bord des lèvres.

— Ou pas, s'empressa-t-il d'ajouter. Tu n'es pas obligée de te confier si tu ne le sens pas.

Kate cligna des paupières, comme pour revenir dans le présent.

— C'est un jeu auquel je joue parfois, quand j'ai envie d'être ailleurs.

— Où, par exemple ?

— Je ne sais pas, répondit-elle avec une légère moue. Mais, franchement, si tu pouvais être n'importe où en ce moment même, tu resterais là, sur les gradins de Colton ?

— C'est plutôt sympa, répliqua-t-il, un sourire aux lèvres, avant de désigner le terrain de sport bordé d'arbres. Regarde cette vue !

Elle leva les yeux au ciel. De près, ses iris étaient bleus. Pas clairs mais foncés, de la même teinte que son polo bleu marine. Comme ses cheveux étaient rassemblés sur une épaule, il revit la cicatrice en forme de larme au coin de son œil, ainsi que la ligne argentée qui lui courait sur le visage de la tempe à la mâchoire. Il se demanda combien de gens s'approchaient assez pour les remarquer. Sans lui laisser le temps de poser la moindre question, elle se renversa contre le dossier et étendit ses jambes devant elle.

— Tu ne devrais pas être en cours ? s'enquit-elle.

— J'ai une heure de perm', répondit-il alors qu'il aurait dû la passer en salle d'étude. Et toi ?

— Sport. Mais j'ai été exclue pour mauvaise conduite.

August haussa les sourcils, comme il avait vu faire Colin, pour feindre la surprise.

— Tu savais qu'ils enseignaient l'autodéfense ici ? poursuivit-elle. Franchement, cette tactique P.O.N.T., quelle blague ! Ce n'est pas un coup de pied à l'entrejambe qui empêchera un Corsai de te déchiqueter, crois-moi !

— Pas faux, confirma-t-il, accoudé au banc derrière lui. Mais le monde est aussi plein de criminels humains. (*Comme ton père.*) Bref, tu as été exclue pour avoir fait la leçon au prof ?

— Encore mieux : pour lui avoir cassé la clavicule, précisa-t-elle en se passant une main dans ses cheveux blond vénitien.

August éclata d'un petit rire essoufflé qui le surprit lui-même.

— Selon le conseiller pédagogique, j'ai un tempérament violent, continua Kate.

— Comme tout le monde, non ?

Aucun des deux ne mentionna le croquis d'August ni le monstre qu'elle avait dessiné sur Verity. Un silence apaisant s'installa entre eux, seulement entrecoupé par le cliquetis régulier des ongles de Kate sur le banc métallique et la clameur lointaine des élèves qui couraient sur la piste d'athlétisme. *Quelle sensation inattendue,* pensa August. Assis à quelques centimètres de la fille d'un tyran sanguinaire, l'héritière du Quartier Nord en personne, il aurait dû se sentir écœuré, révulsé ou au moins inquiet. Mais pas du tout.

Il ne savait pas au juste ce qu'il éprouvait. Une fréquence. Une consonance. Deux accords harmonieux.

Ne la repousse pas, lui conseillait une voix tandis qu'une autre le prévenait : *Ne t'approche pas trop.* Comment concilier les deux ?

— Alors, Freddie, reprit-elle en se redressant. Qu'est-ce qui t'amène à Colton ?

— J'étais scolarisé à domicile, expliqua-t-il en s'efforçant de trouver une réponse honnête. Ma famille a dû estimer… qu'il était temps que je rencontre des gens.

— Hmm… Pourtant, chaque fois que je te vois, tu es seul.

— Je ne suis pas très sociable, répliqua-t-il avec un haussement d'épaules. Et toi, alors ?

Kate feignit la surprise.

— Tu n'es pas au courant ? J'ai incendié une école. Ou je me suis droguée. Ou j'ai couché avec un prof. Ou j'ai tué un élève. Ça dépend à qui tu poses la question.

— Il y a du vrai là-dedans ?

— L'école, j'y ai vraiment mis le feu. Enfin, à une partie seulement. La chapelle. Mais ça n'avait rien d'une vengeance. J'avais juste envie de rentrer chez moi.

— Tu as réussi à quitter V-City, fit remarquer August, étonné.

Entre les villes frontalières fermées et la proximité de la Friche, ce n'était pas un mince exploit.

— Pourquoi vouloir revenir ?

Chose étrange, Kate ne répondit pas tout de suite alors que le plus souvent, en la présence du jeune Sunai, les gens parlaient sans s'arrêter. La tête penchée en arrière, elle contempla le ciel. C'était une journée sans nuages et, l'espace d'un instant, elle sembla perdue, comme si elle s'attendait à voir quelque chose là-haut.

— C'est tout ce qu'il me reste.

Sans le vouloir, elle avait parlé tout bas, comme si elle lui confiait un secret. Son regard revint sur Terre.

— Elles sont authentiques ?

Baissant les yeux, August constata que ses manches avaient suffisamment remonté pour révéler la première ligne de ces 419 marques.

— Oui.

La vérité avait franchi ses lèvres sans qu'il songe à la taire.

— Qu'est-ce qu'elles représentent ?

Cette fois, il ravala la réponse et caressa du pouce les lignes les plus anciennes autour de son poignet.

— Une… commença-t-il en prenant le temps de bien formuler sa phrase. Pour chaque jour passé sans rechute.

— Tu ne m'as pas l'air d'un toxico, s'étonna Kate, les yeux écarquillés.

— En même temps, nota-t-il d'un air songeur, tu trouvais que je n'avais rien d'un Freddie.

— Alors, à quoi tu te shootes ? s'enquit-elle, tout sourire.

Il poussa un soupir théâtral avant de laisser échapper la vérité.

— À la vie.

— Aïe… fit-elle, mélancolique. Ça, ça va te tuer.

— Pas aussi vite que les cigarettes.

— Bien vu, mais…

Elle fut soudain interrompue par un hurlement. August se raidit. Kate tendit aussitôt la main vers son sac à dos, mais ce n'était qu'une fausse alerte : un élève sur le terrain de sport faisait semblant de plaquer sa petite amie. Celle-ci cria de nouveau avant de s'enfuir, hilare.

August s'autorisa un petit soupir. Il ne comprendrait jamais pourquoi les êtres humains hurlaient pour le plaisir.

— Ça va ? demanda Kate.

Il se rendit compte qu'il avait les mains crispées sur les gradins. Les coups de feu crépitaient tels des parasites à l'intérieur de son crâne.

— Oui… répondit-il en écartant ses doigts. Je n'aime pas trop les bruits forts.

Lèvres pincées, elle lui jeta un regard faussement attendri avant de désigner l'étui à ses pieds.

— Violon ?

August acquiesça. Ce matin-là, il s'était éclipsé avec l'instrument sans laisser le temps à Leo de l'arrêter, brûlant d'en jouer de nouveau. Dès son arrivée à l'école, il s'était rendu dans la salle de musique. Manque de chance, il ne suffisait pas d'une carte de lycéen pour utiliser le local de répétition. Alors qu'il en franchissait le seuil, une fille s'était raclé la gorge derrière lui.

— *Désolée, mais la salle est à moi.*

— *À toi ?* avait-il répété, déconcerté.

Elle avait désigné la fiche d'inscription accrochée au mur.

— *C'est mon créneau*, avait-elle expliqué.

Le cœur serré, il lui avait tenu la porte pour la laisser passer avant d'examiner les horaires et les noms inscrits sur la feuille. On était mercredi et le local était réservé jusqu'au vendredi après-midi. August n'était pas censé rester à l'académie après les cours – Henry avait insisté pour qu'il soit de retour de l'autre côté de la Frontière avant la fermeture des portes au crépuscule, même s'il ne les franchissait pas. Dans un accès de rébellion rare chez lui, le jeune Sunai s'était toutefois inscrit.

— J'ai toujours aimé la musique, confia Kate en grattant son vernis à ongles métallique.

August attendit qu'elle poursuive, mais la sonnerie retentit. Elle agita la tête pour faire retomber ses cheveux sur son œil.

— Tu joues bien ?

— Oui, répondit-il sans hésitation.

— Tu pourras me jouer un morceau ?

Il fit « non » de la tête. Au regard qu'elle lui jeta, il comprit qu'elle n'avait pas l'habitude de se voir refuser quoi que ce soit.

— Le trac ? demanda-t-elle d'un ton blasé. Pff…

Elle le fixait à travers ses mèches blondes en attendant une réponse. Il n'allait tout de même pas lui avouer qu'il ne jouait que pour les pécheurs… La gorge sèche, il chercha un mensonge à la limite de la vérité.

— Allez ! insista-t-elle. Je te promets de ne pas…

— Freddie ! s'écria tout à coup une voix.

August se retourna. Colin lui faisait signe de le rejoindre à la cafétéria. Soulagé, il se leva et ramassa son étui d'un geste aussi nonchalant que possible.

— Il faut que j'y aille.

— Je te convaincrai un jour, lança-t-elle tandis qu'il descendait les marches. D'une façon ou d'une autre.

Il ne répondit rien et, sans oser se retourner, trottina vers Colin, qui ne le quittait pas des yeux. Lorsqu'il le rejoignit, le garçon lui tapota l'épaule.

— Il est vivant ! plaisanta-t-il avec une stupeur feinte.

August se dégagea et son camarade lui emboîta le pas.

— Sérieux, Freddie, ajouta-t-il en jetant un coup d'œil à Kate sur les gradins. Si tu veux te suicider, il existe des moyens plus rapides et moins douloureux…

Chapitre 4

Kate parvint à tenir le reste de la journée sans blesser personne d'autre, ce qui n'était pas rien. Était-ce dû à la chance, aux probabilités ou à Freddie ? Elle avait beau l'avoir taquiné, elle se rappela cet instant sur les gradins où sa réponse à la question « Où es-tu ? » avait vraiment été « Ici ». Elle n'aurait pas su expliquer pourquoi mais, pour la première fois depuis une éternité, assise dans ce silence à la fois étrange et agréable, elle s'était sentie elle-même. Pas la Kate qui souriait des rumeurs qu'elle entendait, ni celle qui tenait un couteau à la gorge d'une lycéenne ou enfonçait un pied-de-biche dans le cœur d'un monstre.

Non : elle s'était sentie comme avant. Cette version d'elle qui lançait des plaisanteries plutôt que des menaces. Celle dont le sourire était sincère.

Mais ce monde n'était pas fait pour cette Kate-là.

Lorsqu'elle jeta son sac sur son lit, le flacon du Dr Landry en tomba. Peut-être étaient-ce les comprimés qui lui calmaient les nerfs ? Ou alors… il y avait quelque chose chez ce Freddie. Quelque chose de… de désarmant, aussi contagieux que familier. Au milieu d'un auditorium plein de regards, c'était le sien qu'elle avait senti. Dans une salle de classe remplie d'élèves gavés de mensonges, il avait griffonné la vérité dans les marges. Dans un établissement qui s'accrochait à une sécurité illusoire, il n'hésitait pas à parler de violence. Tout comme elle, il n'était pas à sa place, et ce point commun lui donnait l'impression de le connaître.

Mais ce n'était pas vraiment le cas. Du moins, pas encore.

Assise à son bureau, elle alluma son ordinateur pour se connecter au site Internet de Colton.

— Qui es-tu, Freddie Gallagher ? se demanda-t-elle à voix haute.

Elle ouvrit l'annuaire des élèves et fit défiler les profils jusqu'à trouver celui qu'elle cherchait. Elle cliqua sur la page de Frederick Gallagher. Les renseignements étaient énumérés du côté gauche – taille, âge, adresse, etc. –, mais la photo sur la droite surprit Kate. Pour sa part, elle s'était fait photographier à six reprises, et chaque établissement avait insisté pour qu'elle se tienne de face et au centre, les yeux tournés vers l'objectif, avec un grand sourire. Or le jeune homme à l'écran ne la regardait même pas.

Il se montrait de profil, les yeux baissés, les contours flous et les lèvres entrouvertes, comme si on l'avait surpris en pleine inspiration et en plein mouvement. Sans l'infime contour d'une marque noire là où sa manche remontait, elle n'aurait pas pu affirmer qu'il s'agissait de Freddie.

Pourquoi le bureau des inscriptions n'avait-il pas repris la photo ?

Ce cliché flou avait un côté séduisant, si bien que Kate eut subitement envie de disposer d'une meilleure photo afin de pouvoir observer Freddie sans être observée. Elle ouvrit un nouveau navigateur sur le réseau de la ville, se rendit sur un réseau social que tous les élèves semblaient utiliser et y entra le nom de son camarade.

Deux profils apparurent dans la zone de V-City mais, chose étrange, aucun n'était celui du Freddie qu'elle avait rencontré. En même temps, il lui avait confié avoir été scolarisé à domicile. Peut-être ne s'était-il jamais inscrit sur ce site. Elle ouvrit donc un troisième navigateur et tapa le nom du garçon dans le moteur de recherche, ce qui lui donna une demi-douzaine de résultats – un mécanicien, un banquier, un suicidé, un pharmacien, mais aucun ne correspondait à son Freddie à elle.

Adossée à la chaise, Kate tapota un ongle métallique contre ses dents. À leur époque, tout le monde sans exception laissait une empreinte numérique. Chaque jour, du matin au soir, les élèves de Colton prenaient des photos et filmaient les instants les plus banals comme s'ils méritaient d'être conservés, remémorés. Où se cachait donc Freddie ?

Quelque chose la titillait. Se montrait-elle paranoïaque, à chercher une réponse complexe quand son camarade faisait sans doute tout simplement partie de ces rares ados qui préféraient ne pas être sur les réseaux sociaux ?

Peut-être. Mais cette question la démangeait, et maintenant qu'elle avait commencé à gratter…

Les navigateurs n'étaient pas le seul lieu de stockage des informations, du moins dans le Quartier Nord. Kate se connecta au serveur privé de son père et cliqua sur le dossier intitulé « HUMAINS ». L'écran se remplit alors de milliers de vignettes, chacune avec un nom et une date. Freddie ne ressemblait pas aux autres élèves de Colton – elle n'était sûrement pas la seule à l'avoir remarqué. Elle tapa son nom dans la barre de recherche en espérant presque que son visage apparaisse avec un signalement pour des troubles mineurs, voire une simple anomalie, mais… elle fit chou blanc.

Excédée, elle retourna dans l'annuaire du lycée pour réexaminer la photo, qu'elle fixa pendant de longues minutes comme si le visage du jeune homme allait s'animer, terminer son mouvement, croiser son regard. Comme rien ne se passait, Kate fit défiler son profil afin de noter son adresse. Puis elle se leva.

Il restait un endroit où elle n'avait pas encore regardé.

— Il y a quelqu'un ? s'écria-t-elle en traversant le penthouse.

Pas de réponse. Elle fit le tour des pièces. Aucun signe de Sloan ou de Harker. La porte du bureau était verrouillée mais, quand elle appuya sa bonne oreille contre le bois, elle n'entendit pas le bourdonnement du système d'insonorisation que son père activait lorsqu'il se trouvait à l'intérieur. Elle tapa le code – le lendemain de son retour, elle avait installé une caméra pour enregistrer le mouvement des doigts du propriétaire des lieux – et la porte s'ouvrit en un rien de temps, puis les lumières s'allumèrent automatiquement.

Immense et décorée, curieusement, de manière classique, la pièce comportait un imposant bureau de bois sombre, un mur d'étagères et une rangée de fenêtres donnant sur la ville. Kate s'approcha des rayonnages et passa la main sur les grands livres noirs qui couvraient le mur : des registres.

Prudent, Callum Harker conservait des copies physiques et numériques des renseignements sur tous ses citoyens. L'ordinateur était verrouillé – elle n'était pas parvenue à déchiffrer le code d'accès –, mais l'avantage des livres, c'était que n'importe qui pouvait les ouvrir. Les registres étaient classés par ordre alphabétique et retranscrits chaque année. Ceux qui perdaient la protection du gouverneur voyaient leurs noms effacés. S'ils gagnaient au contraire sa protection, leur nom était rajouté en dernière page.

Kate sortit le registre *G*, l'ouvrit sur le bureau et le feuilleta jusqu'à trouver le nom qu'elle cherchait : « Gallagher ».

Onze Gallagher bénéficiaient de la protection de Harker dans le Quartier Nord. Elle trouva même une Paris Gallagher dont l'adresse correspondait à celle du profil de Freddie, mais aucune mention de Freddie lui-même. Pourtant, elle avait bien vu le pendentif à son cou. Kate passa donc aux dernières pages du volume dans l'espoir de repérer son nom dans les ajouts.

Sans plus de succès.

— Où es-tu ? murmura-t-elle.

À cet instant précis, quelqu'un se racla la gorge.

Elle releva brusquement la tête. Sur le seuil, son père s'essuyait les mains sur un carré de soie noire.

— On peut savoir ce que tu fais, Katherine ?

L'air resta bloqué dans les poumons de Kate. Elle se força à souffler dans l'espoir que cette expiration passe pour un soupir exaspéré.

— Je cherche un nom, répondit-elle, adossée au bureau, comme si elle avait le droit d'être là. Il y a une fille dans mon lycée qui me rend folle. Elle a un médaillon que j'espérais volé ou périmé. Malheureusement, elle est toujours sous ta protection.

Elle referma le registre en faisant mine d'ignorer le sang séché sur les manchettes de son père, qui la fixait d'un regard noir.

— Pardon, ajouta-t-elle. J'aurais dû attendre ton retour, mais je ne savais pas à quelle heure tu rentrais.

— Je ne pensais pas avoir laissé la porte ouverte.

— Elle ne l'était pas, répliqua Kate avec sang-froid avant de sortir du bureau.

À son grand soulagement, il ne la suivit pas.

De retour dans sa chambre, elle se laissa tomber sur sa chaise. Son écran affichait toujours le profil de Freddie. Quel sens avait désormais cette photo floue à côté d'un nom qui, selon les dossiers de son père, n'existait pas ? Utilisait-il un pseudonyme ? Mais pour quelle raison ?

Ceux qui se cachent ont forcément quelque chose à cacher.

Que cachait donc Frederick Gallagher ?

Chapitre 5

August détestait le sang – sa vue, son odeur et sa consistance visqueuse, trop épaisse. Pas de chance : il en était à ce moment précis couvert.

Bien entendu, il ne s'agissait pas du sien. C'était celui de Phillip, un membre des Forces spéciales au crâne rasé et au sourire chaleureux qui traitait August comme un ami et fusillait Harris du regard dès qu'il employait le terme de « monstre » pour le désigner.

— Tenez-le bien, ordonna Henry. Il faut que je lui pose un garrot.

Phillip avait l'épaule visiblement disloquée. Son uniforme était déchiré et August aurait pu suivre des doigts les marques de griffes – ou bien de crocs ? – du Corsai si le blessé ne se tortillait pas autant sur la table d'opération.

Quand ils avaient reçu l'appel, August faisait ses devoirs assis au comptoir et Allegro jouait avec ses lacets. Une nouvelle attaque… Mais celle-ci, qui n'avait pas eu lieu à la Frontière, n'était pas le fruit du hasard. Il s'agissait d'une embuscade. Les monstres de Harker savaient exactement où et quand les Forces spéciales patrouilleraient. Quelqu'un les avait prévenus. À présent, quatre soldats étaient morts et Phillip semblait fermement décidé à les rejoindre dans un flot de jurons et d'hémoglobine.

— Mais tenez-le, merde !

Leo et August plaquaient le malheureux contre la table pendant que leur père s'affairait sur la vilaine blessure avec des gestes à la fois prudents et précis. Le partenaire de l'agent blessé, Harris, le visage en sang, se tenait à l'écart, en état de choc, tandis qu'Emily suturait une entaille à son biceps. Elle n'opérait pas avec la grâce chirurgicale de son époux, mais ses mains n'en étaient pas moins fermes.

Henry s'empara d'une seringue remplie de morphine qu'il planta dans le bras valide de Phillip. Ses jurons s'interrompirent aussitôt et sa tête bascula sur le côté, signe que la douleur et la tension quittaient enfin son corps.

— Ça ne peut pas continuer, dit Leo, la mâchoire tachée du sang de Phillip. On a subi assez d'affronts comme ça. Il est temps de…

— Ce n'est pas le moment ! aboya son père avant d'enfiler des gants chirurgicaux pour se mettre au travail.

À la vue de l'épaule en charpie du soldat qui répandait une flaque rouge et visqueuse sur la table d'acier, August fut pris de nausée. Sous la lumière éblouissante, Phillip paraissait soudain jeune et délicat. Les êtres humains étaient trop fragiles pour résister, mais les Sunai trop peu nombreux pour lutter seuls. Et même si, dans l'absolu, ils pouvaient mener une guerre à trois contre des milliers, les Malchai et les Corsai n'étaient pas assez stupides pour s'approcher d'eux : ils leur préféraient des proies qu'ils pouvaient facilement attraper et tuer. Les Sunai traquaient donc en premier lieu les pécheurs afin de juguler le flot de violence, et le massacre des monstres revenait aux êtres humains qui, invariablement, tombaient sous leurs coups. C'était un cycle perpétuel de murmures et d'explosions, de naissances macabres et de fins sanglantes.

August suivit du regard les marques de griffes. Désordonnées. Brutales. C'était bien l'œuvre d'un monstre. L'odeur du Corsai – cet habituel mélange d'air fétide, de fumée viciée et de mort qui persistait dans la chair meurtrie du blessé – lui retournait l'estomac. Son frère avait raison : il ne ressemblait en rien à la créature responsable de cette horreur. Non, aucun rapport.

— August, lança Henry une minute plus tard. Tu peux lâcher maintenant.

Il plaquait encore le corps inerte de Phillip contre la table. Il laissa donc retomber ses mains, qu'il alla nettoyer pendant que son père poursuivait l'opération.

En voyant le sang couler dans le lavabo, August regarda ailleurs en s'efforçant de se concentrer sur autre chose – n'importe quoi –, mais il y en avait partout : sur le mur, le comptoir et le sol. Une traînée écarlate menait jusqu'aux ascenseurs en acier marqués d'un *18*.

Le dix-huitième étage du complexe Flynn avait été surnommé la Morgue par certains des membres les plus morbides des Forces spéciales. Situé juste au-dessous de l'appartement des Flynn, à l'avant-dernier étage, il n'offrait pourtant aucune vue sur l'extérieur. On avait muré toutes les fenêtres et retiré les meubles pour en faire un lieu stérile, qui abritait deux espaces essentiels : une salle d'interrogatoire privée (les autres jouxtant les cellules aux niveaux inférieurs) et un service médical d'urgence.

— Où est-il ? s'enquit Henry en quittant un instant des yeux l'épaule ravagée de Phillip.

Il parlait du traître. L'homme qui avait vendu les informations à l'ennemi était le cousin d'un membre des Forces spéciales. Après sa trahison, il avait fui de l'autre côté de la Frontière pour demander l'asile dans le Quartier Nord. Comme Harker ne gardait pas les mouchards, il l'avait renvoyé. Une brigade l'avait traqué mais, avant d'être capturé, il avait eu le temps de tirer deux balles sur leur capitaine. Après deux minutes passées avec Leo, il avait tout avoué.

Devant le miroir, ce dernier essuyait à présent les traces de sang sur son visage. Lorsque ses yeux noirs dérivèrent vers la cicatrice sur son front, il détourna le regard comme l'avait fait August devant le sang. Comme si cette vision lui donnait un haut-le-cœur.

— Cellule A, répondit Harris d'un ton morose.

Plus aucune trace de son humour juvénile : celui-ci avait disparu.

— Il est coupable, ajouta Leo d'une voix égale.

Ils savaient tous ce qu'il entendait par là. Une âme rouge, à faucher.

— D'accord, répliqua Henry avant de faire signe à sa femme. Va chercher Ilsa.

***

L'homme de la cellule A était dans un sale état.

Le nez cassé, les mains liées dans le dos, il gisait sur le flanc et respirait de manière saccadée, comme s'il était blessé aux côtes. August l'observait, avide de comprendre ce qui pouvait briser ainsi les hommes. Pas physiquement – le corps humain était fragile –, mais sur le plan émotionnel et mental. Qu'est-ce qui les poussait à sauter dans le vide en connaissance de cause ?

Il sentit d'abord un courant d'air, puis la douce chaleur de la main d'Ilsa dans la sienne tandis qu'elle regardait par l'ouverture en plexiglas taillée dans la porte de la cellule.

— Tu le sens ? s'enquit-elle d'une voix triste. Son âme est si lourde. Qui sait combien de temps le sol tiendra…

Elle ôta sa main avant de pénétrer pieds nus dans la cellule. August referma la porte derrière elle, sans pour autant quitter son poste. Il était si rare de voir un autre Sunai faucher une vie. Or Ilsa avait le don de tout embellir. Même la mort.

Derrière lui se firent entendre des pas lourds et réguliers : Leo.

— Henry a tort de ne pas la laisser sortir.

— Qui donc ? Ilsa ? demanda August, les sourcils froncés.

Son aîné laissa reposer sa main sur la porte.

— Notre sœur, l'ange de la mort. Tu sais ce qu'elle est ? De quoi elle est capable ?

— J'ai ma petite idée, répondit August d'un ton sec.

— Non, petit frère, tu ne sais rien.

Dans la cellule, Ilsa s'agenouilla près du traître.

— Henry préférerait te maintenir dans l'ignorance, poursuivit Leo. Mais je pense que tu mérites de savoir ce qu'elle est, ce que tu pourrais peut-être devenir, toi aussi, si tu t'y autorisais.

— De quoi parles-tu ?

— Notre sœur a deux facettes. Elles ne se rencontrent jamais.

On aurait dit une énigme, mais Leo n'était guère du genre à tourner autour du pot.

— Qu'est-ce que…

— Tu sais combien d'étoiles elle a ?

August fit « non » de la tête. Leo écarta les doigts.

— Deux mille cent soixante-deux.

Le jeune Sunai commença à faire le calcul avant de s'arrêter. Six ans. Six ans depuis la dernière fois qu'Ilsa s'était abandonnée aux ténèbres. Six ans depuis qu'un événement précis avait mis fin à la guerre des territoires.

Leo vit qu'il avait compris : il traça un cercle de son index.

— À ton avis, petit frère, qui est à l'origine de la Lande ?

De l'autre côté de la porte, le traître confessait ses péchés d'une voix brisée. Ilsa prit son visage entre ses mains et l'entraîna vers le sol de béton. Allongée sur le côté, elle lui caressa les cheveux.

Quelque part dans la ville existait un endroit où plus rien ne poussait.

— C'est impossible, chuchota August.

La dernière fois qu'il s'était abandonné aux ténèbres, il avait anéanti une pièce remplie d'êtres humains. Ilsa aurait donc rasé un quartier entier ? Laissé une cicatrice à la surface du monde ? Si c'était vrai, il comprenait pourquoi Henry ne voulait pas que la trêve soit rompue. Les membres des Forces spéciales pensaient qu'il détenait une bombe, et ils avaient raison.

August visualisa mentalement l'étendue de terre brûlée au centre de la ville. L'avait-elle… fait exprès ? Bien sûr que non – lui-même n'avait pas eu l'intention de blesser qui que ce soit –, mais il était facile de se perdre dans l'obscurité. Quand les Sunai s'abandonnaient aux ténèbres, des vies étaient fauchées. Il n'y avait aucune règle, aucune limite : coupables et innocents, monstres et humains, tous périssaient. Un « abattage », voilà comment Leo appelait ce phénomène.

Combien avaient péri ce jour-là sur la place ? Combien de vies innocentes perdues au milieu des coupables ? Impossible que ça se reproduise. C'était hors de question. Il y avait forcément une autre solution.

— Son confinement faisait partie des conditions de la trêve, poursuivit Leo. Mais les gens ont la mémoire courte et il semblerait que nos amis du Quartier Nord aient besoin d'une piqûre de rappel.

La manière dont il parlait de leur sœur donnait la chair de poule à August.

— Ilsa n'est pas un outil.

Son frère le fixa de ses yeux noirs terrifiants, comme privés de profondeur.

— Nous sommes tous des outils.

Dans la cellule, la Sunai se mit à fredonner une mélodie étouffée qui fit frissonner August jusqu'aux os même s'il l'entendait à peine. Contrairement à lui, qui comptait sur son violon, ou à Leo, qui pouvait tirer sa musique de n'importe quel objet, le seul instrument d'Ilsa était sa voix.

August observait la scène. Une faim sourde s'empara de lui à mesure que la lumière rouge remontait à la surface de la peau de l'homme pour se répandre sur celle d'Ilsa, comme si elle rougissait. Le jeune Sunai venait de se nourrir, et pourtant il se sentait tenaillé par la faim, ce besoin constant, ce vide qui, il en avait bien peur, ne cesserait d'exister qu'avec lui.

Deux volutes de fumée s'élevèrent des yeux caves du traître à l'instant où sa dernière étincelle de vie s'échappait. Puis le cadavre s'éteignit.

— Un jour, tu verras, reprit Leo d'un ton calme. La véritable voix de notre sœur est une arme aussi magnifique que terrible.

De l'autre côté du plexiglas et de l'acier, Ilsa caressa les cheveux du défunt comme une mère endormant son enfant.

August en eut la nausée. Il recula, tourna les talons et rebroussa chemin jusqu'à l'aile médicale, où Harris n'avait pas bougé. Henry, quant à lui, continuait de s'affairer sur l'épaule de Phillip, qui paraissait à moitié mort. Le jeune Sunai se sentit subitement épuisé.

Il faillit demander si ce qu'il avait appris sur Ilsa était vrai, mais il connaissait déjà la réponse.

— Il faut agir, lança-t-il.

Son père, éreinté, quitta la table d'opération du regard un instant.

— Tu ne vas pas t'y mettre aussi !

— Il faut empêcher que la trêve soit rompue, précisa August. Empêcher une nouvelle guerre.

Henry se frotta les yeux du revers du bras, mais il garda le silence. Tout comme Harris. Et Leo, qui se tenait à présent sur le seuil.

— Papa…

— August.

Emily posa une main sur l'épaule de son fils. Il se rendit compte qu'il tremblait. Elle lui parla d'une voix à la fois grave et ferme.

— Il est tard, dit-elle en essuyant une tache de sang sur la joue de son benjamin. Tu devrais aller te coucher. Il y a école demain…

Un son étranglé monta dans la gorge de l'adolescent. Il avait envie de rire de l'absurdité de cette vie pleine de mascarades. Envie de prendre son violon pour en jouer, encore et encore, jusqu'à ce que sa faim disparaisse et qu'il ne se sente plus comme un monstre. Il aurait voulu hurler, mais il repensa à la voix de sa sœur réduisant la ville en cendres. Aussi se mordit-il la langue et la douleur, non le sang, lui remplit la bouche.

— Vas-y, le pressa Emily en le poussant vers l'ascenseur.

Obéissant, il suivit la traînée de sang jusqu'à la porte, comme les petits cailloux du conte.

Chapitre 6

— Mauvaise nuit ? demanda Kate en grimpant dans les gradins.

Freddie avait la tête penchée sur un livre, mais elle avait remarqué ses cernes et la tension dans sa mâchoire.

— Ça se voit tant que ça ? répliqua-t-il sans lever les yeux.

Elle laissa tomber son sac.

— Tu as une sale tête.

— Merci bien ! lança-t-il d'un ton sec en se passant une main dans ses cheveux encore humides.

Il continuait à fixer son livre sans pour autant tourner la page.

Des questions filaient dans la tête de Kate sans qu'elle les laisse jamais affleurer à la surface. Elle se mit à tambouriner avec ses doigts avant de se remémorer les remarques du Dr Landry. Elle songea à reparler du violon. Seulement Freddie ne l'avait pas avec lui ce jour-là. Elle tenta ensuite de voir ce qu'il lisait – ou faisait semblant de lire –, mais les mots étaient écrits trop petits. Elle se contenta donc de rester assise là, dans l'espoir de recréer la sensation qu'elle avait éprouvée la veille, ce silence agréable qu'ils avaient partagé. Sauf qu'elle ne tenait pas en place. Excédée, elle finit par sortir ses écouteurs et s'apprêtait à les mettre quand Freddie prit la parole.

— Comment as-tu fait ? s'enquit-il en tournant la page.

Kate se raidit légèrement, soulagée qu'il ne puisse pas s'en rendre compte.

— Comment ça ?

Il posa enfin son livre. Platon. Depuis quand les élèves de première lisaient-ils de la philosophie pour le plaisir ?

— Pour te faire exclure de ton cours de sport ?

— Ah, fit-elle en se touchant l'abdomen. J'ai horriblement mal au ventre.

Une lueur d'amusement passa dans les yeux gris clair d'August.

— Vraiment ? railla-t-il.

— Oui. J'espère que je n'ai rien attrapé, répondit-elle en s'adossant aux gradins avec un sourire en coin. Mais tu sais ce qu'on dit.

— Quoi donc ?

— Le meilleur remède, c'est l'air frais.

Sans aller jusqu'à sourire, Freddie adopta une expression chaleureuse. Kate glissa ses cheveux derrière son oreille. Elle sentit aussitôt le regard du garçon se poser sur sa cicatrice. Ce n'était pas la première fois qu'il la remarquait, mais bien la première fois qu'il osait poser la question.

— Qu'est-ce qui t'est arrivé ?

Les marques de faiblesse attirent les couteaux, pensa-t-elle. Mais d'autres mots sortirent avant qu'elle ne puisse les retenir.

— Accident de voiture.

Freddie ne dit pas machinalement « désolé » comme s'il s'excusait (elle détestait ça). Il se contenta de hocher la tête en caressant du pouce les lignes noires sur son poignet.

— À chacun ses cicatrices.

Elle tendit la main pour effleurer des doigts la marque la plus proche. À son contact, il se crispa.

— Combien de jours de sobriété ?

— Suffisamment, répondit-il en se dégageant doucement pour baisser la manche sur sa peau.

Les questions tournoyaient dans l'esprit de Kate : *Qui es-tu ? Que caches-tu, et pour quelle raison ?* Elles tentaient de s'échapper et y seraient parvenues si Freddie n'avait pas repris la parole.

— Je peux te confier un secret ?

— Oui, fit Kate, penchée en avant.

Un « oui » un peu trop empressé, mais il ne sembla pas le remarquer. Freddie planta ses yeux dans les siens. Son regard avait quelque chose de lourd, comme s'il pesait sur elle.

— Je t'écoute, ajouta-t-elle.

Il se pencha à son tour pour lui confier :

— Je n'ai jamais vu une forêt de près.

Sans lui laisser le temps de répliquer, il la guida au bas des gradins, puis vers les arbres.

— Elles sentent la cire, fit remarquer Freddie en donnant un coup de pied dans les feuilles mortes.

— Je dirais plutôt l'inverse, rétorqua Kate. Mais qui es-tu pour n'avoir jamais vu d'arbres ?

Il ramassa une feuille carmin qu'il fit tourner entre ses doigts.

— Je suis… un habitant de la zone rouge, répondit-il en la lâchant. Avec des parents très protecteurs.

En l'entendant évoquer sa famille, la jeune fille sentit les battements de son cœur s'emballer, mais elle garda un ton calme.

— Parle-moi d'eux.

— Ce sont de braves gens, dit-il en haussant les épaules. Ils veulent bien faire.

Comment s'appellent-ils ? rêvait-elle de demander.

— Qu'est-ce qu'ils font dans la vie ?

— Mon père est chirurgien, répondit Freddie en enjambant une branche tombée à terre. Ma mère, elle, a grandi à Fortune. Elle s'est retrouvée du mauvais côté quand la frontière a fermé.

— C'est horrible.

Kate était sincère. Elle trouvait déjà affreux que les citoyens de Verity se soient retrouvés piégés à l'intérieur, mais elle oubliait souvent les étrangers. Au mauvais endroit au mauvais moment, une vie anéantie par la malchance.

— Elle ne le montre pas, ajouta-t-il distraitement. Mais je sais que ça lui pèse.

Cette allusion au poids rappela à Kate le pendentif en fer et les registres noirs.

D'où vient ton médaillon ?

— Et donc, fils unique ? s'enquit-elle, la gorge serrée.

— C'est un interrogatoire ? répliqua-t-il avant de répondre quand même, au grand soulagement de Kate. Je suis le benjamin. Et toi ?

Elle trouva délicat qu'il lui pose la question, même s'il connaissait forcément la réponse.

— Fille unique.

Au loin, la sonnerie du déjeuner retentit. Kate eut un moment d'hésitation, mais Freddie ne semblait pas prêt à faire demi-tour. Il se laissa glisser contre le tronc d'un arbre. Elle en fit de même juste à côté. Le lycéen sortit une belle pomme verte de son sac et la lui tendit.

Qui es-tu ?

Elle attrapa le fruit en lui effleurant exprès les doigts. Un petit frisson le parcourut, comme si ce contact était une sensation inconnue, nouvelle pour lui, et elle s'en félicita.

Kate croqua une bouchée avant de lui rendre la pomme, qu'il fit rouler entre ses paumes.

Que caches-tu ?

— Si seulement le reste de la ville ressemblait à ça… dit-il d'une voix douce.

— Vide ? Verte ?

— Paisible, précisa-t-il en lui repassant le fruit.

Il n'y avait toujours pas goûté. Elle suivit du pouce la marque de ses propres dents.

— Tu as déjà vu un monstre de près ?

Freddie se mordilla la lèvre avant de répondre :

— Oui. Et toi ?

— Mon père a un Malchai comme animal domestique, confia-t-elle en haussant un sourcil.

— Je préfère les chats, rétorqua-t-il, perplexe.

— Moi aussi, gloussa Kate avant de lui rendre la pomme.

Puis ils se turent. L'espace d'un instant, ce silence naturel s'installa de nouveau. Une rafale de vent agita les branches au-dessus de leurs têtes et fit pleuvoir des feuilles mortes sur eux. Avec le fruit dans sa main, ses yeux incolores et la feuille dorée coincée dans ses boucles noires, Freddie Gallagher ressemblait davantage à un tableau qu'à un lycéen.

Qui es-tu ?

La question lui brûlait les lèvres, mais elle se contenta de lui reprendre la pomme des mains et de croquer une nouvelle fois dedans.

Toute l'après-midi, les interrogations ne cessèrent de la ronger. Plus ils étaient restés dans la forêt, plus elle avait eu de doutes. Sur lui. Sur elle. Peut-être existait-il une explication très simple à son pseudonyme. Peut-être qu'il n'avait pas le choix. Sans doute avait-on parfois de bonnes raisons de se cacher, de mentir.

Mais Kate tenait à connaître la vérité.

Elle avait parcouru la moitié du couloir quand elle entendit le son du violon. Elle était sortie de son dernier cours avec quelques minutes d'avance, après avoir terminé un contrôle, et tuait le temps avant la sonnerie de fin de journée. La jeune fille ralentit le pas en présumant – en espérant – que ce soit Freddie. Une once de vérité parmi tous ces mystères. La musique venait d'une salle au bout du couloir. Lorsqu'elle arriva devant la porte, la mélodie s'éteignit pour céder la place à un tintamarre de chaises et de matériel. En jetant un coup d'œil par le panneau vitré, elle vit les musiciens de l'orchestre ranger leurs affaires une fois que la cloche se mit à sonner. Quand ils quittèrent la salle, Kate chercha Freddie parmi les élèves. En vain.

— Eh ! lança-t-elle à l'un d'entre eux – un violoncelliste, selon toute vraisemblance.

Il blêmit légèrement en comprenant qu'elle s'adressait à lui.

— Il y a un Gallagher dans votre classe ?

— Qui ?

— Freddie Gallagher. Grand, mince, cheveux noirs, violoniste ?

— Désolé, je ne l'ai jamais vu, répondit le garçon avec un haussement d'épaules.

Kate maugréa et le violoncelliste saisit l'occasion pour s'échapper.

À mesure que les couloirs se vidaient, elle fit demi-tour vers les casiers, qu'elle rejoignit juste à temps pour voir Freddie remplir son sac. Un seul coup d'œil jeté à la fille agenouillée devant le casier voisin suffit à la faire fuir. Kate appuya alors son épaule contre le métal.

— Salut !

— Salut ! répondit Freddie en rangeant ses manuels. Je n'arrête pas de trouver des bouts de feuilles accrochés à mes vêtements.

— J'ai brossé les miens, précisa-t-elle. Histoire de ne pas faire jaser.

— Comment ça ? demanda-t-il naïvement.

Elle le fixa et il soutint son regard avant de se mettre à rougir.

— Oh !

Les yeux au ciel, elle se rappela pourquoi elle était là.

— Pas de violon ? s'enquit-elle en désignant le casier d'un geste.

— Il est chez moi.

— Je pensais que tu jouais dans l'orchestre.

— Je n'ai jamais dit ça, répliqua Freddie, la tête penchée sur le côté.

— Dans ce cas, pourquoi l'apporter ?

— Pardon ?

— Pourquoi apporter ton violon au lycée si tu n'es pas dans l'orchestre ? insista-t-elle.

Il referma son casier, non pas d'un geste brutal comme les autres élèves, mais avec un petit clic déterminé.

— Tu tiens vraiment à le savoir ? Je ne peux pas jouer chez moi parce que les murs sont trop fins. À Colton, il y a des salles de musique insonorisées. Voilà pourquoi.

Kate, qui sentait sa résolution faiblir, s'efforça de poursuivre sur un ton léger, moqueur.

— D'accord, mais si tu n'es pas dans l'orchestre, quand est-ce que je vais t'entendre jouer ?

Le visage de Freddie se ferma.

— Jamais.

Sa réponse la heurta comme un coup de poing. Elle sentit la colère monter.

— Pourquoi ?

— Je te l'ai déjà dit, répondit-il en balançant son sac sur son épaule. Je ne joue pas pour n'importe qui.

— Je ne suis pas n'importe qui ! protesta-t-elle en rougissant, soudain blessée. Je suis une Harker.

— Et alors ? lança Freddie en lui jetant un regard méprisant.

— Alors on ne me dit pas non. Pas comme ça.

Il éclata de rire – une moquerie glaciale –, avant de secouer la tête.

— C'est ce que tu crois, hein ? Que cette ville t'obéit au doigt et à l'œil parce que tu as de l'argent, du pouvoir, et que tout le monde a peur de te dire non ? J'ai une mauvaise nouvelle pour toi, Kate, poursuivit-il, penché vers elle comme pour lui avouer un secret. Tout ne tourne pas autour de ta petite personne. Je te croyais plus maline que ça… Au temps pour moi.

Abasourdie, la jeune fille eut un mouvement de recul. Elle avait les joues en feu. La colère flambait en elle, brûlante comme la braise. Freddie s'apprêtait à partir quand elle plaqua la main sur le casier à côté de son visage, lui barrant ainsi le passage.

— Qui es-tu ?

— Pardon ? demanda-t-il, comme pris de court.

— Qui… es… tu ? répéta-t-elle en détachant chacun des mots.

Il tenta d'écarter la main de Kate, mais elle lui saisit le poignet et le repoussa contre le casier. Elle en avait assez. Assez de jouer. Assez de tourner autour du pot.

— Ne me prends pas pour une idiote, reprit-elle en approchant ses ongles métalliques du pendentif accroché au cou du lycéen. Tu n'as vraiment rien d'un Freddie. Ni d'un Frederick. Ou d'un Gallagher.

— Lâche-moi, ordonna-t-il, menaçant.

— Je ne sais pas qui tu es, chuchota-t-elle à son oreille, mais je finirai bien par le découvrir.

En cet instant précis, un élève surgit.

— Te voilà ! s'exclama ce dernier en passant un bras autour des épaules de Freddie. Je t'ai cherché partout !

Il tira son camarade à l'écart avec un sourire contrit à l'intention de Kate, qui laissa retomber sa main.

— On va être en retard à ce… cette fête, là, ajouta-t-il en traînant son ami dans le couloir. Tu n'as pas oublié, quand même ? Allez, viens…

Il adressa à Kate un petit signe de la main sans se retourner. Freddie, de son côté, jeta un dernier regard indéchiffrable à la jeune fille avant de disparaître dans le couloir.

Folle de rage, cette dernière se rua hors de l'établissement. Elle sortit un deuxième comprimé du flacon que le Dr Landry lui avait donné et l'avala. Comment avait-elle pu se laisser déstabiliser ? Par Freddie, en plus ? Mais quelle imbécile ! Elle avait cru qu'il l'appréciait, qu'il la comprenait, au lieu de quoi il n'avait réussi qu'à la mettre hors d'elle. Idiote ! Si son père lui avait bien appris quelque chose, c'était que le sang-froid vous assurait le contrôle… quand bien même il était illusoire.

« J'ai une mauvaise nouvelle pour toi, Kate. Tout ne tourne pas autour de ta petite personne. »

Sa colère flamba de plus belle.

« Je te croyais plus maline que ça… »

Pour qui se prenait-il ?

« Au temps pour moi. »

Qui était-il donc ?

Lorsque Kate arriva sur le parking, la berline noire n'était pas encore là. Elle fit les cent pas en s'efforçant d'inspirer à fond. Sans résultat. Elle avait les nerfs à vif.

Perchée sur un banc, elle tira une cigarette du paquet caché dans son sac et glissa le filtre entre ses lèvres en regardant les élèves sortir du lycée comme des fourmis.

— Mademoiselle Harker ! s'écria un surveillant en la voyant un briquet à la main. Il est strictement interdit de fumer sur le campus.

Kate dévisagea l'homme. Elle se sentait d'humeur querelleuse, mais sa raison lui souffla qu'elle se trompait d'adversaire.

— Laissez-moi deviner, répliqua-t-elle en rangeant la cigarette dans son paquet. C'est mauvais pour la...

Elle allait dire « santé » quand quelque chose attira son attention.

Freddie, son ami de tout à l'heure et une lycéenne qu'elle ne connaissait pas traversaient la pelouse à grands pas. Le garçon et la fille souriaient. Freddie, quant à lui, avait le comportement typique de ceux qui feignent de vous écouter – petit sourire et hochement de tête.

Kate vit la fille sautiller sur quelques mètres avant de se retourner pour prendre en photo ses camarades avec son portable. À la dernière seconde, Freddie leva la main devant son visage. Malgré son sourire, ce geste n'était pas anodin. Quand la photographe en herbe refit une tentative pour le taquiner, il se détourna, les yeux fermés. Comme sur la photo de sa carte d'étudiant.

Un détail insignifiant... Mais dès que Kate le vit faire ce geste, ses traits trahissant un semblant de panique, un mot siffla dans sa tête : « Monstre ».

L'idée avait beau être ridicule – absurde, paranoïaque –, elle s'imposa à elle. En plus du cliché flou dans l'annuaire de Colton, elle se remémora une série d'éléments intrigants : l'absence de photos de lui sur les réseaux sociaux, le faux nom, les mots griffonnés dans la marge, les parents protecteurs, le médaillon volé, son refus de jouer pour elle, ses reproches et sa façon de la regarder comme s'ils partageaient un secret… ou comme si lui en cachait un.

« Sunai, Sunai, yeux de charbon, volent ton âme d'une chanson. »

La fille finit par renoncer à tenter de photographier Freddie, qui se détacha de son ami avant de commencer à s'éloigner avec un petit salut de la main. Sans hésiter, Kate dégaina son téléphone, ouvrit l'appareil photo et maintint le bouton appuyé pour prendre une série de clichés avant qu'il ne sorte du champ.

Une voiture klaxonna soudain derrière elle. La berline noire. Le cœur battant la chamade, les doigts serrés sur son portable, Kate grimpa sur la banquette arrière. Elle ne regarda pas tout de suite l'écran. Elle attendit que la voiture s'éloigne de l'académie et que le monde commence à s'estomper de l'autre côté de la vitre.

Alors, seulement, elle osa consulter son téléphone.

Sa théorie était farfelue, elle le savait. Elle fit défiler les photos, s'attendant à ne rien voir d'autre que Freddie qui la fixait. Sur les derniers clichés, il lui tournait déjà le dos. D'un doigt nerveux, elle remonta la séquence jusqu'au moment où son visage était dirigé vers l'objectif.

Elle étudia l'image, son regard remontant le long du pantalon d'uniforme vers le polo impeccable siglé Colton, le sac sur l'épaule, les cheveux qui lui tombaient sur les joues et dans les yeux… C'est précisément là que l'illusion prit fin. Car ses yeux n'affichaient pas leur gris habituel.

Non, le regard de Freddie n'était plus qu'une tache noire, une traînée sombre que l'appareil photo ne pouvait pas saisir.

« Tu as déjà vu un monstre de près ? »

Kate s'adossa à son siège : Freddie Gallagher n'était pas un élève ordinaire. Il n'était même pas humain.

Chapitre 7

« *Qui es-tu ?* »

La voix de Kate le suivit dans le métro.

« *Tu n'as rien d'un Freddie.* »

Elle le traqua à travers la ville.

« *Je finirai bien par le découvrir.* »

Elle le pista dans la rue.

C'est avec soulagement qu'August arriva au dernier étage du complexe Flynn pour trouver les lieux déserts. Il laissa tomber son sac sur le lit à côté d'Allegro avant de s'affaler sur la chaise. Il ne cessait de se torturer les méninges.

« *J'ai une mauvaise nouvelle, Kate. Tout ne tourne pas autour de ta petite personne.* »

Pourquoi avait-il dit ça ?

« *Je te croyais plus maline que ça.* »

Qu'est-ce qui lui avait pris ?

« Pas dans une explosion, mais dans un murmure. »

Une question.

« *Qui es-tu ?* »

« *Je ne sais pas qui tu es, mais je finirai bien par le découvrir.* »

Il arracha son pendentif en fer et le jeta contre le mur. Le médaillon heurta le plâtre assez fort pour l'entailler avant de rouler sur le sol. August se prit la tête entre les mains.

Qui es-tu ? Qui es-tu ? Qui es-tu ?

On frappa à la porte. Aussitôt, il releva la tête pour découvrir Leo sur le seuil, les épaules aussi larges que l'encadrement.

— Prends ton manteau. On sort.

Le jeune Sunai jeta un coup d'œil par la fenêtre, stupéfait de constater que le soleil était déjà couché.

— Où ? demanda-t-il.

— À ton avis ? répliqua son aîné en brandissant une feuille de papier.

— Je n'ai pas faim, soupira August en se frottant les yeux.

— Je m'en moque. Phillip est dans un état critique et Harris n'est pas de service. Donc ce soir, c'est toi qui m'accompagnes.

D'où venait cette soudaine attention de la part de son frère ? Il n'en voulait pas. Du moins pas à ce moment-là, pas comme ça. Sans compter que Leo avait une réputation de chasseur…

— Tout le monde te connaît, protesta August. Si je t'accompagne…

— Ils te prendront pour un subordonné. Allez, debout !

La gorge serrée, le jeune Sunai obéit. Il s'apprêtait à prendre son étui à violon quand Leo l'arrêta.

— Laisse-le.

August ouvrit des yeux étonnés.

— Je ne compr…

— Tu n'en auras pas besoin ce soir.

Il hésita. Son frère n'avait aucun instrument non plus.

— Leo…

— Viens, ordonna son aîné.

La main d'August quitta l'étui à violon. En suivant Leo dans l'appartement, il regarda autour de lui dans l'espoir d'apercevoir Henry ou Emily, une planche de salut, quelqu'un pour les arrêter. Mais ses parents étaient introuvables et la porte de la chambre d'Ilsa, fermée.

Il ne demanda pas où ils allaient. Loin de la Frontière et du centre-ville à coup sûr. Au cœur du réseau, cet entrelacs de rues obscures bordées d'immeubles détruits jamais reconstruits. L'endroit rêvé pour les toxicomanes et les anciens criminels qui cherchaient à se cacher aussi bien des Forces spéciales que des Sunai.

— Tu es bien silencieux, fit remarquer son frère lorsqu'ils descendirent la rue. À quoi penses-tu ?

August détestait quand Leo formulait ses questions de cette manière parce qu'il ne pouvait pas les esquiver. Il avait la tête à l'envers et la dernière personne qu'il désirait auprès de lui, c'était son frère aîné, mais la réponse franchit malgré tout ses lèvres.

— À Kate Harker.

— Pourquoi ?

Bonne question. Il n'en avait aucune idée. Tout se passait bien, et puis quelque chose avait basculé. L'équilibre avait vacillé avant de s'écrouler. Pourquoi fallait-il toujours que les gens gâchent le silence en posant des questions ? La vérité avait des conséquences désastreuses.

— August, insista Leo.

— Elle sait que j'ai un secret.
— Mais elle ne sait pas lequel ?
Le jeune Sunai se tortilla avant de répondre :
— Pas encore.
— Bien.
Son frère affichait un calme exaspérant.
— Comment ça, « bien » ?
— On a tous nos petits secrets. C'est normal.
— Aucun de mes secrets n'est normal, Leo, répliqua-t-il, les mains plongées dans les poches de son manteau. Il faudrait peut-être que je quitte Colton.
— Non.
— Mais…
Son frère s'arrêta net.
— Si tu quittes le lycée du jour au lendemain, ils comprendront pourquoi. Ta couverture sera grillée. Je ne suis pas prêt à échanger un risque possible contre un problème réel.
— Elle va poursuivre son enquête.
— Si elle apprend la vérité, tu le sauras vite, déclara son aîné en se remettant en route. Elle te le dira elle-même. En attendant, tu continues à aller en cours.
— Et si elle découvre vraiment la vérité ?
— Alors on s'en occupera.
Sa réponse donna des frissons à August.
— Elle est innocente.
— Non, rétorqua Leo avec un regard noir. C'est la fille de Harker.

De retour chez elle, Kate ne mit pas de musique.

Pour une fois, elle ne voulait pas noyer ses pensées : elle avait besoin de garder les idées claires. Elle se rendit directement dans sa chambre et verrouilla la porte derrière elle. Puis elle posa son portable à l'envers, tira sa tablette de son sac et lança le navigateur.

« Sunai, Sunai, yeux de charbon. »

Sur tout le chemin du retour, ses réflexions s'étaient concentrées sur le peu qu'elle savait de la troisième race de monstres. Enfin, le peu qu'on savait d'eux en général.

Sunai… À lui tout seul, ce mot semblait agacer les autres créatures et mettre son père en rogne. Mais ce n'était pas tout. Les Sunai avaient beau être rares – bien plus que les Corsai ou les Malchai –, ils l'inquiétaient, sûrement à cause des catalyseurs. Apparemment, les Corsai naissaient d'actes violents mais non mortels, et les Malchai, de meurtres. Les Sunai, de leur côté, semblaient venir des crimes les plus sombres de tous : bombardements, fusillades, massacres. Des événements qui, loin de faire une seule victime, en occasionnaient de nombreuses. Toute cette douleur, tous ces morts fusionnaient pour former quelque chose de vraiment terrible. Si le catalyseur d'un monstre renseignait sur sa nature, alors les Sunai étaient les pires créatures qui se déchaînaient dans la nuit.

Pour ne rien arranger, le Quartier Sud alimentait sans doute lui-même les rumeurs. Selon certains, Flynn considérait les Sunai comme des chiens enragés. Selon d'autres, il les traitait comme des membres de sa famille. On racontait aussi que ces monstres se cachaient au sein des rangs des Forces spéciales. Une autre théorie, plus déprimante, voulait qu'ils soient capables de changer de visage, de contrôler les esprits et d'effacer la mémoire de ceux qui les avaient croisés… si toutefois ces derniers étaient encore en vie. Les Sunai étaient sadiques, maléfiques, invincibles. Surtout, ils avaient une apparence humaine.

Le peu que Harker et ses hommes savaient d'eux venait d'un monstre. Le seul qu'ils aient jamais réussi à filmer.

Kate se connecta au serveur privé de son père et tapa le nom dans la barre de recherche : « Leo ». Bras droit de Flynn, il avait participé à la première bataille, quand Harker avait tenté de prendre la ville douze ans plus tôt. Et il n'avait peur de rien. La jeune fille fit défiler plus d'une dizaine de vidéos qui s'affichaient en vignettes à l'écran. Elles dataient toutes d'avant la trêve et se partageaient en deux catégories : « Leo_Musique » et « Leo_Torture ».

Kate hésita un court instant avant de cliquer sur l'une des vidéos de la catégorie « Musique ». Les images, vieilles de plus de dix ans, venaient d'une caméra de surveillance orientée dans une direction étrange. Et pourtant, il se trouvait bien là, dans le cadre. Loin de rôder dans les ténèbres ou au fond d'une ruelle, il se tenait perché sur un tabouret éclairé par un projecteur, sur la scène de ce qui ressemblait à un bar, une jambe relevée et une guitare en équilibre sur son genou. Même sous cet angle, on devinait qu'il était grand, blond et beau. À part ses yeux, qui traçaient des lignes noires sur la caméra dès qu'il levait le regard, il n'avait rien d'un monstre.

Voilà ce qui le rendait aussi dangereux, supposa Kate.

La vidéo était muette, mais quand Leo se mit à jouer, la jeune fille se surprit à tourner sa bonne oreille vers l'écran, avide d'entendre la musique. Malgré l'image granuleuse et l'obscurité de la salle, elle vit la foule se pencher en avant.

Sauf que la pièce n'était plus aussi sombre qu'auparavant. Au début, Kate crut que les plafonniers s'étaient allumés. Puis elle se rendit compte que c'était le public qui commençait à briller. Les spectateurs ne semblaient pas remarquer cette lumière, ni rien d'autre d'ailleurs. Ils se tenaient si immobiles qu'elle soupçonna un arrêt sur image. Impossible : les doigts de Leo continuaient de pincer les cordes de la guitare.

Un mouvement attira soudain l'attention de Kate : deux auditeurs se levaient de leur siège, tout doucement, comme s'ils se mouvaient dans l'eau. La lumière qui émanait de leur peau était différente, blafarde, et ils avançaient vers la scène d'un pas régulier, comme en état de transe. Si leurs lèvres remuaient, leur visage restait inexpressif.

Quand ils furent presque arrivés devant lui, Leo cessa de jouer. Il se leva du tabouret, posa sa guitare et descendit de l'estrade pour saluer les deux silhouettes brillantes, comme un artiste saluerait ses fans.

Puis il referma ses mains autour de leur gorge.

Ses victimes ne se défendirent pas. Pas plus qu'elles ne se débattirent lorsqu'il les souleva du sol au point que seul le bout de leurs chaussures frôlait le plancher. Sous les yeux de Kate, la lumière sous leur peau clignota avant de commencer à s'échapper de leurs corps pour pénétrer dans celui de Leo, désormais imprégné d'un étrange éclat. Les dernières lueurs finirent par s'estomper, puis s'éteindre, et leurs yeux se flétrirent dans leurs orbites. Pourtant le Sunai ne les lâchait toujours pas. Il restait planté là, les paupières closes et la tête penchée en arrière, l'air presque paisible tandis que les deux hommes s'avachissaient, êtres vivants devenus coquilles vides. Il finit par laisser tomber les corps pour remonter sur scène, où il empoigna sa guitare avant de sortir.

L'éclat émanant du public s'estompa. L'un après l'autre, les spectateurs se remirent en mouvement, d'abord avec lenteur comme s'ils se réveillaient, puis avec frénésie lorsqu'ils aperçurent les cadavres.

Kate était tétanisée. Le meurtre en lui-même ne la dérangeait pas – les monstres, comme les hommes, tuaient –, ni même l'effrayante sérénité sur le visage du Sunai, mais il avait tué ses victimes d'un simple son. Manipulées tels des pantins au bout de ficelles, elles étaient mortes dès qu'il avait commencé à jouer.

Elle repensa au violon de Freddie en se félicitant qu'il ait refusé de jouer pour elle, sans toutefois parvenir à comprendre son attitude. Cherchait-il à l'épargner ? Attendait-il tout simplement le signal de Flynn ?

Son attention se reporta sur l'écran. Elle n'était pas comme ces spectateurs qui se jetaient dans la gueule du loup. Kate avait un avantage : elle connaissait le visage de son monstre, ainsi que son arme. Il ne lui restait plus qu'à trouver son point faible.

Elle stoppa l'enregistrement et s'apprêtait à quitter la page quand elle se souvint du second onglet : « Torture ». Si un Sunai utilisait la musique pour attirer sa proie, de quoi pouvait-il bien s'agir ?

Elle rejeta ses cheveux en arrière et alluma une cigarette avant de cliquer sur la vidéo suivante.

Chapitre 8

— On chasse qui ? demanda August.

Ils étaient sur le perron d'une maison mitoyenne aux fenêtres condamnées et à la façade abîmée. Les mots « N'APPROCHEZ PAS » avaient été tracés à la peinture rouge sur la porte, comme s'ils avaient encore du pouvoir ici.

— Deux hommes, répondit Leo.

Il retroussa ses manches, révélant les petites croix noires qui entouraient ses deux avant-bras à la manière de menottes. Les marques étaient peu nombreuses, car effacées chaque fois qu'il s'abandonnait aux ténèbres. Si Leo se transformait, ce n'était pas parce qu'il manquait de contrôle – il en avait plutôt à revendre –, mais simplement parce qu'il appréciait la sensation. *« C'est comme retirer un manteau par une chaude journée. »* August frissonnait à cette idée.

— Des frères, poursuivit Leo. Responsables de la mort de six personnes. Une histoire de gangs, de drogue. À mon avis, ils seront armés.

— Et tu m'as obligé à laisser mon violon à la maison ?

Son frère glissa la main dans sa veste. Cherchait-il l'un de ses propres instruments ? Non – il sortit un long couteau fin, qu'il lui remit.

— C'est pour quoi faire ? s'étonna le jeune Sunai.

Les yeux rivés sur sa main désormais vide, son aîné ne répondit pas. Les ténèbres commencèrent à remonter sur ses doigts pour couvrir sa paume. August recula instinctivement, mais seule la peau de son frère se mit à noircir. La façon qu'il avait de passer d'une forme à l'autre ne fonctionnait que parce qu'il avait aboli les barrières entre les deux. Le jeune Sunai tenta en vain d'imaginer à quoi Leo ressemblait avant d'avoir consumé son humanité. De sa main obscurcie, ce dernier agrippa la poignée rouillée. À son contact, le métal se froissa comme du papier et s'effrita. La porte pivota sur ses gonds.

— Obéis-moi, petit frère, ordonna-t-il d'une voix à la fois plus basse, sonore et déformée.

— Comment sais-tu qu'ils sont là ? chuchota l'intéressé.

— Je sens l'odeur du sang sur leurs mains, répondit Leo de sa voix habituelle tandis que les ténèbres se retiraient de sa peau.

Il entra à grands pas, suivi d'August, qui referma la porte derrière lui.

Plongée dans l'obscurité, la maison sentait l'alcool et la fumée viciée. Quand ils avancèrent, le parquet grinça sous leurs pieds. Le jeune Sunai grimaça, contrairement à son aîné. Une fois parvenus au centre de la pièce, ils s'arrêtèrent. Leo pencha la tête sur le côté, l'oreille tendue. Puis August l'entendit à son tour. Le parquet grinça de nouveau alors qu'ils avaient tous les deux cessé d'avancer.

Le premier assaillant surgit de nulle part. Il se jeta sur Leo, mais ce dernier fut plus rapide : il attrapa l'homme en pleine course et l'abattit si fort contre les planches à moitié pourries qu'elles se fendirent. Le malheureux se tortilla en crachant des obscénités, mais le plus âgé des Sunai s'accroupit calmement au-dessus de lui comme un chat plaque au sol une souris, sans toutefois manifester la même joie malicieuse.

— Comment t'appelles-tu ? demanda-t-il.

L'air vibrait sous la force de sa détermination.

— Foster, lâcha le voyou.

Son ombre se tordait sous lui en griffant le parquet fendu.

— Foster, répéta Leo. Tu es seul ici ?

L'homme, qui se débattait, toussa avant de répondre :

— Non.

Par réflexe, August resserra sa prise sur le couteau, mais son frère resta de marbre. Il remit le dénommé Foster d'aplomb avant de le tourner dos à lui.

— Regarde bien, August. Il existe plus d'une façon de faire remonter une âme à la surface.

Leo tordit le bras de l'homme dans son dos, ce qui le fit crier. Le jeune Sunai grimaça de nouveau lorsque son frère, d'un calme impérial, continua de tirer jusqu'à ce qu'il entende les ligaments se déchirer. Sa proie poussa un hurlement.

— Pourquoi est-ce que tu fais ça ? demanda August.

— Pour t'instruire, répondit simplement Leo.

Il tira encore plus fort. Foster gémit. On entendit ses os se briser. Sous le regard horrifié du jeune témoin, la sueur envahit le visage de l'homme, puis sa peau se mit à rougeoyer. La lumière monta comme du sang à la surface et, ce faisant, commença à passer du corps de la victime à celui de son bourreau.

— Je vous demande pardon, implora le voyou entre deux respirations hachées. Je vous demande pardon. J'ai fait ce que j'avais à faire. Si je ne les avais pas tués, ce sont eux qui m'auraient tué.

Le monstre tira de plus belle et l'homme se mit à sangloter. August eut l'estomac retourné par le bruit des os qui éclataient.

— Arrête, Leo. Pourquoi le faire souffrir ?

Des larmes ruisselaient sur le visage de Foster à mesure que la vie le quittait peu à peu.

— Pardon ! s'écria le mourant. Je vous en prie. Je vous en supplie…

Indifférent aux gémissements de la crapule, Leo croisa le regard d'August.

— Pourquoi ne pas le faire souffrir ? Ce sont des criminels, petit frère, qui commettent de mauvaises actions. Ils blessent, tuent et répandent le sang, les ténèbres et le mal dans notre monde. Pourquoi devraient-ils partir en douceur ? ajouta-t-il en haussant la voix pour couvrir les hurlements. Pourquoi ne devraient-ils pas souffrir pour leurs péchés ?

— Je vous demande pardon…

La voix de Foster diminua, tout comme la lumière sous sa peau. Ses yeux brûlaient, révulsés.

— Notre mission n'est pas d'apporter la paix, mais d'accorder la pénitence, poursuivit le plus âgé des Sunai en laissant le corps brisé tomber par terre.

August ouvrait la bouche pour protester quand son frère l'interrompit.

— Attention !

L'attaque fut trop rapide : on se jetait sur lui par-derrière. Sans avoir le temps de réfléchir, de s'arrêter, de lâcher l'arme et de s'écarter, August se retourna juste assez tôt pour que son couteau se plante dans le ventre de l'assaillant. Avec un mélange de stupeur et d'horreur, il vit la lame disparaître entre les côtes de l'inconnu au son du cri de douleur étouffé de ce dernier. Alors que la vie du mourant remontait à la surface, le flot d'énergie vint soudain frapper le jeune Sunai comme un seau d'eau glacée dont le froid vif vous paralyse. Ses doigts se resserrèrent sur le manche du couteau. L'humain chercha à l'étrangler, mais ses mains tremblantes ne rencontrèrent que le col d'August. Ses ongles s'enfoncèrent inutilement dans sa peau.

— Ils l'ont bien mérité, cracha l'homme, les lèvres déjà tachées de sang.

Les jambes du moribond commencèrent à se dérober sous lui, mais August le maintint debout pendant que sa vie se déversait entre eux, tranchante et électrique.

— Ils l'ont bien mérité, tous. Ce monde… pourri… On va… tous…

Ses paroles s'évanouirent lorsqu'il sombra dans la mort. Planté là dans l'obscurité, tremblant sous la force du phénomène, August avait l'impression d'avoir absorbé les maux de l'homme en même temps que sa vie. C'était tout le contraire de la paix. Il se sentait vivant – tellement vivant –, mais terni. Tous ses sens hurlaient et dans sa tête se mélangeaient idées noires, émotions et sentiment de pouvoir. Il se noyait, frissonnait, se consumait. Les yeux fermés, il força l'air à pénétrer dans ses poumons jusqu'à ce que ces sensations s'atténuent et que ses pensées cessent de tournoyer. Il finit par retrouver le contrôle de son esprit et de son corps. Quand la pièce reprit forme autour de lui, la première chose qu'il vit fut la lame ensanglantée. Il perçut ensuite une main posée sur son épaule. Le regard fier, Leo se tenait à ses côtés, ce qui le fit se sentir encore plus mal à l'aise.

— Tu t'habitueras, lui promit son frère en lui prenant des mains le couteau.

August scruta les cadavres, deux corps brisés aux ombres immobiles.

— Est-ce une bonne chose ?

Kate fixait l'écran, où le corps d'un homme gisait tordu sur le sol, cadavre ensanglanté et contorsionné. Il avait mis longtemps à mourir. Ou, plutôt, Leo avait mis longtemps à le tuer. À mains nues – ils n'avaient donc pas besoin de musique pour voler une âme. Que disait l'adage, déjà ? « Tous les moyens sont bons. »

Elle n'avait jamais vraiment compris cette expression… jusqu'à présent.

La seule chose qui lui échappait, c'étaient les marques. Leo en arborait lui aussi – de petites croix autour de ses poignets.

« Une pour chaque jour passé sans rechute », avait expliqué Freddie. Même si ce n'était pas tout à fait la vérité, il n'avait pas pu mentir : les monstres ne mentaient jamais.

— Notre petite Katherine, toujours perdue dans ses rêves…

Elle sursauta avant de découvrir Sloan sur le seuil, le visage tordu par un sourire maléfique. Depuis combien de temps se tenait-il là ? Et depuis combien de temps fixait-elle l'image figée de Leo au milieu du carnage en pensant à Freddie ? Elle se déconnecta du serveur, puis poussa la tablette de côté.

— Qu'est-ce que tu veux ? demanda-t-elle.

D'un geste distrait, il fit crisser son ongle pointu sur l'encadrement de la porte en bois. Kate résista à la tentation de toucher l'entaille qu'il lui avait faite à la joue.

— Ton père ne rentrera pas ce soir.

— Ah bon ? fit-elle en s'agrippant à la chaise.

L'idée de rester seule avec le Malchai avait beau lui donner la chair de poule, mieux valait ne pas le montrer. S'il découvrait à quel point il la mettait mal à l'aise, il la tourmenterait encore davantage.

— Rien de grave, j'espère ?

— Rien d'insurmontable, répondit-il.

Elle le regarda partir avant de se raviser : elle attrapa son portable et courut après lui.

— Eh ! s'écria-t-elle en suivant le Malchai dans le penthouse sans pour autant l'y trouver. Sloan ?

Pas de réponse, si ce n'est un souffle froid dans son cou.

— Oui, Kate ? lança une voix près de sa mauvaise oreille.

Elle ne sursauta pas. Elle commença par se retourner, non sans reculer au passage d'un pas prudent hors de sa portée. Concentrée sur le *H* gravé dans sa joue pour ne pas croiser ses yeux rouges, elle se rappela qu'il appartenait à son père… et donc à elle.

— J'aimerais te poser une question.

— Je préférerais que tu t'abstiennes, répliqua Sloan, les lèvres pincées de dégoût.

— Que sais-tu des Sunai ?

Le Malchai se figea. Une ombre fugitive altéra les traits de son visage. La tête penchée sur le côté, il l'observa. Il ne pouvait pas mentir.

— Ils sont aussi différents de nous que nous le sommes des Corsai, expliqua-t-il, le nez plissé. Ils peuvent prendre une apparence humaine, mais ce n'est pas leur véritable forme.

Visiblement, évoquer ces créatures de l'ombre lui répugnait. Kate fronça les sourcils. Elle n'avait trouvé aucun dossier, aucune image de ces monstres sous une autre forme. À quoi ressemblait un Sunai sans son enveloppe ?

— C'est vrai qu'ils se nourrissent d'âmes ?

— Ils se nourrissent de la force de vie.

— Comment est-ce qu'on les tue ?

— On ne les tue pas, répondit Sloan. Apparemment, les Sunai sont indestructibles.

— Personne n'est indestructible. On a tous nos faiblesses.

— Sans doute, approuva-t-il. Mais s'ils en ont une, ils la cachent bien.

— C'est pour ça que les autres monstres ont peur d'eux ?

— Rien à voir avec la peur, gronda Sloan. On les évite parce qu'on ne peut pas se nourrir d'eux et *vice versa*.

— Sauf que vous, on peut vous tuer.

Il plissa ses yeux rouges sans pour autant la contredire.

— Combien sont-ils ? demanda-t-elle.

Lassé par cet interrogatoire, le Malchai poussa un soupir.

— À notre connaissance, trois.

« Fils unique ? »

« Je suis le benjamin. »

— Le premier, Leo, est connu de tous, continua Sloan. Il se croit à la fois juge, juré et bourreau.

— Tu l'as déjà rencontré ?

— Nos chemins se sont croisés, répondit-il, un sourire sans joie aux lèvres.

Sloan déboutonna son col, puis il tira sur sa chemise pour révéler une peau bleuâtre striée de cicatrices, à croire que quelqu'un avait tenté de percer le bouclier osseux de son torse.

— On dirait qu'il a gagné, fit remarquer Kate.

— Peut-être bien, mais j'ai laissé ma marque, précisa Sloan avec un rictus avant de poser un ongle aiguisé au-dessus de son œil.

Elle avait aperçu, sur une photo récente de Leo, la fine cicatrice qui traversait son sourcil gauche comme un fragment détaché d'une statue. C'était le seul défaut d'un visage autrement parfait.

— Et les deux autres ?

— Le deuxième Sunai a créé la Lande.

Kate écarquilla les yeux. Elle connaissait de vue l'espace stérile au centre de la ville et elle avait entendu parler de cette catastrophe qui avait fait des centaines de victimes. Mais elle avait toujours cru que c'était le résultat de l'attaque d'un régiment ou d'une arme de destruction massive, non d'un seul monstre.

— Elle est confinée dans sa tour depuis la trêve, précisa-t-il. Le troisième reste un mystère.

Pas pour moi, pensa Kate en agrippant son portable.

Elle voyait bien que la trêve était un échec. Un jour ou l'autre, elle serait rompue. Les monstres s'impatientaient et l'attention de son père dérivait de nouveau vers la Frontière. Les Sunai avaient toujours été la meilleure arme de Flynn. Si on pouvait les traquer, les tuer ou même les capturer, le Quartier Sud n'aurait plus aucune chance.

Sloan continuait de l'observer.

— Je te trouve bien curieuse ce soir, ma petite Katherine.

— Plus on en sait… lança-t-elle d'un ton désinvolte en croisant son regard.

Elle attrapa une boisson avant de se retirer dans sa chambre, où elle verrouilla la porte. Puis elle consulta son portable d'un air hésitant.

Elle pourrait révéler à son père l'identité du troisième Sunai… ou, encore mieux, lui livrer Freddie Gallagher afin de lui montrer qu'elle était une Harker jusqu'à la moelle.

Les paroles de Sloan résonnèrent dans son esprit : « *Tu seras toujours notre petite Katherine.* »

Kate maintint appuyée la touche « SUPPRIMER » et regarda les photos disparaître les unes après les autres.

Plus maintenant.

Chapitre 9

August aurait tout donné pour changer de peau.

Ils rentrèrent au complexe sans dire un mot. Enfin, dans son cas. Leo, au contraire, prêchait. Il s'était lancé dans un de ses sermons sur l'ordre naturel du monde. Comme s'il y avait quoi que ce soit de naturel chez eux, pensa son cadet, ou dans ce qu'ils venaient d'accomplir. Il sentait le sang de l'homme sécher sur ses doigts, son âme flotter dans sa tête.

— Le problème, August, c'est que tu cherches à remonter le courant. Tu luttes contre les vagues au lieu de te laisser porter…

Les yeux noirs de Leo, striés de lumière, brillaient par leur ardeur. Au moins, dans cet état d'exaltation, il ne l'obligeait pas à s'exprimer sur sa faim, ses pensées ou le besoin qu'il avait de se sentir humain.

— Tu luttes contre ta flamme intérieure, poursuivit-il. Tu pourrais brûler de mille feux, petit frère.

Glacé jusqu'à la moelle, August frissonna.

— Je n'en ai pas… envie… balbutia-t-il en claquant des dents.

C'était tout l'inverse de la faim.

Insupportable.

— Arrête de faire l'égoïste, répliqua Leo. L'envie n'est pas de notre ressort. Elle ne nous appartient pas.

Elle ne t'appartient pas parce que tu l'as gâchée, songea August.

Une fois au complexe, ils passèrent devant les gardes en faction pour entrer dans l'ascenseur. À mesure que la cabine s'élevait, August serrait les dents pour empêcher le moindre son de filtrer, sanglot ou hurlement. La vie de l'homme qu'il avait tué bourdonnait en lui tel un essaim d'abeilles.

Que m'as-tu fait ? Que m'as-tu obligé à faire ?

Dès que les portes de l'ascenseur s'ouvrirent, il sortit en trombe pour filer droit vers sa chambre.

— Où étiez-vous passés, tous les deux ? demanda Henry.

— C'est du sang ? ajouta Emily.

August ne s'arrêta pas.

— Leo ?

— Je lui ai donné un cours.

— Qu'est-ce que…

— Ne t'inquiète pas, Henry. Il va se remettre…

Une fois la porte refermée derrière lui, August s'affaissa contre le battant. Comme il ne pouvait pas fermer à clé, il se contenta de rester là jusqu'à être certain que personne ne l'avait suivi. Puis, dans un soupir, il retira la veste des Forces spéciales avant de s'écrouler sur son lit sans même allumer la lumière. Les mains appuyées sur ses côtes, il tenta en vain de stopper le bourdonnement. Peine perdue… Dès qu'il fermait les yeux, le bruit se transformait en hurlements. Il fouilla dans les draps froissés en quête de son vieux lecteur de musique et fourra les écouteurs dans ses oreilles.

Quelque chose atterrit sur le lit. August roula sur le côté et vit Allegro se diriger à pas feutrés vers lui, mais le chat s'arrêta hors de sa portée en lui jetant un regard méfiant. Lorsque le jeune Sunai tendit la main pour le caresser, l'animal recula avant de détaler comme une flèche.

« Ils savent faire la différence entre le bien et le mal. »

— Je suis désolé, chuchota-t-il dans le noir. Je n'avais pas le choix.

Ces mots lui laissèrent un arrière-goût amer dans la bouche. Combien de fois les lui avait-on sortis ? Ils ne changeaient jamais rien. Un aveu n'effaçait pas le crime. Rien ne pouvait l'effacer. Il se recroquevilla sur lui-même et monta le volume jusqu'à ce que la musique noie tout le reste.

Au beau milieu de la nuit, il n'arrivait toujours pas à dormir.

Si le bourdonnement avait cessé, il avait encore les nerfs à vif. Il pénétra à pas feutrés dans la cuisine pour se servir un verre de lait. Il avait beau ne pas avoir soif, ce geste l'apaisa : il lui donnait l'impression d'être normal.

Son attention se tourna ensuite vers une pile de dossiers posés sur le comptoir. Il s'apprêtait à les feuilleter quand il entendit un grattement dans le noir. Il reposa son verre, auquel il n'avait pas touché, et trouva Allegro qui faisait les cent pas devant la chambre d'Ilsa.

Lorsque August frappa, la porte, qui n'était pas bien fermée, s'ouvrit sous ses doigts. À l'intérieur, les lumières étaient éteintes et la première chose qu'il vit, ce furent les étoiles. De minuscules points lumineux à fibre optique recouvraient toute la surface de la chambre, du sol au plafond sans oublier les murs. Sa sœur se tenait devant la fenêtre, les doigts écartés sur la vitre. Ses cheveux blond vénitien s'entortillaient dans l'air autour de son visage, comme évanescents. Sa chemise sans manches laissait voir les petites étoiles noires qui couraient depuis ses épaules le long de ses bras.

Deux mille cent soixante-trois.

August ne parvenait pas à réconcilier l'Ilsa qu'il avait sous les yeux, si douce, si gentille, avec le monstre dont la véritable voix avait rasé une partie du monde et tous ceux qui s'y trouvaient.

« Notre sœur, l'ange de la mort. »

Il mourait d'envie de l'interroger sur ce jour-là, de savoir ce qui s'était passé, comment elle pouvait vivre avec toutes ces morts sur la conscience. Il en avait envie, mais il s'abstiendrait.

Allegro s'aventura vers le lit. August allait se retirer quand sa sœur parla, si bas qu'il faillit ne pas l'entendre.

— Tout s'effondre, murmura-t-elle en remuant ses doigts sur la vitre.

Il s'avança d'un pas prudent, sans faire un bruit.

— Tout s'effrite, poursuivit Ilsa. Ni cendre ni poussière, comme on s'y attendrait. Plutôt une fissure qui naît au creux d'une pierre avant de s'étendre encore et encore, invisible jusqu'au jour où…

Elle appuya sur la vitre et de minces fêlures commencèrent à se propager sur le verre.

August posa la main sur celle de sa sœur.

— Je sens les fissures, reprit-elle. Mais je ne sais pas… (Elle ferma les yeux avant de les rouvrir en grand.) Je ne sais pas si elles sont à l'extérieur ou à l'intérieur de moi, ou bien les deux. Est-ce égoïste d'espérer qu'elles soient à l'extérieur, August ?

— Non, répondit-il d'une voix douce.

Ils restèrent un moment sans rien dire. Puis elle reprit la parole d'une voix plus ferme.

— Treize. Vingt-six. Deux cent dix-sept.

— De quoi tu parles ? s'enquit August, perdu.

— Treize Malchai. Vingt-six Corsai. Deux cent dix-sept êtres humains. C'est le nombre de morts à Lyle Square.

Paralysé, il ne se rendit pas compte qu'il lui tenait toujours la main jusqu'au moment où elle la laissa retomber le long de la vitre.

— Lyle Square, c'est l'ancien nom de la Lande. Ils avaient organisé un rassemblement, voilà pourquoi il y avait autant de monde. Je n'avais pas l'intention de faire ça, August. Mais il fallait que je fasse quelque chose. Leo n'était pas là, le rassemblement dégénérait et… j'ai voulu aider. C'était la première fois que je m'abandonnais aux ténèbres. Je ne savais pas ce qui allait se passer. À entendre Leo, ce n'est pas sorcier. Je croyais qu'on brûlait tous de la même façon, mais notre frère brûle comme une torche et…

Ilsa, comme un feu de joie.

Et August, alors ?

« Tu pourrais brûler de mille feux, petit frère », lui avait affirmé son aîné.

— Il faisait nuit, mais ils avaient tous des ombres, murmura Ilsa.

Elle tourna vers lui ses yeux noirs et tourmentés.

— Je n'ai aucune envie de brûler à nouveau, August, mais si la trêve est rompue, je n'aurai pas le choix. Il y aura de nouvelles victimes. Je n'ai pas envie qu'on meure à cause de moi, ajouta-t-elle dans un frisson.

— Je sais, chuchota-t-il en l'éloignant de la vitre fissurée. On va trouver une solution.

Si une nouvelle guerre devait éclater, combien de victimes serait-il capable de faire pour l'épargner ? se demanda-t-il. Jusqu'à quel point était-il capable de brûler ? Il se remémora le couteau, la vie de l'homme qui se déversait en lui, sa nausée et la promesse de Leo que ça s'arrangerait, qu'il s'habituerait.

Ilsa se laissa tomber sur son lit. Allegro grimpa d'un bond pour se pelotonner contre elle, sans qu'elle s'en aperçoive.

— Je vais rester avec toi, déclara August. Jusqu'à ce que tu t'endormes.

Elle se recroquevilla sur le côté. Il s'assit par terre, la tête adossée au lit. Elle glissa distraitement les doigts dans les cheveux de son frère.

— Je sens les fissures, répéta-t-elle encore dans un chuchotement.

— Tout va bien, souffla-t-il.

Allegro sauta à ses pieds. Il l'observa de ses yeux verts avant de monter sur ses genoux. Soulagé, August se remit à respirer.

— Tout se délite… murmura sa sœur.

— Chut, Ilsa, dit-il en contemplant les étoiles accrochées au plafond.

— Se désagrège…

— Chut…

C'est ainsi qu'il s'endormit, bercé par la voix de sa sœur, le ronronnement d'Allegro et les centaines d'étoiles qui brillaient au-dessus de lui.

Chapitre 10

Kate étala ses outils sur le lit : du ruban adhésif (indispensable, décidément), une demi-douzaine d'attaches filetées en cuivre et un lot de pointes en fer de la longueur de son avant-bras (qui pourraient au moins le ralentir). Ce modeste attirail lui donnait l'impression d'aller au combat armée d'un cure-dent. Elle rangea les instruments dans son sac à dos avant de sortir de sa chambre.

Elle était en train d'enfiler sa veste dans la cuisine quand elle remarqua Harker assis sur le canapé.

Elle l'avait à peine croisé depuis les procès au sous-sol, mais il était bien là, les bras étendus sur le dossier de l'élégant canapé de cuir. Elle fit un pas vers lui, puis se rendit compte qu'il n'était pas seul : Sloan se trouvait agenouillé à ses côtés, tête baissée, aussi immobile qu'une statue ou un cadavre. Comme ils échangeaient des messes basses – Kate ne distinguait pas leurs paroles –, elle hésita à se manifester. Mais elle était chez elle, après tout. Elle s'empara d'une tasse et se versa un café sans se soucier de discrétion. Harker l'entendit : il esquissa un geste de la main pour congédier Sloan, qui recula afin d'aller se poster devant la fenêtre. La lumière matinale qui entrait à flots dans la pièce semblait traverser sa peau bleuâtre.

— Bonjour, Katherine, lança son père d'une voix plus forte.

Même s'il lui brûlait la gorge, Kate but une longue gorgée de café.

— Bonjour.

Elle imagina la suite de la conversation : il lui demanderait si elle était bien installée et elle lui répondrait qu'elle n'avait pas besoin que Sloan la surveille. Peut-être lui poserait-il des questions sur le lycée. Ce serait l'occasion pour elle de lui raconter qu'elle avait rencontré un garçon et qu'elle prévoyait de le ramener à la maison. Mais il ne lui posa aucune question, bien sûr, ce qui lui évita d'y répondre.

— Tu t'es levé tôt, dit-elle.

— En fait, je ne me suis pas couché. (Ses bras glissèrent du canapé lorsqu'il se leva.) Je me suis dit que j'allais veiller encore un peu pour te souhaiter une bonne journée.

Une lueur d'espoir s'alluma en elle, aussitôt remplacée par de la méfiance.

— Pour quoi faire ? demanda-t-elle en soufflant sur son café.

Sa question sonnait comme un défi. Il traversa la pièce du pas assuré de celui qui s'attend à ce que le monde s'écarte sur son passage.

En guise d'explication, il répondit :

— Je suis ton père. Et puis je voulais t'offrir quelque chose, ajouta-t-il, la main tendue. Quelque chose de plus adapté à une Harker.

Kate découvrit dans sa paume un nouveau pendentif au bout d'une chaînette. Il ressemblait à une grande pièce de monnaie scintillante frappée d'un *V* orné de neuf grenats, dont chacun brillait telle une goutte de sang.

— C'est de l'argent, précisa-t-il. Plus délicat que le fer, mais pur, lui aussi.

La jeune fille s'efforçait de deviner le sens de ce geste. Le piège.

— C'était celui de ma mère ?

— Non, répondit son père d'un ton sévère. C'était le mien. Désormais, il t'appartient.

Passant derrière elle, il écarta ses cheveux pour détacher son médaillon ordinaire.

— Un jour… poursuivit-il en glissant la chaîne en argent autour du cou de sa fille. Tu hériteras peut-être d'autre chose que de mon pendentif.

Elle se tourna vers lui, vers cet homme qui lui avait transmis ses yeux, ses cheveux mais guère plus. Ce père qui avait toujours été une ombre à la lisière de sa vie, plus proche de la légende que de la réalité. Un chevalier de conte de fées, puissant, stoïque, toujours parti à l'aventure. À présent, il était tout ce qui lui restait. L'inverse était-il vrai ?

Kate croisa les yeux rouges de Sloan derrière son père.

— Tu ne veux pas de moi ici, je le sais, déclara-t-elle en soutenant le regard du Malchai.

Elle se demanda s'il allait nier cette affirmation, mais non.

— Un père redoute toujours de voir sa fille exposée au danger, dit-il. J'ai déjà perdu ta mère, Katherine. Je ne veux pas te perdre, toi aussi.

C'est la peur qui t'a arraché ma mère, brûlait-elle de répliquer. *Ses propres démons, pas ceux qui t'entourent.*

— Mais je vais te laisser une chance, continua-t-il. C'est ce que tu veux, non ? Prouver que ta place est ici, avec moi ?

Le Malchai plissa ses yeux rouges en signe de défi.

— Je veux une chance de te montrer que je suis ta fille, répondit-elle en soutenant son regard.

Harker se fendit d'un petit sourire discret.

— Tu ferais mieux d'y aller. Sinon tu vas être en retard en cours.

L'ascenseur attendait. Lorsque les portes se refermèrent, Kate contempla son reflet tout en portant les doigts au pendentif en argent.

Moi aussi, j'ai quelque chose pour toi, pensa-t-elle en serrant le médaillon.

Elle avait hâte de voir l'expression de son père quand elle déposerait un Sunai à ses pieds. Il saurait alors – sans l'ombre d'un doute – qu'elle était bien une Harker.

— Salut, je te dépose ?

Ce matin-là, l'air était aussi lourd que vicié. Sur le perron de l'immeuble de Paris, August tentait de faire rentrer sa veste d'uniforme dans son sac quand il aperçut la berline noire arrêtée au bord du trottoir et Kate Harker adossée au véhicule. Ses doigts se resserrèrent sur son étui à violon.

— Euh… bredouilla-t-il en se retournant vers le bâtiment. Comment est-ce que tu sais où j'habite ?

Elle lui jeta un regard qui signifiait : *Je suis une Harker*, avant de lui ouvrir la portière.

— Allez, monte.

En réaction, August fit un pas en arrière. Pas un grand pas – on aurait pu croire qu'il transférait son poids d'une jambe sur l'autre –, mais il se maudit malgré tout.

— Ça ira, merci, répliqua-t-il en jouant l'indifférence. Je n'ai pas besoin…

— Ne sois pas ridicule, le coupa-t-elle. On va au même endroit. Pourquoi t'imposer un trajet en métro quand tu peux prendre une voiture tout à fait convenable ?

Parce que dans la voiture tout à fait convenable se trouve une fille tout à fait dangereuse, pensa-t-il, mais il parvint à tenir sa langue. Que faire ? Le véhicule était peut-être équipé de caméras. Et si c'était un piège ? Ou alors…

— Bon sang, Freddie ! Je te propose juste de t'emmener au lycée !

Elle monta dans la berline sans refermer la portière, ce qu'il prit comme une invitation à la suivre – ou était-ce un ordre ?

Mauvaise idée, mauvaise idée, mauvaise idée, martelait son cœur lorsqu'il s'approcha de l'automobile. Après avoir hésité de nouveau devant la portière ouverte, il prit une grande inspiration avant de grimper dans la voiture, tête baissée. Au moment où il referma la portière derrière lui, le petit « clic » déclencha une nouvelle vague de panique dans sa poitrine.

C'est toi, le monstre, se dit-il. Par réflexe, il enchaîna avec : *Tu n'es pas un monstre.* Puis, par désespoir : *Garde ton calme, garde ton calme, garde ton calme…* Car ses pensées partaient dans tous les sens.

La voiture disposait de deux banquettes, l'une tournée vers l'avant, l'autre vers l'arrière. Comme Kate occupait déjà la première, il prit l'autre. Être assis dos au chauffeur jouait avec ses nerfs presque autant que de faire face à sa camarade, mais il n'eut pas le temps de dire ou faire quoi que ce soit : la berline s'engagea aussitôt dans la circulation. Quelques instants plus tard, l'immeuble de Paris disparut. Il sentait peser sur lui le regard de Kate et se décida à l'affronter pour découvrir... qu'elle contemplait sa chemise.

— Tu ne portes pas ton médaillon, fit-elle remarquer.

Les battements de cœur d'August s'emballèrent. Il sut, avant même de le vérifier par lui-même, qu'elle disait vrai. Il ne sentait pas le picotement du fer, ni son poids, car le pendentif était resté sur le sol de sa chambre, là où il l'avait jeté la veille au soir.

Il gémit en appuyant sa tête sur le dossier du siège.

— Mon père va me tuer, marmonna-t-il.

Kate haussa les épaules.

— Tu ne risques rien, le rassura-t-elle, un léger sourire aux lèvres. Mais rentre bien chez toi avant la tombée de la nuit.

Il ne savait pas si elle plaisantait.

La voiture parcourait les rues à vive allure, la ville réduite à une tache floue derrière la tête de Kate. Ses ongles, qui battaient d'habitude leur petit rythme métallique, étaient cette fois recourbés contre ses paumes.

« Si elle apprend la vérité, tu le sauras vite. »

Sa poitrine se souleva et ses lèvres s'entrouvrirent.

« Elle te le dira elle-même. »

August se prépara au pire mais, quand elle prit la parole, ce fut pour dire :

— Je tiens à m'excuser.

— Pour quoi ? demanda-t-il. (Elle lui jeta un regard dont elle avait le secret, qui n'exprimait pas vraiment la surprise.) Ah, tu veux dire, pour m'avoir agressé dans le couloir ?

Kate fit « oui » de la tête, puis ouvrit la bouche pour la refermer aussitôt. Il se crispa. Elle semblait lutter pour trouver les bons mots. Tentait-elle de se retenir ? Y arriverait-elle ? Elle jouait avec le médaillon d'argent autour de son cou. Incrusté de pierres précieuses couleur rouge sang, il paraissait tout neuf.

— Écoute, finit-elle par répondre. Avec une enfance comme la mienne, j'imagine qu'on devient…

— Paranoïaque ?

— J'allais dire : prudent. Bon, d'accord, un peu paranoïaque, aussi. On ne peut pas dire que la confiance règne au sein de ma famille, précisa-t-elle en écartant sa main du médaillon. Je ne m'attends pas à ce que tu comprennes…

August aurait bien aimé lui dire qu'il comprenait, mais ça aurait été mentir. Malgré leurs différences, Ilsa et Leo faisaient partie de sa famille, tout comme les Flynn. Il leur faisait confiance.

— Dès que je t'ai rencontré, j'ai su que tu étais différent, poursuivit-elle.

Les mains crispées sur les genoux, le jeune Sunai la supplia en silence de ne pas en dire plus, de ne pas se confesser.

— Je le suis aussi, ajouta-t-elle.

Concentré sur sa respiration, il réussit à garder le silence.

— Toi et moi, on n'est pas à notre place, continua-t-elle. Pas seulement parce qu'on est nouveaux, mais parce qu'on voit le monde tel qu'il est, contrairement aux autres.

— C'est peut-être leur cas aussi, intervint-il. Seulement ils ont trop peur de toi pour l'avouer.

Kate, sourire méprisant aux lèvres, secoua la tête.

— Tu sais pourquoi je les mets mal à l'aise ? Parce que je leur rappelle que tout ça n'est pas réel. Qu'il s'agit d'un… (Elle agita ses doigts aux ongles métalliques.) D'un vernis. Ils préfèrent fermer les yeux et faire semblant. Mais nous… (Elle s'interrompit, son regard bleu profond pesant sur lui.) On ne se voile pas la face.

Elle lui adressa un étrange sourire entendu, qui le ramena dans le couloir du lycée : *« Je ne sais pas qui tu es, mais je finirai bien par le découvrir. »*

August avait le vertige. Kate disait forcément la vérité, et pourtant, on aurait dit qu'elle cherchait surtout à attirer son attention. Ses propos étaient à la fois trop clairs et trop désordonnés. Est-ce qu'elle flirtait avec lui ? Est-ce qu'elle tentait de lui faire comprendre qu'elle connaissait la vérité ? Est-ce qu'elle se montrait sincère ou calculatrice ? August luttait pour ne pas perdre pied tandis que le silence s'installait de nouveau dans l'habitacle.

— Tu as raison, finit-il par répliquer, la gorge sèche. Sur le fait qu'on est différents… Mais je préfère être capable d'encaisser la vérité que vivre dans le mensonge.

— Voilà pourquoi tu es le seul élève que j'arrive à supporter.

Son sourire s'agrandit pour devenir sincère et contagieux. La regarder, c'était comme regarder ces images qui présentent deux versions différentes selon l'endroit où on se trouve. Il attendit sa confession… En vain. Elle changea de sujet.

— Je me demandais, commença-t-elle en tapotant son pendentif d'un ongle métallique, à propos de tes marques…

August, mal à l'aise, se frotta le poignet.

— Oui ?

— Tu m'as dit qu'elles indiquaient tes jours de sobriété, mais elles sont permanentes.

— Oui. Et alors ?

Elle pencha la tête sur le côté, révélant le bord argenté de sa cicatrice.

— Alors si tu rechutes ?

— Ça craindrait, répondit-il sans sourciller.

Elle éclata de rire, mais n'entendait pas pour autant en rester là. La gorge serrée, il chercha donc un moyen de dire la vérité.

— Si je pouvais les effacer à la fin de la journée, elles n'auraient aucun sens, aucune importance. Or elles comptent. J'ai traversé une mauvaise passe et je n'ai pas l'intention de revenir en arrière. Plutôt mourir que de recommencer à zéro.

Elle le fixait, les sourcils légèrement froncés. Elle devait se dire : *Voilà à quoi il ressemble quand il dit la vérité.* Quant à lui, il pensa : *Voilà à quoi elle ressemble quand elle te croit.*

Ce qui était presque comique, puisqu'il n'avait jamais menti. En revanche, il était effrayé de la voir faire cette tête pour la première fois : en comparaison, ses autres expressions lui paraissaient désormais vides.

Tu sais ? Tu sais ? Tu sais ?

Il pourrait lui demander. La contraindre à répondre. Mais la question était incriminante, la voiture trop petite. Et puis comment réagir si elle confirmait ses doutes ?

L'étui à violon était posé sur le plancher entre ses pieds. Leo avait raison – en faisant un petit effort, il pouvait sentir l'odeur du sang sur les mains du chauffeur, mais pas sur celles de Kate. Elle n'avait pas d'ombre qui s'agitait et…

— Freddie ?

Il revint à lui. Elle le regardait avec impatience. Ils étaient garés devant Colton.

— Désolé.

Il descendit en premier et lui tint la portière. Au dernier moment, il tendit la main pour l'aider à sortir et, à sa grande surprise, elle la prit. Il dissimula un frisson quand ses ongles lui effleurèrent la peau.

— Eh, Marcus ! lança-t-elle en glissant la tête dans la berline. J'ai rendez-vous avec le conseiller pédagogique, ce soir, alors je serai peut-être un peu en retard.

Le chauffeur lui fit signe qu'il avait compris avant de s'éloigner.

Kate se dirigea vers le portail de l'académie. Comme August ne la suivait pas, elle se retourna.

— Tu viens ?

— Je te rejoins, répondit-il en désignant un groupe d'élèves de première comme si c'étaient ses amis.

Elle esquissa de nouveau ce sourire narquois assorti d'un sourcil haussé et d'une expression neutre qui, il le comprenait à présent, reflétait son incrédulité.

— Je suis contente qu'on ait discuté, Freddie, déclara-t-elle en glissant doucement sur son nom.

— Moi aussi.

Dès qu'elle lui tourna le dos, il tira son portable de sa poche pour appeler Henry, mais c'est Leo qui répondit.

— Où est papa ? demanda-t-il.

— En train de recoudre quelqu'un. Qu'y a-t-il ?

— Elle sait.

— Quoi donc ?

— Quelque chose. Tout. Je ne sais pas. Mais elle est au courant.

— Qu'est-ce qui te fait dire ça ? s'impatienta son frère.

— Je ne sais pas, mais hier elle m'a jeté contre un casier et aujourd'hui elle veut devenir mon amie. C'est louche… et la manière dont elle a prononcé mon nom… Enfin, pas le mien, celui de Freddie. C'était bizarre. Quand je la regarde, je vois deux personnes et je n'arrive pas à dire laquelle est réelle et…

— Garde ton calme.

— Mais…

— Garde… ton… calme, répéta-t-il en articulant bien chacun des mots.

— J'ai oublié mon médaillon, confia August en serrant les poings.

Un soupir se fit entendre à l'autre bout du fil.

— Dans ce cas, répliqua son frère d'une voix lente, tâche d'éviter les monstres. En attendant…

— Leo…

— Tu te fais des idées. Si Kate Harker savait ce que tu étais, elle se serait sentie obligée de te l'avouer.

— Je sais, mais…

August ferma les yeux. Elle le lui avait avoué, non ? Qu'avait-elle cherché à lui dire, au juste ?

— J'ai un mauvais pressentiment. S'il te plaît, demande à Henry de me rappeler quand il aura fini. Il faut que je lui parle.

— D'accord, concéda son aîné. D'ici là, petit frère, respire et garde ton sang-froid.

— O.K., je vais… commença-t-il.

Mais Leo avait déjà raccroché.

Kate frappa un grand coup sur le bord du lavabo.

— Bon sang, mais c'est quoi, ton problème ? rugit-elle en se jetant un regard mauvais dans la glace.

Dans son dos, une lycéenne sursauta.

— Moi ? Rien ! gémit-elle en prenant ses jambes à son cou.

Une fois la porte des toilettes refermée, Kate soupira avant de s'accroupir, le front appuyé contre la céramique.

— Merde, merde, merde…

Elle avait échoué. Il se tenait là, devant elle, mais chaque fois qu'elle avait songé à le rejoindre sur sa banquette et à sortir les fils de cuivre de sa poche, elle en avait été incapable. Elle avait tenté de visualiser Leo en train de torturer cet homme jusqu'à ce que sa vie s'écoule de lui comme du sang, mais tout ce qu'elle voyait, c'était Freddie, recroquevillé sur lui-même comme si c'était elle, le monstre.

Les images ne collaient pas. Pourtant, elle avait bien vu la photo sur son portable. Elle connaissait sa véritable nature, elle avait conscience que la créature en face d'elle n'était qu'une illusion d'optique, une façade.

Freddie avait beau paraître innocent, il ne l'était pas : c'était un Sunai.

Mais il ignorait qu'elle savait la vérité. Elle avait donc toujours l'avantage, l'effet de surprise. Pour combien de temps encore ?

Peu importe. Kate s'était préparée à cette éventualité, elle s'était laissé une deuxième chance. Elle lui proposerait de le raccompagner chez lui. En réalité, elle n'avait pas de rendez-vous avec le conseiller pédagogique après les cours, mais elle avait vu le nom de Freddie sur la feuille de la salle de répétition, noté à la main : « Frederick Gallagher. 16 heures ».

— Qu'est-ce que tu fais ? lança une voix geignarde.

Rachel. La fille qui l'avait coincée sur la route du gymnase.

Kate se força à desserrer les doigts.

— Je prie, répondit-elle en se redressant lentement, les traits de nouveau impassibles.

— Pour quoi ? demanda Rachel, perplexe.

— Pour être pardonnée… de ce que je vais faire si tu ne t'ôtes pas de mon chemin.

Sa camarade eut le bon sens de reculer pour la laisser passer sans un mot.

Chapitre 11

En fin de journée, August se dit qu'il avait peut-être réagi de manière excessive au sujet de Kate. Assise à côté de lui en cours d'histoire, elle avait griffonné des monstres dans les marges de son propre cahier. Quand ils s'étaient croisés dans le couloir, ils avaient échangé un signe de tête et un sourire gêné avant de murmurer un « salut », point final. Pendant son heure d'étude, il l'avait attendue dans les gradins – oui, il avait espéré qu'elle vienne –, en vain. Au déjeuner, il avait donc envoyé à Leo un texto qui disait : Je me sens mieux. La réponse tenait en un seul mot : Bien.

À l'heure du dernier cours, il se félicita d'avoir tenu la journée – c'était enfin son tour au studio de répétition. Dès que la sonnerie retentit, il récupéra son violon dans le casier et se dirigea tout droit vers la salle de musique. À son arrivée, hors d'haleine, il frémit à l'idée qu'elle soit fermée ou occupée, mais non : le seul nom qui restait au bas de la page était le sien.

D'accord, il ferait mieux de rentrer chez lui pour parler à Henry, et il n'y manquerait pas. Mais Leo avait sûrement raison : il dramatisait, et l'occasion de jouer – pour de vrai – était trop tentante. En outre, plus il partirait tard, moins il risquerait de tomber sur Kate à la sortie. Tout le monde y trouvait son compte, voilà ce qu'il se disait. Et il y croyait.

August inséra son badge. La porte émit un petit bip d'approbation avant de s'ouvrir. Le studio, un cube si blanc qu'il en absorbait les coins, lui donna l'impression d'entrer dans un vide intersidéral où seuls flottaient un tabouret noir, un pupitre et un banc de piano. Quand la porte se referma derrière lui, elle se verrouilla et il sentit autant qu'il entendit l'insonorisation se mettre en marche – une subtile vibration suivie d'un silence aussi soudain qu'absolu.

Dans sa tête, c'était une autre histoire. Après un ou deux battements de cœur, les coups de feu reprirent, lointains mais incessants. August avait hâte de les noyer sous la musique. Il posa son étui à violon sur le banc et sortit son portable pour régler le minuteur sur quarante-cinq minutes – il aurait encore largement le temps de rentrer chez lui avant la tombée de la nuit. Sous ses doigts, l'étui s'ouvrit avec un cliquetis bref et sec au milieu du silence. L'instrument dans une main, l'archet dans l'autre, il s'assit sur le tabouret.

August prit une profonde inspiration avant de placer le violon sous son menton et l'archet sur les cordes. Puis il se figea. Il n'avait encore jamais fait ça. Il y avait tant de jours où il mourait d'envie de jouer, tout simplement. Mais ce n'était pas possible. La musique n'était pas une activité frivole dans les mains d'un Sunai. C'était une arme, qui paralysait tous ceux qu'elle touchait.

Il aurait adoré avoir un studio de répétition au complexe, mais le budget était serré, le moindre centimètre d'espace libre concédé aux Forces spéciales – pour le logement, l'entraînement, le ravitaillement. Sans compter qu'aux yeux de Leo, il n'avait pas besoin de s'entraîner : s'il désirait jouer plus souvent, il n'avait qu'à chasser plus souvent, voilà tout. Une fois ou deux, August avait rêvé de voler une voiture pour traverser les zones rouge, jaune et verte jusqu'aux vastes champs déserts de la Friche. Tout cet espace ouvert… Il se garerait sur le bord de la route et marcherait jusqu'à être certain que personne ne puisse entendre sa mélodie.

Ce fantasme n'était pourtant pas sans son lot de dangers. Pas d'humains signifiait pas d'âmes. Il avait calculé le temps qu'il mettrait pour l'aller-retour : c'était trop risqué.

« Emporte à manger », avait suggéré Leo, dédaigneux.

August n'avait rien trouvé d'aimable à lui répondre.

À présent, il était seul avec les murs blancs et son violon. Les yeux fermés, il se mit à jouer.

Kate s'attarda après les cours pendant que le campus se vidait. Les lycéens déferlèrent pour se ruer vers le métro ou s'enfuir du parking comme s'ils faisaient la course contre les ténèbres, ce qui était sans doute le cas. Officiellement, le couvre-feu était fixé au coucher du soleil – à 19 h 23 ce jour-là, d'après le tableau fort utile accroché devant le secrétariat –, sauf que personne n'attendait aussi longtemps, pas même les professeurs. Certes, le médaillon était censé garantir leur sécurité, mais qui avait vraiment envie de faire le test ? Vingt minutes après la sonnerie de 16 heures ne restaient donc sur le campus que les rares élèves de seconde qui repassaient un contrôle, deux terminales qui traînaient sur le parking et le monstre dans la salle de musique.

Perchée sur un banc derrière le portail, Kate attendait l'arrivée de la berline noire. Les fils de cuivre la piquaient à travers sa poche arrière, comme pour lui rappeler la mission à accomplir. Elle se retourna vers le lycée – il fallait absolument que la voiture arrive avant Freddie.

Trente minutes après la sonnerie, ni l'un ni l'autre ne s'étaient manifestés.

Kate martela le banc de ses ongles. Comme elle avait prévenu Marcus qu'elle sortirait en retard, elle s'efforçait de garder son sang-froid. Quinze minutes plus tard, pourtant, avec Colton presque désert et toujours aucun véhicule en vue, elle finit par appeler le chauffeur.

Pas de réponse.

Une peur intense la saisit à la gorge.

Il était près de 17 heures. La lumière commençait déjà à faiblir. Kate se leva et se mit à faire les cent pas. Elle songea à téléphoner à son père avant d'y renoncer aussi vite : elle n'était plus une enfant. Le hic, c'est que Freddie n'avait pas quitté l'établissement et que, sans voiture, elle n'avait aucun moyen de l'inciter à rentrer avec elle. Abandonnant sa mission, elle hissa son sac à dos sur son épaule et se dirigea vers la bouche de métro située en face du campus.

À son arrivée, elle la trouva fermée. Agrippée aux barreaux métalliques, elle sentit les battements de son cœur s'emballer.

Ce n'était pas normal. Les métros étaient censés circuler jusqu'au coucher du soleil, or la grille était déjà baissée et cadenassée. Sa mauvaise oreille commença à siffler, comme quand son cœur battait trop vite. Elle ferma un instant les yeux pour tenter de le ralentir, mais il lui répétait en boucle de fuir.

Non. Les paupières closes, Kate prit une profonde inspiration. *Réfléchis, réfléchis.* Elle lâcha les barreaux et, tournée vers le lycée, sortit son portable pour appeler un taxi.

Le chauffeur refusa de se déplacer et elle ne pouvait pas lui en vouloir. Après tout, il était plus de 17 heures et le soleil commençait à se coucher. N'empêche qu'elle n'avait pas l'intention de se retrouver piégée sur le campus seule avec un monstre après la tombée de la nuit.

— Je m'appelle Kate Harker, lança-t-elle d'une voix rageuse en insistant sur son patronyme. Votre prix sera le mien. Dépêchez-vous.

Après avoir raccroché, elle tira deux pointes en fer de son sac à dos. Le bruit du métal sur le métal accentua le silence qui régnait désormais sur Colton. Elle fourra une pointe dans sa chaussette et empoigna l'autre près de l'extrémité émoussée, le bout pointu orienté vers l'extérieur.

Kate se dirigea ensuite vers le portail, qui était verrouillé. Elle tenta d'entrer avec son badge – sans succès. Elle secoua les poignées afin de s'assurer que c'était bien fermé. C'est à ce moment-là qu'elle aperçut le corps de l'autre côté de la vitre.

Il gisait tordu par terre, la tête penchée en arrière de sorte qu'elle voyait son visage : c'était M. Brody, le professeur d'histoire, le cou brisé et les yeux carbonisés.

***

Pour la première fois depuis une éternité, August termina son morceau. Puis il le rejoua et le rejoua encore.

La mélodie – cette chose étrange et incroyable qui était entrée en lui le premier jour dans la ruelle pour ne plus jamais le quitter, qui s'accrochait, résonnait dans sa tête sous les coups de feu en attendant d'être libérée – sortait à présent de lui par sa peau, par l'archet et par les cordes. Elle vibrait à travers ses muscles et ses os. Elle parcourait son cœur et ses veines. Elle lui donnait l'impression d'être humain, entier, rempli de vie.

Et s'il ne se nourrissait pas d'âmes, mais plutôt de cette musique ?

Les accords flottaient dans l'air, scintillants tels des grains de poussière pris dans un rai de lumière. Lorsque le morceau se termina pour la troisième fois et que la mélodie s'estompa, il resta planté là, à savourer cet instant parfait.

Le minuteur se mit à sonner. Ce son strident fit voler en éclats les dernières notes persistantes et ramena August à la réalité, avec tous les problèmes qui l'y attendaient. Dans un soupir, il prit son portable pour éteindre l'alarme avant de froncer les sourcils. Il avait envoyé un message à Henry pour le prévenir qu'il rentrerait un peu tard, mais il n'avait reçu aucune réponse. Pas même de Leo.

August remarqua à cet instant précis qu'il ne captait plus le réseau. Quelle poisse ! Il rangea à contrecœur le violon dans son étui, balança son sac sur son épaule et se dirigea vers la porte… qui ne s'ouvrit pas.

Il la poussa de tout son poids, mais elle n'était pas simplement lourde ou coincée : elle était verrouillée.

Son regard fit le tour de la pièce en quête d'un lecteur de carte dans le studio. Peine perdue : le lecteur se trouvait à l'extérieur. En proie à une panique grandissante, il colla son visage à la vitre pour tenter de voir quelque chose – n'importe quoi. C'est à ce moment-là qu'il aperçut le lecteur cassé et les câbles coupés qui s'en échappaient comme des intestins le long du mur.

On l'avait piégé.

Kate recula d'un pas chancelant. De l'autre côté de la porte, les yeux noirs du cadavre la fixaient de leur regard vide. Retenant un frisson, elle s'efforça de réfléchir. Trois Sunai. La logique voudrait que ce soit Freddie. Mais si c'était bien lui, comment était-il sorti de l'établissement pour aller verrouiller la grille du métro sans qu'elle le remarque ? Et si ce n'était pas lui, vu que le deuxième Sunai ne quittait jamais le complexe Flynn… alors c'était forcément Leo.

Plusieurs Sunai tournaient donc autour d'elle comme des requins. Sa poitrine se serra, mais elle ne pouvait pas se permettre de paniquer. La panique ne servait à rien. Elle ne faisait qu'embrouiller l'esprit et mener à des erreurs fatales. *Je suis une Harker*, pensa Kate en agrippant la pointe en fer. Elle trouverait une autre issue. Elle se mit en route. Résistant à la tentation de courir, elle contourna le bâtiment pour accéder à la porte de derrière. Elle sortait son portable de sa main libre quand elle reçut un coup violent.

Le téléphone lui échappa lorsqu'elle trébucha. Une poigne de fer lui enserra les épaules par-derrière. Sans hésiter, elle planta son arme dans la cuisse de la créature. Celle-ci poussa un sifflement étouffé avant de relâcher son étreinte juste assez pour que la jeune fille se baisse sur un genou et fasse basculer son ennemi par-dessus son épaule. Il heurta le sol avant de se relever dans une roulade, puis il se tourna vers elle avec une grâce inattendue, la pointe toujours enfoncée dans la jambe.

Kate se figea. Ce n'était pas un Sunai, mais un Malchai. Une forme squelettique dont les yeux rouges pivotaient dans un crâne qui paraissait noir sous la peau morte et lisse. La moitié de son visage n'était plus qu'un amas de traits hostiles – le *H* sur sa joue creuse avait été arraché, comme celui du monstre que l'adolescente avait tué dans le sous-sol. Ses lèvres s'étirèrent en un sourire mauvais, laissant échapper une voix proche du gargouillis.

— Bonjour, ma petite Harker.

Elle s'apprêtait à lui cracher que son père lui ferait la peau, mais elle n'en eut pas le temps : une deuxième silhouette surgit, trop rapide pour être esquivée. Cette forme floue la heurta à la poitrine avant de l'envoyer valser contre le mur en brique du lycée. Kate sentit son torse craquer, ce qui lui arracha un cri. Puis le poing du deuxième Malchai se resserra sur sa gorge, lui coupant la respiration.

Le monstre sourit alors de toutes ses dents acérées.

— On va bien s'amuser !

Pas de réseau.

Bien sûr. August remit son portable dans sa poche, puis il inspira un grand coup avant de se jeter contre la porte. Il n'obtint pour tout résultat qu'un écho de douleur. S'il ne saignait pas et ne se rompait pas les os comme les humains, il ne pouvait pas pour autant abattre de l'acier renforcé à la manière d'un bélier.

Les yeux baissés sur ses mains, il repensa à Leo la veille au soir, aux ténèbres qui lui avaient léché les doigts et à la poignée qui s'était effritée dans sa main. August était incapable de se maîtriser à ce point. Chez lui, c'était tout ou rien.

Il frotta les marques autour de son poignet : 421 jours. Mais ce n'étaient pas les marques qu'il craignait de perdre.

Il devait y avoir une autre solution. Il regagna le centre de la pièce et scruta les murs, le sol, le plafond. Lisses. Lisses et carrelés. Debout sur le tabouret, August était juste assez grand pour atteindre les plaques d'insonorisation au-dessus de sa tête. Elles pesaient leur poids mais, en appuyant assez fort sur l'une d'elles, il parvint à la soulever puis à la faire glisser sur le côté.

August renifla, légèrement rebuté par l'air vicié. Puis il empoigna son violon avant de se hisser dans le tunnel poisseux.

Les doigts de la créature formaient un étau d'acier glacé autour de la gorge de Kate. Avant de pouvoir se libérer, elle fut jetée sur le trottoir avec violence. Les poumons vidés, les paumes brûlantes éraflées par le béton, elle réussit à se mettre à quatre pattes, mais les

Malchai étaient trop rapides : l'un d'eux fonça sur elle pour la renverser sur le dos.

Une douleur cuisante lui parcourut l'épaule lorsque le monstre la plaqua contre le trottoir.

— C'est qu'elle se débat, murmura-t-il.

Sa joue présentait les mêmes éraflures profondes qui balafraient le *H* et rendaient l'os de la mâchoire visible. Les marques paraissaient récentes.

L'autre Malchai retira la pointe en fer de sa jambe avec un couinement et la jeta au loin.

— C'est elle qui a tué Olivier, déclara-t-il en secouant ses doigts osseux pour chasser la brûlure du fer.

— En effet, chuchota le premier avant d'approcher ses lèvres de la joue de Kate.

Elle détourna brusquement la tête et sentit un souffle froid sur son visage lorsqu'il murmura dans sa mauvaise oreille des mots qu'elle n'entendit pas. Elle en profita pour lui enfoncer le genou dans l'entrejambe. Le monstre ne fit que glousser. Vive la tactique P.O.N.T. !

Ils avaient beau être forts, il faisait encore jour. Si seulement elle pouvait se relever et se placer dos au mur… Elle chercha à tâtons la deuxième pointe fourrée dans sa chaussette.

— J'entends ton sang palpiter, confia le Malchai au-dessus d'elle. Je parie que tu as un goût sucré.

Il ouvrit grand la bouche, découvrant des crocs irréguliers.

— Pas les dents, prévint son complice.

Le Malchai qui la plaquait, sourcils froncés de réprobation, n'en referma pas moins la bouche, ses crocs s'entrechoquant. L'autre sortit une petite torche portable qu'il alluma d'un claquement de doigts. La flamme siffla. Kate se débattait sous la poigne du monstre, dont les ongles finirent par s'enfoncer dans sa peau jusqu'au sang.

— Je vais… te tuer, lança-t-elle d'une voix rageuse.

— *Humains, humains, bande de menteurs*, chantonna-t-il, ses yeux rouges dansant de joie. Est-ce qu'on la tue d'abord, comme les autres ?

Le Malchai à la torche sembla réfléchir.

— Non. Il n'y a personne pour nous entendre. On devrait prendre notre temps, comme lui.

Il y avait un problème, un très gros problème.

Elle griffa l'herbe pour tenter d'atteindre la deuxième pointe. Le monstre au-dessus d'elle sourit, tandis que l'autre tournait une molette, transformant sa torche en une lame incandescente.

— Elle a les yeux de son père, fit-il remarquer. (Kate frémit au souvenir du professeur d'histoire aux orbites calcinées.) Tiens-la bien.

August se laissa tomber du conduit d'aération pour atterrir dans le hall, son uniforme maculé de poussière et de toiles d'araignée. Une fois sur le plancher poli de Colton, il se redressa. Le soulagement de s'être libéré se mua rapidement en crainte : il n'avait pas été victime d'un simple farceur. Quelqu'un avait cherché à l'emprisonner dans cette pièce. Mais qui ? Et pourquoi ?

Pour le moment, les réponses à ces questions importaient moins que son désir de fuir. Il se dirigeait donc vers la sortie la plus proche en tirant son portable de sa poche quand il tomba sur le corps d'une humaine. Tétanisé, il s'arrêta. Elle était jeune, sans doute en seconde, la tête tordue d'une drôle de manière, mais c'est son visage qui lui arracha un cri de surprise. Elle n'avait plus d'yeux. Ils avaient été brûlés.

Il composa le numéro de Henry tout en appuyant sur le bouton déverrouillant l'issue de secours, ce qui lui permit de s'échapper du bâtiment.

— Allez ! marmonna-t-il.

Il laissa sonner quatre fois avant de raccrocher. Il s'apprêtait à appeler Leo quand il entendit une plainte étranglée.

Ce n'était pas un cri aigu, plutôt un gémissement étouffé. August tourna au coin du bâtiment et s'arrêta net. Deux créatures se tenaient au-dessus d'une lycéenne, leurs silhouettes trop élancées, leur peau trop pâle et leurs os trop sombres. Il n'avait encore jamais vu de Malchai. Du moins, pas en personne. Ils ne projetaient aucune ombre, mais l'air autour de leur corps frémissait et leurs dents formaient des pointes argentées irrégulières. Ils paraissaient… monstrueux.

Puis il reconnut leur victime – c'était elle qui avait crié : Kate.

L'espace d'un instant, le monde autour de lui se figea et le temps s'étira comme une note de musique entre deux accords.

Il devait l'aider.

Il ne devait pas l'aider.

S'il l'aidait, elle connaîtrait sa véritable nature.

S'il ne l'aidait pas, elle mourrait.

Ils étaient en train de la tuer.

Ils lui tendaient un piège.

Elle était innocente.

C'était une Harker.

Le temps ne tarda pas à reprendre sa course. August s'agenouilla et ouvrit son étui à violon.

La torche brûlait l'air au-dessus du visage de Kate.

Lorsque les ongles du Malchai s'enfoncèrent dans la mâchoire de la jeune fille, un son semblable à un gémissement s'échappa de sa gorge. Cette plainte étrange et pitoyable suffit à lui faire reprendre ses esprits.

Ses doigts effleurèrent le bord de la pointe en fer juste avant qu'elle ne l'entende : la musique.

Une seule note qui retentit sur le campus et remplit l'air, une note qui semblait prendre plus de place qu'elle n'aurait dû. Puis une autre, et une autre encore, qui formèrent une mélodie. La musique lui paraissait à la fois étrange, envoûtante et magnifique. Kate dut concentrer tous ses efforts pour couvrir sa bonne oreille mais, pour une raison inconnue, elle l'entendait encore, de manière parfaitement limpide. Le Malchai lâcha sa torche et chancela, comme s'il avait reçu un coup. Quant à celui qui se tenait au-dessus d'elle, il se figea, la tête serrée entre les mains alors qu'une sorte de contusion commençait à apparaître sur sa peau.

Kate finit par trouver la pointe dans sa chaussette. Elle la planta dans le torse de son assaillant. Le fer traversa d'abord la substance noirâtre qui se développait sur sa peau telle de la sueur, puis sa plaque osseuse avant de pénétrer dans son cœur. Le monstre se griffa en hurlant, mais il était déjà trop tard. La pointe s'était enfoncée jusqu'au bout émoussé que la jeune fille tenait entre ses doigts, trempés par le sang noir qui coulait de la bouche du Malchai. Le monstre s'effondra sur elle. Elle le repoussa avant de se relever, titubant de douleur, ses pensées troublées par la mélodie.

Celle-ci s'arrêta d'un coup et elle entendit Freddie crier :

— Attention !

Elle se retourna trop lentement et se retrouva nez à nez avec le deuxième Malchai, qui lui attrapa le poignet malgré les ténèbres visqueuses suintant de sa peau. Sans lui laisser le temps de se dégager, il lui planta ses crocs acérés dans l'épaule.

Une vague de douleur la foudroya. Un instant plus tard, les crocs du monstre avaient disparu et il était tiré en arrière. Freddie avait les bras serrés autour des épaules du Malchai et une main appuyée sur sa gorge pâle. Kate resta plantée là, hébétée. S'il lui paraissait bien jeune – et si petit ! –, elle ne mit pas longtemps à se rappeler que lui aussi était un monstre. Les yeux fermés, la mâchoire contractée, Freddie plaquait le Malchai contre lui, les ténèbres quittant la peau de la créature pour pénétrer la sienne où elles s'étendaient comme une tache.

Après avoir enfin retrouvé ses esprits, Kate se mit en mouvement. Elle ramassa la pointe tombée par terre pour la plonger dans le cœur du Malchai, qui ne se défendit pas. Il s'écroula contre le torse de Freddie, la lumière rouge s'éteignant dans ses yeux dès que le fer atteignit sa cible.

Le garçon le lâcha et il s'effondra comme un vulgaire amas de dents et d'os au milieu d'eux. Couverts de sang et d'entrailles, haletants, ils restèrent un moment à le dévisager sans bouger.

Le regard de Freddie, hésitant, glissa sur Kate et les cadavres avant de se poser sur son violon abandonné dans l'herbe. De son côté, elle resserra les doigts autour de la pointe.

Fuis ! lui intima une voix dans sa tête.

Elle n'en fit pourtant rien.

Freddie, croisant son regard, chancela légèrement sur ses pieds.

— Qu'est-ce que… commença Kate.

Plié en deux, il se mit à vomir une substance noirâtre, luisante comme de l'huile. Il tenta de se redresser, mais ne parvint qu'à tituber avant de s'écrouler à quatre pattes en régurgitant un liquide noir comme de l'encre sur le trottoir de Colton.

Recule, lui conseilla la voix, que Kate ignora.

— Qu'est-ce qui ne va pas ? lui demanda-t-elle, agenouillée devant lui.

Il ouvrit la bouche comme pour parler, mais s'étouffa en vomissant de nouvelles ténèbres sur le béton.

Quand il releva la tête, ses yeux n'étaient plus gris, mais noirs. Noirs et emplis de douleur. Des veines ressortaient sur ses mains et serpentaient sur sa peau à la manière de cordelettes, remontant jusqu'à sa gorge.

Qu'avait dit Sloan, déjà ?

« On ne peut pas se nourrir d'eux et vice versa. »

Alors pourquoi ? Pourquoi avait-il fait ça ? Elle lui aurait volontiers posé la question, mais Freddie avait le regard trouble et il tremblait de tout son corps. Il tendit faiblement la main vers son violon qui se trouvait trop loin. Quelques instants plus tard, il s'effondra sur la chaussée. Il ne bougeait plus. Était-il mort ? Fallait-il s'en réjouir ? Une pensée lui traversa l'esprit : *Alors c'est comme ça qu'on tue un Sunai.* Mais non, de petites respirations saccadées continuaient de soulever sa poitrine.

Le portable de Kate se mit à sonner. Il gisait toujours sur le trottoir, là où il lui avait échappé des mains. Elle se précipita pour répondre.

— Allô ? haleta-t-elle.

Mais ce n'était pas son père ni Marcus. C'était le chauffeur de taxi. La voiture l'attendait devant l'école et le compteur tournait.

Kate contempla les vestiges de la bataille : les deux cadavres de Malchai, la torche qui avait gravé une ligne noire dans le trottoir et le Sunai inconscient à ses pieds. Elle-même était couverte de sang séché et de traînées d'entrailles noirâtres. À bout de forces, elle répondit au chauffeur :

— Ne bougez pas. J'arrive.

TROISIÈME COUPLET
Cours, monstre, cours

Chapitre 1

À son réveil, August avait mal partout. La douleur avait toujours été pour lui une sensation fugace qui se contentait d'effleurer ses sens, mais celle-ci était profonde, nouée autour de chaque muscle, de chaque os. La dernière fois qu'il s'était abandonné aux ténèbres, la douleur l'avait atteint en plein cœur, consumé telle une fièvre, mais il s'agissait d'autre chose encore. À présent, il se sentait vidé. Il avait du mal à respirer, à ne serait-ce qu'exister. Pour la première fois de sa vie, il aurait voulu replonger dans l'abîme de ses rêves.

Au lieu de quoi il ramena son esprit à la surface, où l'attendait son corps, avant d'ouvrir les yeux.

Assis sur un sol de béton, il était appuyé contre un mur inachevé, un tas de tiges métalliques et de poutres en bois dans son dos. Sa vision se fit trouble, puis nette, avant de se troubler de nouveau. Il voulut bouger, mais il avait les poignets liés par des attaches à une structure en métal.

Assise par terre au milieu de la pièce, les genoux relevés contre sa poitrine, Kate Harker l'observait. Elle portait le blazer d'August par-dessus son polo taché de sang et déchiré là où le Malchai avait planté ses crocs.

La mâchoire blessée, elle tenait un bras plié devant elle en position protectrice. Elle paraissait secouée mais, au moment où elle croisa son regard, elle se raidit, le visage traversé par une curieuse expression.

— Bienvenue dans mon nouveau bureau, lança-t-elle d'une voix aussi froide que distante.

Était-elle en état de choc ? Il avait vu des membres des Forces spéciales se comporter de cette manière après avoir frôlé la mort.

— Je commençais à me demander si tu te réveillerais un jour, ajouta-t-elle.

August balaya la pièce des yeux. Ils n'étaient pas seuls. Un homme gisait dans un coin, inconscient, les mains liées et la bouche couverte de ruban adhésif. Un badge sur sa chemise indiquait : « TAXI DE V-CITY ».

— Tu es plus lourd que tu en as l'air, expliqua-t-elle en suivant son regard. J'avais besoin de son aide pour te monter jusqu'ici. Et puis… disons que… j'ai trouvé préférable de ne pas le laisser partir. Mais je l'ai grassement payé avant… Bref.

August tenta de déglutir. Il avait l'impression d'avoir la gorge pleine de sable.

— Mon violon.

Kate tapota de ses ongles l'étui à côté d'elle et il soupira de soulagement. Elle lui jeta alors un regard indéchiffrable avant de tourner son attention vers les fenêtres, simples cadres vides couverts de bâches. Même à travers le plastique, il voyait que la nuit arrivait. Il aurait dû être rentré chez lui à cette heure-là. Où était son téléphone ? Il ne le sentait pas dans sa poche. L'avait-il fait tomber ?

— Où sommes-nous ? demanda-t-il.

— Mon père a un réseau de planques dans la ville.

Une vague de panique monta en lui, semblable à un accès de nausée.

— Et c'est là que tu nous as emmenés ? Alors que ses Malch…

— Ils n'appartenaient plus à mon père, le coupa-t-elle d'un ton glacial assorti d'un regard noir. Mais je ne suis pas bête. On est sur un chantier de rénovation juste à côté de la planque. J'ai beaucoup de questions à te poser, Freddie.

Il déglutit de nouveau avant de répliquer d'une voix lasse :

— August. Je m'appelle August.

— August… répéta-t-elle comme si elle testait ce nom. Ça te va mieux. August Flynn.

Elle savait donc.

— Depuis quand ? demanda-t-il.

Elle avait dû comprendre ce qu'il entendait par là, car elle répondit :

— Hier.

August hocha la tête. Il avait vu juste. Il se serait sans doute senti réconforté sans cette douleur lancinante qui le martyrisait.

— Je croyais ton espèce invincible.

Elle avait prononcé « espèce » comme si c'était un mot tabou.

— Rien n'est invincible, maugréa-t-il.

— C'est bien ce que je pensais, fit-elle en esquissant un sourire pincé.

— Kate…

— Non, le coupa-t-elle. Je ne t'ai pas encore autorisé à parler.

Il se tut. Le sang lui martelait les tempes.

Kate gratta des restes de traces noires sur ses ongles métalliques.

— Pourquoi est-ce que tu m'as aidée ?

La question fusa, comme si elle lui brûlait les lèvres depuis un moment.

— On nous a tendu un piège, répondit-il, les paupières closes. Ces Malchai n'avaient pas simplement l'intention de te tuer. Ils cherchaient aussi à faire passer ton meurtre pour le crime d'un Sunai. Ils auraient mis ta mort sur mon dos… sur celui de ma famille… et s'en seraient servis pour rompre la trêve.

Il rouvrit les yeux. Par bonheur, la nausée s'estompait enfin.

— Ce que j'ai dit dans la forêt, je le pensais, ajouta-t-il. Je souhaite vraiment la paix.

— Je suis censée croire que tu es un monstre pacifiste ?

— Je ne t'ai jamais menti.

— Tu ne m'as pas non plus dit la vérité.

— Comment aurais-je pu ? Tu l'aurais fait, toi ?

Le regard rivé au sol, le visage crispé par la douleur, elle ne répondit pas.

— Ça va ? s'enquit August d'une voix douce.

Kate releva brusquement la tête.

— Tu te fous de moi ?

Il eut un mouvement de recul, perplexe.

— Je te demandais juste…

— Tais-toi, le coupa-t-elle avant de se lever, révélant la pointe en fer qu'elle avait glissée sous son genou. Je sais ce dont est capable ton espèce. J'ai vu la vidéo, la façon dont, en bons sadiques que vous êtes, vous jouez avec vos victimes, comme un chat avec une souris…

La vidéo ? Quelle vidéo ? s'étonna August.

— Je ne suis pas une souris, August Flynn, c'est bien compris ? continua Kate. Je sais ce que tu es.

Elle se dirigea vers lui. La grille métallique à laquelle elle l'avait attaché remontait à la verticale le long du mur. Il fit l'effort de se mettre debout, ses menottes glissant sur les barres jusqu'à ce qu'il se soit redressé de toute sa taille.

— Je t'ai sauvé la vie, lui rappela-t-il.

En guise de réponse, Kate posa sur sa gorge le bout de la pointe en fer encore tachée du sang du Malchai. L'odeur retourna l'estomac d'August. La jeune Harker avait les yeux fiévreux, mais la main ferme.

— Un merci suffirait, ajouta-t-il.

— Que faisais-tu à Colton ?

— C'est mon père qui m'a envoyé là-bas.

— Tu veux dire Flynn.

— Oui.

— Pour me tuer ?

— Non, tu n'y es pas. Il souhaitait que je me rapproche de toi au cas où la trêve serait rompue. Il y a peu de choses dans ce monde auxquelles tient Callum Harker, et Leo pensait que tu pourrais servir de moyen de pression dans le conflit. Pour ta gouverne, poursuivit August en se penchant contre la pointe, il en faudra plus pour me blesser.

Comme pour relever le défi, Kate appuya sans réussir à percer la peau du Sunai.

À cet instant précis, un portable sonna sur le sol de béton à côté de l'étui à violon. Elle se tourna vers le téléphone et August se figea d'horreur.

— Tu l'as laissé allumé ?

— J'ai désactivé le GPS.

Elle ramassa l'appareil et fronça les sourcils en regardant l'écran.

— Kate…

Il tira sur ses attaches et jura, car elles étaient filetées de métal.

— Qui est-ce ?

— La maison, répondit-elle en se redressant.

— Ne décroche pas.

Pour une fois, il aurait bien aimé être capable de faire changer quelqu'un d'avis plutôt que de le pousser à la confession. Elle laissa planer son pouce au-dessus de l'écran.

— Kate, ces Malchai venus te tuer… quelqu'un les a envoyés.

Elle fixait le portable, qui cessa de sonner avant de recommencer.

— Ils ont rompu leur serment, fit-elle remarquer. Comme Olivier.

— Qui est Olivier ?

— Ils sont affamés et agités, poursuivit-elle d'une voix en partie couverte par la sonnerie du téléphone. Et ils en ont assez d'obéir aux ordres.

— Ce n'était pas une attaque au hasard, reprit August en bataillant avec ses liens. Tout était calculé. Quelqu'un s'est donné beaucoup de mal pour s'assurer que tu meures et que je sois là pour porter le chapeau.

Kate prononça un mot inintelligible. Le portable sonnait toujours, mais au lieu de prendre l'appel, elle le retourna pour en retirer la batterie. La sonnerie s'interrompit aussitôt. Elle répéta alors le mot et August se rendit compte qu'il s'agissait d'un nom : « Sloan ».

Un nom qu'il avait déjà entendu. Leo parlait de lui comme de la plupart des monstres, mais en pire.

« Mon père a un Malchai comme animal domestique. »

— Ce Sloan serait prêt à déclencher une guerre ?

— La mort et la violence, c'est ce que veulent tous les monstres, non ? répliqua-t-elle avec un regard noir.

August ne mordit pas à l'hameçon.

— Pour être honnête, je ne sais pas, poursuivit-elle en faisant les cent pas. Mais il aimerait se débarrasser de moi, j'en suis certaine, et s'il pouvait piéger Flynn en même temps… Je ne connais personne qui prépare autant ses coups. La plupart des Malchai sont des brutes épaisses. Sloan, lui, est… différent.

— Est-ce qu'ils l'écoutent, les autres Malchai ?

— Je ne suis rentrée chez moi que depuis neuf jours, August. Je ne saurais pas dire. Pour l'instant, son passe-temps favori consiste à me tourmenter.

— S'il est impliqué dans cette attaque, tu ne peux pas regagner ton domicile. Tu…

Il s'interrompit en entendant des voitures s'arrêter, des moteurs qu'on coupe. Les sons lui parvenaient de manière étouffée. La jeune fille, qui ne les avait pas encore perçus, continuait de faire les cent pas.

— Kate.

Des portières ouvertes, puis refermées.

— Kate…

Des semelles sur le bitume.

— Kate !

— Quoi ? demanda-t-elle en lui faisant face.

— Il faut que tu me détaches, répondit-il en tentant de libérer ses mains.

Les attaches étaient trop serrées, et même si le métal ne le blessait pas, il rendait les liens difficiles à briser.

— Pourquoi je ferais ça ?

— Parce que quelqu'un arrive.

Une porte s'ouvrit quelque part à un étage inférieur, grinçant assez fort pour qu'elle l'entende, cette fois.

— Ils ont dû te localiser.

— Impossible, fit-elle en secouant la tête. J'ai désactivé le GPS de mon téléphone.

Dans le coin, le chauffeur de taxi remua. Un portable dépassait de sa poche.

— Merde !

Des pas retentirent dans l'escalier. Son sac à dos sur l'épaule, Kate se précipita vers la fenêtre en tirant un briquet de sa poche. De l'extrémité sortit une lame en argent, petite mais tranchante, avec laquelle elle découpa la bâche en plastique, dévoilant un ciel rouge sang. L'espace d'un instant, il crut qu'elle allait le laisser là, cloué au mur, une offrande faite aux hommes de Harker. Mais elle revint le chercher.

— Quand tu es monté dans la voiture ce matin, je comptais te livrer à mon père, avoua-t-elle en glissant la lame entre l'attache et la peau d'August. Ça aurait été tellement facile.

— Pourquoi est-ce que tu ne l'as pas fait ?

Embarrassée, elle répondit :

— Tu ne ressemblais pas à un monstre.

August soutint son regard. *Je n'en suis pas un*, brûlait-il de lui dire, mais les mots restèrent coincés dans sa gorge.

— Et maintenant ?

Kate fit « non » de la tête en donnant un petit coup de lame. Mais l'attache ne céda pas. Elle fronça les sourcils et fit une nouvelle tentative. En vain.

— Je t'en supplie, dis-moi que tu as un moyen de m'enlever ça, lança August, blême.

— Je n'en avais pas l'intention, rétorqua-t-elle d'un ton sec.

Pris de panique, le jeune Sunai commença à s'agiter. Elle leva alors un pied pour l'abattre sur l'une des barres métalliques. Le bruit se répercuta – fort, trop fort –, mais le métal se déforma et céda. August parvint à libérer son poignet. Kate donna ensuite un coup de pied dans la deuxième barre, mais celle-ci était plus solide, ou bien l'angle choisi n'était pas le bon. Elle plia à son tour sans se casser pour autant. Les pas se rapprochaient. Imitant Kate, August agrippa la barre des deux mains et ils tirèrent de toutes leurs forces jusqu'à ce qu'elle se détache enfin, les envoyant s'écraser sur le sol en béton.

La jeune fille retint un cri de douleur en atterrissant sur son côté blessé. Quand son camarade voulut l'aider à se relever, elle recula comme s'il avait la main empoisonnée et se débrouilla toute seule. August ramassa son étui à violon tandis qu'elle retournait vers la bâche en plastique déchirée. Il se hissa par la fenêtre à sa suite. Il s'attendait à une espèce d'escalier de secours, mais ne trouva qu'un rebord d'une quinzaine de centimètres surplombant l'équivalent de deux étages.

L'air resta coincé dans sa gorge.

— Ne me dis pas que tu as peur du vide, railla-t-elle en se faufilant le long du bord.

— Pas du vide, murmura-t-il. Juste de tomber.

Il regardait autour de lui dans l'espoir de trouver une solution pour descendre quand Kate prit une profonde inspiration avant de sauter.

Chapitre 2

Kate se décolla du mur et s'élança pour franchir le fossé de près de deux mètres qui séparait le chantier de construction du toit d'un bâtiment un peu moins haut. Une fois qu'elle eut atterri, elle tituba sur quelques pas avant de repartir aussitôt sans même se retourner. Le message était clair : *Suis-moi ou crève.* Rassemblant tout son courage, August agrippa son étui à violon, puis s'élança à son tour. Il passa par-dessus le bord du toit et dérapa avant de se redresser juste au moment où Kate disparaissait derrière une cheminée. Il se hâta de la rejoindre. Elle lui saisit alors l'épaule et le pressa contre le mur à côté d'elle, hors de vue.

— Tu fais ça souvent ? souffla-t-il. Sauter d'un immeuble à l'autre, courir sur les toits ?

— Pas toi ? répliqua la jeune fille, taquine.

Elle esquissa un sourire grimaçant avant de se pencher en avant. August aperçut la ligne dentelée tracée par les crocs du Malchai dans son épaule.

— Où sommes-nous ? demanda-t-il en scrutant les bâtiments.

— Périphérie de la zone rouge.

— J'ai un point d'accès près de la Frontière. Si on arrive à atteindre le Quartier Sud…

— On ? répéta-t-elle avant d'ouvrir la porte du toit pour commencer à descendre l'escalier. Tu m'as sauvée. Je t'ai sauvé. À mes yeux, on est quittes.

— Je ne t'abandonnerai pas, déclara-t-il, contrarié.

— Et moi, je ne mettrai pas les pieds chez Flynn.

— On pourrait te protéger.

Elle poussa un son proche du rire, mais plus froid.

— Ben voyons !

— Très bien, répliqua-t-il en la suivant dans l'escalier. Ne me crois pas. En tout cas, on n'est pas en sécurité ici.

— On n'est en sécurité nulle part, lâcha-t-elle d'un ton sec, incapable de cacher la vérité. Je ne peux pas rentrer chez moi. La tour Harker est en plein dans la zone rouge. Que mon père soit là-bas ou pas, Sloan y sera et…

Soudain, August sentit l'odeur du sang. Il posa une main sur la bouche de la jeune fille en indiquant la rue. Kate voulut protester mais, à son regard, elle comprit qu'il fallait se taire. L'oreille tendue, il s'efforçait de distinguer les paroles.

— Pas dans le bâtiment…

— Prévenez-le…

— Vérifiez les caméras…

— Signal…

Les deux fugitifs restèrent parfaitement immobiles dans la cage d'escalier jusqu'à ce que les voix s'estompent pour disparaître dans le ronflement des moteurs et le raffut de la ville. Une fois la main d'August retirée, Kate s'essuya le visage avec sa manche.

— Qu'est-ce qu'ils ont dit ? demanda-t-elle.

— Donne-moi ton portable.

Elle tira l'appareil de sa poche et le lui remit. August le posa sur une marche avant de l'écraser d'un coup de pied.

— C'était nécessaire ? chuchota-t-elle, dépitée.

— Ça ne peut pas faire de mal, murmura-t-il en retour. Tout le Quartier Nord est connecté ?

— Des caméras à tous les coins de rue ou presque, confirma Kate.

— Presque ?

Elle leva les yeux vers lui.

— Sauf exceptions.

— Je suppose que tu ne les as pas toutes mémorisées ?

— Je n'ai eu qu'une semaine, se justifia-t-elle.

August perdit espoir. Kate esquissa pourtant un sourire épuisé, mais déterminé.

— J'ai couvert celles de la zone rouge.

— Si tu veux t'enfuir, libre à toi, dit-il en se redressant. Mais aide-moi d'abord à trouver un autre téléphone.

Le soleil avait plongé sous l'horizon et la ville commençait à se replier sur elle-même. Pas comme dans le Quartier Sud, où tout était condamné et les habitants terrés dans leurs abris blindés. Mais, là aussi, les rues se vidaient. Tous ceux qui ne jouissaient pas de la protection de Harker rentraient chez eux, et même ceux qui portaient un médaillon préféraient se mettre à l'abri. Les restaurants et les bars étaient remplis de citoyens assez courageux pour s'aventurer à l'extérieur, mais pas assez pour traîner sur les trottoirs. Aussi les deux lycéens se démarquaient-ils à chaque seconde passée dans la rue, même en évitant les caméras.

August suivit Kate à travers un dédale de ruelles jusqu'à un restaurant. La jeune fille se dirigea aussitôt vers les toilettes et en ressortit quelques minutes plus tard dans les vêtements de quelqu'un d'autre, armée d'un nouveau portable. Elle rendit à son camarade sa veste de Colton.

— J'espère que tu ne m'en voudras pas pour les taches de sang.

— Merci… répliqua-t-il en fronçant le nez, avant de l'enfiler par-dessus son polo.

Elle lui donna ensuite le téléphone. Ils restèrent dans l'obscurité du couloir, entre la cuisine et la salle, hors de vue des caméras, pendant qu'il composait le numéro.

Après deux sonneries, quelqu'un décrocha.

— FSF.

La réponse le prit de court. Il avait tellement l'habitude d'appeler depuis son propre portable, qui le connectait directement à la ligne familiale. Ils n'en avaient pas moins prévu cette situation, parmi tous les plans de secours et mesures de protection établis avant sa rentrée à Colton.

— Flynn, annonça August.

— Code ?

— 7-18-3.

— Statut ?

— Rouge.

— Ne quittez pas.

La ligne devint silencieuse. Il commençait à craindre que l'appel n'ait été interrompu quand il entendit un « clic » suivi de la voix de Henry, rongée d'inquiétude.

— August ? August, c'est toi ?

— C'est moi, papa, répondit-il, le cœur serré.

Une ombre traversa le visage de Kate quand elle entendit le mot « papa ».

— Où es-tu ? Que se passe-t-il ? Tout va bien ?

— Oui, mais il est arrivé quelque chose et je dois…

— August, intervint une autre voix.

Son frère.

— Leo, il faut que je parle à Henry tout de suite. Repasse-le-moi.

— Tu es seul ?

La voix de son aîné était grave et ferme, sa volonté aussi solide qu'un mur de pierre.

La réponse lui échappa avant qu'il ne puisse la retenir.

— Non.

— Qui est avec toi ?

— Kate, avoua-t-il en s'efforçant de se concentrer. Leo, écoute, quelqu'un a tenté de l'assassiner à Colton aujourd'hui. Il y a eu des morts. Les tueurs sont deux Malchai qui ont essayé de nous faire porter le chapeau. Avec Kate, on a réussi à s'échapper, mais ils la cherchent toujours et je pense…

— Laisse-la.

August ne parvint pas à finir sa phrase.

— Quoi ?

— Laisse-la et rentre à la maison.

— Non. Pas question.

En arrière-fond, la voix de Henry. C'est à lui qu'August voulait parler, mais Leo ne lâchait pas le combiné.

— Tu as outrepassé les ordres et compromis ta couverture. Ton identité n'est désormais plus un secret. Notre priorité est donc de te protéger.

— Et elle, alors ? répliqua-t-il en sentant le poids du regard de Kate.

— Le plus important, c'est toi, répondit Leo d'une voix douce. Bon, où es-tu ?

La question frappa August comme un coup de poing. Il se força à éloigner le portable de son oreille pour s'empêcher de répondre et respira profondément. Sans trop savoir pourquoi, il ne voulait pas lui dire la vérité.

— J'ai dit : où… es… tu ? répéta son frère, qui perdait patience.

Menton baissé et dents serrées, le jeune Sunai sentait malgré tout la réponse lui monter aux lèvres. Il se hâta de raccrocher.

— C'était quoi, ce cirque ? demanda Kate tandis qu'il fixait le portable. August ?

Il secoua la tête. Il y avait dans la voix de Leo quelque chose qui ne lui plaisait pas. Il repensa à la manière dont son aîné parlait de Kate, comme si elle méritait de payer pour les crimes de Harker simplement parce que c'était sa fille. Comme si, génétiquement, on pouvait hériter d'un crime.

— Je ne peux pas t'emmener dans le Quartier Sud, annonça-t-il d'une voix grave.

— Super, fit Kate en lui reprenant le téléphone. Dans ce cas, c'est réglé.

Elle se trompait. Rien n'était réglé. Il n'y avait plus aucun ordre, plus d'équilibre.

Les yeux fermés pour s'éclaircir les idées, August entendit les doigts de la jeune fille s'agiter sur le clavier.

— Qu'est-ce que tu fais ?

— Il faut que j'envoie un message à mon père pour le prévenir que c'était un piège.

— Et si Sloan le lit ?

Kate lui montra le méli-mélo de lettres entrecoupées de tirets qu'elle venait de taper.

— La première fois que je suis revenue, après la trêve, il m'a appris un code secret.

— J'imagine que c'est… gentil de sa part…

— Eh, dites, les jeunes, lança une des serveuses. Si vous ne commandez pas, je vais devoir vous demander de partir.

— Ne vous en faites pas, répondit Kate. On attend juste un ami.

Quoique dubitative, la femme les laissa tranquilles.

— Qu'est-ce qu'il dit ? s'enquit August. Ton message.

— Enlevée par dangereux Sunai. S'il te plaît déclenche une guerre en mon nom.

Il fronça les sourcils. Les clochettes au-dessus de la porte d'entrée tintèrent.

— T'inquiète, c'est juste mon nom et le numéro de ce portable.

L'odeur et le son lui parvinrent en même temps. Il retint son souffle.

— Cuisine.

— Quoi ? s'étonna Kate en désactivant le GPS du téléphone. Tu as faim ?

— Non, file vers la cuisine, chuchota August.

Des exclamations de surprise s'élevaient dans le restaurant. Kate se tourna vers le brouhaha, mais il la tira en arrière dans le couloir.

— Mesdames et messieurs, restez à vos places ! lança une voix semblable à des billes s'entrechoquant les unes aux autres dans la salle principale.

C'était un Malchai.

— Vous n'êtes pas censés entrer ici, dit le gérant à l'intrus. Nous avons passé un accord et…

Bruit sec d'un cou brisé. Puis raclements de chaises et cris étouffés des clients qui commençaient à se lever.

— Stop ! ordonna le Malchai. Tout le monde assis.

August tenta un nouveau pas vers la cuisine. Son étui à violon heurta un plateau, qui se serait renversé si Kate ne s'était pas précipitée pour le rattrapers. Une fois les portes de la cuisine franchies, le jeune Sunai s'empressa de glisser un ustensile pour bloquer les poignées.

— Eh ! s'écria l'un des cuisiniers. Vous n'avez pas le droit d'être là.

Sa plainte retentit contre l'acier inoxydable. August saisit la main de Kate avant de se mettre à courir. Ils atteignirent la porte de service pile au moment où le premier Malchai tentait de forcer celle de la cuisine. Leur barrière tint assez longtemps pour qu'ils sortent en trombe dans la ruelle.

— On ne peut pas rester là, lança Kate en cherchant du regard les caméras.

— Parce qu'on peut rester quelque part, selon toi ? ironisa August en poussant une benne à ordures devant les portes.

Elle fit « non » de la tête tout en l'entraînant hors de la ruelle, le plus loin possible du restaurant. Une fois tourné le coin de la rue, elle glissa son bras valide sous celui d'August et l'attira à elle pour se blottir contre lui. Le Sunai sursauta sans toutefois se dégager. Au bout d'un moment, il comprit. Tous les passants marchaient par groupes de deux ou plus. D'un seul coup, ils ressemblaient moins à deux adolescents en fuite et davantage à un jeune couple ordinaire. Les coups d'œil qu'ils auraient pu attirer glissaient sur eux.

D'un geste nonchalant, August baissa la tête comme pour protéger Kate d'une brise.

— Il faut qu'on sorte de la zone rouge en attendant des nouvelles de mon père, déclara-t-elle.

« On », remarqua-t-il.

— Tu sais comment faire ?

— Aucune idée, répondit la jeune fille en s'appuyant contre lui. Tous les bâtiments du Quartier Nord sont équipés de caméras et, bientôt, les rues vont grouiller de Malchai. Dieu seul sait combien ils sont à travailler pour Sloan, maintenant…

Elle s'arrêta tout à coup.

— Qu'y a-t-il ?

Kate se tourna vers lui, les yeux écarquillés.

— Les Malchai travaillent pour Sloan.

— On le savait déjà.

— Donc il nous suffit d'aller quelque part où ils ne pourront pas nous suivre.

August s'apprêtait à lui demander quelle partie du Quartier Nord les Malchai redoutaient, mais il suivit son regard orienté vers le sol sous leurs pieds. Une volute de vapeur s'échappait d'une grille sur la chaussée.

— Oh non !

Chapitre 3

— Pour info, lança August tandis qu'ils descendaient au milieu des tuyaux et des barres jusque dans les entrailles du métro, je pense que c'est une très mauvaise idée.

— Les Malchai détestent les Corsai, répondit Kate en sautant le dernier mètre qui la séparait du sol. Et, d'après ce que j'ai vu, c'est réciproque.

— En tout cas, les Sunai n'apprécient aucun des deux, maugréa August en atterrissant à ses côtés.

— C'est toi qui as voulu venir avec moi, lui rappela la jeune fille, secrètement soulagée par cette décision – l'idée de descendre seule la rendait malade.

Elle avait mal à l'épaule chaque fois qu'elle respirait, et August avait beau être un monstre, au moins il ne souhaitait pas sa mort. Le tunnel était dangereusement sombre. La légère lueur des lampadaires filtrait par les grilles métalliques au-dessus de leurs têtes, et des appliques étaient accrochées à intervalles réguliers aux parois du tunnel. Ce n'étaient pas des UVR, même pas des lampes fluorescentes, seulement des rectangles diffusant une faible lumière rouge.

Sous leurs pieds, le sol manquait de solidité. Des fissures couraient par terre et le long des murs, le terrain plongeant dans l'obscurité. Lorsque August poussa un caillou du pied, celui-ci tomba encore et encore pendant trois bonnes secondes avant d'atterrir avec un plouf.

— Il y a quoi, en bas ?

Kate sortit une balise UVH de son sac à dos et l'alluma avant de diriger le faisceau vers le fossé. À des dizaines de mètres de profondeur coulait un large cours d'eau.

— On dirait une rivière, dit-elle en tapotant le béton du pied. Je pense qu'on est sur un ancien pont.

August avait une réplique sur le bout de la langue quand quelque chose la fit se retourner. Le faisceau traçait à présent une fine ligne lumineuse dans le tunnel. Son oreille droite ne capta qu'un bruit blanc mais, de l'autre, elle distingua le lointain frémissement d'ombres, le grattement de griffes sur le béton et un murmure constant. À en juger par l'expression de son compagnon, il l'avait aussi entendu.

« Battre briser détruire chair sang os battre briser… »

Le bruit courait que les Corsai racontaient des secrets et que leurs chuchotements incompréhensibles prenaient sens juste avant qu'ils ne vous tuent. D'autres affirmaient qu'ils ne faisaient que répéter bêtement les péchés à l'origine de leur création, susurrant des atrocités et imitant les sons macabres du métal contre la peau, des os brisés et des hurlements étouffés.

Ce n'était pas le moment de perdre son sang-froid. Concentrée sur sa respiration, Kate se rappela que les Corsai se nourrissaient de la peur. Face au tunnel, le faisceau de sa lampe s'enfonçant dans le noir, elle s'efforça de fixer son regard sur le centre, le point le plus sombre, qui se mit alors à bouger.

— Je suis la fille de Callum Harker, cria-t-elle dans l'obscurité.

« Harker, Harker, Harker », répéta l'écho.

Puis le mot fut repris et emporté. À son retour, il n'était plus le même : *« Pas notre Harker, Harker, Harker. »*

Prise de frissons, Kate résista à la tentation de reculer. Ses yeux restaient rivés sur l'endroit où la lumière cédait la place aux ombres.

À genoux à ses côtés, August ouvrit son étui.

— Tu as une autre lampe torche là-dedans ? demanda-t-elle tout bas.

— Non, mais j'ai mieux, répondit-il en soulevant son violon. Toi qui voulais m'entendre jouer...

Elle se remémora les accords sinistres, les Malchai qui avaient hurlé et reculé en se bouchant les oreilles, et l'étonnante sérénité qui l'avait enveloppée, tel un manteau de neige.

Devant eux, la lueur rouge du tunnel éclaira des crocs et des griffes. Les ténèbres commençaient à s'agiter.

— Tu te rappelles quand je t'ai dit que c'était une mauvaise idée ? marmonna-t-il en accrochant la sangle de son étui avant de le balancer sur son épaule.

— La bonne nouvelle, répliqua-t-elle en serrant sa lampe, c'est qu'ils ne vont sûrement pas prévenir Sloan qu'on est là.

— Et la mauvaise ? s'enquit August en calant le violon sous son menton.

Kate décrivit un arc de cercle avec sa lampe torche. S'ensuivit un bruissement, comme un battement d'ailes, alors que les Corsai s'écartaient pour mieux se rassembler.

— La mauvaise, c'est qu'ils n'ont pas l'air très contents de nous voir.

Elle brandit de nouveau sa lampe et le faisceau dut atteindre la tête d'une créature, car une ombre hurla avant de s'effondrer en avant, détachée de la masse. Ses yeux blancs s'éteignirent et ses dents tombèrent sur le sol humide comme des pierres qui roulent.

— C'est quand tu veux, lança Kate d'un ton sec tandis que les Corsai s'agitaient et sifflaient.

— On ne bouscule pas l'artiste, répliqua le jeune Sunai en posant l'archet sur les cordes.

Les ténèbres foncèrent vers eux à fond de train, ratissant l'air. Juste au moment où Kate, affolée, reculait d'un pas, August se mit enfin à jouer.

Une seule note retentit à travers le tunnel et tout se figea.

Elle vibrait encore lorsqu'il en produisit une deuxième, puis une troisième, les accords fusionnant au fur et à mesure. Sa musique, comme une lame, lacérait la pénombre. Alors que la mélodie retentissait dans la tête de Kate, les Corsai s'arquèrent en arrière comme un seul homme repoussé par un énorme faisceau. Ils sifflèrent à la manière d'un jet de vapeur, puis ils se dispersèrent et s'évanouirent. Kate sentait elle aussi ses pensées prendre leur envol, son esprit voguer avec les notes, comme à Colton.

À présent, dans l'obscurité, elle voyait de ses yeux la musique. Celle-ci parcourait l'air tels des rayons de soleil, des rubans de couleur qui tournoyaient, tourbillonnaient et tenaient les ombres à distance. Subitement étourdie, elle chancela, puis ses pieds se figèrent. Elle ne pouvait plus ni bouger ni détourner le regard. Ses sens se mêlaient aux accords tandis que la mélodie emplissait sa tête et saturait sa vision.

Les yeux baissés, elle découvrit que son propre corps brillait lui aussi : une étrange lumière blafarde montait à la surface de sa peau. Elle s'en émerveilla, admirant la façon dont cet éclat bougeait avec elle. Il dansait comme de la vapeur, même sous son épiderme. On aurait dit une fumée argentée qui palpitait faiblement au rythme de son cœur.

Était-ce sa vie ? Son âme ?

Elle entendit au loin la voix d'August, à la fois douce, fluide et entremêlée à la musique.

— Viens, Kate.

La mélodie faiblit. Elle retentissait encore quand il tendit la main. À cet instant précis, la jeune fille reprit suffisamment ses esprits pour avoir peur.

— Non, fit-elle en tentant de se dégager avant qu'il ne puisse lui voler son âme.

Elle réagit trop lentement, mais quand les doigts d'August se refermèrent sur son poignet, il ne se passa rien.

— Tout va bien, la rassura-t-il d'une voix prudente et tendue. Je ne peux pas te faire de mal…

Elle observa l'endroit où leurs peaux se touchaient. La lumière argentée semblait s'enrouler autour des doigts du Sunai comme un courant autour d'une pierre.

— Seulement tu dois rester près de moi, ajouta-t-il.

Il lui tira la main pour la poser sur sa veste et reprit la mélodie sans laisser le temps aux derniers échos de musique de s'envoler.

— Suis-moi.

Kate aurait été capable de le suivre jusqu'au fond d'un précipice tant qu'il continuait de jouer. Les mots sortis de la bouche d'August se mêlèrent à la musique pour devenir réels, authentiques. Ils avancèrent ensemble dans le tunnel, noyau mobile d'une sphère de mélodie et de lumière. L'esprit de Kate sombrait. Chaque fois qu'elle essayait de le ramener à la surface, il lui échappait. Elle se sentait comme à la lisière entre la veille et le sommeil, quand on ne parvient pas à retenir ses pensées ni rien d'autre.

Alors elle se retint à lui.

Ils arrivèrent dans une station. Les ténèbres se firent moins épaisses, le tunnel s'ouvrant sur des quais au plafond voûté. Les carreaux scintillaient comme des rangées de dents lorsque la lumière de la musique d'August se reflétait sur eux.

« CASTER WAY » indiquait le panneau clignotant dans la lueur fantomatique. Ils se dirigeaient donc vers le nord-est.

Les tunnels se rétrécirent, puis s'élargirent avant de se rétrécir de nouveau à mesure que les voies convergeaient, puis divergeaient avant de converger de nouveau. Ils longèrent un dépôt de wagons à l'arrêt avant la reprise du service le lendemain matin.

Depuis combien de minutes durait le morceau ? Kate avait perdu la notion du temps. Sa bouche s'ouvrit pour former des mots qui franchirent ses lèvres, mais elle n'entendit pas sa propre voix – seulement la musique. Si August la perçut, il ne réagit pas, ne se retourna pas. Il regardait droit devant lui, ses doigts s'agitant sur le manche de son violon, son archet virevoltant sur les cordes.

Il n'était plus le garçon des gradins ni le chien errant replié sur lui-même dans la berline. Il n'était plus celui qui crachait du sang noir sur la chaussée ni le prisonnier attaché au mur inachevé.

C'était encore un autre August Flynn, à la fois confiant et fascinant.

Les lèvres de Kate remuèrent de nouveau dans une tentative pour partager son sentiment, mais elle fut interrompue par une vibration aiguë : une corde du violon s'était cassée. Après un bref instant de panique, August se ressaisit et la mélodie reprit, toujours envoûtante, mais plus… ténue. Les fils lumineux s'enroulaient moins nombreux autour d'eux et, lorsque la lumière capta le visage du musicien, elle discerna un froncement inquiet.

Puis, trop vite, une deuxième corde se cassa. Le jeune Sunai retint son souffle. À présent, le son était nettement plus faible. Kate le sentit quitter son esprit et se dit que c'était mauvais signe.

— August… s'écria-t-elle d'une voix un peu alarmée.

— Je ne joue jamais aussi longtemps, expliqua-t-il, concentré. Et j'ai vraiment besoin des quatre cordes pour ce morceau.

Elle vit à quel point les deux dernières étaient tendues, le point de rencontre entre l'archet et la corde rougissant telle une flamme. Les fils dans l'air s'effilochaient et les ténèbres – ainsi que les créatures qui y grouillaient – commençaient à gagner du terrain.

Devant eux, le tunnel s'ouvrait sur un nouvel espace caverneux. Une forme scintillait en son centre. Pas d'yeux, ni de dents, mais les coins métalliques d'une rame de métro.

Derrière eux, quelque chose gratta la paroi du tunnel. Le crissement recouvrit la mélodie fluette d'August. Kate ne se retourna pas. Elle s'y refusait. Vérifier ne ferait que donner forme au danger.

— Kate, lança August juste avant que la troisième corde ne se casse.

— Oui ?

— Cours !

Chapitre 4

Ils se mirent à courir aussi vite que possible, suivis par les dernières volutes de musique et de lumière qui disparaissaient comme des serpentins dans le noir. La mélodie avait beau avoir tenu les Corsai à distance, ils attendaient leur heure, patients. Dès qu'elle prit fin, ils fondirent sur eux en une masse de griffes et de crocs.

Si August continuait de regarder droit devant lui, Kate donnait des coups de lampe torche pour repousser leurs assaillants tandis qu'ils fonçaient vers la rame de métro, main dans la main. Ils rejoignirent la portière quelques instants avant que les premiers monstres ne soient sur eux.

Le Sunai grimpa les marches d'un seul bond, mais la jeune fille trébucha derrière lui en poussant un cri. Il la hissa avant de la prendre dans ses bras pour former un bouclier de son corps au moment où les Corsai affluaient vers la voiture en une vague de *« briserdétruireos »*. Ils sifflaient et lacéraient l'air, leurs griffes labourant l'acier, quoiqu'ils se refusent toujours à toucher August. Ils ne pouvaient donc pas atteindre Kate.

— La porte ! cria-t-il lorsqu'une créature essaya de lui arracher le violon des mains. Vite !

Blême et tremblante, l'adolescente se retourna dans ses bras, referma les doigts sur la poignée et tira.

Le métal, grippé, finit par coulisser sur le côté avec force grincements. Une fois à bord de la rame, ils tentèrent de refermer la porte, mais un Corsai avait glissé un bras griffu dans l'interstice. Quand August posa sa main sur la chair sombre, la créature recula, comme brûlée, et ils purent enfin s'enfermer à l'intérieur.

Au cœur de la pénombre, les deux fugitifs haletaient. À l'extérieur, les ombres grouillaient et se jetaient contre le plexiglas en grinçant des dents. Par chance, les parois étaient barrées de fer. Les monstres ne tardèrent donc pas à se retirer dans l'obscurité du tunnel. Malgré tout, leur odeur persista, mélange de cendre et de pourriture moite.

Kate s'effondra sur une banquette.

— Tu avais raison. C'était la plus mauvaise idée du monde.

— Je te l'avais dit, confirma August en s'écroulant à genoux.

Il examina son violon, grimaçant à la vue de la grande éraflure qui courait sur le bois. Puis il fouilla dans l'étui jusqu'à trouver la pochette de cordes neuves et se mit au travail à la lumière de la balise UVH de sa camarade.

— Pourquoi le violon ? demanda-t-elle d'une voix tremblante.

— Les Sunai utilisent la musique pour faire remonter une âme à la surface, répondit-il sans pour autant s'arrêter de détacher les cordes cassées.

— Je comprends. Mais pourquoi un violon ? Tu pourrais utiliser un autre instrument ? Si tu produisais n'importe quel rythme, ajouta-t-elle en tapotant des doigts sur la banquette, ça compterait comme de la musique ?

August secoua la tête.

— Lève un peu la lampe.

Il accrocha la première corde et l'enroula autour de la cheville de l'instrument avant de la tendre.

— On a tous une chanson. Un morceau de musique qui n'appartient qu'à nous, avec lequel nous sommes nés. Comme une empreinte digitale. Leo peut jouer le sien avec n'importe quel instrument : guitare, piano, flûte… Mais Ilsa ne travaille qu'avec sa voix. Ma mélodie à moi ne sort qu'avec ça, confia-t-il en pinçant la corde tendue. D'après ma sœur, c'est une question de beauté : notre musique correspondrait au premier son agréable que nous avons entendu. Moi, j'ai entendu un violon. Elle, quelqu'un chanter.

— Et Leo ?

August hésita. Selon la logique d'Ilsa, Leo avait dû trouver de la beauté dans tout ce qui l'entourait. Mais il avait du mal à imaginer son frère voir le monde autrement que brisé, en attente de réparation.

— Mystère…

Il garda le silence le temps de remplacer les deuxième et troisième cordes.

— Tu sais quoi ? Il y a une grande différence entre ne pas pouvoir et ne pas vouloir, lança Kate.

— Pardon ?

Il lui jeta un coup d'œil. Même dans la pénombre de la rame, elle lui parut livide.

— Quand tu m'as pris la main, tu m'as dit de ne pas m'inquiéter. Tu n'as pas dit que tu ne voulais pas me faire de mal, mais que tu ne pouvais pas.

August se concentra sur le violon. Le moment était mal choisi pour cette discussion.

— J'ai vu une vidéo, poursuivit-elle d'une voix tremblante. De Leo en train de tuer. Il lui suffit d'un contact pour voler une âme. Mais quand tu m'as touchée, il ne s'est rien passé. Pourquoi ?

Le Sunai hésita en resserrant la dernière corde.

— On ne peut faucher l'âme que des humains qui en ont blessé d'autres.

— J'ai blessé des gens, répliqua Kate sur la défensive, comme si elle en tirait fierté.

— Pas comme ça.

— Comment tu le sais ?

— Parce que ton ombre n'a pas de vie propre et que ton âme ne rougeoie pas.

Elle resta un moment sans parler.

— Que représentent vraiment tes marques ? finit-elle par demander.

August pinça chaque corde pour les accorder à l'oreille.

— Des jours.

Il rangea le violon dans son étui et Kate éteignit la lampe torche, les plongeant tous deux dans la pâle lumière rouge des appliques fixées aux parois du tunnel.

— Il vaut mieux économiser la pile, chuchota-t-elle.

August ne protesta pas. Assis par terre en face d'elle, le dos collé au siège, il frotta les marques sur son poignet.

Même absorbé par son morceau un peu plus tôt, il avait senti s'imprimer la dernière d'entre elles. Une nouvelle journée, une ligne brûlante gravée dans sa peau.

— Combien ? demanda-t-elle.

— Quatre cent vingt-deux.

— Depuis quoi ?

— Depuis ma dernière rechute, répondit-il, la gorge serrée.

— Qu'entends-tu par « rechute » ?

— Ce qui arrive aux Sunai s'ils cessent de se nourrir. Ils… s'abandonnent aux ténèbres. Ils perdent la capacité à distinguer le bien du mal, les monstres des êtres humains, et tuent. Tout le monde. À ce moment-là, il ne s'agit même plus de se nourrir. Il s'agit de…

Il s'interrompit, frissonnant, sans préciser que, chaque fois que les Sunai se transformaient, ils perdaient un fragment de leur âme – s'ils en avaient bien une –, une partie de ce qui les faisait se sentir humains. À chaque rechute, une part d'eux ne survivait pas.

— À quoi tu ressembles, quand tu t'abandonnes aux ténèbres ? demanda Kate.

— Je ne sais pas, répondit-il d'un ton sec. Ce n'est pas comme si je pouvais me voir.

— Tout à l'heure, tu m'as dit que tu préférerais mourir que de revivre ça.

— Oui, confirma-t-il sans hésiter.

— Combien de fois est-ce que ça t'est arrivé ?

Les yeux de Kate n'étaient que deux points flous dans la pénombre. Ses questions étaient plus faciles à supporter quand il ne la distinguait pas clairement.

— Deux fois. Une fois quand j'étais beaucoup plus jeune, et puis…

— Il y a 422 jours, termina-t-elle à sa place. Qu'est-ce qui s'est passé ?

August hésita. Il n'en parlait pas. Jamais. Il n'avait personne à qui se confier. Henry et Emily ne comprenaient pas – ils ne pouvaient pas comprendre. Leo, de son côté, considérait l'âme comme une distraction qu'il avait délibérément consumée. Quant à Ilsa… la dernière fois qu'elle s'était abandonnée aux ténèbres, elle avait apparemment emporté une partie de Verity avec elle.

— J'ai arrêté de manger. Je n'en pouvais plus de me sentir comme un monstre. Je me suis disputé avec Henry et je suis parti en claquant la porte. J'ai passé l'essentiel de la journée à errer dans la ville dans un état second, perdu dans mes pensées. (Il ferma les yeux à ce souvenir.) J'étais enfin sur le chemin du retour quand une bagarre a éclaté et j'ai… Tu sais, quand tu es affamé au point que l'odeur de nourriture te rend fou ? Quand tu crèves tellement de faim que tu ne penses plus qu'à ça ? Je flairais le sang sur leurs mains et puis… Je me rappelle m'être senti vide, poursuivit-il d'une voix mal assurée. Comme s'il y avait un trou noir à l'intérieur de moi, que je devais combler sans jamais y arriver. Quel que soit le nombre de victimes…

Cette confession lui laissa la gorge à vif et les doigts tremblants.

— Donc oui, plutôt mourir que de revivre ça, conclut-il.

Kate gardait le silence.

— Tu es à court de sarcasmes ? lança August en rouvrant les yeux.

Elle était affalée sur la banquette, les paupières closes. Il crut un instant qu'elle s'était assoupie. Mais son bras, auparavant replié sur son ventre, était tombé sur ses genoux, couvert d'une substance noirâtre et humide.

Même dans la pénombre de la rame, il sut que c'était du sang.

Chapitre 5

— Kate !

August se précipita vers la jeune fille. Il s'agenouilla devant elle et prit son visage entre ses mains.

— Kate, réveille-toi.

— Où es-tu ? murmura-t-elle.

— Je suis là.

— Non… bredouilla-t-elle. Pas comme ça que ça marche…

Mais elle replongeait déjà dans l'inconscience.

— Je te demande pardon, s'excusa-t-il juste avant d'appuyer sur l'épaule blessée de sa camarade.

Elle ouvrit aussitôt les yeux en criant avant de lui donner un coup de pied dans le torse. Il trébucha en arrière et se frotta les côtes tandis qu'elle marmonnait :

— Tout va bien.

— Pourquoi tu ne m'as rien dit ? demanda-t-il, les yeux plissés pour tenter de voir les dégâts dans la lumière pâle.

Kate secoua la tête. Il ne savait pas si c'était une réponse ou si elle tentait de retrouver ses esprits.

— Fais voir, ordonna-t-il en se saisissant de la lampe torche.

Il l'alluma et regretta aussitôt son geste. Elle avait le ventre couvert de sang.

— Ça va aller… l'assura-t-elle.

Mais elle parlait avec un filet de voix et n'opposa aucune résistance lorsqu'il l'étendit sur le dos au pied de la banquette. Elle se contenta de jurer quand il souleva le chemisier collé à sa hanche, ce qui était bon signe : au moins, elle était consciente. Il grimaça malgré tout à la vue de sa blessure. Deux entailles nettes – des griffures – couraient de la courbe de ses côtes jusqu'à son nombril. Si elles n'avaient déchiré aucun organe vital, elles demeuraient profondes et Kate avait perdu beaucoup de sang.

— Écoute-moi, ordonna-t-il en retirant sa veste. Il faut que tu restes éveillée.

Elle poussa un petit gloussement, stoppé net par la douleur.

— Tu trouves ça drôle ? s'étonna-t-il en déchirant la doublure du blazer.

— Tu es vraiment naze comme monstre, August Flynn.

Il pressa la doublure contre le ventre de la blessée, suscitant un nouveau chapelet de jurons. Puis il se leva et fouilla la rame en quête d'une trousse de premiers secours.

— Parle-moi, Kate, lança-t-il en même temps. Où es-tu ?

— Sur un lac, répondit-elle, la voix rauque.

— Je n'ai jamais vu de lac.

Après avoir trouvé une boîte à pharmacie derrière la banquette du fond, il revint s'agenouiller auprès de sa patiente, armé d'un spray désinfectant et de gaze.

— Raconte-moi comment c'est.

— Ensoleillé, dit-elle, à moitié assoupie. Le bateau tangue, l'eau est chaude, bleue et pleine de... de poissons.

Elle siffla à cause du désinfectant.

— Il va te falloir des points de suture, annonça son infirmier en herbe en enroulant la gaze autour de la plaie.

— Pas de problème, dit-elle d'une voix plus alerte. On va tout simplement remonter à la surface et aller à l'hôpital le plus proche. Je suis certaine que personne ne remarquera la présence de Kate Harker et d'un Sunai... Aïe !

Elle s'interrompit lorsque August appuya sur son ventre.

— Pas besoin d'aller à l'hôpital, précisa-t-il d'un ton calme. Mais il nous faut un kit de suture.

— Si tu crois que je vais te laisser m'approcher avec une aiguille et du fil...

— Mon père est chirurgien.

— Arrête de l'appeler comme ça, aboya-t-elle tandis qu'elle se hissait en position assise en grimaçant de douleur. Ce n'est pas ton père. C'est un être humain, et toi, le monstre, tu travailles pour lui.

August se figea.

— Alors ? On ne dit plus rien ? poursuivit-elle. Ah oui, c'est vrai, tu ne peux pas mentir...

— Henry Flynn fait partie de ma famille, répliqua-t-il d'une voix rageuse. Et je suis prêt à parier qu'il a été un meilleur père que le tien.

— Va te faire foutre ! s'écria Kate en s'affalant contre le dossier, les dents serrées. D'ailleurs, d'où te vient cette envie d'être humain ? On est fragiles, mortels.

— Mortels, mais vivants. Tu ne te demandes pas tous les jours pourquoi tu existes sans pour autant te sentir réel, pourquoi tu as l'air humain sans pouvoir l'être. Tu ne te fatigues pas à être quelqu'un de bien alors qu'on te rabâche en permanence le contraire.

Il s'interrompit, essoufflé par sa tirade.

Kate lui jeta un regard dur. Il attendit qu'elle ouvre la bouche, mais elle n'en fit rien. Dépité, il se détourna.

— August… commença-t-elle.

Soudain, un puissant bourdonnement se fit entendre.

L'électricité crépita dans les tunnels et le courant fut rétabli. Sous leurs yeux ébahis, les lumières dans la rame clignotèrent, puis s'allumèrent.

— Oh non ! gémit August.

— Enfin ! soupira Kate en même temps.

Elle avait beau paraître plus pâle dans la lumière, le sang qui parsemait le plancher métallique et tachait la banquette brillait d'un rouge plus vif encore.

— Il faut y aller. Tout de suite, précisa August en se levant, le doigt pointé vers le haut.

La jeune fille remarqua, alignés sur le plafond, une série de petits voyants rouges. Des caméras de surveillance.

— Merde, marmonna-t-elle en s'aidant de la barre pour se mettre debout.

Comme elle gémissait de douleur, August fit un pas vers elle, mais elle lui fit signe de continuer.

— Occupe-toi de la porte.

L'étui à violon calé sur une épaule, il ouvrit de force la portière de la rame. Le tunnel n'était pas totalement éclairé, mais des bandes de lumière UVR couraient à présent telles des nervures le long des murs et les Corsai avaient disparu.

Une fois descendu de la voiture, August tendit une main à Kate, qui bouda son aide. Il dut la rattraper par le bras quand elle trébucha. Elle se dégagea aussi vite pour pénétrer dans le tunnel qui menait à la station la plus proche, en prenant soin de poser les pieds sur les traverses en bois entre les rails. Le jeune Sunai lui emboîta le pas, l'oreille tendue à l'affût des éventuels métros en circulation. Apparemment, le trafic n'avait pas repris, ou bien il n'était pas encore parvenu jusqu'à eux. Où étaient-ils donc ? Jusqu'où avaient-ils marché dans la nuit ? Pas au bout de la ligne, évidemment, mais le tumulte de la ville lui semblait faiblir à chaque pas.

Une fois à la station, ils se hissèrent sur le quai – Kate finit par accepter son aide – juste au moment où les grilles d'entrée du métro s'ouvraient en grinçant pour laisser entrer le flot des usagers.

Puisqu'ils étaient les seuls à gravir l'escalier, August glissa son bras sous celui de la jeune fille, comme la veille au soir, quand ils s'étaient rapprochés pour se faire passer pour un couple. Si ce n'est qu'à présent, Kate s'appuyait un peu trop sur lui. Avec la veste d'August serrée autour de sa poitrine et sa main tachée de sang fourrée dans la poche, elle attirait les regards au lieu de les dévier.

Les voyageurs secouaient l'eau de leurs manteaux et repliaient leurs parapluies dans les marches. August en vola un dans un kiosque à journaux et l'ouvrit au-dessus de leurs têtes pendant qu'ils grimpaient vers la lumière matinale.

Dès qu'ils parvinrent à la surface, il se figea.

Les immeubles qui se dressaient autour d'eux n'étaient pas les immenses gratte-ciel caractéristiques de la zone rouge. Ceux-ci étaient plus petits, accolés, mais assez bas pour laisser voir le ciel au-dessus des toits. On trouvait même quelques arbres çà et là. Pas une forêt entière comme à Colton, mais une rangée le long de la rue, chacun entouré de sa petite clôture. Les gratte-ciel du centre-ville se dessinaient à l'horizon et, vus d'ici, le Nord et le Sud ne paraissaient pas si différents. La Frontière n'était pas visible.

Comme Kate frissonnait, August fixa de nouveau son attention sur la situation présente. Il aperçut une pharmacie de l'autre côté de la rue.

— Ne bouge pas de là, ordonna-t-il en lui confiant le parapluie.

Elle répondit par un petit hochement de tête silencieux.

Le jeune Sunai tendit ses mains sous la pluie pour rincer le plus de sang possible avant d'entrer. Il tira ensuite de sa poche quelques billets pliés – il ne transportait pas beaucoup d'argent, juste ce que Henry lui demandait de garder sous la main en cas d'urgence –, puis il parcourut les rayons en évitant les caméras de surveillance. Il attrapa un kit de suture, un antiseptique, des antalgiques et des bandes adhésives.

Il mourait d'envie d'appeler son père pour le prévenir qu'il allait bien, qu'il tentait seulement d'aider. Mais si Leo décrochait ? Pire encore : si son frère était déjà en chemin ? Que ferait-il s'il tombait sur Kate ?

— Vous trouverez une clinique en bas de la rue, lança la femme derrière le comptoir.

— Pardon ? demanda August.

Elle désigna ses achats et il comprit qu'elle avait deviné. Il aurait dû ajouter d'autres articles pour noyer le poisson, mais il ne disposait pas de beaucoup d'argent. Il chercha donc une vérité plausible à raconter.

— Ma copine est tombée. Elle ne veut pas que sa famille l'apprenne.

La pharmacienne acquiesça distraitement tout en fourrant les articles dans un sac.

— Surprotecteurs ?

— Si on veut.

Une fois les articles payés, August remonta son col avant de sortir sous la pluie. Du regard, il chercha Kate, censée l'attendre à l'entrée du métro, là où il l'avait laissée.

Mais elle n'était plus là.

— Non, non, non ! murmura-t-il.

Il traversa la rue au pas de course, retenant son souffle jusqu'à rejoindre l'endroit précis où elle se trouvait auparavant, comme si ça allait la faire réapparaître par magie. La flaque à ses pieds était teintée de rouge. Les cheveux trempés, son étui à violon dégoulinant de pluie, il se tourna de tous les côtés, résistant à la tentation de crier le nom de la jeune fille. Les parapluies tourbillonnaient au gré des allées et venues des passants.

Il finit par l'apercevoir sous un auvent au bout de la rue. Une vague de soulagement, semblable à un tsunami, le submergea.

Il s'approcha d'elle en trottinant.

— Je croyais que tu étais partie.

— Ça m'a traversé l'esprit, répliqua-t-elle en lui jetant un regard appuyé avant de remarquer le sac de pharmacie qu'il tenait à la main. Mais je sens qu'on va bien s'amuser…

Chapitre 6

Ils parcoururent trois pâtés de maisons avant d'arriver à un motel – le genre où l'on paie la chambre à l'heure – et dépensèrent presque tout l'argent de Kate pour régler la note. L'établissement affirmait ne pas être relié au réseau de Harker – il fonctionnait en circuit fermé, pour des raisons de sécurité. Le réceptionniste adressa à la jeune fille un sourire glauque en lui remettant deux clés.

— C'est encore plus sale que le métro, se plaignit-elle en s'asseyant au bord du lit pendant qu'August disposait le matériel médical.

Elle repensa à la veille, avant les cours, quand elle avait étalé sur son lit les attaches, le ruban adhésif et les pointes en fer. Une seule journée s'était écoulée depuis, et pourtant…

— Tu sais vraiment ce que tu fais ? demanda-t-elle en le voyant ouvrir le kit de suture.

Il s'apprêtait à répondre lorsqu'elle leva la main.

— Flynn. Chirurgien. Compris.

Il lui lança un flacon d'antalgiques et elle en avala trois à sec avant de retirer veste et chemisier. August, occupé à enfiler des gants en plastique, ne tenta même pas un coup d'œil furtif. Elle aurait dû se douter qu'il n'était pas humain.

Les marques de dents sur son épaule n'étaient pas profondes, mais les entailles rouges sur son ventre avaient vilaine allure. Allongée sur le dos, Kate grimaça lorsque le jeune Sunai nettoya les plaies avant d'asperger la zone d'un anesthésique local. Tendue, elle inspira un grand coup en le voyant saisir l'aiguille.

— Je suis désolé, s'excusa-t-il tout bas. Je vais essayer de faire vite.

— Attends.

Elle sortit le paquet de cigarettes de son sac. L'emballage était un peu détrempé, mais le bout s'alluma malgré tout.

— Il y a quand même d'autres façons de mourir… commenta-t-il en secouant la tête.

— Je m'estimerai heureuse si je vis assez longtemps pour m'abîmer la santé avec ça, répliqua-t-elle avant de tirer une bouffée. Bon, allons-y.

La suture faisait un mal de chien mais, honnêtement, August opérait avec autant de délicatesse que de douceur. Si tant est qu'on puisse vous torturer doucement avec une aiguille et du fil. En tout cas, il ne cherchait pas à la faire souffrir – au contraire, il semblait rebuté par sa tâche. Génial, un monstre sensible. Allez comprendre…

Au milieu de l'opération, Kate sentit sa résolution faiblir. La pièce était trop silencieuse, la douleur trop vive. Sans s'en rendre compte, elle se mit à parler. Curieusement, les mots commencèrent à sortir et elle ne fit rien pour les arrêter.

— Toute mon enfance, j'ai entendu des histoires sur mon père, confia-t-elle en s'efforçant de ne pas bouger. Durant des années, voilà ce qu'il a été à mes yeux : une bonne histoire. Mais moi, je voulais qu'il soit réel. À en croire ma mère, il était fort et invincible. Je me souvenais à peine de lui… J'étais tellement jeune quand on a quitté la ville. Avec le temps, mon seul souhait a été de le revoir, de former de nouveau une famille. Tu parles… Quand on est enfin rentrées à V-City, j'ai compris que tout était bidon. La réalité n'avait rien à voir avec ces histoires. Mon père n'était jamais là et, quand il l'était, on aurait dit un étranger. Ou alors il nous traitait comme des étrangères. Ma mère ne l'a pas supporté. La nuit de sa mort, elle m'a tirée du lit. Elle avait la bouche trop rouge et les yeux bouffis de larmes.

« Lève-toi, Kate. Il faut qu'on parte. »

« Où est-ce qu'on va ? »

« À la maison. »

— Elle ne cessait de se retourner. Mais personne ne nous a arrêtées. Ni quand on a traversé le penthouse sur la pointe des pieds, ni quand elle a pris la voiture, ni quand la ville a défilé à toute vitesse par la vitre.

« Il va être furieux, maman. »

« Ne t'inquiète pas, Kate. Tout ira bien. Installe-toi confortablement, ferme les yeux et raconte-moi où tu es. »

C'était son jeu préféré, un moyen de transformer le lieu où l'on était en celui où l'on voulait être.

« Allez, Kate. Ferme les yeux. »

Elle avait obéi. Seulement, au moment de décrire son endroit rêvé, elle avait entendu le grattement de griffes sur le métal et perçu l'éclat subit de phares. L'horrible inversion de la pesanteur avant le fracas. Le crissement assourdissant de la carrosserie, des pneus, du verre brisé, puis… le silence. Le visage de sa mère, la joue contre le volant, et, derrière la vitre, la lueur fragmentée de deux yeux rouges.

Kate gémit et voulut se redresser.

— Je suis désolé, s'excusa August, une main posée sur son épaule valide. C'est fini. J'ai terminé.

Non, non, qu'est-ce qui s'était… La jeune fille tenta de récupérer son souvenir, mais il s'évanouissait déjà. Comme quand on se réveille trop vite et que le rêve se disloque avant qu'on ne puisse en saisir la trame. Elle avait vu quelque chose… sans pouvoir l'atteindre. Les fragments étaient de nouveau dispersés et sa mauvaise oreille sifflait.

— Qu'est-ce que je disais ? demanda-t-elle en cherchant à se débarrasser de cette étrange panique.

— Je suis désolé, répéta August.

Gêné, il évitait son regard.

— Pourquoi ?

La tête lui tournait.

— Je ne peux pas le contrôler. Crois-moi, si je pouvais…

— Mais de quoi est-ce que tu parles ?

— Ça arrive quand on est près de moi, expliqua-t-il en se passant une main dans ses cheveux noirs. Enfin, près de nous. Les gens se confient. Ils disent la vérité, parfois sans en avoir conscience.

— Qu'est-ce que j'ai dit ? demanda Kate, livide.

Il hésita avant de répondre :

— J'ai essayé de faire la sourde oreille.

— Comme c'est gentil, grommela-t-elle. Tu aurais pu me prévenir.

— Après tout, ce n'est que justice, répliqua-t-il en haussant un sourcil. Moi, je suis incapable de mentir à qui que ce soit.

Reportant son attention sur le ventre de la jeune fille, il appliqua une bande adhésive sur les points de suture.

— Tu vas avoir des cicatrices.

— Ce ne sera pas la première fois, dit-elle en observant les bandes blanches. Ton père serait fier de toi.

August esquissa une grimace.

— Comment un chirurgien se retrouve-t-il à diriger le Quartier Sud ?

— Quand toute sa famille meurt.

S'ensuivit un silence inconfortable.

— Et ton père à toi ? s'enquit le jeune Sunai. Des nouvelles ?

Kate consulta le portable. Il y avait quelques messages, tous adressés à une fille du nom de Tess, sans doute celle à qui elle avait volé le téléphone dans les toilettes du restaurant. Elle n'avait pas pris la peine de lui demander son nom.

— Pas encore, répondit-elle en effaçant les SMS.

Tous deux savaient que c'était mauvais signe. Harker aurait dû voir le message et savoir qu'il venait de sa fille. Il aurait dû appeler, depuis le temps. Elle avait fait une deuxième tentative, pendant qu'August était à la pharmacie, et essayait à présent une troisième fois.

Kate fit la grimace en tentant d'inspirer à fond. Elle avait hâte que la douleur passe en sourdine pour qu'elle cesse d'y penser ou que l'adrénaline due au choc l'engourdisse. Mais elle attendait toujours.

Elle commençait à avoir mal au ventre d'une autre manière, comme un creux à l'estomac.

— Tu n'aurais pas acheté à manger dans cette pharmacie, par hasard ?

August fronça les sourcils. De toute évidence, ça ne lui était pas venu à l'esprit. Bien sûr. Il ne mangeait pas d'aliments, seulement des âmes. Kate éclata de rire. Était-ce dû à la douleur, à la perte de sang ou encore à l'épuisement ? Rire était douloureux, tellement douloureux, mais elle ne pouvait pas s'en empêcher.

— Qu'y a-t-il de drôle ? demanda August en se relevant.

— Quelle est la nourriture préférée d'un Sunai ?

— Pardon ?

— La nourriture de l'âme.

August se contenta de la fixer.

— Tu as compris ? Parce que…

— J'ai compris, la coupa-t-il, impassible.

— Allez, c'est drôle !

Il fit « non » de la tête, mais elle vit le coin de ses lèvres s'étirer alors qu'il se retournait pour partir.

— À quelle fréquence tu… enfin… tu te nourris ? demanda-t-elle.

Le sourire disparut aussitôt.

— Quand j'en ai besoin, répondit-il d'un ton qui indiquait clairement qu'il n'avait pas envie d'en parler. Je vais voir s'il y a un distributeur automatique.

Il fit tinter la monnaie dans sa poche avant de sortir de la chambre. Dans la seconde, le portable se mit à sonner.

***

Dans un renfoncement du couloir, August fixait le distributeur automatique. Sa vision se brouilla avant de se rétablir. Cette fois, à la place des rangées d'aliments transformés sous emballages, il vit son reflet dans la vitre.

Tu n'es pas un monstre.

Il se passa une main dans les cheveux pour écarter les boucles humides de son visage.

« Ce n'est pas ton père. C'est un être humain. »

Sa chemise détrempée collait à son torse étroit, les manches retroussées jusqu'aux coudes dévoilant les marques noires qui couraient sur son avant-bras gauche.

Quatre cent vingt-deux.

Le front appuyé contre la vitre, il ferma les yeux, submergé de fatigue. Il voulait rentrer chez lui, prendre Allegro dans ses bras, s'asseoir par terre dans la chambre d'Ilsa et contempler les étoiles. Que faisaient-ils en ce moment ? Et lui, alors ? Ils auraient peut-être dû aller dans le Quartier Sud. Sans doute était-ce encore possible.

— Le distributeur a avalé votre argent ? demanda un vieil homme.

— Non, répondit August d'un ton las. Seulement je n'arrive pas à me décider.

Il inséra des pièces dans la fente, appuya sur des chiffres au hasard et récupéra le contenu dans le tiroir en bas. Juste au moment où il rebroussait chemin vers la chambre, il le vit : un téléphone public, accroché au mur. C'était l'une de ces machines à l'ancienne qui acceptaient les pièces.

Il compta la petite monnaie qui lui restait dans la paume. Avait-il assez ?

August décrocha le combiné et écouta la tonalité vide, comme un bruit blanc.

Il voulait appeler Henry pour s'assurer qu'il faisait le bon choix. Mais si Leo décrochait ? Pire encore : si son père lui demandait à son tour d'abandonner Kate, de la laisser aux mains des monstres de Harker ? Non, il ne pouvait pas. Elle faisait partie des innocents. Et lui, des Sunai. Il était censé rendre le monde meilleur et non pire. Or laisser quelqu'un mourir était un péché aussi grave que de le tuer, non ? Henry comprendrait. Quant à Leo…

August reposa le combiné.

— Katherine ? C'est toi ?

Kate fut prise de court par l'urgence qui transparaissait dans la voix de son père. Son calme habituel avait volé en éclats – il semblait inquiet.

— Papa.

C'est le seul mot qu'elle parvint à prononcer.

— Dieu merci !

Un soupir audible, comme une vague qui se brise.

— Tu vas bien ?

Kate serra le pendentif en argent accroché à son cou.

— Oui, répondit-elle d'une voix tremblotante.

— Que s'est-il passé ? Où es-tu ?

Il avait élevé la voix. Son père n'élevait jamais la voix.

— Il y a eu une attaque hier, expliqua-t-elle en s'efforçant de garder son calme. À Colton.

— Je sais. J'essaie de te joindre depuis que j'ai appris la nouvelle. Quatre élèves et un professeur sont morts, ainsi que deux de mes Malchai. Apparemment, un des Sunai de Flynn…

— Non, le coupa Kate. Ce n'étaient pas tes Malchai. Ils avaient arraché leurs marques. Et ce n'était pas non plus un Sunai. Il s'agit d'un coup monté.

Silence.

— Tu en es sûre ?

— Ils en avaient après moi. Ils avaient apporté un chalumeau, papa. Pour mes yeux !

— Mais tu t'es échappée, constata-t-il d'une voix teintée de surprise ou bien de respect forcé. Tu es seule ?

Kate, hésitante, jeta un rapide coup d'œil vers l'étui à violon appuyé contre la chaise.

— Oui.

— Où es-tu ? Je t'envoie une voiture.

— Non, répondit-elle en faisant rouler sa tête sur ses épaules.

— Kate, où que tu sois, tu n'es pas en sécurité.

— Je ne serai pas en sécurité là-bas non plus.

Un soupir, suivi d'un court silence. Elle entendait les mots qu'il ne prononçait pas : *Je n'aurais jamais dû te ramener. J'aurais dû te tenir à l'écart.*

— Où est Sloan ? s'enquit-elle, la gorge serrée.

— Il est sorti. Pourquoi ? lui demanda-t-il sur un ton de défi.

— Quelqu'un a essayé de me tuer. Quelqu'un a tenté de rompre la trêve et ce quelqu'un avait assez de pouvoir pour soumettre d'autres Malchai à sa volonté. Logiquement…

— Sloan a toujours été loyal.

— Confronte-le, puisque tu en es si certain, répliqua-t-elle, glaciale.

Nouveau silence. Quand Harker reprit la parole, il joua la carte de la prudence.

— Tu as raison, tu ne seras pas en sécurité ici. Il faut que tu quittes la ville jusqu'à ce que le problème soit réglé… Tu te souviens des coordonnées ?

— Oui, répondit-elle, crispée.

— Je te rappellerai quand j'en saurai plus.

— D'accord, fit-elle, les doigts serrés sur le portable.

— Je te promets, Katherine, que le problème sera réglé…

— Je les ai tués, lança-t-elle sans lui laisser le temps de songer à raccrocher. Les Malchai, à Colton. Je leur ai planté mes pointes dans le cœur. D'ailleurs, quand tu trouveras le monstre qui a manigancé tout ça, je veux le tuer moi-même.

Même si c'est Sloan. Surtout si c'est Sloan.

Un seul mot en réponse.

— Entendu.

Puis il raccrocha. Kate n'avait jamais autant parlé à son père en cinq ans. Elle resta en ligne pour écouter le silence jusqu'au retour d'August.

Devant la fenêtre de la chambre d'hôtel, August regardait le soleil dessiner un arc de cercle au-dessus des immeubles. Il ne pleuvait plus. Le pan gris opaque des nuages s'était mué en une centaine de fines traînées blanches qui laissaient filtrer le bleu du ciel. Kate avait fumé ses dernières cigarettes. Comme il refusait d'aller lui en racheter, elle s'était étendue sur le lit, le regard perdu dans le vide, et faisait tourner le pendentif en argent entre ses doigts.

Elle lui annonça qu'elle devait quitter la ville, sans préciser sa destination. Puis elle se leva du lit et faillit déchirer ses points de suture en tombant. Entre l'hémorragie, les antalgiques et le manque de sommeil, elle ne pouvait aller nulle part pour le moment.

« *Une nuit* », lui avait-il dit. Ils avaient déjà payé la chambre. Elle pourrait partir le lendemain matin.

Elle. Comme si August allait l'abandonner. C'était ce que Leo désirait. Et ce que Henry lui demanderait sûrement de faire, s'il finissait par l'appeler.

— Tu devrais y aller, lança Kate.

À croire qu'elle lisait dans ses pensées. Vu sa chance, son visage n'exprimait sans doute rien de mieux.

— Oui, acquiesça-t-il en se laissant tomber sur une chaise. J'imagine.

— Je suis sérieuse, insista-t-elle d'une voix mal assurée. Vas-y pendant qu'il fait encore jour.

— Pas question que je t'abandonne.

— Et si je ne veux pas que tu restes ? demanda-t-elle, ce qui n'était pas la même chose que de lui demander de partir.

— Tant pis. Si je reste, ce n'est pas seulement pour toi. Le responsable de cette attaque a cherché à piéger ma famille. Tu sais ce qui se passera si la trêve est rompue ? Si la ville replonge dans une nouvelle guerre des territoires ?

— Des gens vont mourir, répondit-elle sans conviction.

— Exactement. Des gens vont mourir, répéta-t-il en pensant à Ilsa.

Ilsa dans sa chambre, entourée d'étoiles. Ilsa dans la Lande, entourée de fantômes.

— Les gens meurent déjà, marmonna Kate.

Malgré tout, elle cessa de le houspiller. Elle s'adossa aux oreillers en reportant son attention sur son pendentif en argent.

August frissonnait dans ses vêtements toujours humides de pluie. Il quitta son poste d'observation et sentit le regard de la jeune fille dans son dos tandis qu'il ôtait sa chemise, révélant les marques noires qui, partant de son avant-bras, s'étendaient sur son torse et son dos comme des racines.

Étourdi de fatigue, il tira les rideaux pour masquer la lumière du soleil. Comme il n'y avait qu'un seul lit, il se laissa tomber par terre à côté de la fenêtre et s'adossa au papier peint délavé. Sans un mot, Kate poussa un oreiller du lit. August s'allongea sur la moquette défraîchie et glissa le coussin sous sa tête.

Quel calme !

Le motel bruissait de sons étouffés : gouttes d'eau, voix lointaines, bourdonnement d'appareils électriques et, plus loin, grondement de moteurs et piétinements sur le béton. August se languissait de son vieux lecteur de musique, ainsi que des centaines de sons plus familiers qui inondaient le complexe, chacun contribuant à noyer les coups de feu qui ressurgissaient à cet instant même dans sa tête pour combler le silence.

C'est alors que, par bonheur, il entendit de la musique.

Levant les yeux, il vit Kate jouer avec la radio sur la table de chevet.

— Horreur du silence, marmonna-t-elle en zappant une station de musique classique pour s'arrêter sur un morceau aux basses lourdes et puissantes.

Elle croisa son regard dans la pénombre et lui adressa un petit sourire fatigué avant de se rallonger avec précaution sur le lit. Quelques minutes plus tard, August devina à sa respiration régulière qu'elle s'était endormie.

Il se laissa emporter par la musique, ignorant les paroles pour se concentrer sur les instruments et analyser les différentes mélodies avant de sombrer dans le sommeil. Il ne se rappelait pas avoir déjà été épuisé à ce point. Le plafond flottait dans son champ de vision et un frisson le parcourut, comme au début d'un rhume.

Juste au moment où il s'assoupissait, la faim s'empara de lui.

Chapitre 7

Après des rêves fiévreux, August se réveilla dans un air frais parfumé de menthe.

Sa peau était douloureuse, ses os vibraient et au-dessus de lui se dressait une silhouette, dont l'épaisse chevelure bloquait les dernières lueurs du jour visibles par la fenêtre. Ses rêves ayant fourmillé de crocs et d'ombres, il crut un moment qu'il était encore en plein sommeil, plongé dans ses cauchemars. Puis il sentit la moquette miteuse du motel sous son dos et la silhouette se pencha plus près, révélant des yeux bleus, des boucles blond vénitien et une peau couverte d'étoiles.

— Ilsa ? demanda-t-il, la gorge sèche.

Impossible que sa sœur soit là : elle ne quittait jamais le complexe. Il cilla pour tenter de chasser le fantôme, mais ne réussit qu'à renforcer sa présence.

— Chut, petit frère…

Elle appuya ses doigts sur la bouche d'August pour lui orienter la tête vers le lit.

— Il y a quelqu'un qui dort.

Recroquevillée sur le côté, Kate leur tournait le dos. Sa couverture avait glissé, dévoilant les bandages enroulés autour de sa taille. Il se rappela d'un seul coup où il se trouvait et ce qui leur était arrivé : Colton, les Malchai, les tunnels, la faim. August se redressa et la pièce tangua.

— Tu ne peux pas rester là.

— Je ne peux pas, je ne devrais pas, je ne voudrais pas, je ne veux pas, chuchota-t-elle. Personne ne m'a vue partir. Qui songerait à chercher quelqu'un qui ne sort jamais de chez lui ? C'est toi qu'ils cherchent tous.

— Comment nous as-tu retrouvés ?

— Quand tu fais tic, je fais tac, répondit-elle d'une voix si basse que seul August pouvait la percevoir. Je t'entendrais de partout.

Une brise souffla par la fenêtre ouverte sur le crépuscule. Le jeune Sunai, qui avait dormi toute l'après-midi, grimaça lorsque son crâne se mit à le lancer. Ilsa posa sa paume fraîche contre sa joue.

— Tu es chaud.

Il chassa aussitôt sa main.

— Je vais bien, articula-t-il tout bas. (Ce n'était pas encore un mensonge.) Il y a quelqu'un avec toi ?

Elle secoua la tête. Les yeux écarquillés, la peau tendue sur ses os, sa silhouette auréolée par la faible lumière de la fenêtre, elle ne paraissait pas à sa place à l'extérieur du complexe, comme si elle y avait laissé une part d'elle-même.

« Notre sœur a deux facettes. Elles ne se rencontrent jamais. »

— Tu ne peux pas rester là, Ilsa, chuchota-t-il de nouveau.

— Henry est inquiet et Leo, furieux. C'est Emily qui a voulu que je vienne. Même si elle n'a pas prononcé les mots, je les ai entendus.

— Il faut que tu rentres à la maison. Si les hommes de Harker te voient, s'ils t'attrapent…

— Je t'ai dit que tout se délitait.

Ilsa se laissa tomber à côté de lui. Elle se blottit par terre, la joue sur le sol.

— Je le sentais, murmura-t-elle en tirant sur les fibres de la moquette. Et je suis soulagée que ce ne soit pas à l'intérieur de moi. Seulement, dans ce cas, c'est à l'extérieur. Je te demande pardon. Pardon d'avoir laissé les fissures infiltrer le monde.

— Chut, Ilsa… dit-il en se rapprochant d'elle. Ce n'est pas ta faute.

— J'ai parlé des fissures à Leo et il m'a répondu que tout finit par se casser. Mais j'aimerais qu'il en soit autrement, qu'on puisse revenir en arrière plutôt qu'avancer.

— Et moi, j'aimerais qu'on ne change pas, murmura August.

— Tout le monde change. Même eux, dit-elle avec un sourire triste en désignant Kate de la tête.

Puis elle prit la main d'August pour la replier dans la sienne, comme elle l'avait fait avec le traître au complexe juste avant de lui faucher son âme.

— S'il te plaît, rentre à la maison.

— Je ne peux pas. Pas tout de suite, précisa-t-il en jetant un coup d'œil vers le lit.

— Tu tiens à elle ?

Elle posait la question par simple curiosité.

— C'est à nous que je tiens. À notre ville. Quelqu'un a tenté de la tuer, de nous piéger et de rompre la trêve.

Une ombre traversa le visage de sa sœur.

« Je n'ai aucune envie de brûler à nouveau. »

— Elle est innocente, ajouta-t-il. J'essaie juste de la protéger.

— D'accord, concéda-t-elle, les traits radoucis. Alors je vais t'aider.

— Pas question, rétorqua August. Je t'en prie, rentre à la maison, Ilsa.

J'ai besoin que tu sois en sécurité, pensa-t-il. *Il y a trop à perdre. Je n'ai pas le droit de te mettre en danger.*

Un petit pli se forma entre les yeux de sa sœur.

— Quelqu'un doit pourtant se charger de tenir les ombres à distance.

— Quelles ombres ? demanda August, tendu.

— Celles avec des crocs.

— Les Malchai ? s'enquit-il en se redressant.

— Ils arrivent, confirma-t-elle. Ils sont en chemin.

— Comment le sais-tu ?

— Je sens les fissures qu'ils produisent et…

— Comment, Ilsa ? insista-t-il en la prenant par les épaules.

— C'est l'homme en bas qui me l'a dit, poursuivit sa sœur comme si elle ne l'avait pas entendu. Les mots sont sortis tout seuls de sa bouche, petit frère. Il n'a pas réussi à les retenir. Il ne cessait d'aller et venir, et puis il s'est brisé, comme tout le reste…

August la lâcha, puis il se passa les mains dans les cheveux.

— Kate… Kate, réveille-toi !

La jeune fille poussa un son étouffé sans pour autant bouger.

Ilsa se leva et s'approcha du lit.

— Non, Ilsa, attends !

Trop tard. Elle tendait déjà la main pour refermer ses doigts sur l'épaule de Kate. Elle devait serrer fort, car l'adolescente se redressa en sursaut en faisant jaillir du briquet la lame tranchante, dont elle pressa le bord argenté contre la gorge de la Sunai. Cette dernière, impassible, ne cilla pas.

— Tu es blessée, déclara Ilsa.

— Qui es-tu ? demanda Kate.

— Il faut qu'on y aille, intervint August en enfilant sa chemise.

Mais Kate continuait de fixer la Sunai, comme envoûtée. Logique : elle était envoûtante.

— Je te présente ma sœur Ilsa. Ilsa, Kate.

La jeune fille contempla les bras nus couverts d'étoiles de la nouvelle venue.

— Tu es la troisième.

— Non, répliqua Ilsa d'une voix douce, la tête penchée sur le côté. Je suis la première.

Kate abaissa son couteau tout en plaquant sa main libre sur son ventre blessé. La douleur était gravée sur son visage.

— Que se passe-t-il ? s'enquit-elle.

— Les Malchai. Ils arrivent. Maintenant.

Kate se leva d'un bond et chancela, rattrapée de justesse par Ilsa. Elle fixa alors l'endroit où les doigts de la Sunai touchaient sa peau.

— Écoute à ma place, Ilsa, ordonna August en enfilant ses chaussures avant de balancer l'étui à violon sur son épaule.

Sa sœur colla son oreille au mur.

— Dis-moi s'ils…

— Ils sont là.

Soudain blême, le jeune Sunai distingua le bruit lointain de pas, le gargouillement de voix et l'odeur de pourriture. Elle avait raison. Kate remit son chemisier en jurant, puis se dirigea vers la porte. August s'avança d'un pas. En s'apercevant que sa sœur ne le suivait pas, il se retourna.

— Viens !

— Vas-y, petit frère, répliqua-t-elle, l'oreille toujours collée au mur. Je vais rester là jusqu'à ce que tu sois parti.

— Tu n'es pas en sécurité ici, protesta-t-il, la main tendue.

Ilsa leva la sienne et lui caressa la joue.

— Sécurité, répéta-t-elle, un sourire absent aux lèvres. Quel joli mot.

— Allez ! aboya Kate devant la porte.

— Mais…

— Ne t'en fais pas, petit frère. Je n'ai pas peur du noir.

« Notre sœur a deux facettes. »

Il prit le visage d'Ilsa entre ses mains.

— Je t'en supplie, sois prudente.

« Elles ne se rencontrent jamais. »

— Vas-y, insista-t-elle. Avant que les fissures ne te rattrapent.

Chapitre 8

Le temps qu'ils gagnent le couloir, Kate avait déjà dégainé une pointe de fer.

La lame cachée dans son briquet suffisait à menacer des lycéennes, mais elle n'était pas assez longue pour traverser les côtes d'un Malchai et atteindre son cœur. La jeune fille n'ayant pas eu l'occasion de nettoyer la pointe depuis l'attaque à Colton, celle-ci était toujours couverte de sang noirâtre.

August se tenait à ses côtés, une main levée comme s'il craignait qu'elle ne tombe. Comme s'il comptait la rattraper. Il y avait un ascenseur et deux escaliers, un à chaque extrémité du couloir. Une chance sur trois de faire le mauvais choix, mais elle refusait d'être prise au piège. L'estomac douloureux, Kate se mit donc à courir vers l'escalier le plus proche.

August ne cessait de se retourner vers la chambre où veillait l'autre Sunai, avec ses yeux tristes et sa peau couverte d'étoiles.

— Elle va s'en sortir, affirma Kate alors qu'ils plongeaient dans la cage d'escalier.

Ses paroles lui semblèrent vaines. En même temps, cette fille n'était pas seulement une fille, mais un monstre.

Elle avait donné naissance à la Lande, un trou dans le monde, et serait certainement capable d'affronter quelques Malchai s'il le fallait.

Ils arrivèrent au palier du premier étage juste au moment où une porte s'ouvrait avec fracas au rez-de-chaussée. Soudain, l'air se refroidit.

August avait dû lui aussi sentir le changement, car il lui saisit la main et ils traversèrent en trombe le premier étage pour se précipiter vers l'autre escalier.

Ils descendirent encore et encore, leurs pas résonnant dans la cage en béton tandis qu'ils dépassaient le rez-de-chaussée pour poursuivre leur course. Une porte s'ouvrit en grand à l'étage au-dessus. Ils gagnèrent le sous-sol à l'instant précis où une forme, enjambant la rampe, se laissait tomber comme une pierre pour atterrir accroupie devant eux, tout en élégance.

La chute aurait dû briser le corps de la créature, mais la Malchai se releva en un mouvement fluide, ses yeux rouges réduits à de vilaines entailles dans son crâne. Une balafre sur sa joue dissimulait le *H* autrefois gravé dans sa peau.

— Stupide petite Harker ! lança-t-elle, sa bouche tordue en un rictus. Qui ne sait pas quand mourir.

Ses yeux écarlates se fixèrent sur August et elle poussa un petit sifflement proche du gargouillement.

— Sunai.

L'intéressé fit mine de se placer devant Kate, mais quelqu'un descendait l'escalier d'un pas lourd. Un humain tout en muscles apparut alors, une matraque métallique serrée dans sa grosse poigne. Comme la Malchai, l'homme portait la marque du père de Kate sur son visage et sur lui aussi, elle avait été arrachée. De vilaines zébrures rouges couraient sur sa joue.

À sa vue, Kate fut prise de vertiges. Un être humain ? Les dissidents se mobilisaient et mobilisaient des hommes. Pourtant, ce n'était pas logique : le but d'Olivier avait été...

La matraque de l'homme fendit l'air. August tira Kate hors de portée et leva le bras juste à temps pour parer le coup. Au moment où le métal claquait sur son avant-bras, l'électricité décrivit un arc et crépita sur sa peau. Secoué, il ne céda pas pour autant.

Kate, sentant un léger mouvement dans son dos, se retourna pour frapper la Malchai avec sa pointe en fer. La créature se baissa pour esquiver avec une effroyable rapidité n'ayant d'égale que son incroyable fluidité de mouvement. Juste à côté, le poing d'August heurta le visage de son assaillant. La tête de ce dernier craqua, mais il ne tomba pas. L'homme assena un nouveau coup avec sa matraque et, cette fois, le Sunai attrapa l'arme dans sa main, le courant s'élevant au-dessus de lui pour remplir la cage d'escalier de parasites électriques. L'espace d'un instant, ses yeux gris se teintèrent de bleu, puis il arracha la matraque à son propriétaire.

En tentant de la contourner, Kate s'approcha trop de la Malchai, qui lui saisit la mâchoire de ses doigts squelettiques pour la repousser contre le mur. Sous la force du coup, elle vit une explosion de lumière. Les lèvres du monstre s'étirèrent en un sourire.

Kate sourit à son tour avant d'enfoncer sa pointe métallique dans l'avant-bras tendineux de la Malchai, qui siffla et la repoussa de nouveau. Cette fois, elle ne heurta pas le mur mais la porte, de sorte qu'elle tomba en arrière dans le parking au sous-sol, où elle s'écrasa sur le béton. La douleur jaillit de son épaule blessée et de son ventre. Elle sentit qu'elle saignait sous ses bandages. La Malchai apparut dans son champ de vision et retira la pointe, qu'elle jeta par terre.

Puis encore du fracas. August et son agresseur dégringolèrent dans le parking, dans un enchevêtrement de membres. La matraque glissa au loin. Kate s'était à moitié relevée quand la Malchai l'envoya valser en arrière sur le béton d'un violent coup de pied. Cette fois, les sutures se déchirèrent et elle étouffa un cri, sa vision brouillée. Sans lui laisser le temps de se remettre debout, la Malchai était sur elle, légère mais aussi puissante qu'inflexible.

Kate s'efforçait d'atteindre quelque chose dans son dos.

— Zut alors… lança le monstre en la clouant sur le sol froid, ses dents affûtées étincelant dans la lumière artificielle. On dirait que tu as perdu ton jouet.

Les doigts de la jeune fille se refermèrent sur le métal calé contre sa colonne vertébrale.

— C'est pour ça que j'en garde toujours deux, répliqua-t-elle en plongeant la seconde pointe dans la poitrine de la Malchai.

Cette dernière poussa un hurlement au moment où Kate enfonçait profondément son arme, du sang noir et poisseux lui coulant sur les doigts. Le monstre s'écroula sur elle, son corps réduit à un amas d'os. Elle se libéra du poids mort, récupéra ses armes et se remit tant bien que mal sur ses pieds pour voir August appuyer la matraque sous le menton de l'être humain. S'ensuivit un crépitement électrique, un éclair bleu, et l'homme tomba avec toute la grâce d'un bloc de béton.

Le jeune Sunai paraissait secoué, les yeux écarquillés et étrangement brillants, mais il se remettait déjà en mouvement. Il replongea dans la cage d'escalier pour en ressortir quelques instants plus tard avec son étui à violon. Sans perdre de temps, Kate se retourna et commença à avancer d'un pas vif et décidé entre les rangées de véhicules.

— Qu'est-ce que tu cherches ? demanda-t-il.

Lorsqu'une alarme de voiture sonna au loin, il grimaça comme si le bruit était assourdissant.

— Un moyen de transport, répondit-elle.

Certains véhicules lui paraissaient trop neufs, d'autres trop vieux. Elle finit par s'arrêter devant une berline noire assez belle, mais pas assez récente pour être dotée d'un dispositif de sécurité dernier cri et d'un accès sans clé.

— Casse ça pour moi, ordonna-t-elle en désignant de la tête la portière du conducteur.

— La vitre ? s'étonna August.

Elle lui jeta un regard qui signifiait : *Bien sûr, la vitre.*

Je ne commets pas souvent de petits délits, disait son regard à lui. Malgré tout, August donna un coup de coude dans la vitre pour la briser. Sans être trop bruyant, le fracas retentit pourtant dans le parking. Kate passa une main à l'intérieur pour déverrouiller les portières. Après avoir balayé les tessons de verre du siège, elle monta avec précaution et se servit de la lame dissimulée dans son briquet pour forcer le cache sous le volant. August fit le tour de la voiture afin de se laisser tomber sur le siège passager, l'étui à violon entre ses genoux, tandis que sa camarade dénudait deux câbles.

— Tu as appris ça au pensionnat ? plaisanta-t-il, le cou tendu pour surveiller le parking derrière eux.

— Bien entendu, répondit-elle en entrecroisant les câbles, sans succès. Ça, l'entrée par effraction et le massacre de monstres. C'est la base.

Elle dénuda une autre paire et fit une nouvelle tentative, provoquant cette fois une étincelle. Le moteur démarra dans un vrombissement.

— Impressionnant… commenta August.

Elle leva les mains vers le volant avec une grimace de douleur.

— J'imagine que tu ne sais pas conduire ?

— Non, confirma-t-il. Mais je peux sûrement me débrouiller…

— C'est bon, le coupa-t-elle en passant la première vitesse. On est déjà suffisamment en danger comme ça.

Elle posa le pied sur l'accélérateur et le véhicule fonça en avant avec une puissance surprenante, dans un crissement de pneus qui fit grogner August. *Ce n'était pas si bruyant que ça*, pensa-t-elle. Peut-être les Sunai avaient-ils l'ouïe sensible. Elle agrippa le volant – petite, Kate avait toujours aimé les voitures, l'air frais qui filait à toute vitesse, la sensation de liberté et de mouvement. Elle ne les appréciait plus autant depuis l'accident, mais savoir conduire était une compétence fort utile, comme la physique et l'art du combat. Au bout du parking, elle tourna avant de freiner. Devant le portail de sortie se tenait un homme dans une cabine.

Elle songea à boucler sa ceinture de sécurité avant de se rappeler ses points de suture. Tant pis, elle s'en passerait.

— Tiens-toi bien, conseilla-t-elle en faisant ronfler le moteur.

La voiture bondit en avant. August se cramponna à la poignée de la portière.

— Kate, je ne crois pas que ce soit une...

La fin de sa phrase fut coupée par le craquement satisfaisant du pare-chocs contre la barrière du parking. Le premier se cabossa, la seconde se cassa net alors qu'ils sortaient en trombe dans la rue sombre.

La voiture effectua une embardée avant de retrouver son équilibre et Kate fit vrombir le moteur, un sourire aux lèvres, noyant les cris du gardien dans leur sillage.

August se retourna sur son siège pour jeter un coup d'œil aux dégâts et au motel. Pensait-il à Ilsa ? Kate changeait de voie en fonction des feux de signalisation qui passaient du rouge au vert afin de garder le véhicule en mouvement.

— Quelqu'un nous suit ?

Le Sunai se radossa au siège en poussant un soupir épuisé.

— Pas encore.

Il avait les yeux fermés, les muscles tendus et les doigts contractés sur la poignée de la portière comme s'il allait vomir.

— Ça va ?

— Impeccable.

Elle ne le croyait pas mais, à sa voix, elle comprit qu'il valait mieux laisser tomber. D'autant qu'elle avait des soucis plus importants que la mauvaise humeur d'August. Elle se dirigea vers l'est en regardant Verity rétrécir dans son rétroviseur jusqu'à n'être plus qu'une colline d'acier, puis un point, avant de finir par disparaître.

Chapitre 9

— Dis quelque chose, lança Kate.

La douleur dans son corps s'était enfin réduite à une sensation sourde et diffuse, ce qui s'avérait pire encore : elle lui donnait envie de se replier sur elle-même, loin du monde, or c'était impossible au volant d'une voiture. Assis en silence à côté d'elle, August contemplait l'obscurité tandis qu'ils passaient de la zone jaune à la verte pour finalement pénétrer dans la Friche. S'il avait remarqué le changement, il n'en dit rien.

Il n'y avait pas de frontière à proprement parler, pas de panneau lumineux pour annoncer que l'on quittait V-City. À quoi bon ? On le constatait en passant des pelouses impeccables aux herbes sauvages, des belles maisons éclairées par des réverbères au néant absolu.

Les lignes UVR qui bordaient la route – non pas aériennes, mais insérées dans la chaussée – rendaient opaque la nuit devant eux. Ils se trouvaient sur l'Axe oriental, l'une des quatre routes d'approvisionnement qui menaient de la capitale à la frontière de Verity. Kate tenta d'imaginer de quoi elles avaient l'air vues du ciel : des rubans lumineux partant de V-City tels les rayons d'une rose des vents. Sous cet angle, la Friche devait ressembler à un énorme anneau noir, une zone tampon de plus de trois cents kilomètres entre la capitale et les villes périphériques, qui se résumaient à des taches de lumière à côté du phare de V-City.

Apparemment, les routes de transit étaient bondées avant le Phénomène, à l'époque où entrer et sortir du territoire n'était pas interdit, puis après, quand les habitants avaient tenté d'évacuer la ville avant d'être repoussés par ceux qui l'avaient fuie. Les routes de la Friche étaient en grande partie désertes – de plus en plus –, à l'exception des semi-remorques transportant des cargaisons entre les villes périphériques et la capitale. Ce qui n'allait pas sans risques, la Friche n'étant vide qu'en apparence.

Rares étaient les Malchai qui s'y promenaient, mais les Corsai, eux, adoraient chasser dans le noir en éliminant tout ce qu'ils pouvaient, aussi bien une vache qu'une famille de cinq personnes. Les monstres qui s'aventuraient aussi loin ne servaient aucun maître et les êtres humains qui bravaient la Friche étaient tout aussi dangereux : c'étaient pour la plupart des survivalistes, des charognards qui dévalisaient les foyers et braquaient les semi-remorques. Ceux qui n'avaient pas l'argent pour s'acheter la protection de Harker, ceux qui ne voulaient pas se battre pour Flynn et ses Forces spéciales ou mourir pour défendre sa position morale. Ceux-là ne voulaient rien avoir à faire avec V-City. Ils tenaient seulement à rester en vie.

Cette zone déserte avait pourtant une fin. Pour avoir passé la majeure partie de sa vie de l'autre côté de la Friche, Kate savait que plus loin se trouvait un lieu où les barbelés cédaient la place aux champs ouverts, où les feux de route transperçaient des nuits étoilées, où une fillette pouvait grandir dans une maison avec sa mère en n'ayant peur de rien, pas même du noir.

— Dis quelque chose, répéta-t-elle.

August restait assis là, le regard plongé dans la nuit, à pianoter un petit rythme saccadé sur sa jambe. Il lui jeta un coup d'œil. Son visage paraissait étrangement creux, ses yeux fiévreux.

— Quoi ?

— Je ne sais pas. Raconte-moi une histoire.

— Je n'aime pas les histoires, répliqua-t-il en fronçant les sourcils.

— C'est bizarre, commenta Kate en faisant de même.

— Ah bon ?

Elle tapota le volant de ses ongles. Le vernis s'écaillait.

— Oui. La plupart des gens cherchent à s'évader, à échapper à leurs pensées, à leur vie. Les histoires sont la manière la plus simple d'y parvenir.

— Sans doute, concéda August avant de se tourner de nouveau vers la vitre.

Quelle situation exaspérante ! Il se montrait si peu loquace alors qu'elle mourait d'envie de parler. Elle alluma la radio, mais comme le signal était déjà plein de parasites, elle l'éteignit d'un coup sec. Le silence rongeait ses nerfs déjà à vif.

— Dis quelque chose, chuchota-t-elle. Je t'en supplie.

La mâchoire contractée, August serra les mains sur son pantalon. Il s'éclaircit la gorge avant de déclarer :

— Je ne comprends pas pourquoi les gens cherchent toujours à s'évader.

— Sérieux ? s'étonna Kate. Regarde un peu autour de toi.

Au loin, de l'autre côté de la vitre côté passager, le néant cédait la place à quelque chose – une ville, si on pouvait l'appeler ainsi, même s'il s'agissait plutôt d'un petit groupe de constructions délabrées, des bâtiments réunis dos à dos comme des combattants qui veillaient sur la nuit. L'ensemble évoquait un chien affamé. Des lumières fluorescentes transperçaient l'obscurité de leurs faisceaux éblouissants.

— Dans mon cas, c'est différent, confia le jeune Sunai d'une voix tendue. Je suis apparu en quelques secondes et je crains tous les jours de disparaître. Chaque fois que je dérape et que je m'abandonne aux ténèbres, j'ai plus de mal à revenir. Alors je fais tout mon possible pour rester où je suis… et qui je suis.

— Eh ben, tu as le chic pour plomber l'ambiance ! railla-t-elle à mi-voix.

Cette remarque lui valut un petit rire las, mais à peine avait-il franchi ses lèvres qu'il s'éteignait déjà. August se détourna et Kate contracta les doigts sur le volant, le regard braqué droit devant elle. La douleur fusait dans son ventre à chaque respiration. À côté d'elle, silencieux et replié sur lui-même, le jeune Sunai contemplait la nuit.

— Qu'est-ce qui lui est arrivé ? demanda-t-elle pour leur changer les idées.

— À qui ?

— À Ilsa. Elle n'a pas l'air… d'avoir toute sa tête.

Du bout des doigts, il frotta les marques sur son poignet.

— Elle n'a jamais eu « toute sa tête ». Pendant très longtemps, j'ai cru… que c'était juste sa manière d'être. Brisée. Je n'ai compris que récemment.

— Quoi donc ?

— Que c'est sa vraie nature. La relation de cause à effet.

— Tu veux dire que c'est lié à la catalyse ?

— Oui… Les Sunai sont le résultat de tragédies, d'horreurs si terribles qu'elles perturbent l'équilibre cosmique. Leo est né du massacre d'une secte dans les premières semaines de la catalyse. Comme les membres de ce groupe croyaient que le monde touchait à sa fin, ils se sont jetés du haut d'un toit. Sauf qu'ils ne sont pas partis seuls : ils ont entraîné leurs familles avec eux. Parents et enfants.

— Mon Dieu… souffla Kate.

— Pas étonnant que mon frère fasse tout le temps la morale, dit-il. Ma sœur, rien à voir. C'est Emily, la femme de Henry, qui m'a raconté son histoire. Ilsa est née d'un attentat à la bombe au sous-sol d'un grand hôtel du Quartier Nord.

La tour Allsway, pensa la jeune fille. *Enfin, Harker.* On voyait encore les traces de brûlure sur les murs.

— Ça s'est passé juste après le début du chaos, continua-t-il. Non pas des semaines plus tard, mais au bout de quelques jours. Des jours remplis de confusion et de terreur. À l'époque, on ne savait pas encore ce qui se passait. Seulement quelque chose est entré dans cet endroit et les gens qui ont réussi à s'enfuir ont tous gagné le sous-sol. Ils se sont réfugiés en bas, juste pour tenter de survivre. Ils ont barricadé les portes. Sauf que quelqu'un a décidé que s'ils sortaient, ce ne serait pas pour se livrer à un monstre. Or ce quelqu'un avait apporté une bombe artisanale avec lui et il a allumé la mèche. Tu comprends pourquoi ma sœur est brisée ? conclut-il en secouant la tête.

— Et toi, alors ? Ton frère est moralisateur, ta sœur brisée. Toi, qu'est-ce que tu es ?

August répondit par un seul petit mot d'une voix presque imperceptible.

— Perdu.

Il sembla expirer bien davantage que de l'air en soupirant.

— Je suis ce qui arrive quand un gamin a tellement peur du monde dans lequel il vit qu'il s'évade de la seule façon qu'il connaisse. Par la violence.

Un silence s'abattit sur eux, si lourd qu'il en devint douloureux.

Le jeune Sunai appuya sa tête contre la vitre, qui commença à s'embuer. Une goutte de sueur coula sur sa joue. La jeune fille s'apprêtait à allumer la climatisation quand la voiture émit un bruit… et pas le genre de bruit qu'une voiture était censée émettre.

August se redressa aussitôt.

Le moteur hoqueta.

— Qu'est-ce que c'était ? demanda-t-il.

Leur véhicule commença à perdre rapidement de la vitesse.

— Oh non ! gémit Kate.

Le moteur lâcha.

Chapitre 10

Un voyant clignotait sur le tableau de bord. Les feux de route étaient toujours allumés. Le reste avait lâché.

— Merde ! marmonna la conductrice.

— Kate, gronda August, les dents serrées. C'est quoi, le problème ?

— On n'a plus d'essence, répondit-elle en ouvrant la portière.

Le temps qu'il la rejoigne, elle fouillait déjà dans le coffre.

— Tu aurais pu en choisir une avec un réservoir plein !

— Désolée, j'étais un peu occupée à ne pas mourir...

Le jeune Sunai poussa une espèce de grognement.

— C'est bon, ajouta-t-elle en sortant une lampe torche UVH.

— Comment ça, c'est bon ? grommela-t-il, les poumons brûlants de colère à chaque respiration.

— On va changer de moyen de transport, affirma Kate en s'efforçant de garder son calme, comme si ça pouvait les sauver.

— Tu vois un autre moyen de transport, là ? s'emporta August.

— Bon sang, mais qu'est-ce qui te prend ?

Il ouvrit la bouche pour répondre « rien », mais le mot ne sortit pas. Il éprouvait à la fois le besoin urgent de crier et celui de taper dans quelque chose, aussi s'éloigna-t-il en faisant en sorte à chaque pas d'apaiser sa respiration, de calmer les battements de son cœur. La panique ne ferait qu'accentuer la maladie.

Ses pieds le portèrent le long de la ligne lumineuse qui bordait la route. Il n'avait pas vraiment de destination : il se contentait d'avancer.

Le pouvoir de l'esprit sur le corps.

Les mains croisées sur la nuque, il contempla l'obscurité. Ils se trouvaient au milieu de nulle part. La lumière de V-City n'était plus qu'une réverbération sur les lointains nuages, la nuit autour d'eux noire comme du charbon. Quelques kilomètres avant, ils étaient passés devant une espèce de forteresse qui ne lui avait guère paru accueillante. Au loin, un coup de feu retentit tel un coup de tonnerre distant. Était-ce réel ou juste les fantômes dans sa tête ?

La faim lui tiraillait les muscles et vibrait dans ses os comme si quelque chose tentait de sortir de lui.

Il aurait dû manger l'homme dans le parking. Il ne s'en serait pas privé, s'il avait pu. Seulement, à son grand désarroi, cet humain n'était pas un meurtrier. Parmi tous les hommes à la solde de Harker, quelles étaient les probabilités que Sloan envoie un innocent ? Les Malchai savaient-ils que les Sunai ne se nourrissaient que de pécheurs ? Ou avait-il manqué de chance ?

Après quelques profondes inspirations, August parvint à maîtriser sa colère. Il se tourna vers la voiture pour voir Kate appuyée contre la portière du conducteur, les bras croisés. De toute évidence, elle luttait contre le froid qu'avec sa fièvre, il ne ressentait pas.

— Tiens, lança-t-il en posant l'étui à violon par terre pour retirer sa veste.

— Je n'en veux pas, répliqua-t-elle.

Il l'en drapait déjà. Elle se détendit aussitôt.

August laissa sa main reposer un instant sur l'épaule valide de la jeune fille. Curieusement, ce contact – simple, concret – lui redonna des forces. Il fit mine de reculer, mais elle lui attrapa les doigts. Son regard était sérieux et, à ses lèvres entrouvertes, il comprit qu'elle avait envie de lui dire quelque chose.

— Tu as la main chaude, remarqua-t-elle.

August, embarrassé, se dégagea le plus doucement possible lorsqu'une lumière clignota dans le ciel. Il leva les yeux et en eut le souffle coupé. Par cette nuit claire, le ciel était rempli de points lumineux. La jeune fille suivit son regard.

— Quoi ? maugréa-t-elle. Tu n'as jamais vu d'étoiles ?

— Non, susurra-t-il. Pas à ce point.

Le ciel s'embrasait. Il se demanda si Ilsa avait déjà vu des étoiles – pas les marques noires sur sa peau, mais les vraies, étranges et parfaites. L'une d'elles traversa soudain le ciel, suivie d'une traînée lumineuse.

— J'ai lu quelque part que les gens étaient faits de poussière d'étoile, confia Kate.

— Ah oui ? s'enquit le jeune Sunai en détachant ses yeux du ciel.

— C'est peut-être ton cas aussi…

Malgré tout ce qu'il avait enduré, August sourit.

***

Un sourire durement gagné, mais qui en valait la peine.

Puis, tout à coup, il disparut et August frissonna tout en s'agrippant à la voiture. Une vague de tremblements le parcourut tout entier, comme s'il gelait.

Impuissante, Kate hésitait à le toucher.

— Qu'est-ce qui ne va pas ?

— Ça… ça va aller, bégaya-t-il.

— Tu parles !

En réponse, il écarta son col pour révéler sur son torse un trait lumineux, pas éblouissant mais brûlant, comme le bout allumé d'une cigarette. Une seule ligne, d'abord rouge comme la braise, puis noire. Une nouvelle marque. Une nouvelle journée.

— Combien ça fait en tout ?

Il tremblait encore mais son regard exprimait une espèce de triomphe macabre.

— Quatre cent vingt-trois.

À cet instant précis, les phares d'un camion en provenance de V-City transpercèrent l'obscurité.

Kate agita sa lampe UVH. À son grand soulagement, le véhicule ralentit et s'arrêta sur la bande d'arrêt d'urgence. C'était un semi-remorque, de toute évidence renforcé pour traverser la Friche : son pare-chocs et ses flancs avaient été consolidés par des grilles de fer, ses vitres couvertes d'un revêtement pare-balles. Sa carrosserie présentait plusieurs entailles, sans doute pas l'œuvre de Corsai. Les monstres ciblaient les êtres humains. Et les êtres humains, les marchandises.

La jeune fille glissa son pendentif en argent sous sa chemise avant de grimper sur le marchepied du camion, tandis que la vitre côté passager s'abaissait peu à peu.

— Qu'est-ce que vous fabriquez là, les enfants ? demanda le chauffeur.

D'âge mûr, il avait l'allure trapue et burinée de celui qui a passé une trop grande partie de sa vie à s'inquiéter.

— Panne de voiture, répondit Kate avec son plus beau sourire. Vous pouvez nous déposer ?

Il jeta un coup d'œil à August derrière elle. Que voyait-il ? se demanda-t-elle. Juste un ado dégingandé avec un étui à violon sur l'épaule.

— Vous allez où ?

Elle indiqua du menton la route qui s'éloignait de V-City tout en cherchant le nom de la ville périphérique la plus à l'est.

— Louisville.

Il secoua la tête.

— C'est de l'autre côté de la Friche. Vous feriez mieux de vous rapprocher de la capitale.

— On a aperçu une… ville tout à l'heure, fit-elle en adoptant un ton naïf. Vous pensez qu'on devrait s'y rendre ?

— Si vous essayez d'entrer dans un fort la nuit, répondit-il avec une grimace, tout ce qui vous attend, c'est une balle. Bon sang !

L'homme se passa la main dans ses cheveux courts. Il ne portait pas de médaillon. La gorge serrée, Kate glissa son pendentif par-dessus sa tête.

Le poids du métal était solide, rassurant. Elle n'avait aucune envie de s'en débarrasser, mais elle ne pouvait pas non plus rester là, sur le bord de la route. Elle le souleva donc pour que le chauffeur le voie.

— Écoutez, on ne cherche pas les ennuis. On n'a pas beaucoup d'argent, mais si vous pouvez au moins nous emmener dans la bonne direction, je vous donnerai ça.

Kate sut qu'elle le tenait quand elle vit les yeux du chauffeur s'écarquiller. Après tout, un médaillon Harker offrait la sécurité, or la sécurité était un luxe, une denrée plus précieuse – et bien plus chère – qu'un camion, une maison, une vie…

— Montez ! lança-t-il en refermant les doigts sur le bijou en argent.

La jeune fille grimpa sur le siège avant. De son côté, August se glissa sur une banquette qui semblait aussi servir de lit de camp. Il croisa les doigts et baissa la tête. Kate avait raison. Bien sûr qu'il y avait un problème. Mais chaque fois qu'elle posait la question, il s'énervait, comme si elle ne faisait qu'aggraver la situation. Il avait l'air malade. Les monstres pouvaient-ils être malades ? Ou seulement affamés ? Depuis combien de temps n'avait-il pas mangé ?

— Écoutez, lança le chauffeur. Je ne fais pas dans la contrebande, d'accord ? Moi, je suis routier. Je ne m'aventure pas au-delà de la banlieue, alors si vous cherchez un moyen de traverser la frontière, je ne peux pas vous aider.

— Pas de problème, répliqua Kate. Ce n'est pas notre intention.

— Dans ce cas, qu'est-ce que vous foutez ici dans le noir ?

Chose étrange, elle faillit lui avouer la vérité. Les mots qui se formaient dans son esprit arrivaient si vite dans sa bouche qu'elle dut se mordre la langue pour les retenir. Qu'avait dit August, déjà, sur les Sunai et la vérité ? Elle lui jeta un coup d'œil, mais il était penché en avant, coudes sur les genoux, le regard rivé sur le plancher.

— On s'est lancé un défi, mentit-elle. Avec des amis.

— Il y avait un concert ce soir, ajouta August depuis la banquette arrière. À la limite de la zone verte.

— Voilà, confirma Kate. Nos amis ont parié vingt dollars qu'on n'oserait pas entrer dans la Friche après. Et quarante si on rapportait quelque chose de la ville de l'autre côté. Bêtement, je n'ai pas vérifié le niveau d'essence.

— Les gosses, de nos jours… soupira le chauffeur en secouant la tête avant de se réengager sur la route. Vous avez trop de temps à tuer et pas assez de bon sens.

Ses manches retroussées découvraient plusieurs vilaines cicatrices sur son avant-bras droit. Des marques de Corsai.

— Je vous emmène jusqu'au prochain relais routier. C'est l'endroit le plus sûr par ici. Après, je vous laisse rentrer dans la zone verte par vos propres moyens.

— Ça marche pour nous, approuva Kate en jetant un regard à August.

Mais elle ne distinguait pas son visage, perdu dans l'ombre.

Chapitre 11

August sentit le semi-remorque ralentir. Il souleva la tête de la banquette.

Le camion quittait la portion UVR pour s'engager sur une autre route, plus petite. L'éclairage faiblit sur une courte distance avant de redoubler d'intensité dès qu'un bâtiment apparut.

C'était davantage une forteresse qu'un relais routier. De hautes clôtures métalliques surmontées de barbelés entouraient l'édifice et d'énormes projecteurs UVR transperçaient l'obscurité, formant comme des douves lumineuses qui s'étendaient sur le bitume pour en effacer toute ombre. Un panneau au-dessus du bâtiment – qui ressemblait plutôt à un regroupement de plusieurs bâtiments – indiquait le nom du lieu : « L'HORIZON ».

Le chauffeur s'arrêta devant la barrière et klaxonna une fois, puis attendit. Deux hommes encadraient l'entrée, armes à la main. L'un tenait une balise UVH et une espèce de machette, l'autre une mitrailleuse. *Une arme contre les monstres et une contre les pillards*, songea August.

Une fois le portail ouvert, le semi-remorque pénétra avec fracas dans le parking. August entendit le grincement métallique des portes qui se refermaient. Aussitôt, sa poitrine se serra à l'idée d'être pris au piège.

— C'est là que nos chemins se séparent, déclara le chauffeur en se garant. Je suis certain que vous trouverez quelqu'un pour vous raccompagner. Vous avez du liquide ?

— Un peu, répondit Kate.

August aurait juré qu'il ne leur restait que de la petite monnaie. L'homme se mordilla la lèvre. Puis il tendit le médaillon qu'elle lui avait cédé.

— Dans ce cas, tenez.

Kate eut un moment d'hésitation.

— On s'était mis d'accord…

— Vous alliez dans ma direction, de toute façon. Allez, reprenez-le.

Kate récupéra le pendentif, qu'elle glissa dans sa poche avec un « merci » discret. La nuit s'était rafraîchie. L'air froid recouvrit August tel un baume. Autour d'eux, une dizaine de camions étaient alignés en rangs réguliers, comme ses marques noires, sans projeter d'ombre sur la chaussée. Ses yeux se fermèrent doucement et son esprit quitta les 423 lignes pour dériver vers des empreintes sur une terre aride, puis des coups de feu et des hurlements, avant d'aboutir à une faim ardente.

Quand il sentit qu'on le tirait, il souleva les paupières. Kate le traînait vers l'aire de repos enveloppée d'une brume fluorescente.

— Viens, lança-t-elle. Je meurs de faim.

Il tenta de rire, mais le son resta coincé dans sa gorge.

***

L'Horizon était apparemment l'endroit idéal où passer le temps à 4 heures du matin. C'était comme une petite ville autonome dotée d'une cafétéria, de toilettes, de douches et de magasins d'approvisionnement, le tout si bien éclairé que Kate en avait mal aux yeux.

August était parti aux toilettes en marmonnant qu'il avait besoin de se rafraîchir. Pendant ce temps, elle errait dans les rayons en examinant les étalages, comme si elle avait plus de cinq dollars dans son portefeuille. Des cartes de crédit, elle en avait à foison, mais celles-ci laisseraient une trace. Et puis, elle avait dépensé presque tout son argent en réglant la chambre au motel.

Elle songeait à chiper une barre de céréales quand elle aperçut la montre, exposée sur un rayon du bas au milieu de cartes et d'autres articles de voyage. Cette montre numérique ordinaire n'affichait pas seulement l'heure et la température, mais aussi les coordonnées. Or si Kate n'avait pas l'adresse de sa destination, elle en connaissait la latitude et la longitude.

38°29'45"

-86°32'56"

Elle prit la montre d'un geste aussi désinvolte que possible et l'étudia un long moment avant de la glisser dans la poche de sa veste. Qui n'était pas la sienne, mais celle d'August. À cette occasion, ses doigts rencontrèrent un objet en métal lisse : le portable qu'elle avait volé. Elle balaya les lieux du regard, mais ne vit aucun signe du jeune Sunai. Quant aux autres clients, ils étaient occupés à verser trop de sucre dans leur café ou à fixer d'un œil vide la rangée d'écrans de télévision accrochés au mur.

La jeune fille sortit le téléphone, éteint par August pour économiser la batterie, puis maintint le bouton appuyé jusqu'à ce qu'il se rallume. Elle espérait voir apparaître un nouveau message, mais rien ne vint.

Elle regarda autour d'elle. Peut-être n'avaient-ils pas besoin d'aller plus loin. Peut-être pouvaient-ils rester ici, à *L'Horizon*. L'endroit était si bien protégé contre les monstres qu'aucun Malchai n'entrerait, et assez grand pour qu'ils n'attirent pas trop l'attention. Peut-être…

C'est alors qu'elle entendit prononcer son nom. Ni par August, ni par un client, mais à la télévision.

En plein écran était affichée une photo : une photo d'elle.

August agrippa le lavabo.

Sa vision se troublait par à-coups. Son état empirait.

Il fixa le miroir. Son reflet le fixa en retour de son regard halluciné. Il avait les joues creuses et les os en feu. Il observa ses mains : il lui semblait voir à travers sa peau, non pas sombre comme celle d'un Malchai mais d'un blanc lumineux, vibrant de chaleur. La fièvre consumait sa colère pour laisser dans son sillage un autre sentiment.

Il ouvrit tant bien que mal le robinet et passa ses mains sous l'eau froide. Des volutes de vapeur s'élevaient des points de contact entre le liquide et sa peau.

Ils se trouvaient si loin de la ville ! L'absence – d'êtres humains, de monstres, d'énergie – le rendait vaseux.

« Emporte à manger », avait suggéré Leo.

August grogna en son for intérieur.

Le pouvoir de l'esprit sur le corps.

Le pouvoir de l'esprit sur le corps.

Le pouvoir de l'esprit sur le corps sur les cadavres par terre sur les marques gravées jour après jour après jour dans la peau jusqu'à ce qu'elle craque, se fende et saigne au rythme des coups de feu, la mélodie de la douleur, le monde était fait de musique sauvage, la cause et l'effet, voilà le cycle, l'explosion puis le murmure et ainsi de suite et rien de tout ça n'était réel sauf pour August ou alors tout était réel sauf pour lui…

Il refit surface avec un petit cri étranglé – il avait de plus en plus de mal à garder la tête hors de l'eau – et serra les poings sur le bord du lavabo. Ses ongles s'enfonçaient dans ses paumes au point de percer la peau.

Il n'en était pas à sa première fois. August s'était déjà affamé, bien décidé à se croire le plus fort, écœuré de ne pas l'être et que la faim le ravage alors qu'elle semblait à peine déranger son frère et sa sœur. Avide de trouver de l'autre côté davantage que les ténèbres, il avait poussé ses sens jusqu'au bout, et même au-delà. Il avait mémorisé chaque pas, chaque étape, comme si les apprivoiser lui permettait de remporter la moitié de la bataille qui consistait à vaincre le besoin en se montrant plus malin – plus déterminé. D'abord venait la colère, puis la folie, puis la joie, et enfin le chagrin. Ils devraient en faire une comptine : *colère, folie, joie, chagrin, colère, folie, joie, chagrin, col…*

Le voilà qui dérapait de nouveau.

Tout va bien, tout va bien, tout va bien.

— Ça va, petit ?

Un homme se tenait là, le côté gauche du visage couvert de cicatrices.

August, troublé, stabilisa sa voix.

— Je suis fatigué de me battre.

L'homme secoua la tête d'un air compatissant tout en se lavant les mains.

— On l'est tous, non ?

Le gros titre à l'écran indiquait : « KATHERINE HARKER ENLEVÉE, LES FLYNN SOUPÇONNÉS ».

« *Henry Flynn nie toute responsabilité dans cet enlèvement*, déclarait le présentateur. *Mais des sources proches du dossier confirment qu'un membre de la famille Flynn fréquentant le même établissement que la jeune Katherine Harker a été aperçu à ses côtés juste avant le drame. Qui plus est* (les yeux du journaliste s'illuminèrent tout à coup d'une joie morbide), *les preuves laissent à penser qu'un Sunai serait à l'origine de l'attaque dans le prestigieux établissement, attaque qui a entraîné la mort, rappelons-le, de quatre élèves et d'un professeur, et la disparition de la fille unique de Harker.* »

L'estomac de Kate se noua. Autour d'elle, plusieurs hommes avaient les yeux rivés sur l'écran. L'un d'eux marmonna une horreur dans sa barbe. Un autre lança qu'ils avaient intérêt à offrir une récompense.

— Virez-moi cette merde, grommela un troisième.

— Impossible, répondit la vieille femme à la caisse. C'est sur toutes les chaînes.

À l'écran apparut alors le père de Kate, devant un podium, dans un costume noir impeccable, comme s'il ignorait ce qui se passait, comme si les coupables n'étaient pas ses propres monstres rebelles.

« Je vais récupérer ma fille, puis je veillerai à ce que les responsables... quels qu'ils soient... reçoivent le châtiment qu'ils méritent pour les crimes commis contre ma famille et contre cette ville. Nous, les habitants du Quartier Nord, ne sommes pas dupes : ceci est un acte de guerre. »

« Si vous détenez des informations sur Katherine Harker, reprit le présentateur, *contactez le numéro ci-dessous... »*

Kate tapait déjà un message codé sur le portable volé pour dire : « Appelle. Urgent. »

Elle s'éloigna de la rangée de téléviseurs pour se cacher derrière un étalage de denrées non périssables. Une minute s'écoula, puis deux. Enfin, le téléphone sonna.

— Katherine.

Dans la voix de son père ne transparaissait plus qu'une once de panique. Il avait retrouvé son calme habituel.

— Tout va bien ? demanda-t-il.

— Pourquoi est-ce que tu as fait cette déclaration à la télé ? rugit-elle. Je t'ai dit que ce n'était pas eux !

Léger soupir.

— Je n'en sais rien. Je ne peux pas l'assurer.

— Moi, si ! chuchota-t-elle, furieuse.

— Donc il est bien avec toi.

— Quoi ? fit-elle, déconcertée.

— Frederick Gallagher. Aussi connu sous le nom d'August Flynn. Le troisième Sunai de Henry.

Kate en eut la bouche sèche. Elle aurait fini par lui avouer. Elle avait prévu de le faire. Bon sang, elle avait même prévu de lui livrer le monstre ! Or voilà qu'elle ne pouvait se résoudre à prononcer son nom.

— Il est avec toi depuis le début ? demanda Harker.

Elle ne céderait pas. Ce n'était pas la faute d'August. August n'avait pas tenté de la tuer. Au contraire, il lui avait sauvé la vie.

— Katherine…

— Où est Sloan ?

— Il traque ceux qui se sont retournés contre moi.

— C'est lui qui s'est retourné contre toi ! lâcha-t-elle d'une voix rageuse.

— Non, répondit-il d'un ton posé. Ce n'est pas lui. Je l'ai interrogé moi-même. Il affirme ne pas être mêlé à cette attaque.

— Il ment !

— Nous savons tous les deux qu'il est incapable de mentir.

Les pensées de Kate tournoyaient dans sa tête. C'était forcément Sloan. Sinon, qui d'autre ?

— Papa…

— Ne reviens pas en ville à moins que je ne t'en donne l'ordre.

— Pour que les gens gobent cette histoire d'enlèvement, c'est ça ?

— Pour te protéger, rétorqua-t-il d'un ton plus dur. Au fait, inutile de coder tes messages, Katherine. Il s'agit de mon téléphone personnel, après tout. Qui d'autre les verrait ?

Ton ombre, songea-t-elle à répondre.

Elle se contenta de raccrocher.

— Vous laissez le froid s'échapper, lança soudain une voix rauque.

August sortit la tête de l'armoire à boissons pour découvrir une vieille femme maigre vêtue d'un uniforme de *L'Horizon*.

— Pardon, s'excusa-t-il en refermant la porte du réfrigérateur. Je voulais le faire entrer.

Les mots sonnaient faux, mais ils avaient déjà franchi ses lèvres.

Non loin, une cliente commença à élever le ton au téléphone.

Un homme lâcha sa tasse de café, qui se renversa sur un autre routier. Ce dernier jura en repoussant le premier un peu trop fort. La tension montait dans le magasin comme la pression dans les artères.

La femme s'éloigna en hâte. C'est alors qu'entre deux battements de cœur brûlants, le jeune Sunai sentit le parfum du crime – cette odeur de sang séché, ce frisson dans l'air qui effleura sa peau fiévreuse. Titubant, les doigts resserrés sur la sangle de l'étui à violon, il balaya du regard le magasin, les étalages et les visages jusqu'à... lui. Le monde entier tournait désormais autour de cet homme. Trapu, il avait un manteau taché de boue, une courte barbe mal taillée et une tête trop petite pour ses épaules.

August s'en moquait bien. Ce qui l'intéressait, c'était l'ombre qui flottait telle une cape derrière l'individu, agitée, anormale. Or l'homme avait déjà franchi la porte du magasin, emportant avec lui la promesse d'os froids et d'idées claires.

Le jeune Sunai s'apprêtait à le suivre quand quelqu'un lui agrippa le bras.

Kate.

— Il faut y aller, déclara-t-elle sèchement. Tout de suite.

— Je... bredouilla-t-il sans quitter des yeux la silhouette de l'homme qui s'éloignait. J'ai besoin de...

Sans lui laisser le temps de terminer sa phrase, elle lui attrapa la mâchoire – sans se brûler les doigts, curieusement – pour tourner son visage vers une rangée de télévisions fixées au mur. Une photo de Kate s'affichait sur les écrans – tous les écrans – au-dessus du titre : « KATHERINE HARKER ENLEVÉE, LES FLYNN SOUPÇONNÉS ».

Il refit aussitôt surface et, dans un brusque instant de lucidité, saisit le sens du titre.

— Non ! protesta-t-il, le mot lui échappant dans un souffle. Je n'ai pas...

À ce moment précis, la porte du magasin s'ouvrit en tintant et le chauffeur, celui qui les avait pris en stop, entra. Il aperçut les écrans et se figea.

— Ça alors !

— Et merde... marmonna Kate en tirant August vers le bas, au pied des rayonnages. File. Tout de suite !

Elle le poussa vers un couloir. Il jeta un dernier regard désespéré vers la porte d'entrée, mais l'homme et son ombre créée par le péché avaient déjà disparu.

— Allez ! insista la jeune fille.

Elle le fit passer devant les toilettes, puis sortir par l'issue de secours, qui donnait sur l'autre côté du parking. Sous le feu des projecteurs UVR, August grimaça, le sang battant à ses tempes.

— Je ne t'ai pas enlevée ! Je t'ai sauvé la vie. C'est toi qui as décidé de t'enfuir...

— Et c'est toi qui as décidé de venir avec moi.

Kate s'éloignait déjà. Du relais routier. De lui. Lorsqu'elle disparut au coin du bâtiment, il s'efforça de la suivre.

— Il faut absolument qu'on prévienne quelqu'un, lança-t-il en trottinant pour la rattraper. Pour dire que tu vas bien.

— Au cas où tu l'aurais oublié, j'ai toujours un tueur à mes trousses, répliqua-t-elle.

— Ils n'ont même plus besoin de t'exécuter !

August savait qu'il avait raison. Il luttait pour s'accrocher à cette idée.

— C'est exactement ce qu'ils voulaient, Kate. Accuser ma famille d'avoir rompu la trêve. Et leur plan va fonctionner si on ne…

— Que veux-tu que je fasse, August ? s'emporta-t-elle. Je ne peux quand même pas rentrer…

Une porte s'ouvrit soudain derrière eux.

— Eh, vous ! s'écria une voix.

August et Kate se retournèrent. C'était l'un des routiers du magasin, un homme à l'air sévère qui tenait un pistolet du bout des doigts, suivi par un deuxième homme sans arme. Le jeune Sunai commençait à se placer devant sa camarade quand une autre porte s'ouvrit derrière elle. Deux nouvelles silhouettes sortirent dans la lumière. L'homme tenait une batte, la femme un couteau dont la lame étincelait sous la lumière éblouissante. Malgré les UVR, les intrus ne projetaient pas d'ombres – aucun de ces quatre êtres humains n'était donc un pécheur.

Le sol tangua dangereusement sous les pieds d'August.

Il faisait glisser l'étui à violon de son épaule dans l'espoir de pouvoir au moins les désarmer quand le premier homme leva son pistolet et tira. La balle ricocha sur le bitume à quelques centimètres des pieds du jeune Sunai. La détonation était assourdissante et, l'espace d'un instant, il se retrouva dans une cantine scolaire à fixer les petites marques noires sur le sol. La voix de Kate le ramena très vite à la réalité.

— Ça ne va pas la tête ? aboya-t-elle à l'attention du tireur.

— C'est vrai ? demanda le routier, son pistolet braqué sur le torse d'August mais son regard rivé sur Kate. Tu es la gamine de Harker ?

— Et donc c'est toi, le monstre ? intervint l'homme derrière lui.

Sans laisser à August le temps de répondre, l'individu à la batte attrapa Kate par le poignet et la tira vers lui. Elle lui assena un coup de genou qui lui coupa le souffle, mais la femme au couteau l'agrippa et la força à reculer, la lame sous le menton.

August s'apprêtait à bouger quand un nouveau coup de feu partit, lui éraflant de peu la joue.

La femme au couteau sourit, découvrant des dents en partie métalliques.

— Premier arrivé, premier servi, les gars. La récompense est pour moi.

— La seule récompense que tu vas recevoir, c'est une balle.

Le jeune Sunai en venait presque à souhaiter que l'homme mette sa menace à exécution. Il peinait à rester debout, son attention oscillant entre la batte, le couteau et le pistolet, la tension montant autour d'eux telle une vague de chaleur.

— Tu sais quoi ? lança l'homme à la batte. Nous, on prend la fille, et toi, le garçon.

— Je crois qu'on va prendre les deux, répliqua l'homme au pistolet.

Kate siffla lorsque la lame appuya contre sa gorge.

— Et comment vous allez faire ? demanda l'assaillante.

L'air vibrait à présent. La femme au couteau et l'homme au pistolet étaient coincés dans une confrontation, tandis que l'individu à la batte et celui qui n'avait que ses poings se rapprochaient peu à peu.

Leurs yeux brillaient étrangement, comme toujours quand les gens se trouvaient près d'August. L'avidité et la violence commençaient à faire surface… comme s'ils se nourrissaient de sa faim. Le jeune Sunai avait la tête qui tournait. Il savait qu'il ne pourrait pas apaiser le chaos tant que celui-ci enflait en lui… Mais, après tout, rien ne l'y obligeait. Leo savait comment déformer les sentiments des gens, comment les affûter et les concentrer.

Le pouvoir de l'esprit sur le corps.

Plutôt que de lutter contre sa propre influence, de tenter de la contenir, il lâcha les rênes, la laissant déferler sur le bitume et submerger les humains.

Kate dut sentir le changement dans l'air, chez leurs assaillants et au fond d'elle, car elle croisa son regard. Ses doigts se contractèrent et, un instant plus tard, il aperçut du métal au creux de sa paume.

— Je m'occupe de la salope au couteau, annonça-t-elle en plantant son cran d'arrêt dans la cuisse de la femme, qui hurla.

Les mains levées, elle repoussa ensuite le bras de son assaillante pour éviter la lame. Au même moment, August fonça dans l'homme au pistolet pour le propulser dans celui qui se trouvait derrière lui. Un nouveau coup partit, puis l'arme tomba sur le bitume tandis que les deux complices s'écroulaient non loin du duo qui avait abandonné couteau et batte pour se battre à mains nues en poussant des jurons. August entendit le grondement d'un camion qui approchait, suivi d'un bref coup de klaxon. Il saisit la main de Kate et se mit à courir. Ils perçurent derrière eux des cris, puis le bruit d'un corps heurtant la chaussée et des jurons étouffés. Le jeune Sunai ne se retourna pas pour autant. Les deux fugitifs contournèrent à toute allure le relais routier pour traverser le parking illuminé vers le portail ouvert.

Une fois le camion entré, la barrière commença à se refermer. Les gardes regardaient ailleurs, les yeux plongés dans les ténèbres. Quand ils les virent arriver, il était déjà trop tard. August et Kate sortirent quelques instants avant que le portail ne coulisse pour se verrouiller.

Ils quittèrent la route éclairée pour pénétrer dans les champs. August tendait l'oreille, à l'affût d'un crissement de pneus au milieu des battements effrénés de son cœur, mais aucun camion ne les suivit. Les gardes ne tirèrent pas et le portail ne se rouvrit pas.

Ils poursuivirent leur course sans s'arrêter ni jeter un seul regard en arrière.

Il perdit le compte des secondes, au point d'en oublier la main de Kate toujours serrée dans la sienne, la fièvre et la douleur. Devenait-il fou ou la faim commençait-elle vraiment à s'estomper ?

Ils couraient en zigzaguant dans les herbes sauvages, passant devant des bunkers et des rangées d'arbres. Lorsqu'ils finirent par ralentir, marcher et enfin s'arrêter, ils étaient seuls, entourés uniquement par l'obscurité et la lueur lointaine de la route.

Kate suffoquait, une main appuyée sur son ventre blessé. August tomba à genoux, les doigts plongés dans la terre fraîche et humide.

Il avait envie de s'allonger, de coller sa joue au sol, comme Ilsa, et d'écouter, tout simplement. La jeune fille s'agenouilla à ses côtés, son épaule contre la sienne, et ils restèrent ainsi un long moment, noyés dans les herbes sauvages. La nuit était si tranquille, le monde si calme, qu'il était difficile de croire à la présence d'un quelconque danger.

En distinguant le lointain grondement de camions, August se figea, mais les semi-remorques ne quittèrent pas la route. Qui oserait s'aventurer hors du périmètre de sécurité qu'offrait la lumière ?

Quand ils finirent par se relever, les premières lueurs de l'aube commençaient à poindre à l'horizon. Le ciel passait du noir au violacé. La vision d'August se brouilla et Kate tendit une main pour le soutenir.

— Tu vas bien ?

La question retentit dans sa tête et fit onduler ses pensées, comme une pierre l'eau d'un étang, pour former peu à peu une réponse. *Bien. Bien. Bien.*

C'était fou, impossible même, mais il allait bien. La douleur s'atténuait, ses muscles et ses os se détendaient enfin. Aussi stupéfait que joyeux, il respira profondément. Leo se trompait. Il avait réussi. Il avait surmonté l'épreuve.

— August ? insista Kate. Tu vas bien ?

— Oui, répondit-il.

Ce mot emplissait à lui seul son corps et son esprit. C'était la vérité.

— Tant mieux.

Elle tenait dans sa main un objet, qu'elle tourna vers la faible lueur de l'aube avant de se mettre en route.

— Où est-ce qu'on va ? demanda-t-il en lui emboîtant le pas.

Kate ne se retourna pas, mais la réponse lui parvint comme une mélodie transportée par les airs.

— À la maison.

QUATRIÈME COUPLET
Affronte tes monstres

Chapitre 1

Pendant six ans, elle s'était sentie chez elle dans une maison à l'extrémité est de la Friche, à la fois assez loin des ténèbres pour éviter les intrus et assez loin de la ville la plus proche pour rester à l'écart des lumières.

V-City appartenait au passé et préfigurait l'avenir. Kate et sa mère vivaient, elles, dans le présent. Elle aurait aimé s'en souvenir comme d'une période ennuyeuse, morose et agitée, alors qu'en vérité, c'était parfait. À l'époque, elle était heureuse. Le genre de bonheur qui transforme le temps en plans fixes.

Des bras serrés autour de ses épaules pendant qu'elle lisait. Une voix chaleureuse qui fredonnait pendant que des doigts tressaient ses cheveux. Des fleurs sauvages disposées dans des vases, des coupes, des bols et autres contenants. De la couleur partout et des couchers de soleil qui faisaient flamboyer les champs.

Ailleurs, le monde brûlait pour de vrai. Ailleurs, les ombres possédaient des griffes et des crocs, les cauchemars prenaient vie.

Mais là-bas, dans la maison en bordure de la Friche, le chaos les avait épargnées. Là-bas, il était facile d'oublier que le monde était brisé.

La seule chose qui lui avait manqué, c'était son père, quand bien même il était présent sur les photos, dans les livraisons de provisions et dans la promesse qu'elles rentreraient bientôt.

Après, elle s'était raconté beaucoup d'histoires. Qu'elle avait toujours souhaité partir, qu'elle en avait assez de cette petite maison et que, lorsqu'elle parlait de « chez elle », elle voulait dire la capitale.

Le soleil se levait à présent dans son dos, inondant les champs de lumière. La rosée scintillait sur les brins d'herbe et mouillait son pantalon jusqu'aux genoux. L'air sentait le frais et le propre, comme jamais dans la ville. August marchait quelques mètres derrière Kate, qui regardait les coordonnées sur la montre fluctuer à mesure qu'ils approchaient peu à peu de leur destination.

Il restait silencieux. Elle aussi.

Ils longèrent des usines et des entrepôts tous aussi bien gardés que *L'Horizon* et croisèrent près d'un squat le regard méfiant d'une femme aux traits tirés qui vérifiait qu'elle n'avait rien perdu dans la nuit. En milieu de matinée, Kate aperçut au loin une ville squelettique dont les toits métalliques et les murs extérieurs reflétaient la lumière du soleil. Ils l'évitèrent, préférant rester près des arbres quand il y en avait, sinon dans les herbes hautes. Pendant tout ce temps, la jeune fille ne quitta pas la montre des yeux, les nombres se rapprochant de plus en plus de leur objectif.

Lorsque le bois apparut devant elle, le souvenir ressurgit dans son esprit. Huit cents mètres plus loin, la barrière d'arbres dense en apparence cédait la place à un petit pré… et à une maison.

Ils traversaient le bois quand Kate se rendit compte qu'elle n'entendait plus les pas d'August derrière elle. Elle se retourna pour le découvrir, un peu plus loin, qui caressait distraitement le tronc d'un marronnier.

— Allez ! s'écria-t-elle. On est presque arrivés.

Il ne réagit pas.

— August ?

— Chut, répondit-il, les paupières closes. Ça s'est enfin arrêté.

— Quoi donc ? demanda-t-elle en le rejoignant.

— Les coups de feu, chuchota-t-il.

— De quoi tu parles ? s'étonna Kate en balayant les environs du regard, les sourcils froncés d'inquiétude.

August rouvrit les yeux pour les poser sur l'écorce rugueuse.

— Leo avait tort, confia-t-il d'une voix étrangement mélodieuse. Il m'a dit que c'était mon caractère, ma nature, et je l'ai cru. Mais il se trompait : je suis toujours là.

Son visage se fendit d'un sourire enfantin. Elle ne l'avait jamais vu sourire, du moins pas comme ça.

— Je suis toujours là, Kate.

— D'accord, August, tu es toujours là, concéda-t-elle, perplexe.

— La faim était tellement douloureuse au début, mais maintenant…

— Depuis quand est-ce que as faim ? le coupa-t-elle, stupéfaite.

Il se contenta de rire. Un gloussement ravi qui sonnait faux venant de lui. Puis son regard croisa celui de la jeune fille, qui resta tétanisée. Les yeux du Sunai brûlaient, et pas seulement de fièvre. Ils étaient en feu – leur iris d'un bleu de glace bordé d'or.

C'était comme fixer le soleil. Elle fut obligée de se détourner.

— August...

— Tout va bien, la rassura-t-il d'un ton joyeux. Ça va mieux maintenant. Tu le vois, non ? Je vais...

— Foutre le feu au bois, conclut-elle en s'approchant de lui, les mains levées. Pourquoi est-ce que tu ne m'as rien dit ?

Elle jeta un coup d'œil à la ronde, comme si un pécheur pouvait errer là par hasard. Bien entendu, il n'y avait aucun pécheur dans les environs, puisqu'il n'y avait personne. Ils se trouvaient au milieu d'une putain de forêt, en pleine cambrousse. Les paupières closes, Kate tentait de réfléchir quand elle ressentit comme une étincelle de chaleur. Elle rouvrit les yeux. August lui effleurait la joue des doigts.

— Tout va bien, affirma-t-il d'une voix douce.

— Ta main, dit-elle après s'être dégagée.

— Ma main, répéta-t-il en l'examinant. Elle ressemble à la tienne, mais ce n'est pas la tienne car je ne suis pas toi. Je ne suis pas comme toi. Tu me ressembles... ou pas. En fait...

— August !

— C'est moi qui te ressemble, mais tu es née et tu as grandi, alors que moi, je suis apparu d'un seul coup, enfin pas comme ça, pas exactement, plus petit, plus jeune... radotait-il avec une espèce d'énergie frénétique. Je suis parti de rien, puis soudain, je suis devenu quelque chose, tout à coup, comme le contraire de la mort. Tiens, je ne l'avais jamais vu comme ça...

Elle lui toucha le front avant de retirer brusquement sa main.

— Tu es vraiment brûlant.

— Comme une étoile, lança-t-il, un sourire lumineux, éblouissant, aux lèvres. Tu savais que toutes les étoiles brûlent ? Comme un murmure suivi d'une explosion ou une explosion suivie d'un murmure, je ne me souviens plus, mais je sais qu'elles brûlent...

Elle se retourna et commença à le traîner entre les arbres. Une véritable chaleur émanait à présent de lui pour se diffuser sur la peau de Kate là où elle touchait sa manche.

— Tous ces petits incendies dans le ciel et tout ce noir entre eux. Toute cette obscurité. Toute cette fol... (Il s'interrompit.) Non.

— Qu'y a-t-il ?

Il se dégagea et porta les mains à sa tête.

— Non, non, non... supplia-t-il en tombant à genoux. Colère, folie, joie, je n'en peux plus !

— Allez, chuchota Kate, accroupie à ses côtés. On est presque arrivés.

Mais il s'était mis à secouer la tête sans pouvoir s'arrêter. L'angoisse émanait de lui en même temps que la chaleur pour s'infiltrer sous sa peau à elle. August remua les lèvres et elle l'entendit répéter : « *Tout va bien, tout va bien, tout va bien.* »

Elle passa un bras autour de sa taille pour l'aider à se relever. La chemise du jeune Sunai était mouillée. De la sueur, peut-être ? Mais le reste de son corps paraissait sec et, quand elle se dégagea, elle avait les doigts noirs.

— August, commença-t-elle d'une voix lente. Je crois que tu saignes.

Il s'ausculta comme s'il ne reconnaissait pas son propre corps. Face à son absence de réaction, Kate souleva un pan de sa chemise. Elle vit alors l'endroit où une balle avait éraflé les côtes de son camarade. Il se toucha le flanc avant de fixer la traînée de sang noirâtre sur sa main comme s'il s'agissait d'une substance étrangère. Son sourire enchanté s'était évanoui d'un seul coup. À présent, il avait l'air d'un garçon aussi triste que terrifié.

— Non, murmura-t-il. Ce n'est pas normal.

Il avait raison.

Les Sunai étaient censés être invincibles.

« Rien n'est invincible. »

La faim rongeait-elle ses forces ?

— Allons-y, déclara-t-elle en tentant de le relever.

Mais c'est lui qui l'attira vers le bas. Les genoux de Kate s'enfoncèrent dans la terre moussue, et les doigts d'August dans ses bras. Il tremblait à présent, son euphorie éphémère laissant place à d'autres émotions. Sur ses joues coulaient des larmes qui s'évaporaient avant même d'avoir atteint sa mâchoire.

— Kate… Il faut que j'arrête d'avancer vers le précipice… Ne me laisse pas sombrer, la supplia-t-il entre deux sanglots. Je ne peux pas je ne peux pas revivre ça je ne peux pas m'abandonner aux ténèbres je m'accroche au moindre détail et si je lâche je ne pourrai rien récupérer je ne veux pas disparaître…

— D'accord, August, affirma-t-elle avec autorité en s'efforçant de garder son calme. Je ne te laisserai pas sombrer.

— Je t'en prie, chuchota-t-il, son front brûlant enfoui dans le cou de la jeune fille. Promets-le-moi.

— C'est promis, lui assura-t-elle en lui caressant les cheveux.

Ils avaient parcouru un bon bout de chemin. Une fois à la maison, ils feraient tomber sa fièvre, prendraient l'argent dans le coffre-fort et la voiture dans le garage. Puis ils rouleraient jusqu'à trouver quelque chose – enfin, quelqu'un – qu'August puisse manger.

— Reste avec moi, lui intima-t-elle en lui prenant la main pour le relever. Reste avec moi.

La chaleur lui picota les doigts, d'abord agréable, puis douloureuse, mais Kate ne le lâcha pas.

Chapitre 2

Ils arrivèrent enfin à la maison.

Le gravier crissait sous les pieds de Kate tandis qu'elle traînait à moitié August à travers le pré, puis dans l'allée envahie par les mauvaises herbes jusqu'en haut du perron. La peinture bleue sur la porte d'entrée avait passé, toutes les plantes du jardin étaient revenues à l'état sauvage et une fissure en forme de toile d'araignée courait sur une vitre. Autrement, la maison paraissait exactement la même qu'auparavant.

Comme une photo, pensa la jeune fille. Les bords usés, la couleur passée, mais l'image en elle-même inchangée.

August s'effondra sur les marches le temps que Kate fouille sous les mauvaises herbes en quête du tuyau d'écoulement et du petit boîtier magnétique où était cachée la clé. Elle enfoncerait la porte s'il le fallait, mais le battant avait tenu si longtemps ! Elle n'avait aucune envie d'être celle qui le casserait.

— Dis quelque chose, murmura le Sunai.

Il avait le souffle coupé, mais elle reconnut les mots qu'elle avait prononcés dans la voiture.

— Quoi ? demanda-t-elle, imitant la réponse d'August.

— Je ne sais pas, chuchota-t-il.

Sa phrase se termina par un sanglot de chagrin ou de douleur. Lorsqu'il se recroquevilla sur lui-même, l'étui à violon glissa de son épaule et heurta les marches avec un bruit sourd.

— Je voulais juste… avoir la force de tenir.

Elle trouva le boîtier et batailla pour l'ouvrir. Ses mains avaient beau trembler, elle ne s'en aperçut vraiment qu'au moment où elle dut récupérer l'éclat de métal tombé dans les mauvaises herbes.

— Il ne s'agit pas de force, August, mais de besoin. De ta nature.

— Je… refuse… d'être comme ça.

Elle poussa un soupir exaspéré. Pourquoi n'avait-il pas mangé ? Pourquoi ne lui avait-il rien dit ? Une fois la clé retrouvée, elle se redressa, la glissa dans la serrure et tourna. C'était un tout petit geste, mais la mémoire musculaire était impressionnante. Elle ouvrit la porte en grand. Kate se doutait que l'endroit paraîtrait abandonné, mais ce qu'elle découvrit la surprit malgré tout. L'air vicié, les surfaces couvertes de poussière, les mauvaises herbes qui grimpaient à travers les lattes du parquet… Retenant l'envie soudaine et douloureuse d'appeler sa mère, elle aida August à entrer.

Ses jambes la portèrent de l'autre côté du salon. Elle trouva le générateur dans la cuisine et appuya sur les boutons comme elle l'avait fait une centaine de fois. Ses gestes étaient simples et machinaux. Sans attendre que les lumières s'allument, elle se rendit directement dans la salle de bain, si chaleureuse avec ses carreaux bleu et blanc et sa baignoire en porcelaine.

Elle ouvrit le robinet en priant pour que les réservoirs d'eau de pluie fonctionnent encore. Les tuyaux gémirent et, quelques instants plus tard, l'eau se mit à pleuvoir, couleur rouille au début, puis limpide et froide.

August chancelait derrière elle. Il posa l'étui à violon par terre et parvint à retirer ses chaussures avant de trébucher, mais il se rattrapa aussitôt au rebord de la baignoire. Quand Kate voulut l'aider, il leva une main en signe d'avertissement. Les marques brûlaient son bras et son dos rougeoyait à travers sa chemise. Lorsqu'il l'enleva, elle vit 423 lignes incandescentes flamboyer sur sa peau.

Elle ne savait pas quoi faire.

— Pars.

Il avait murmuré ce mot comme une supplication.

— Pas question que je…

— Je t'en prie.

Sa voix tremblait et la chaleur faisait onduler ses cheveux comme une brise. Il tourna la tête vers Kate, les os de son visage embrasés tandis que ses yeux s'assombrissaient, le noir engloutissant les flammes. Elle recula d'un pas. August grimpa dans la douche à moitié habillé. Il poussa un cri quand l'eau froide toucha sa peau pour se transformer en vapeur.

Tournée vers la porte de la salle de bain, elle entendit une voix sous le sifflement grésillant de la douche. Guère plus qu'un souffle, néanmoins audible.

— Merci…

Kate passa sa main qui l'élançait sous le robinet de la cuisine. On aurait juré qu'elle l'avait posée sur une plaque chauffante, et c'est d'ailleurs l'impression qu'elle avait. Or tout ce qu'elle avait fait, c'était prendre la main d'August et ne pas la lâcher.

« Colère, folie, joie, je n'en peux plus ! »

Voilà ce qu'il avait dit dans les bois.

Qu'éprouvait-il à présent ? Certainement pas de la joie. Depuis quand souffrait-il ainsi ? Elle avait remarqué sa colère lorsque la voiture était tombée en panne, mais il était plus ou moins parvenu à garder sa folie pour lui. Sa joie, il l'avait laissée éclater. À présent… le son de sa voix brisée lui restait ancré dans la tête.

« Je ne veux pas disparaître. »

Elle déposa les pointes de fer ensanglantées dans l'évier, ferma le robinet et traversa la maison dans l'autre sens. Si la salle de bain était embuée, August avait quitté la douche. Elle paniqua avant de remarquer la tignasse sombre qui dépassait du bord de la baignoire.

« Il faut que j'arrête d'avancer vers le précipice… »

Il avait les yeux fermés, la tête penchée en arrière, le corps dangereusement immobile sous le jet d'eau qui lui montait au-dessus des hanches.

« Ne me laisse pas sombrer. »

— August ?

Pas de réponse. Pas de réaction. Kate retint son souffle. Elle se contraignit à avancer jusqu'à ce que le jeune Sunai frissonne légèrement. Soulagée, elle laissa ses poumons se vider. August avait les dents serrées, les paupières closes pour se protéger du feu.

Elle le regarda prendre une inspiration avant de plonger sous l'eau… pour ne pas remonter.

Ses os ne rougeoyaient plus, atténuant l'effet squelettique qui rappelait à la jeune fille les Malchai et les monstres en général. Sous l'onde, August avait l'air si… humain. Un adolescent ordinaire, avec ses longs membres repliés vers le haut et ses boucles noires qui flottaient autour de son visage. Elle compta les secondes, vit son dernier souffle franchir ses lèvres et se demanda si elle devait le sortir de l'eau.

Enfin, il refit surface.

Agrippé au rebord de la baignoire, il se releva avec peine. De l'eau lui coulait dans les yeux, qui n'étaient plus en feu mais pas non plus de leur gris clair habituel. Plus sombres, couleur charbon, ils étaient trop enfoncés dans son visage creusé.

La jeune fille s'agenouilla et replia ses doigts sur ceux du Sunai, qui se crispèrent. Sa peau avait assez refroidi pour qu'elle la touche. Il ne se déroba pas.

— Kate, murmura-t-il tandis que sa vision se brouillait de nouveau par à-coups.

— Je suis là, le rassura-t-elle. Et toi, où es-tu ?

August, les yeux clos, respira un grand coup avant de chuchoter :

— Allongé sur mon lit. J'écoute de la musique pendant que mon chat mâchonne le coin d'un livre.

Elle faillit éclater de rire devant cette réponse si banale. Comme la main du jeune Sunai redevenait chaude, elle la lâcha avant de s'adosser à la paroi de la baignoire. Derrière elle, le bruit de l'eau qui coulait rappelait celui de la pluie. Elle tira le médaillon en argent de sous son col pour le caresser distraitement du pouce.

— Ta maison, dit August d'un ton las.

Était-ce une question ?

— Oui, autrefois, répondit-elle en faisant tourner le pendentif entre ses doigts.

Un petit soupir tremblant s'échappa de la baignoire.

— Pourquoi y a-t-il autant d'ombres dans ce monde, Kate ? Il devrait y avoir la même quantité de lumière, non ?

— Je ne sais pas.

— Je n'ai pas envie d'être un monstre.

— Tu n'en es pas un.

Elle avait prononcé ces mots de façon machinale avant de se rendre compte de leur sincérité. Certes, August était un Sunai – on ne pouvait rien y changer –, mais il n'était ni mauvais, ni cruel, ni monstrueux. Il était… celui qu'il ne voulait pas être, celui qui voulait être un autre.

Kate connaissait bien ce sentiment.

— C'est douloureux, murmura-t-il.

— Quoi donc ?

— De vivre. De ne pas vivre. De céder. De tenir bon. Quoi que je fasse, c'est douloureux.

— C'est la vie, August, répliqua la jeune fille en regardant le plafond. Tu voulais te sentir vivant, non ? Que tu sois un monstre ou un humain, la vie est une expérience douloureuse.

Elle attendit qu'il enchaîne, tout en se demandant pourquoi elle n'éprouvait plus ce besoin urgent de parler. Avait-elle épuisé tous ses secrets ? S'habituait-elle tout simplement à lui ? Quand le silence lui pesa trop, elle se leva, courbaturée d'être restée sur le sol carrelé. Puis elle emprunta le couloir jusqu'à la première porte à gauche.

Sous la pellicule de poussière, les murs de sa chambre étaient jaunes – pas jaune d'or mais jaune clair, presque blancs, de la couleur du soleil, du vrai soleil et non celui que dessinent les enfants. Au-dessus du lit étroit mais moelleux, des dessins étaient punaisés sur un mur.

Elle fouilla dans les tiroirs, où elle trouva un vieux journal intime et quelques vêtements qu'elle n'avait pas pris la peine de remporter avec elle à V-City. Ils étaient tous trop petits, bien sûr, mais comme Kate devait se débarrasser de ses habits en loques, elle poursuivit son chemin vers la chambre de sa mère au bout du couloir.

La porte, qui n'était pas complètement fermée, s'ouvrit sous ses doigts.

La pièce, toute simple, était plongée dans l'obscurité à cause des rideaux tirés. À la vue du lit avec son nid d'oreillers, Kate en eut un pincement au cœur. Il lui suffirait de fermer les yeux pour se revoir allongée sur ce matelas, occupée à lire pendant que sa mère jouait à la recouvrir de ces oreillers l'un après l'autre.

Elle franchit le seuil de la chambre à pas prudents, enjambant une mauvaise herbe qui poussait entre les lattes du parquet avant de se laisser tomber sur le bord du lit. Sous les volutes de poussière flottait encore le parfum de sa mère. Avant même de s'en rendre compte, Kate avait plongé son visage dans l'océan d'oreillers.

Je suis rentrée, pensa-t-elle lorsque le souvenir remonta pour mieux l'attirer dans ses profondeurs.

Elles étaient de retour à V-City depuis quatre mois et Kate n'arrivait toujours pas à dormir. Chaque nuit, elle rêvait de monstres – avec leurs crocs, leurs griffes et leurs yeux écarlates – et chaque nuit, elle se réveillait en hurlant.

« *Je veux rentrer à la maison* », répétait-elle à sa mère.

« *Ta maison, c'est ici, Kate.* »

Elle ne s'y sentait pourtant pas bien. Ce n'était pas comme dans les histoires que sa mère lui racontait quand elle était petite. Il n'y avait pas de famille heureuse, ni de père aimant – juste une ombre qu'elle voyait rarement, avec un monstre dans son sillage.

« *Je veux rentrer à la maison* », suppliait-elle chaque fois qu'elle se réveillait.

« *Je veux rentrer à la maison* », implorait-elle chaque fois que sa mère la recouchait.

« *Je veux rentrer à la maison.* »

Sa mère maigrissait, ses yeux devenaient rouges. La ville la dévorait à petit feu. Une nuit, elle a cédé.

« *D'accord. Je vais en parler à ton père*, avait-elle promis. *On va trouver une solution.* »

La nuit de l'accident, Kate rêvait encore, piégée dans une pièce remplie d'ombres violentes, quand sa mère l'avait secouée pour la réveiller.

« *Lève-toi, Kate. Il faut qu'on parte.* »

Une vilaine marque rouge luisait sur sa joue – une zébrure avec un *H* au milieu laissée par la bague de Callum Harker là où il l'avait frappée au visage. Kate se rappelait s'être faufilée dans la pénombre du penthouse. Une vitre brisée. Une chaise renversée. Les portes du bureau verrouillées. Le sommeil qui s'accrochait à elle et la faisait trébucher.

« Où est-ce qu'on va ? » avait-elle demandé dans l'ascenseur.

« Où est-ce qu'on va ? » avait-elle demandé dans le garage.

« Où est-ce qu'on va ? » avait-elle demandé dans la voiture dont le moteur vrombissait.

« À la maison », avait fini par répondre sa mère.

Elles n'étaient jamais arrivées à destination.

Kate se redressa. Les larmes qui coulaient sur son visage creusaient des sillons dans la poussière qui le maculait. Elle se frotta les joues du dos de la main.

« Je veux rentrer à la maison. »

C'étaient ses mots. Ses mots à elle. Elle les avait répétés une bonne centaine de fois. Quand s'étaient-ils donc déformés, emmêlés, embrouillés ?

Cette supplication, cette nuit-là, le *H* de son père imprimé sur la peau de sa mère… Qu'avait-elle oublié d'autre ?

La scène de l'accident tournait en boucle dans son esprit, les pièces du puzzle comblant peu à peu les trous. Les phares apparus subitement, comme si elles avaient viré sur la voie d'en face – mais non. C'était l'autre voiture qui avait fait une embardée. Puis le cri de sa mère, son brusque coup de volant pour éviter le choc. Trop tard. L'horrible collision, le fracas du métal écrasé et du verre brisé, son crâne qui heurte la vitre avec une force fulgurante. Sa mère, effondrée sur le volant, luttant pour respirer une fois, deux fois. Le monde si immobile tout à coup, le bruit blanc dans ses oreilles, le sang dans ses yeux et, de l'autre côté de la vitre brisée, l'animal de compagnie de son père planté là, avec ses yeux perçants d'un rouge écarlate et ses lèvres retroussées en un rictus.

Kate bondit du lit et vomit sur le vieux parquet. Accroupie par terre, elle se força à prendre de grandes inspirations. Comment avait-elle pu oublier ?

Qu'importe… À présent, elle se souvenait.

De tout. Ces souvenirs n'appartenaient pas à une autre Kate. C'étaient les siens. Sa vie. Son deuil. D'une manière ou d'une autre, elle allait percer le cœur de Sloan.

Tremblante, elle se releva et attendit de retrouver son équilibre pour contourner le lit. Elle souleva ensuite le tapis du pied avant de tâtonner sur le parquet en quête de la planche mal fixée, qu'elle écarta. Nichée dans l'obscurité se trouvait la mallette métallique. Elle la sortit et fit tourner le cadenas, alignant les chiffres jusqu'à ce que la mallette s'ouvre avec un clic. À l'intérieur, elle trouva une liasse de billets maintenus par une pince, un tas de papiers officiels ainsi qu'un pistolet. Sa mère n'en voulait pas, mais Harker avait insisté, alors elle l'avait caché là, avec les autres affaires dont elle n'avait pas besoin. Kate empocha l'argent, vérifia le chargeur de l'arme – il était rempli de pointes en argent – et le glissa dans sa ceinture, contre sa colonne vertébrale, avant de tourner son attention vers les documents. Elle les feuilleta, hésitant devant la photo d'Alice Harker qui la fixait, puis elle rangea les sauf-conduits de sa mère dans la mallette, plia ceux à son nom à elle et se leva.

Dans la commode de sa mère, la jeune fille trouva un pull foncé. Elle le souleva devant elle et fut surprise de constater qu'il était presque à sa taille. Encore un rappel du temps qui s'était écoulé. Après l'avoir posé sur le meuble, elle retira la veste d'August et son chemisier avant d'enfiler le vêtement propre en grimaçant à cause de ses points de suture. Elle sentait la chaleur du médaillon en argent contre sa peau nue. Les yeux fermés, elle porta les manches du pull à son nez pour en humer les effluves de lavande. Sa mère en avait glissé dans tous les tiroirs pour donner aux habits une odeur de frais.

Kate dénicha un T-shirt pour August et le balança sur son épaule.

Dans la salle de bain régnait toujours un silence pesant. Elle suspendit le vêtement à la porte et sortit, traversant à pas feutrés les hautes herbes et le jardin dévasté pour rejoindre le petit garage. Le soleil commençait déjà à se coucher, mais la lumière se reflétait sur un bâtiment au loin, au-delà de la rangée d'arbres en direction de la Friche.

La jeune fille plissa les yeux, suspicieuse.

On aurait dit une espèce d'entrepôt ou de grange industrielle. L'édifice était récent – il n'existait pas six ans plus tôt –, mais il semblait dormir. Pas de fumée qui s'élevait des cheminées, ni de va-et-vient de camions, ni de clôture. Il avait été soit abandonné, soit pillé.

À l'intérieur du garage, elle trouva la voiture. Celle-ci n'avait pas servi, même quand elles habitaient là, bien que sa mère ait insisté pour en avoir une en cas d'urgence. Le jour de leur retour à V-City, Harker avait envoyé une garde rapprochée les chercher. Elles n'avaient donc eu aucune raison de la prendre. Après avoir débranché la batterie du générateur et refermé le capot, Kate versa un peu moins de quatre litres d'essence dans le réservoir et tenta d'ouvrir la portière, qui grinça avant de céder. Elle s'assit ensuite à la place du conducteur et trouva la clé glissée derrière le pare-soleil. Elle l'inséra dans le contact, retint son souffle et la tourna. À la première tentative, le moteur frémit. À la seconde, il démarra.

Kate poussa un cri de victoire.

Au moment où elle éteignait le moteur, elle en entendit un autre vrombir. Un camion au loin. Elle retint de nouveau sa respiration et se rappela que la route principale se trouvait de l'autre côté d'une déclivité, derrière les arbres. De là, personne ne pouvait voir la maison. Elle resta malgré tout dans la voiture, agrippée au volant, jusqu'à ne plus entendre que les battements de son cœur.

Chapitre 3

August savait qu'il perdait peu à peu la tête. Le pire, c'était d'en avoir conscience.

La maladie avait pris le contrôle de son corps et infecté son esprit. Il se retrouvait piégé à l'intérieur de lui-même, enfermé dans le brouillard comme un rêveur en équilibre au bord du sommeil. Il sentait le rêve tout proche, mais ne parvenait pas à l'attraper ni à s'en extraire.

Il n'arrivait pas non plus à retenir ses paroles. Elles traversaient ses pensées pour franchir aussitôt ses lèvres et s'envoler sans lui laisser le temps d'en saisir le sens.

La douleur s'était atténuée un moment, étouffée par la folie et la joie, mais voilà que les marques noires qui palpitaient sur sa peau le brûlaient de nouveau. Les coups de feu retentissaient dans sa tête en un déluge de bruit blanc. Il appuya son front bouillant contre le carrelage glacé, sa peau sifflant tel un feu arrosé d'eau tandis que le froid combattait la fièvre.

Le corps enfin rafraîchi, il s'écroula contre la paroi de la baignoire et laissa l'eau gelée monter au-dessus de ses tibias, puis le long de sa colonne vertébrale avant d'envelopper ses côtes.

Kate apparaissait et disparaissait. Ses yeux bleu foncé flottaient dans la vapeur au gré de ses allées et venues.

Elle se tenait à présent devant lui.

— Écoute-moi, commença-t-il en s'efforçant de s'accrocher aux mots avant qu'ils ne lui échappent. Il faut… que tu partes.

— Non.

— Tu ne dois pas… être là… quand je sombrerai.

La main de la jeune fille de nouveau sur la sienne. L'une froide, l'autre chaude, mais laquelle ? Les frontières se brouillaient.

— Je ne te laisserai pas sombrer, August.

De nouveau cette peur, cette tristesse déchirante.

— Je ne… peux pas…

— Tu ne peux pas me faire de mal, le coupa-t-elle. Pas tant que tu es toi-même, si ? Donc je reste.

Les dents serrées, les yeux fermés, il tenta de se concentrer sur son cœur, ses os, ses muscles et ses nerfs. Il s'analysa, élément par élément, cellule par cellule, en cherchant à sentir le moindre atome qui le composait.

Chacune de ces particules le suppliait de lâcher prise, de céder, de laisser les ténèbres le submerger. Lorsqu'il se sentit glisser vers l'inconscience, il se contraignit à rester éveillé, effrayé par ce qui risquait d'émerger s'il sombrait à cet instant.

Kate se tenait perchée sur le bord du canapé, une cigarette entre les lèvres. À force de chercher, elle avait déniché un paquet à moitié entamé. La vieille réserve de sa mère.

« Ces saletés vont te tuer, un de ces quatre », lui avait dit August le jour de la rentrée.

Avec un petit sourire, elle alluma le briquet en argent et regarda la flamme danser avant de l'éteindre et de jeter la cigarette.

« Il existe plein d'autres façons de mourir. »

Puis elle alluma la télévision, grimaçant à la vue de son propre visage à l'écran.

« Une augmentation des troubles le long de la Frontière dans les heures qui ont suivi la conférence de presse de Callum Harker, déclarait le présentateur. *Les forces de Flynn et celles de Harker en seraient venues aux mains. La parole est maintenant à Henry Flynn… »*

L'image passa à une conférence de presse. Un homme mince se tenait derrière un podium, le dos droit.

Une femme à la peau mate attendait à sa gauche, la main sur son épaule – son épouse, Emily. De l'autre côté, un membre des Forces spéciales avec le bras en écharpe. Parmi des milliers de soldats, Flynn en avait choisi un blessé. *Malin*, pensa la jeune fille à contrecœur. *Il se pose en victime*. En même temps, c'était le cas : son fils était porté disparu, enlevé pour un crime qu'il n'avait pas commis. À cause du père de Kate. À cause d'elle.

« Ma famille n'a rien à voir avec l'attaque perpétrée contre Katherine Harker. »

« Est-il vrai que vous avez placé un espion dans son école ? »

« Est-il vrai que l'un de vos Sunai a disparu ? »

« Est-il vrai… »

Après avoir éteint la télévision, Kate tira le portable de sa poche. Elle avait rédigé la moitié d'un message destiné à son père quand le fil de ses pensées fut interrompu par un bruit.

Des pneus. Sur le gravier.

Elle releva aussitôt la tête. Le son avait été couvert par la télévision et le sifflement de la douche. Le temps qu'elle se lève du canapé pour regarder par la fenêtre, une voiture s'arrêtait devant la maison. Un homme jeune et mince descendit du côté conducteur, coiffé d'une casquette noire des FSF. La jeune fille se raidit. Un membre des Forces spéciales de Flynn ? Elle dégaina le pistolet glissé dans son dos et retira le cran de sûreté au moment où le soldat, arrivé au perron, frappait.

À la vue de la poignée, Kate se décomposa. Elle n'avait pas fermé à clé.

— August Flynn ? appela l'homme. Tu es là ?

L'adolescente retint son souffle.

Que faisait-il là ?

Elle eut un moment d'hésitation. Et s'il n'était pas dangereux ? S'il ne leur voulait aucun mal ? Elle pourrait peut-être accompagner August à V-City…

L'inconnu frappa de nouveau. Elle traversa le salon sur la pointe des pieds. La porte ou le couloir ? Peut-être… Mais comment les avait-il retrouvés ?

Les coups cessèrent.

— Katherine Harker ? demanda la voix.

Kate n'en menait pas large.

— Je sais que vous êtes là.

Les yeux rivés sur la porte d'entrée, elle ne put voir la desserte dans laquelle elle se tapait toujours le genou.

Son tibia heurta le pied en bois et la photo encadrée qui reposait dessus s'écrasa sur le plancher.

Dès que la poignée se mit à tourner, Kate fila vers le couloir. Elle était à mi-chemin quand la porte s'ouvrit brusquement.

Malgré l'eau qui continuait de couler, August entendit du bruit.

Une basse lourde. Comme les chansons de Kate, mais il n'entendait pas de voix, juste un battement sourd et répétitif.

Il se hissa en position assise. La moindre respiration, le moindre geste était douloureux, mais il était toujours là, toujours lui-même.

Son pantalon mouillé collé à sa peau, le jeune Sunai se mit debout. Pris de vertige, il se rattrapa au mur carrelé avant de fermer le robinet, l'oreille tendue pour percevoir les bruits au milieu des coups de feu qui lui martelaient la tête. Derrière le cliquetis saccadé, il entendit son nom, puis de nouveau ce son – le rythme régulier d'un poing contre le bois, bien sûr !

Boum ! Boum ! Boum !

August sortit de la baignoire avec l'impression d'avoir un corps de verre – un seul faux mouvement et il se briserait. Il s'appuya un moment sur le rebord.

— Kate ? s'écria-t-il.

C'est alors qu'il entendit le fracas.

La porte s'ouvrit en grand juste au moment où Kate traversait le vestibule. L'homme l'attrapa par la taille et tous deux tombèrent à terre en luttant. Il s'effondra sur elle et lui tordit les poignets au-dessus de la tête. Elle lui assena un coup de genou dans le ventre avant de l'envoyer, du pied, valser contre le mur. Puis elle roula sur le côté et se releva, le pistolet pointé sur lui.

— Ne bougez pas, grogna-t-elle.

Si son cœur battait la chamade, ses mains, elles, ne tremblaient pas.

Son assaillant avait perdu sa casquette et ses cheveux lui tombaient dans les yeux, mais elle avait eu le temps d'apercevoir le *H* détruit sur sa joue. Ce n'était donc pas un membre des FSF, mais l'un des hommes de Sloan.

— Les mains en l'air !

— Mademoiselle Harker, commença-t-il d'une voix mielleuse, une main à moitié levée, l'autre toujours derrière son dos. Je ne suis pas venu vous tuer.

— J'ai dit : les mains en l'air ! répéta-t-elle en armant le pistolet.

— Inutile de vous énerver, répliqua l'homme, mais son regard était dur, calculateur. C'est votre père qui m'envoie.

Les yeux de la jeune fille passèrent de la casquette tombée par terre à la cicatrice sur la joue de l'intrus.

— Ben voyons.

— Je me suis déguisé au cas où le monstre ouvrirait la porte. Sans votre père, comment vous aurais-je retrouvée, mademoiselle Harker ? ajouta-t-il, un sourire presque arrogant aux lèvres.

— Pourquoi vous aurait-il envoyé ?

— Parce qu'il était inquiet.

— Et la cicatrice ?

Il pencha la tête. Ses cheveux tombèrent sur le côté pour découvrir la marque.

— Plutôt malin, hein ? Posez votre arme et…

— Montrez-moi votre autre main.

D'un geste aussi lent que fluide, il sortit sa main de derrière son dos, révélant un portable.

— Voyez ? dit-il d'une voix douce.

— Posez-le sur la…

De nouveau, des pneus sur le gravier. Kate ne détourna le regard qu'un court instant, mais ce fut suffisant. L'homme se précipita sur l'arme de Kate. Lorsqu'il effleura le canon des doigts, elle reporta son attention sur lui et tira.

La déflagration se répercuta dans ses bras et transperça la pièce, aussitôt transformée par son oreille valide en parasites. Elle avait raté sa cible – la balle avait touché l'homme au cou avant de creuser un trou dans le mur derrière lui. Le portable tomba de sa main et glissa par terre lorsqu'il s'agrippa la gorge. Du sang coulait déjà entre ses doigts et sur son torse, gouttant sur le parquet.

Rouge.

Ce n'était pas le sang noir d'un monstre, mais le rouge profond d'une vie humaine.

L'intrus remua les lèvres, mais le temps que Kate recouvre l'ouïe, il était trop tard. Il risqua un pas chancelant vers le mur, puis la vie quitta ses yeux et il s'effondra. Il était mort avant de toucher le sol.

Tétanisée, la jeune fille regarda la flaque de sang s'agrandir sur le plancher. Elle aurait dû éprouver la même chose qu'après avoir tué un monstre.

Mais non.

Un frisson la parcourut, puis Kate entendit un halètement. August se tenait à l'entrée du couloir, trempé et plié en deux de douleur.

Non, pas de douleur.

De faim.

— Kate… articula-t-il.

Quand il releva la tête, horrifié, la lumière avait disparu de ses yeux noirs.

— Qu'as-tu fait ?

Chapitre 4

Le champ de vision d'August se rétrécit.

Les ombres dans la pièce se pliaient, se décollaient des murs et du sol pour s'entortiller autour de Kate. L'ombre de la jeune fille elle-même se tordait autour d'elle tandis qu'elle se dirigeait vers lui.

— Je ne voulais pas… Il m'a attaquée… J'ai cru…

Son âme palpitait telle une lumière rouge sous sa peau. Elle tenta de lui saisir le bras, mais il recula d'un pas chancelant. Loin, loin, loin.

Il avait beau vouloir parler, les mots lui restaient coincés dans la gorge.

Il avait l'impression que la pesanteur dans la pièce basculait, comme si, à tout instant, le mur derrière Kate allait devenir le sol et que lui-même allait tomber en avant sur elle. Mais elle attendait, plantée là. Il n'avait qu'à tendre la main pour l'attraper, enfoncer ses ongles dans son épaule blessée et faire remonter son âme à la surface pour que la douleur cesse. Pour que tout cesse et…

— Fuis, supplia-t-il, la chair brûlante et les os vibrants.

— August, je…

— Fuis, je te dis !

Cette fois, elle l'écouta. Elle tituba jusqu'à la porte et fila dans le crépuscule juste au moment où une deuxième voiture arrivait.

Kate s'arrêta net sur l'allée de graviers : une berline noire lui barrait le passage.

Un Malchai qu'elle ne connaissait pas descendit d'un côté… et Sloan de l'autre.

Il la regarda de haut en bas avec un petit sourire en coin.

— Bonjour, Kate.

L'accident de voiture. Ce rictus. Ces yeux rouge sang.

— Qu'est-ce que tu fais là ? demanda-t-elle en levant son pistolet.

— Je suis venu te ramener chez toi, répondit-il, les bras écartés, fins comme des fils de fer.

— Tu n'es pas envoyé par mon père.

— Mais si, Kate. Malgré toutes les horreurs que tu lui as murmurées à l'oreille.

— Pas question de te suivre, répliqua-t-elle, les doigts serrés sur son arme. C'est toi qui as envoyé ces monstres me tuer, n'est-ce pas ?

— Et alors ? rétorqua Sloan en l'observant.

— Alors tu as dit que ce n'était pas toi…

— Moi ? Je n'ai jamais dit ça, la coupa-t-il, un sourire vicieux étirant ses lèvres.

Il avait raison, c'étaient les mots de Harker : *« Je l'ai interrogé moi-même. Nous savons tous les deux qu'il est incapable de mentir. »*

La vérité lui éclata au visage. Si Sloan ne pouvait en effet pas mentir, son père, lui, en était parfaitement capable.

— Va chercher le Sunai, Oslo, ordonna Sloan à l'autre monstre. Je m'occupe d'elle.

Docile, le Malchai se dirigea vers la maison. Kate tourna le pistolet vers lui et tira. La pointe en argent s'enfonça dans l'épaule du monstre, qui grogna tandis que du sang noir tachait sa chemise. La jeune fille visa ensuite Sloan, mais ce dernier était déjà sur elle, ses doigts froids se refermant sur son poignet pour lever le canon de force.

— Voilà que tu recommences ! railla-t-il. Tu croyais vraiment pouvoir retourner mon maître contre moi ?

Un soupçon de dédain dans le mot « maître ». Il l'attira à lui. De sa main libre, elle se saisit du briquet dans sa poche juste avant que le monstre ne commence à l'étrangler.

Elle lui planta le cran d'arrêt dans le poignet. Sloan recula au contact de l'argent. Elle retira la lame pour tenter de lui taillader la gorge, mais il était trop rapide. Sans lui laisser le temps de le frapper de nouveau, le poing de Sloan heurta la mâchoire de Kate, qui s'écroula en crachant du sang sur le gravier.

Le briquet glissa hors de sa portée et des doigts glacés enserrèrent son épaule blessée. Il la retourna de force sur le dos et referma ses deux mains sur sa gorge.

— Notre petite Katherine a bien grandi.

Elle eut beau lui griffer le poignet, c'était comme lutter contre un roc.

— Tu crois que tu mérites une chance de diriger la ville ? Elle ne t'appartient pas, ni à Callum Harker d'ailleurs. Plus maintenant. Bientôt, les monstres vont se soulever et à ce moment-là… la ville sera à moi, annonça-t-il, penché sur elle.

Il s'agenouilla sur ses côtes meurtries. Elle voulut crier, mais n'avait plus d'air. Ses poumons hurlaient de douleur.

— Tu as tout gâché, poursuivit-il. Même pas foutue de mourir au bon moment. Au moins, ta mère s'en est montrée capable, elle.

Tout en assenant des coups de pied, elle se tortillait dans l'espoir de prendre appui pour lever une jambe tandis que sa vision se brouillait et se réduisait.

— Je ferais mieux de te tuer tout de suite, déclara-t-il d'un ton mélancolique. Ce serait un acte de bonté. Seulement…

Il lui cogna la tête sur le sol et tout devint noir.

August fit quelques pas mal assurés dans la salle de bain. Il tomba à genoux sur le carrelage et posa l'étui à violon devant lui. Il bataillait avec les fermoirs lorsqu'une ombre apparut sur le seuil, ses yeux rouges reflétés dans le miroir.

Le jeune Sunai ne fut pas assez rapide. Ses doigts avaient à peine effleuré les cordes de l'instrument qu'un coup de botte dans les côtes l'envoyait valser contre le pied du lavabo.

La porcelaine se fendit contre sa colonne vertébrale et la force du choc expulsa tout l'air de ses poumons.

— Tiens, tiens… railla le Malchai de sa voix rauque et granuleuse. Tu n'as plus grand-chose d'effrayant, maintenant.

August s'efforça de se mettre à quatre pattes avant de ramper vers son étui, mais la botte de la créature s'abattit sur son poignet pour le broyer sur le sol carrelé. La douleur fusa en lui, trop vive, trop humaine. Des ongles acérés le relevèrent, puis il vola en arrière dans le mur, si fort que les carreaux se brisèrent en pluie autour de lui quand il tomba.

La bouche envahie de sang, il se redressa tant bien que mal pendant que la main du Malchai se refermait sur le manche de son violon.

Non !

— *Sunai, Sunai, yeux de charbon,* chanta le monstre en passant un ongle sur une corde, *volent ton âme d'une chanson.*

August se précipita en avant mais, au même moment, le Malchai prit son élan et lui balança le violon à la tête.

Le Sunai tenta de lever la main pour parer le coup ou au moins sauver l'instrument. Trop tard. Le violon se brisa contre son crâne, réduisant le monde à du bois fendu, des cordes cassées et un silence absolu.

Chapitre 5

Le monde revint en morceaux.

Du béton sous ses genoux. Du fer autour de ses poignets. Une flaque de lumière en mouvement. Un tapotement métallique. L'écho d'un grand espace vide.

Le monde revint en morceaux, tout comme August. Pendant un instant, il craignit de s'être perdu. Mais à en juger par son mal de tête, sa douleur aux poignets et la chaleur accablante sur sa peau, il comprit qu'il n'avait pas perdu le contrôle. Du moins, pas encore.

Il se tenait à genoux sur le sol d'un entrepôt, entouré de verre, de poussière et d'une seule source de lumière crue, aux limites si nettes que l'espace au-delà lui apparaissait comme un mur noir. On lui avait attaché les bras au-dessus de la tête. La douleur lui brûlait les poignets et les chaînes lui entaillaient la base des mains, l'écorchant de manière invraisemblable.

Où était-il ?

Où était Kate ?

Quelque part derrière la flaque de lumière, le tapotement persistait. August plissa les yeux. La première chose qu'il vit ne fut ni l'éclat du métal ni l'amas de chair, mais le rouge ardent des yeux du Malchai.

Il fit l'effort de se mettre en position accroupie tandis que la créature en costume noir s'avançait, tenant au bout des doigts une longue barre de métal au bord tranchant, dentelé, comme arraché à une grosse machine. L'extrémité traînait sur le béton avec un crissement qui transperça la tête d'August et le fit grimacer.

Le monstre avait quelque chose d'étrange. Il était osseux, bien sûr, mais les traits de son visage, sa carrure et sa posture le faisaient paraître presque humain.

Presque.

Le jeune Sunai parvint à se redresser sur un pied avant qu'un ronronnement métallique ne se déclenche. Les chaînes au-dessus de sa tête se tendirent jusqu'à le hisser en position debout, puis sur la pointe des pieds. Il lutta pour garder l'équilibre, les articulations des épaules étirées. Depuis quand sentait-il les tensions subtiles de ses muscles et de ses os ? Tout son corps lui paraissait fragile, cassable. Dans un coin reculé de son esprit, il se demanda si c'était ça, se sentir vraiment humain.

— August Flynn, déclara le Malchai en faisant rouler le nom sur sa langue. Je m'appelle Sloan.

Bien sûr. L'animal de compagnie de Harker.

Celui-ci examina ses doigts aux ongles pointus avant de se pencher en avant.

— Dis-moi, tu n'as pas l'air en forme… Depuis quand n'as-tu pas mangé ?

August s'apprêtait à parler quand il se rendit compte qu'il ne pouvait pas. Ses mâchoires étaient collées, sa bouche fermée par du ruban adhésif.

— Ah oui, pardon, se moqua le Malchai. Je connais le pouvoir de la voix d'un Sunai. Surtout s'il s'abandonne aux ténèbres. Leo et moi avons eu un petit différend. (Un silence pensif.) Entre ton frère et ta sœur, j'en ai appris beaucoup sur votre espèce. Mais je m'égare…

Une deuxième paire d'yeux rouges flottait dans l'obscurité derrière lui, même si Sloan continuait de fixer la perche métallique entre ses mains. Il la posa sur les côtes d'August, là où une ligne noire s'écoulait de la blessure par balle reçue au relais routier.

Sloan feignit l'inquiétude.

— Tu saignes ! Comme c'est étrange, dit-il en éloignant la barre. On dit les Sunai invincibles. Sauf que nous savons tous les deux que c'est faux.

Le Malchai de Harker prit son élan avant de balancer la perche dans les côtes d'August. Assailli par une douleur fulgurante, l'adolescent sentit ses os menacer de craquer, sa conscience se fracturer. Un gémissement s'échappa du bâillon. Il avait l'impression que le ruban adhésif fondait pour fusionner avec sa peau en l'étouffant au passage. Pris de vertige, il luttait pour respirer.

— En réalité, plus tu as faim, plus tu es humain. Mais ça ne suffit pas.

Le bord dentelé de la barre vint se poser sous son menton, le contraignant à lever la tête.

— Tu peux souffrir, et même saigner, mais toujours pas mourir.

Lorsque la perche heurta la clavicule d'August, la douleur explosa dans sa poitrine. Il ravala un sanglot. Le Malchai attrapa sa barre à deux mains.

— Tu te demandes peut-être ce que j'attends de toi.

August, qui s'efforçait de reprendre son souffle, lui jeta un regard noir.

— C'est tout bête, annonça Sloan, dont les yeux rouges dansaient telles des flammes dans son crâne. Je veux que tu t'abandonnes aux ténèbres.

L'autre Malchai s'était avancé jusqu'au bord de la flaque de lumière. Il lança à son complice un coup d'œil nerveux. August ne se sentait vraiment pas bien.

— J'imagine que tu sais pourquoi, ajouta Sloan avec un sourire acéré.

Le jeune Sunai fit « non » de la tête et la barre heurta une fois de plus ses côtes. Nouvelle explosion de douleur. La tête baissée, il tenta de s'y accrocher plutôt que de se laisser emporter. Sloan lui enfonça ses ongles dans la mâchoire pour lui relever le menton.

— Réfléchis bien.

Il tapota le front d'August d'une griffe pointue, qu'il fit ensuite glisser sur son sourcil gauche.

La cicatrice de Leo. Cette marque lui avait toujours paru absurde, parce que les Sunai n'avaient pas de cicatrices. Du moins pas quand ils étaient de chair et de sang. Ce qui n'était donc pas le cas de son frère à l'époque.

— À mon avis, reprit Sloan de sa voix mielleuse, la forme la plus puissante d'un Sunai est aussi sa plus vulnérable. Logiquement, si tu acceptes les ténèbres en toi, je pourrai te planter cette barre dans le cœur.

Il se pencha ensuite assez près pour qu'August sente le froid de l'âme pourrie du monstre contre sa peau fiévreuse.

— En fait, chuchota-t-il, j'en suis certain : j'ai testé ma théorie hier soir… sur Ilsa.

Le cœur d'August s'affola. De la bile monta dans sa gorge.

Non !

Les ténèbres affluaient, menaçant de faire surface. Le Malchai fredonna de plaisir.

— Toutes ses étoiles…

« Ne t'en fais pas, petit frère. »

— Je les ai regardées s'éteindre.

« Je n'ai pas peur du noir. »

— Juste avant de lui trancher la gorge.

Kate ouvrit les yeux. Le monde était toujours sombre. Non, pas seulement sombre. Noir. D'un noir opaque, comme une pièce privée de lumière du jour.

Elle avait mal à la tête et la gorge irritée là où les doigts de Sloan l'avaient agrippée. En inspirant, elle sentit l'humidité caractéristique des lieux abandonnés exposés aux éléments, l'odeur forte du métal, de la terre et de la pierre.

Un frisson lui remonta le long de l'échine. Elle constata qu'elle était assise sur un sol en béton, affalée contre un mur de béton. Le froid s'insinuait dans son dos et ses jambes. Du métal lui enserrait les poignets. Quand elle tenta de se dégager, elle entendit le cliquetis de l'acier contre l'acier. Ses mains étaient menottées à un objet sur sa droite. Elle se tourna, leva les bras et tâtonna jusqu'à trouver une barre métallique plate, comme un élément d'échafaudage. Elle tira de toutes ses forces, sans succès.

Les doigts accrochés au métal, la jeune fille se haussa sur ses pieds, lentement, au cas où le plafond serait bas. À environ un mètre de hauteur, ses menottes rencontrèrent une barre transversale qui la contraignit à s'arrêter. Elle se laissa retomber à genoux et suivit le poteau jusqu'au sol, où il était vissé à une espèce de plaque. Aucune échappatoire. Elle tourna la tête dans l'espoir d'entendre autre chose que les battements de son cœur dans son oreille valide. Au début, elle ne distingua que le silence puis, étouffée par le béton, le métal et tout ce qui la séparait du monde extérieur, une voix à la fois douce et mielleuse, proche du rire.

Sloan.

Les mâchoires serrées, Kate hésitait entre crier son nom jusqu'à ce qu'il vienne et garder le silence jusqu'à trouver un moyen de le tuer. À force de tendre l'oreille, d'autres sons assourdis lui parvinrent – un raclement métallique, un gémissement de douleur contenu. Son estomac se retourna.

August.

August, tremblant dans le couloir, les yeux écarquillés de peur et de faim.

« Va chercher le Sunai. »

La jeune fille prit une grande inspiration afin de se concentrer. Il lui fallait s'échapper. Son briquet avait disparu, égaré dans la bataille. Elle avait donc perdu son arme, mais aussi le moyen de voir ce qu'elle faisait. Rien pour crocheter ses menottes…

Un nouveau hurlement étouffé se fit entendre de l'autre côté des murs.

Elle grimaça, repoussant un frisson de peur. Si quelque part, une autre version d'elle pouvait être terrifiée, sa version actuelle n'avait pas ce luxe. Aussi se ressaisit-elle pour retrouver à tâtons l'endroit où le poteau était vissé au sol. Elle sentit sous sa main quatre vis, toutes à moitié rouillées. Le cadre avait beau être solide, si elle parvenait à détacher la base, elle pourrait peut-être la tordre et glisser les menottes par-dessous. Elle s'occuperait de les retirer plus tard. Être menottée n'était pas aussi grave qu'être menottée à quelque chose. Kate se concentrait sur sa respiration quand un nouveau sanglot lui coupa le souffle.

Elle tenta de tourner une vis, mais cette dernière ne bougea pas. Elle tira jusqu'à en avoir mal aux doigts, tourna jusqu'à se casser les ongles.

Peine perdue.

Les paupières closes, elle se força à réfléchir tout en portant les doigts à son pendentif. Elle rouvrit aussitôt les yeux. Appuyée contre la barre pour attraper la chaîne du médaillon, elle la tira de sous le col de son pull. Ce geste peu élégant lui permit de passer le collier par-dessus sa tête avant d'en insérer le bord dans la rainure de la vis en priant pour qu'il soit à la bonne taille. Son vœu fut exaucé. Elle tourna de toutes ses forces. Ses doigts glissèrent à deux reprises, lui écorchant les articulations.

Puis, enfin, la vis se mit à se desserrer. Après quelques minutes et autant de jurons, elle se détacha complètement.

Et d'une, pensa Kate. *Plus que trois.*

La voix de Sloan montait et descendait derrière la porte.

Kate coinça le disque en argent dans la vis suivante.

Soudain se fit entendre un horrible bruit sourd, comme du métal contre de la chair, comme une barre contre… un os.

Elle tourna, glissa, tourna de nouveau.

Un sanglot étouffé.

— Tiens bon, August, supplia-t-elle alors que la deuxième vis commençait à venir. Tiens bon !

Chapitre 6

Une goutte de sang d'un noir visqueux tomba sur le béton.

— Il n'y a qu'une seule issue possible, déclara Sloan en passant un ongle sur le bord dentelé de la barre.

August s'efforçait de faire entrer l'air dans ses poumons. Le Malchai l'avait frappé au visage et du sang coulait de son nez sur le ruban adhésif qui lui couvrait la bouche. Il s'étouffait – de sang, de terreur – et, chaque fois que sa vision se brouillait, il pensait à Ilsa.

Ilsa devant la fenêtre, fissurant la vitre de ses doigts.

« Toutes ses étoiles. »

Ilsa reflétée dans le miroir, le menton posé sur l'épaule d'August.

« Je les ai regardées s'éteindre. »

Ilsa allongée sur le sol de la cellule du traître, chantant pour l'endormir.

« Juste avant de lui trancher la gorge. »

Il avait mal aux poumons et la vision trouble.

Tiens bon ! ordonna-t-il à son corps.

C'est à ce moment précis qu'un bourdonnement électrique se mit à emplir l'air. Ce qui le maintenait debout disparut. Les chaînes se détendirent et il s'effondra, non sans heurter le sol avec violence, les poignets toujours à vif, toujours enchaînés.

— Sloan ! s'écria l'autre Malchai.

August tenta de se lever… et échoua. L'entrepôt devint flou avant de se transformer en chambre, en ruelle, en école. Quelqu'un criait un nom – le sien. Voilà qu'il se trouvait dans la forêt, à caresser les troncs d'arbres. Il entendait de la musique, comme un fredonnement. Kate se retournait, les sourcils froncés, puis…

La douleur explosa dans son flanc. Il voulut rouler sur le dos, mais le béton froid menaçait de le submerger comme une vague. Il était dans la baignoire les doigts serrés sur le rebord et ceux de Kate sur les siens pendant que l'eau pleuvait sur lui et il brûlait, brûlait, brûlait de l'intérieur et les ténèbres patientaient, patientaient et patientaient encore juste au-delà de la lumière.

Dressé au-dessus de lui, tout en ombre hormis ses yeux rouge vif, Sloan souleva la barre pour le frapper de nouveau, mais August leva les mains pour bloquer le coup.

Les ténèbres s'enroulèrent autour de ses doigts tel un panache de vapeur.

— Lâche prise, August, ordonna Sloan en pesant de tout son poids sur la barre.

Le métal froid siffla au contact des mains chaudes du jeune Sunai. Ce dernier resserra sa prise, les yeux fixés sur ses doigts. Si seulement il avait la maîtrise nécessaire pour passer d'une forme à l'autre, comme son frère…

Son frère, qui pouvait se transformer en partie sans se perdre entièrement. Car il n'était plus entier. Non, il n'avait plus rien d'humain. Plus rien de réel.

Quelque part au-delà de la flaque de lumière, du métal frotta contre le béton. Les yeux plissés pour tenter de percer l'obscurité, August s'aperçut que les ténèbres n'étaient finalement pas si denses. D'énormes objets se dressaient dans l'ombre et un couloir bifurquait vers la source du bruit. Tout au bout, une double porte donnait sur le noir plus clair de la nuit.

— Oslo, lança Sloan, appuyé sur la barre. Va voir Kate.

Le cœur d'August tambourina dans sa poitrine meurtrie. *Fuis !* intima-t-il de nouveau en pensée à la jeune fille.

L'autre Malchai s'apprêtait à partir.

— Surtout, ne la tue pas, ajouta Sloan.

— Ne t'inquiète pas, répliqua le monstre, un sourire narquois aux lèvres. Je t'en laisserai un p…

— Tu me laisseras tout ! coupa l'autre d'un ton à la fois glacial et mielleux.

La peau du jeune Sunai s'embrasa.

— Tu peux mettre fin à ce supplice, reprit Sloan, qui fixait de nouveau la barre.

August le savait, mais il savait aussi que le Malchai planterait aussitôt son arme dans sa poitrine, que le métal transpercerait ce qui était encore de la chair avant de devenir un mélange de fumée et d'ombre, puis s'enfoncerait dans son cœur brûlant.

Alors August disparaîtrait.

Oui, qu'il soit fait de poussière d'étoile ou de cendre, de vie ou de mort, il disparaîtrait. Pas dans une explosion, mais dans un murmure. Apparu au milieu des coups de feu, il partirait en fumée.

Or August n'était pas prêt à mourir.

Même si survivre n'était pas simple, ni facile, ni juste. Bien qu'il ne puisse jamais être humain. Il voulait avoir une chance de compter.

Il voulait… vivre.

Le temps que Kate libère la dernière vis, elle avait les mains qui tremblaient et le visage couvert de sueur.

Elle arracha la tige, agrippa le cadre métallique et tira. Sans succès. Elle jura et tira de nouveau d'un coup sec, en y mettant toute sa force, mais la barre restait coincée. Épuisée, elle appuya sa tête sur le métal et le sentit glisser vers l'avant. À la fois surprise et soulagée, elle la saisit et cette fois, poussa. La barre se plia en grinçant. Au son du crissement contre le béton, Kate grimaça – tant pis pour la discrétion. Elle parvint à tordre suffisamment le métal pour passer les menottes en dessous, puis se releva avec peine.

Des pas se firent entendre. Le dos collé au mur à côté de la porte, elle retint son souffle tout en regrettant de ne pas avoir d'arme. Quelque chose. N'importe quoi. En tout cas, elle ne se ferait pas de nouveau attraper. Pas sans se battre !

La porte métallique tourna sur ses gonds, projetant une ombre squelettique dans la pièce. La lumière éclaira la barre tordue, les vis arrachées et l'endroit où était censée se trouver la prisonnière. Le monstre, sifflant, commença à s'avancer avant d'être violemment tiré en arrière dans le couloir.

S'ensuivit un bruit d'étouffement, le glissement écœurant d'une lame, puis plus rien. La jeune fille retint son souffle tandis qu'une deuxième ombre passait devant la porte pour aussitôt disparaître.

Au loin retentit la voix douceâtre de Sloan.

Kate compta jusqu'à dix, puis se décolla du mur et partit à sa recherche.

August sombrait à mesure que la pièce se dissolvait dans l'ombre. Étendu sur le côté, le visage collé au sol, il guettait les battements de cœur du monde.

En vain.

Il n'entendit que des pas, à la fois souples et assurés. Puis une ombre bougea hors du cercle de lumière. Il s'efforça de faire la mise au point.

Ce n'était pas le Malchai, ni Kate. L'ombre se déplaçait trop lentement, d'une démarche trop régulière.

Elle sortit enfin de l'obscurité pour se transformer en un homme, grand, beau et blond, aux yeux aussi vides et noirs que la nuit.

Leo.

Son regard croisa celui d'August. Du sang noir perla au bout de ses doigts lorsqu'il les porta à ses lèvres pour lui ordonner de se taire. Il s'avança en silence vers le bord de la flaque de lumière comme pour évaluer calmement la situation.

August toussa, puis il tenta de se mettre à quatre pattes sous le regard imperturbable de Sloan.

Regarde-moi, pensa le jeune Sunai, las. *Regarde-moi.*

Leo entra sans bruit dans la lumière alors que les ténèbres se rassemblaient sous August comme de la fumée.

Un sourire étira les lèvres de Sloan.

— C'est fini, petit monstre, déclara-t-il en soulevant la barre métallique.

August se prépara, mais avant que le Malchai ne puisse lui assener le coup de grâce, la barre avait disparu, passée en un instant de sa main à celle de Leo. Puis, d'un seul mouvement fluide, son frère enfonça le métal dans le dos de Sloan. Ce dernier poussa un hurlement étranglé avant de tituber, griffant de ses ongles le bord dentelé qui dépassait de son col tandis que du sang noir gouttait sur sa chemise. Au moment de se retourner vers son agresseur, il perdit l'équilibre, chancela et tomba sur un genou. Plié en deux, il se mit à cracher du sang.

— La mort de mon frère ne faisait pas partie de notre accord, lui lança Leo.

Les lèvres retroussées sur ses dents, Sloan tentait sans y parvenir de former des mots. Son corps frémit, ses os tressautèrent et il finit par s'effondrer sur le béton.

August posa son front sur le sol. Lorsque l'ombre de son aîné s'abattit sur lui, il roula sur le dos. Leurs regards se croisèrent. Tout d'abord, il n'éprouva que du soulagement. Puis, pour une raison inconnue, un picotement de peur. Les yeux noirs de son sauveur n'exprimaient ni stupeur ni désir de justification – seulement de la déception.

— Bonjour, petit frère.

Leo s'agenouilla pour arracher le ruban adhésif de la bouche d'August, qui faillit s'étrangler en aspirant l'air de la nuit froide. Il toussa et cracha du sang noir par terre. Puis il voulut parler sans pourtant réussir à émettre le moindre son.

— Tu peux répéter ? demanda Leo, la tête penchée sur le côté.

Il fit une nouvelle tentative.

— J'ai dit… parvint-il à souffler entre deux respirations saccadées. Quel accord ?

Son frère lui jeta un regard noyé de pitié. Comme si la réponse s'imposait d'elle-même.

Un accord avec Sloan. Un accord entre deux monstres qui désiraient déclencher une guerre.

— Qu'as-tu fait ?

Leo saisit les chaînes autour des poignets d'August pour le hisser sur ses pieds.

— Ce qui devait être fait.

— Tu… tu leur as parlé de moi, balbutia le jeune Sunai, abasourdi. Tu m'as envoyé dans ce lycée, puis tu as prévenu Sloan que j'étais là-bas.

Son aîné ne nia pas.

— Henry est au courant ?

— Henry Flynn est épuisé et affaibli. Il n'est plus en état de nous diriger.

— Mais Ilsa…

— Notre sœur n'aurait pas dû s'en mêler, le coupa Leo. Sa mort nuit à notre mission, mais je garde espoir pour toi.

August se mit à secouer la tête sans pouvoir s'arrêter.

— Tu as trahi notre famille.

— Ils ont perdu de vue notre cause, répliqua son frère en resserrant sa prise sur les chaînes. La ville a besoin de nous, August. Pas seulement le Quartier Sud ou le Quartier Nord. Toute la ville. Le poison se répand. La violence se propage. Comme tout le reste. Nous ne pouvons plus nous cacher derrière ces trêves et ces Frontières en nous contentant d'attendre. Nous sommes des Sunai.

Nous sommes faits pour purifier ce monde, pas nous terrer et le laisser pourrir. Nous avons une mission. Il est temps que tu l'accomplisses.

— Henry ne te pardonnera jamais.

— Je n'ai pas besoin de son pardon. C'est un humain, ajouta Leo, écœuré. Il est aveuglé par sa propre peur, son propre désir de survie.

— Tu n'es qu'un monstre.

August fit de son mieux pour se libérer, se dégager, mais son frère ne le lâchait pas.

— Je suis un Sunai. Je suis le feu sacré. Et si je dois brûler le monde entier pour le purifier, je te jure que je n'hésiterai pas.

Il prit le visage d'August dans sa main, mais ce geste était tout sauf doux. Le pouce sous sa mâchoire, il le contraignit à lever la tête pour affronter son regard. Ses pupilles étaient à la fois vides et d'une infinie profondeur.

— Où est-elle, petit frère ?

Kate.

À la lueur qui brillait au fond de ses prunelles, le jeune Sunai comprit que son frère disait la vérité. Leo allait mener à bien sa mission. Il allait la tuer. N'empêche qu'August ne pouvait pas avouer ce qu'il ignorait. Il secoua donc la tête.

— Tu protèges une pécheresse, siffla Leo.

— Parce que je tiens à protéger notre famille, notre ville. Sa mort déclenchera une nouvelle guerre.

Petit sourire inquiétant de Leo.

— La guerre a déjà commencé. Et ce n'est pas moi qui vais la tuer, petit frère. C'est toi.

Chapitre 7

La première chose que vit Kate fut le cadavre.

Le deuxième Malchai gisait devant la porte ouverte, les côtes brisées. Du sang noir gouttait de son torse là où sa poitrine avait été lacérée. La jeune fille s'accroupit pour ramasser un éclat d'os poisseux mais tranchant. Même si ce n'était pas un couteau, elle s'en contenterait.

Elle se redressa et balaya les lieux du regard : d'un côté, derrière la porte ouverte de l'entrepôt, attendait la nuit, un terrain vague désert laissant place à des champs. De l'autre, agenouillé dans une flaque de lumière, se trouvait August, blessé, couvert de sang. De la fumée s'élevait de son corps comme d'un feu mourant. Quelqu'un se tenait au-dessus de lui. Au début, elle se dit que c'était Sloan mais, en s'approchant, elle aperçut le cadavre du Malchai de son père recroquevillé sur le sol. À en juger par la taille de la silhouette, sa carrure, ses cheveux blonds lumineux, elle comprit que celui qui surplombait August était Leo.

Une vague de soulagement la submergea dès qu'elle sut Sloan mort et August vivant. Elle vit alors Leo hisser son frère pour le mettre debout et discerna la douleur sur le visage en sang du jeune Sunai. Elle entendit sa voix brisée alors qu'il suppliait son aîné en bataillant pour se dégager.

Kate recula d'un pas. Était-ce dû au reflet du sang sur l'os qu'elle tenait dans la main ou à son mouvement dans ce lieu autrement désert ? Les yeux d'August croisèrent les siens dans l'obscurité et, même de loin, elle les vit s'écarquiller, non pas de soulagement mais de frayeur.

Un instant plus tard, Leo tourna la tête, suspicieux. Il n'y avait aucune bonté dans son regard. Aucune pitié.

La jeune fille trébucha en arrière et faillit tomber par-dessus le cadavre de l'autre Malchai. De son côté, Leo lâchait August et tirait un objet de son manteau. Elle crut d'abord qu'il s'agissait d'un pistolet dont le métal scintillait dans la flaque de lumière. Puis elle vit ce que c'était.

Un instrument. Une flûte, pas plus grande que ses mains.

Il la porta à ses lèvres et Kate, retenant sa respiration, attendit d'entendre la musique avant de comprendre qu'elle lui était destinée.

— Cours ! hurla August en se jetant sur son frère.

Les deux Sunai tombèrent sur le béton au moment où la jeune fille filait dans la nuit.

August ne faisait pas le poids contre Leo. Il était trop jeune, trop affamé, menotté et brisé. Son aîné le repoussa avant de se ruer hors du cercle de lumière pour se précipiter dans le couloir. August se releva péniblement et rassembla ses dernières forces pour bondir derrière son frère.

— Arrête ! s'écria-t-il lorsque Leo sortit dans la nuit.

L'un de ses genoux se déroba sous lui, ce qui le fit trébucher en atteignant la porte. Il se redressa, mais retomba au moment où son aîné portait la flûte à ses lèvres pour jouer la première note.

Un son à la fois doux et faible siffla dans l'air telle une brise.

— Non ! fit August, comme s'il pouvait briser la mélodie.

Kate courait, les mains sur les oreilles. Dès que la musique s'éleva, ses pas faiblirent, ralentirent, puis s'arrêtèrent. Ses mains glissèrent doucement le long de son corps.

— Non ! répéta le jeune Sunai.

Il tenta de se relever sans y parvenir. À genoux, il regardait la lumière rouge monter à la surface de la peau de Kate, qui se retourna vers eux, la musique de Leo libérant son âme et l'esprit d'August en même temps. Quand Ilsa avait fredonné, il avait éprouvé un sentiment de paix. Mais lorsque son frère jouait, il avait l'impression de se désagréger, de se fondre dans l'obscurité.

Ce qui était le cas.

Quelque part sous la chaleur et la douleur, il sentit naître une nouvelle marque. Une journée de plus. Quatre cent vingt-quatre en tout et plus aucune ne comptait, car il brûlait. Il sombrait.

Kate remua les lèvres. Lorsqu'elle s'approcha, il entendit ce qu'elle disait. Sa confession.

— Croyais qu'il allait me faire du mal. Je n'étais pas obligée de lui tirer dessus, mais ça me semblait la solution la plus facile. Il aurait pu mentir. J'ai oublié à quoi ressemble la vérité. Je ne sais plus à qui faire confiance…

— Laisse-la partir, Leo, implora August. S'il te plaît.

Le Sunai cessa de jouer et Kate resta plantée là, à quelques mètres de lui, ses traits masqués par le flamboiement de lumière.

— Fauche-la.

— Non.

— Son âme est rouge.

— Non !

— Toi aussi, tu as péché, petit frère, gronda Leo. Péché contre ta nature et contre notre cause.

Ses paroles pénétrèrent de force dans l'esprit fragilisé d'August.

— Tu as un sacré potentiel, poursuivit son aîné. Ensemble, on va accomplir de grandes choses. Mais d'abord, tu dois te racheter. Allez, lève-toi.

Tremblant, le jeune Sunai obéit. Les ténèbres s'enroulaient autour de son corps et s'échappaient de ses membres à la manière d'un panache de vapeur. Les marques sur sa peau s'effaçaient les unes après les autres.

Je ne suis pas un monstre.

— Ça suffit, petit frère.

Je ne suis pas… Son cœur cessa de battre.

— Cède.

Je ne suis… Il se sentait se déliter.

— Embrasse ta vraie nature, ordonna Leo.

Ces mots retentirent en August et balayèrent ses dernières forces.

Il savait que son frère avait raison. Il savait ce qu'il avait à faire. Aussi cessa-t-il de lutter.

Aussitôt, la douleur s'envola et le feu s'éteignit. Le jeune Sunai sombra, toujours plus loin, dans les ténèbres.

Chapitre 8

Seule dans la nuit, Kate n'éprouvait… rien.

Ni panique, ni crainte. Même quand la musique s'arrêta, la mélodie continua dans sa tête, mêlée à la lumière… la lumière rouge… Est-ce que tout le monde en possédait la même quantité, comme pour le sang ? Il y en avait tellement…

Elle s'entendait parler, mais ne parvenait pas à se concentrer sur autre chose que l'homme devant elle et le garçon derrière lui.

Ce dernier était agenouillé par terre, poings liés, l'air si blessé, si effrayé. Elle aurait aimé pouvoir lui transmettre son propre calme. Ce garçon… Qui était-il… Non, pas un garçon, mais un monstre… Pas un monstre, mais un garçon… La musique commença enfin à s'estomper, à quitter son esprit, et ses pensées formèrent alors un nom.

August.

Pourquoi August se trouvait-il par terre ? Et qui était l'homme ? Kate luttait contre le brouillard. Tout était si loin, mais son cerveau déplaçait, triait, rangeait. C'était Leo qui se tenait devant elle, et August derrière lui. Seulement, il n'était plus à genoux. Il se relevait, les ténèbres s'échappant de ses épaules comme de la vapeur.

Puis, en quelques instants, il se métamorphosa.

Ses traits se lissèrent, sa bouche et ses yeux se détendirent, ses épaules se relâchèrent. Il baissa la tête, ses boucles noires dissimulant son visage tandis que des ombres couraient sur sa peau. Elles sortaient de sa poitrine, s'étendaient sur ses membres, couvraient chair et os. L'espace d'une seconde, il ne fut plus qu'un panache de fumée. Puis la fumée se ramassa sur elle-même, se mit à bouger et à se resserrer pour dessiner un corps aux contours rougeoyants.

Là où se trouvait auparavant un garçon se tenait désormais un monstre.

Grand, élégant et terrifiant. Les chaînes à ses poignets s'effritèrent pour s'envoler comme des cendres. Quand il releva la tête, ses yeux noirs étaient écarquillés et vides, sans lumière ni éclat, aussi mats que le ciel par une nuit sans lune. De la fumée s'élevait pour former des cornes au-dessus de sa tête et des ailes dans son dos, d'où s'échappaient des flammèches semblables à des bouts de papier brûlant. Et là, au centre de son corps, grésillant dans l'obscurité comme des braises incandescentes, son cœur palpitait d'une lumière ardente mais fluctuante.

Les yeux embués, Kate fixait la créature sans pouvoir détourner le regard. Le feu crépitait et se consumait dans la poitrine du monstre. Les contours de sa silhouette – membres, ailes et cornes – ondulaient dans l'obscurité. La scène était fascinante, comme l'incendie dans la chapelle cette nuit-là. Une chose créée, puis libérée. Le premier feu avait commencé par le craquement d'une allumette, celui-ci par un garçon.

Leo s'écarta. Aussitôt, la créature tendit le cou vers Kate.

— August, dit-elle.

Mais ce n'était pas lui. Il n'y avait plus rien d'August dans son visage, seulement une ombre. Plus rien d'August dans ses yeux, seulement des braises et des cendres.

La jeune fille voulut reculer mais, sous le regard du monstre, elle en fut incapable, figée non par la peur mais par un sentiment plus profond. Son corps ne lui obéissait plus. La lumière rouge continuait de danser sur sa peau, et Kate admirait la manière dont une vie entière pouvait être ainsi condensée. La façon dont la mort pouvait se résumer à un seul contact.

Le jeune Sunai fit un pas vers elle. Il ne se mouvait pas comme les autres monstres. Pas comme les Corsai, qui tressautaient et frémissaient, ni comme les Malchai, qui rampaient et frappaient brusquement. Non, lui se déplaçait comme de la fumée, porté par une brise qu'elle ne sentait pas, une mélodie qu'elle n'entendait pas.

Il avait levé ses doigts, dont les extrémités se consumaient. Lorsque l'air devant elle se réchauffa, la peur finit par la rattraper. Elle tenta de toutes ses forces de reculer, de résister à l'emprise de la lumière rouge qui enveloppait sa peau. Si des larmes coulaient sur ses joues, elle ne ferma pourtant pas les yeux.

— Je ne crains pas la mort, murmura-t-elle en croisant le regard de la créature qui tendait la main vers elle.

Elle ne savait pas si August se trouvait toujours à l'intérieur, s'il pouvait l'entendre et s'il s'en souciait.

— Je ne la crains pas, répéta-t-elle.

Elle était prête à rentrer en contact avec le jeune Sunai.

Mais celui-ci ne la toucha pas.

La créature fit un nouveau pas, puis sa main glissa vers Leo, ses doigts se refermant sur sa gorge. L'autre Sunai, pris par surprise, ne parvint pas à se dégager. Il avait beau lutter, tirer sur la main de son cadet, sa poigne était surpuissante, sa force absolue.

— Qu'est-ce que tu f...

Impossible de finir sa phrase : la créature avait resserré sa prise. Elle se pencha pour chuchoter quelque chose à l'oreille de Leo, dont le visage exprima d'abord la stupeur, puis la fureur, et enfin... plus rien. Il n'était pas impassible ni calme : juste vide.

Soudain, une substance commença à monter à la surface de sa peau. Non pas noire comme la vie d'un Malchai, ni rouge comme celle d'un pécheur. Ce qui apparut sur la peau du Sunai était inintelligible pour Kate. C'était un mélange de lumière et d'obscurité, d'éclat et d'ombre, d'étoiles et de nuit noire, mais aussi tout autre chose. Une explosion au ralenti, à la fois tragédie, monstruosité et résolution. Elle couvrit la peau de Leo et serpenta à travers la fumée du monstre pour tracer les contours d'une silhouette enfantine à l'intérieur de l'ombre, à la manière d'un éclair lors d'un orage.

Puis, aussi vite qu'elle était apparue, elle disparut.

Les jambes de Leo se dérobèrent et le jeune Sunai s'effondra avec lui, sa main toujours serrée sur la gorge de son aîné. Il s'agenouilla près du corps, qui se transforma en pierre, puis en cendres. Kate restait plantée là, la lueur rouge de son âme flottant toujours au-dessus de sa peau meurtrie et ensanglantée, même si la lumière s'estompait à mesure qu'elle regagnait l'abri de son être.

Lorsque le jeune Sunai se redressa, les restes de Leo s'effritèrent entre ses mains. Un seul battement de ses ailes brûlantes et les cendres s'envolèrent. À ce moment-là, il leva sa tête cornue pour poser son regard sur la jeune fille.

Le monstre combla l'espace qui les séparait en deux grands pas gracieux avant de lever la main. Kate ferma les yeux et sentit la chaleur des doigts de la créature, pas sur sa peau mais sur les menottes autour de ses poignets. En un clin d'œil, elle les rouvrit pour voir le métal noircir, puis se désagréger.

Le jeune Sunai la scruta. Sa main planait dans l'air. Sa silhouette continuait d'ondoyer telle de la fumée. Puis il frémit. Un unique frisson bestial qui le parcourut des cornes aux ailes, de la tête aux pieds. Les ténèbres se retirèrent en une vague pour révéler des cheveux noirs, une peau lisse et des yeux gris.

August se tenait là, pieds et torse nus, sa poitrine se soulevant et s'abaissant. Ses hématomes et ses plaies avaient disparu, tout comme les marques noires sur sa peau qui dénombraient jours, mois et années. L'espace d'une longue seconde, son visage demeura impassible, ses traits trop lisses, son expression aussi vide que celle de son frère. Il la regarda comme s'ils ne se connaissaient pas. Comme s'ils n'avaient pas fui ensemble, combattu ensemble, défié la mort ensemble.

Un petit pli apparut entre ses yeux. Un infime froncement de sourcils.

— Tu vas bien ? demanda-t-il.

Sa voix, quoique distante, laissait transparaître quelque chose. Une légère inquiétude. Kate, dans un soupir, examina son pull déchiré et ses mains ensanglantées.

— Je suis en vie.

Un sourire fatigué étira les lèvres d'August.

— C'est un bon début.

Chapitre 9

Rien n'avait changé.

Tout avait changé.

Ils traversèrent le pré en silence au moment où les premières lueurs du jour teintaient l'horizon. Les yeux de Kate étaient rivés sur la maison au loin, ceux d'August sur Kate. L'ombre de la jeune fille dansait derrière elle, fébrile, comme prête à se détacher pour parcourir le monde. Elle exerçait sur les sens du jeune Sunai une pression douce mais persistante.

Il avait envie de la réconforter, mais n'y arrivait pas. Il y avait désormais un gouffre là où se trouvait auparavant une partie de lui qu'il ne pouvait plus retrouver. Était-ce dû à la fatigue, au chagrin, à la confusion ? Il s'efforçait de croire que ça allait passer.

La maison était telle qu'ils l'avaient laissée. Les voitures dans l'allée de gravier. La porte d'entrée ouverte. Le corps dans le couloir. Kate ramassa son briquet dans l'herbe et contourna le cadavre pour pénétrer dans la cuisine. Quant à August, il se dirigea à pas feutrés vers la salle de bain, où gisait son violon, brisé sur le carrelage, le manche et les cordes cassés. Il se força à le contourner, comme Kate l'avait fait avec le cadavre.

Il récupéra ses chaussures et regarda ses doigts les lacer. Sa peau était lisse, son bras dépourvu de marques noires. Il passa distraitement un doigt sur son poignet.

Quatre cent vingt-quatre marques disparues, effacées.

Le jeune Sunai se redressa et fixa son reflet dans le miroir. Il scruta son visage en tentant de se rappeler cette version de lui-même datant de quelques heures seulement : un garçon au regard fou et fiévreux, aux traits tordus par la terreur et la douleur, qui serrait le lavabo, désespéré à l'idée de perdre le contrôle et dont le moindre sentiment semblait âpre, terrible, réel. Malgré ses efforts, ce souvenir s'apparentait plutôt à un rêve dont les détails s'estompaient déjà.

— August ?

Kate se tenait sur le seuil, un œil sur le violon détruit.

— Aucune importance, affirma-t-il. Ce n'est que du bois et des cordes.

Il avait cherché à la rassurer, mais sa voix sonnait faux. Trop calme. Comme celle de Leo.

Quelque chose monta aussitôt en lui – une ombre de panique, un écho de peur – avant de retomber.

Kate lui tendait un T-shirt noir. Quand il le prit, leurs doigts s'effleurèrent et il retira brusquement sa main, de crainte de la blesser. Mais, bien entendu, il n'arriva rien. Son violon était en morceaux sur le carrelage, et l'âme de la jeune fille en sécurité.

Le T-shirt sentait la lavande, remarqua-t-il en l'enfilant. Le tissu était doux contre sa peau froide.

— August… commença Kate d'une voix prête à se briser. Tu… est-ce que ça va ?

— Je suis en vie, répondit-il, comme elle un peu plus tôt.

Le regard fixe, elle croisa les bras.

— Mais tu es toujours… toi-même ?

— On m'a torturé, je me suis transformé et je viens de tuer mon frère, répliqua-t-il en la dévisageant. Je ne sais plus qui je suis.

La jeune fille se mordilla la lèvre avant de hocher la tête. Elle avait l'air perdue, elle aussi.

— Je comprends.

— Il faut que je retourne à V-City, dit August en se passant une main dans les cheveux. Je dois voir Henry, aider ma famille… Du moins, ce qu'il en reste. Selon Leo, les combats ont déjà commencé et…

— Je comprends.

— Il y a deux voitures. Je vais…

— Je rentre aussi.

— Tu crois que c'est une bonne idée ? demanda le jeune Sunai, sceptique.

— Non, sans doute pas, admit-elle en refermant les doigts sur le pendentif en argent à son cou. Mais il faut que je voie mon père. Tu veux bien m'accompagner ?

August se raidit. Après avoir traversé toutes ces épreuves ensemble, il avait confiance en elle, mais l'idée d'affronter Harker…

— Pourquoi ?

— J'ai quelque chose à lui demander, répondit-elle en crispant ses doigts sur le métal. Et j'ai besoin de m'assurer qu'il dit bien la vérité.

Chapitre 10

Assise sur le bord du bureau de son père, Kate regardait les nuages défiler en basses traînées blanches au-dessus de la ville. Son cœur battait la chamade et son corps entier lui faisait mal, mais au moins elle était là, à sa place.

La tour Harker était une forteresse : on ne pouvait pas entrer ni sortir sans être vu. Ce qui convenait très bien à la jeune fille, car elle voulait qu'ils la sachent sur place.

Lui, au moins.

En revanche, elle avait fait de son mieux pour garder secrète la présence d'August, en lui indiquant exactement où se tenir pour éviter les caméras. Et voilà le résultat.

Ils avaient mis quatre heures pour regagner la capitale en voiture. Le soleil était à son zénith, et les monstres au comble de leur vulnérabilité. Dans le penthouse, une dizaine d'enceintes diffusaient de la musique à un volume faible mais au tempo régulier. August aurait bien voulu du classique, mais Kate avait choisi du rock.

Elle n'avait pas pris la peine de nettoyer le sang ni de se changer. Dans une main, elle tenait le pistolet que Harker gardait dans son bureau. Dans l'autre, le pendentif en argent qu'il lui avait donné le matin de l'attaque.

Elle s'était toujours demandé comment ils l'avaient retrouvée cette après-midi-là, dans les entrailles d'un bâtiment à deux rues de la planque la plus proche. Ou au restaurant. Ou encore dans la maison. Ce n'est qu'en arrachant la dernière vis de la plaque métallique qu'elle avait saisie. Le médaillon s'était cassé, le boîtier argenté fendu pour dévoiler la puce à l'intérieur.

Sloan n'avait jamais menti… contrairement à son père.

Sur le chemin du retour, Kate s'était efforcée de trouver quoi dire, quoi faire. Elle savait qu'elle ferait mieux de s'enfuir, mais il lui fallait d'abord apprendre la vérité. Elle voulait l'entendre de sa bouche à lui.

Caché contre le mur à côté de la porte, les bras croisés et les yeux gris perdus dans le vague, August passait distraitement ses doigts sur sa manche. Kate entendit les portes du penthouse s'ouvrir, puis un bruit de pas vigoureux sur le parquet. Les pas d'une seule personne.

Après tout ce qui s'était passé, il continuait de la sous-estimer !

— Katherine ? s'écria son père d'une voix essoufflée et légèrement pressante, comme s'il venait d'apprendre qu'elle était arrivée, saine et sauve.

— Je suis là ! répondit-elle.

Un instant plus tard, il apparut sur le seuil. Ses yeux bleu foncé balayèrent la scène, enregistrant tout sauf la présence d'August. Une vague de soulagement sembla le submerger. Il faisait presque illusion.

— Que fais-tu là ? s'enquit-il. Tu es censée être à la maison de campagne.

— J'y étais, mais Sloan est venu me chercher. À ta demande, paraît-il.

Il remarqua l'arme posée sur le bureau.

— Où est-il maintenant ?

— Mort.

Il grimaça. La jeune fille avait déjà vu son père satisfait, furieux, glacial, calculateur ou maître de la situation, mais c'était la première fois qu'elle le voyait pris de court.

— Je t'avais dit que je tuerais le responsable, ajouta-t-elle. Dès que je l'aurais trouvé.

— Sloan n'était pas…

— Ça suffit, le coupa-t-elle en prenant le pendentif cassé sur la table. Tout ce que je veux savoir, c'est : est-ce que c'était son idée ou la tienne ?

Son père l'observa. Ses lèvres s'étirèrent en un sourire sans joie, froid et dénué d'humour, presque contrit. Elle comprit.

— Pour quelle raison ? demanda-t-elle. Pourquoi rompre la trêve ?

— Cette trêve était promise à l'échec. Sans guerre, les Malchai allaient se rebeller.

— Et les marques effacées, alors ? Les monstres qui les arrachaient ?

— Ça, c'était l'idée de Sloan, répondit-il avec un haussement d'épaules. Pour qu'on ne me soupçonne pas.

Kate sursauta. Il disait la vérité, forcément – pourtant, il avait tort.

« Bientôt, les monstres vont se soulever et à ce moment-là… la ville sera à moi. »

Elle éclata d'un rire amer.

— Tu t'es fait avoir, lui lança-t-elle. Sloan ne t'aidait pas. Il a déclenché la rébellion et tu es entré dans son jeu.

Le sourire de Harker s'estompa aussitôt. Il fit un pas vers elle.

— Dans ce cas, répliqua-t-il d'un ton sec, heureusement que tu t'es débarrassée de lui. Tu m'as rendu service, Kate. Finalement, tu es peut-être bien une Harker.

Elle n'en croyait pas ses oreilles.

— Les liens du sang ne veulent vraiment rien dire pour toi, hein ?

— Je n'ai jamais voulu de fille, confia-t-il, les traits durcis. Alice, si. Or je l'aimais et elle disait que je t'aimerais aussi. Puis tu es venue au monde et… elle avait raison. Je t'aimais. (La poitrine de Kate se serra.) À ma façon. Il paraît que la paternité change un homme. Moi, elle ne m'a pas changé. Mais Alice… ça l'a détruite, vraiment. Du jour au lendemain, il n'y en avait plus que pour toi. Rien d'autre ne comptait à ses yeux. Ça a fini par la tuer.

— Non, rétorqua Kate en serrant son arme. C'est Sloan qui l'a tuée. Je m'en souviens.

Elle avait cherché à le déstabiliser, à voir apparaître sur son visage le choc de la trahison. Mais il n'en fut rien, car il savait déjà.

— Elle n'était plus vraiment ma femme, déclara-t-il d'un ton froid. Ma femme à moi n'aurait pas essayé de fuir dans la nuit. Ma femme à moi était plus forte que ça.

Kate leva le pistolet pour le braquer sur son père.

— Ta fille l'est.

— Tu ne vas pas me tirer dessus, la défia-t-il.

— Tu ne me connais vraiment pas, papa, répliqua-t-elle en pressant la détente.

Si la détonation fut assourdissante, cette fois, Kate ne fut pas surprise quand le coup partit.

Harker recula brusquement. Du sang coulait de son épaule.

Puis il sourit. Un rictus féroce, terrible.

— J'avais tort, tu n'es pas une vraie Harker, railla-t-il. Ma fille aurait tiré pour tuer.

Elle appuya de nouveau sur la détente, en visant plus bas. La balle traversa le genou gauche de son père. Sa jambe se déroba sous lui et il serra les dents de douleur sans pour autant s'arrêter de parler.

— J'étais persuadé que ça pourrait marcher. À condition que tu survives et que tu n'apprennes jamais la vérité sur Colton. On aurait pu vivre dans le meilleur des mondes. Peut-être même former une famille.

Il fut un temps où Kate ne désirait rien de plus. Désormais, cette idée la rendait malade.

— Tu n'es pas un père. Même pas un homme. Tu n'es qu'un monstre.

— Nous vivons dans un monde de monstres, répliqua-t-il. Et tu n'as pas l'étoffe requise.

— Tu te trompes, affirma-t-elle en braquant le pistolet sur le cœur de son père.

Elle avait la voix qui tremblait, mais les mains fermes. Au moment où elle allait presser la détente, une ombre se plaça devant elle, l'empêchant de tirer.

— Kate. Arrête.

— August Flynn, lança Harker, les yeux plissés.

— Pousse-toi, ordonna la jeune fille.

Il s'avança jusqu'à ce que le canon du pistolet touche ses côtes.

— Non.

— Je n'ai pas le choix.

Sa voix s'étrangla. Kate pleurait. Elle s'en voulut. Pleurer était un signe de faiblesse. Or elle n'était pas faible. Et elle allait le prouver.

— C'est tout ce qu'il mérite.

— Mais pas toi.

August posa sa main sur le pistolet par-dessus celle de la jeune fille.

— Ça n'a plus d'importance, fit-elle remarquer. Mon âme est déjà rouge.

— C'était un accident. Tu avais peur et tu as commis une erreur. Dans le cas présent... On ne se remet pas d'une chose pareille. Tu n'as pas besoin de...

— J'ai besoin de justice, le coupa-t-elle d'un ton sec. D'un jugement.

— Alors laisse-moi faire, suggéra August, son autre main posée sur l'épaule de Kate.

Elle plongea les yeux dans les siens, qui étaient grands et pâles. Elle y vit son reflet, celui de la Kate qu'elle avait tenté d'être. La fille de son père. Comme le tremblement avait fini par gagner ses doigts, elle les desserra et laissa le jeune Sunai s'emparer de l'arme, puis...

Un mouvement derrière son épaule, un éclair métallique juste au moment où son père se levait pour se ruer sur eux.

Il n'atteignit pas son but. August fit volte-face et lui saisit le poignet pour arracher le couteau, puis il plaqua son assaillant sur le parquet. Il enfonça ses doigts dans l'épaule blessée de Harker, qui siffla de douleur. Quand bien même le jeune Sunai ne semblait y prendre aucun plaisir, il ne le relâcha pas pour autant.

— Tu devrais partir, Kate.

— Non.

Pour être honnête, regarder son père se débattre ainsi lui retournait l'estomac. Il lui était toujours apparu comme un homme imposant. Pourtant, étendu là, coincé sous le genou du jeune Sunai, avec la douleur qui faisait remonter la lumière rouge sur sa peau telle de la sueur, il avait l'air faible.

— S'il te plaît, ajouta August. Assure-toi que personne ne nous dérange.

Kate recula d'un pas, puis d'un autre, avant de croiser une dernière fois les yeux de son père – bleu foncé, comme les siens.

— Adieu.

Elle tourna les talons et partit, refermant les portes insonorisées derrière elle.

Il mit longtemps à mourir.

August ne prolongea pas son supplice, du moins pas de manière délibérée, mais l'homme s'accrocha à la vie. Quand ce fut enfin terminé, Callum Harker gisait par terre, le corps tordu et les yeux noircis. Derrière les fenêtres, le soleil avait amorcé sa descente.

Le jeune Sunai se redressa, les doigts trempés de sang. Comme il n'en supportait pas la vue, il fit de son mieux pour l'essuyer avant de retourner dans le penthouse.

Kate était assise sur le canapé en cuir noir, une cigarette éteinte entre les doigts.

— Ces saletés vont te tuer, un de ces quatre, lança-t-il à mi-voix car il ne voulait pas la faire sursauter.

Elle avait les yeux rouges, comme si elle avait pleuré, mais ils étaient secs à présent.

— C'est pour ça que je ne la fume pas, répliqua-t-elle. Il existe plein d'autres façons de mourir.

Son regard se porta sur les portes du bureau.

— Surtout maintenant, ajouta-t-elle.

Elle s'était douchée, changée, et elle avait préparé un sac sur lequel reposait le pistolet. Ses cheveux blonds, débarrassés du sang et de la crasse, étaient ramassés en queue de cheval, découvrant la cicatrice argentée qui courait de sa tempe à sa mâchoire. Elle était tout de noir vêtue, les ongles fraîchement vernis.

— Tu pourrais venir avec moi, suggéra-t-il. Dans le Quartier Sud. On saura te protéger…

Mais elle secouait déjà la tête.

— Personne ne peut me protéger, August. Pas dans cette ville. Plus maintenant. Harker n'avait pas d'amis, seulement des esclaves et des ennemis. Maintenant qu'il est mort, tu crois qu'ils vont me laisser partir ?

Non, ça ne risquait pas. Même avec la disparition de Sloan, les Malchai se soulevaient et le système de Harker s'effondrait. Elle n'était plus en sécurité nulle part.

Ils prirent l'ascenseur privé jusqu'au garage où elle avait laissé la voiture de Sloan. Le soleil était en train de se coucher. Bientôt, quelqu'un viendrait chercher le père de Kate et découvrirait son cadavre. Elle posa le pistolet sur le siège passager, par-dessus le sauf-conduit et l'argent qu'elle avait pris dans la maison de campagne.

— Tu vas où ? demanda August.

— Je ne sais pas, répondit-elle.

C'était la vérité, non ?

Un pied dans la voiture, l'autre par terre, elle eut un moment d'hésitation. Le jeune Sunai tira un bout de papier taché de sang qu'il avait trouvé dans le bureau de Harker. Dessus, il avait écrit le numéro des FSF ainsi que les codes pour accéder à la ligne privée de Henry, puisque lui-même n'en avait pas.

— Si jamais tu as besoin d'aide.

Sans dire un mot, elle accepta le papier et le glissa dans sa poche.

— Fais attention à toi, Kate. Reste… (Il allait dire « prudente », mais il changea d'avis.) En vie.

— Tu aurais des conseils à me donner ? demanda-t-elle, moqueuse.

— Pareil que moi pour rester humain, répondit August en esquissant un sourire. Un jour après l'autre.

— Tu n'es pas humain, répliqua-t-elle.

Elle avait prononcé ces mots sans méchanceté. Au moment de monter dans la voiture, il tendit la main et replia ses doigts sur ceux de Kate, posés sur la portière. Elle ne bougea pas. Lui non plus. Ce contact ne dura qu'un instant, mais il comptait. August le sentit, même à travers le brouillard de son esprit.

Une fois leurs doigts séparés, la jeune fille referma la portière et tapota la vitre ouverte de ses ongles. Il recula d'un pas, les mains dans les poches.

— Bonne chance, Kate Harker !

— Au revoir, August Flynn !

Il regarda la voiture s'éloigner. Puis il sortit du garage pour s'engager dans la rue, vers la Frontière et le Quartier Sud, où il habitait.

Ils le virent arriver.

La nouvelle avait dû monter dans les étages dès son entrée dans le complexe. Peut-être même que Paris les avait appelés après son passage par l'appartement, car Henry et Emily Flynn se tenaient devant les portes de l'ascenseur lorsqu'elles s'ouvrirent. Sans lui laisser le temps de dire quoi que ce soit, ils l'attirèrent contre eux dans un geste plus désespéré qu'une simple étreinte. August s'effondra dans leurs bras et entreprit de tout leur raconter.

Kate. Sloan. Leo. Colton. Sa fuite. Son abandon d'Ilsa. Les Malchai. La trahison de son frère… et sa mort.

Une fois sa confession terminée, il tomba à genoux, aussitôt imité par son père. Tous deux restèrent là, sur le sol du couloir, tête contre tête.

Une dispute avait éclaté après son appel, lui raconta Henry, et Leo était parti, abandonnant les Flynn et leur mission pour poursuivre la sienne. Ils n'avaient pas pu l'arrêter.

August, si.

— Je croyais t'avoir perdu, confia son père.

C'est le cas, voulait-il répliquer. Comme il ne s'agissait malgré tout que d'une partie de lui-même, il préféra le rassurer.

— Je suis là. Et je suis vraiment désolé pour Leo. Et Ilsa.

— Elle va s'en sortir, intervint Emily en lui caressant l'épaule.

— Quoi ? s'étonna-t-il en relevant brusquement la tête.

Il sentit sa poitrine se gonfler d'espoir, puis de crainte – celle d'avoir mal compris.

— Mais Sloan…

— Il s'en est fallu de peu, expliqua Henry. Elle s'est échappée, mais… Enfin, elle s'est échappée. C'est tout ce qui compte.

— Où ? demanda-t-il sans attendre de réponse pour se diriger vers la chambre d'Ilsa.

Lorsqu'il ouvrit la porte, elle se tenait à la fenêtre, occupée à admirer le coucher de soleil sur la ville. Allegro observait lui aussi la scène, posté sur le lit. Elle portait un haut à fines bretelles et, même sur le seuil, August vit que sa peau était immaculée. Les milliers d'étoiles qui transformaient autrefois son dos en un ciel constellé avaient disparu.

— Ilsa… souffla-t-il, soulagé.

Elle se retourna vers lui. Il se figea en découvrant la vilaine ligne rouge qui courait sur sa gorge. Sloan avait dit la vérité, au moins en partie.

Comment le Malchai s'en était-il sorti ? August n'en avait aucune idée, mais il était ravi que Leo l'ait achevé.

Malgré la blessure, le visage de sa sœur s'illumina à sa vue. Elle lui tendit la main sans dire un mot. Il traversa la pièce et la prit dans ses bras. Elle sentait toujours la menthe.

— Je te croyais morte, murmura-t-il.

Elle garda le silence. Il se dégagea pour la regarder dans les yeux. Il ne savait pas comment lui parler de Leo. Ilsa était la première Sunai et Leo, le deuxième. Ce dernier ne l'avait peut-être pas aimée – ni elle, ni personne d'autre – mais la réciproque n'était pas vraie.

— Notre frère… commença-t-il.

Elle posa ses doigts sur les lèvres d'August. D'une manière ou d'une autre, elle savait.

— J'ai peur, chuchota-t-il. Je me suis perdu.

C'était évidemment bien plus grave que ça. Il avait absorbé l'âme d'un autre Sunai. Encore à présent, elle brûlait en lui à la manière d'une étoile.

— Je ne pense pas être revenu indemne, ajouta-t-il.

Ilsa secoua tristement la tête, comme pour dire : *Ce n'est jamais le cas.*

Puis elle entrouvrit les lèvres comme pour parler. Aucun son n'en sortit. Au lieu de quoi, ses yeux regorgeaient de mots. Il savait ce qu'elle voulait dire.

Tout le monde change.

Elle se retourna vers la fenêtre pour contempler la ville et la Frontière. Ses doigts gagnèrent la vitre toujours fêlée et, sur la toile tissée par la nuit, elle dessina une étoile, puis une autre, et une autre encore. August passa les bras autour des épaules de sa sœur et la regarda remplir le ciel.

ÉLÉGIE

Kate roula vers l'ouest.

Après avoir traversé les zones rouge, jaune et verte, la Friche et les villes périphériques, elle gagna la frontière avant le soleil. Elle remit alors son sauf-conduit au garde et patienta le temps qu'il regarde tour à tour le papier, puis son visage, puis de nouveau le papier – elle avait décollé d'une page la photo d'une gamine souriante pour la remplacer par un portrait scolaire pris à Wild Prior ou Sainte-Agnès, elle ne se rappelait plus. La plupart des informations correspondaient sauf que, selon ce qui était écrit, elle s'appelait Katherine Torrell. C'était le nom de jeune fille de sa mère.

Résistant à la tentation de tapoter ses ongles, elle garda les mains sur le volant tandis que le garde procédait aux vérifications d'usage.

Trois autres hommes gardaient le poste-frontière, l'un à terre et deux en position surélevée, tous en uniforme et armés. Le pistolet de son père était attaché sous le siège du conducteur. Elle espérait ne pas en avoir à s'en servir.

— Objet du déplacement ? demanda le garde.

— Les études.

Elle tenta de se rappeler lequel des pensionnats se trouvait dans cette direction, mais il ne posa pas la question.

— Vous savez que ces documents ne vous permettent pas de repasser la frontière, n'est-ce pas ?

— Je sais, dit-elle. Je ne reviendrai pas.

L'homme rejoignit le poste de contrôle. La tête penchée en arrière, Kate patienta en croisant les doigts pour que son plan fonctionne. Elle avait mal aux yeux à force d'avoir pleuré, mais les larmes avaient cessé de couler depuis quelques heures. Ses lunettes de soleil la protégeaient des feux du soleil couchant. La radio était réglée sur une station d'informations, où un homme et une femme évoquaient les tensions croissantes entre Harker et Flynn. Une émeute à la Frontière. Invité à commenter, le gouverneur du Quartier Nord restait injoignable. Elle éteignit la radio.

— Mademoiselle Torrell, déclara l'homme en lui rendant son sauf-conduit. Soyez prudente sur la route.

— Entendu, répondit-elle avec un demi-sourire.

Les barrières se soulevèrent et la jeune fille poursuivit son chemin à l'extérieur de Verity. Elle allait traverser une zone tampon d'une quinzaine de kilomètres avant le croisement le plus proche. Elle avait donc autant de kilomètres pour décider où aller.

Kate ralluma la radio. Elle avait déjà du mal à capter la station de Verity. Quelques instants plus tard, les informations s'arrêtèrent dans un grésillement pour ressusciter ensuite avec une autre voix, venue d'une autre ville d'un autre territoire. Finis, les rapports sur le Quartier Nord, les Harker et les Flynn. Elle continua de rouler en écoutant d'une seule oreille jusqu'à ce qu'une réplique attire son attention.

« *Des meurtres violents ont secoué la population, laissant la police déconcertée…* »

La jeune fille se pencha pour augmenter le volume.

« *Oui, c'est vrai, James, des nouvelles inquiétantes nous parviennent de Prosperity, où les forces de l'ordre continuent d'enquêter sur une série d'horribles meurtres dans la capitale, que l'on prenait au départ pour des règlements de comptes entre gangs.* »

Une fois devant un carrefour, elle s'arrêta.

Temperance à gauche, Fortune à droite et Prosperity tout droit.

« *Alors que la police refuse de divulguer le moindre détail, un témoin a qualifié les meurtres de rituels, voire occultes. Ces assassinats font suite à une attaque la semaine dernière qui a fait trois morts. La criminalité sur le territoire est en hausse depuis plusieurs années, mais cette vague de crimes marque le début d'un nouveau chapitre effrayant pour Prosperity.* »

« *On vit une époque angoissante, Beth.* »

« *En effet* », répondit l'animatrice radio.

— En effet, répéta Kate en appuyant sur l'accélérateur.

August caressa du doigt l'unique marque noire à son poignet.

C'était une nouvelle journée, un nouveau départ.

Il s'habilla, mais pas pour aller à Colton. Il s'ausculta dans le miroir, avec ce treillis noir qui épousait sa fine silhouette, les lettres capitales *FSF* cousues en blanc au-dessus de son cœur. Ses cheveux lui tombaient toujours dans les yeux, mais ces derniers étaient plus sombres à présent, de la couleur de l'étain. Le jeune Sunai se surprit à éviter son propre regard.

Il se laissa tomber sur le bord du lit pour attacher ses bottes, Allegro jouant distraitement avec ses lacets. Quand il eut fini, il prit le chat sur ses genoux et planta ses yeux dans ceux du félin.

— Comment tu me trouves ? demanda-t-il.

Allegro l'observa de ses immenses pupilles vertes et pencha la tête sur le côté, comme le faisait parfois Ilsa quand elle réfléchissait. Puis il posa une petite patte noire sur l'arête de son nez.

— Merci, répondit August, un sourire aux lèvres, avant de se lever.

Un étui reposait sur la pile de livres. Un cadeau de ses parents. Le violon à l'intérieur était neuf, pas en bois poli mais en acier inoxydable, muni d'épaisses cordes. Juste à côté, un archet en acier.

C'était un nouvel instrument, pour une nouvelle ère. Un nouvel August.

Il prit le violon, cala le métal froid sous son menton et fit glisser l'archet sur la première corde.

La note qui en sortit était plus qu'un son. À la fois aiguë et grave, douce et perçante, elle emplit la pièce d'une tonalité constante qui vibra comme une basse à travers les os du jeune Sunai. Il n'avait jamais rien entendu de tel. Ses doigts le démangeaient, mais il résista à la tentation de jouer – il abaissa l'instrument et laissa l'archet retomber le long de son corps.

Le moment viendrait de faire appel à la musique, de convoquer les âmes.

Depuis la disparition de Callum Harker, le Quartier Nord dérapait. Les Malchai au *H* arraché attaquaient la Frontière, tandis que les Corsai se nourrissaient de tout ce qui passait à leur portée, même si leur victime portait un médaillon de protection. Quant aux citoyens, ils paniquaient : comment trouver la sécurité quand elle ne s'achetait plus ? Avant peu, les Forces spéciales de Flynn seraient contraintes de franchir la Frontière pour intervenir.

Le moment venu, August les accompagnerait.

Il n'était pas Leo. Il n'avait pas la force de son frère ni la voix de sa sœur, mais il était le dernier Sunai du Quartier Sud. Et il ferait le nécessaire pour sauver la ville. Oui, il pourrait jouer au monstre si ça permettait aux autres de rester humains.

August avait tué le père de Kate pour épargner cette tâche à la jeune fille. Il n'avait pas savouré le meurtre, mais celui-ci n'entacherait pas son âme, pas comme il aurait entaché celle de l'adolescente. Au bout du compte, il ne s'agissait pas seulement du pécheur, mais du péché en soi, de l'ombre qui consumait la lumière d'un être humain.

Or August n'était pas humain. Il n'était pas fait de chair et d'os, ni de poussière d'étoile... mais de ténèbres.

Leo avait eu raison sur un point : il était temps qu'August accepte sa vraie nature et l'embrasse.

La maison à l'extrémité de la Friche était déserte, à l'exception du cadavre.

Dans la salle de bain au bout du couloir, le robinet gouttait toujours dans la baignoire à moitié remplie. La porte d'entrée était restée ouverte. Des feuilles soufflées par le vent en franchissaient le seuil. Le soleil couchant projetait des ombres sur le parquet.

La plupart de ces ombres étaient immobiles, mais l'une d'elles commença à ramper. Elle s'étendit loin du corps et le long du mur, comme la flaque de sang désormais séché. Puis elle s'étira et se tortilla avant de se redresser, se décollant de la cloison ensanglantée pour s'avancer dans la pièce.

Elle était grande et mince, avec des ongles pointus qui brillaient comme du métal et des yeux qui scintillaient tels des bouts de cigarettes incandescents.

Elle enjamba le cadavre et parcourut le couloir jusqu'à la salle de bain, où les morceaux d'un violon jonchaient le sol. Elle toucha du bout du pied les éclats de bois et les cordes cassées. En apercevant son reflet dans le miroir, elle sourit de toutes ses dents argentées. Dans la chambre à l'extrémité du couloir, elle trouva la photo d'un homme et d'une femme encadrant une fillette. Le couple ne signifiait rien pour la Malchai, mais elle reconnut la petite humaine.

La photo à la main, elle sortit en fredonnant dans l'obscurité, puis elle traversa l'allée de gravier et le pré qui se trouvait derrière. Guidée par le parfum de sang et de mort, elle se dirigea vers la lueur du lointain entrepôt en caressant les hautes herbes sauvages.

Elle trouva le premier Malchai dans le corridor, le cœur arraché. Elle l'enjamba pour s'approcher du deuxième, qui gisait dans une flaque de lumière. La barre métallique plantée dans son corps avait traversé le costume, la peau et les os.

Le costume, la peau et les os… mais pas le cœur.

La tête penchée sur le côté, elle réfléchit avant de saisir le poteau ensanglanté, qu'elle retira dans un raclement écœurant.

Le Malchai ne bougea pas. Aucune réaction.

Soudain, un râle s'échappa de la poitrine du monstre, qui ouvrit ses yeux rouges. Il se redressa et cracha du sang noir sur le béton avant de porter son attention sur sa sauveuse.

— Comment t'appelles-tu, petite Malchai ?

Elle réfléchit une longue seconde en attendant qu'un nom lui vienne. Il finit par surgir comme le sang d'une blessure et elle répondit :

— Alice.

Les lèvres étirées en un sourire diabolique, le Malchai éclata d'un rire qui retentit dans l'entrepôt comme une mélodie.

Remerciements

Chaque fois que je m'apprête à rédiger des remerciements, je me fige. Non que j'aie peu de personnes à remercier – elles sont au contraire très nombreuses. Mais je panique à l'idée que plus je tenterai de me souvenir de tous ces noms, plus j'en oublierai. Voilà pourquoi j'irai à l'essentiel, mais sachez que chacun de mes lecteurs, soutiens, amis ou fans a joué un rôle dans ce livre, comme pour tous les autres.

À ma mère et mon père. Après dix livres, vous ne m'avez toujours pas laissée tomber. Jamais vous ne m'avez suggéré de trouver un vrai travail. Je promets de ne jamais m'inspirer de vous pour mes personnages.

À mon agente, Holly Root, pour ton indéfectible soutien et ton véritable entrain. Tu es à la fois la championne du monde et la championne de mon monde. Quelle chance !

À mon éditrice, Martha Mihalick. Tu es une éditrice exigeante doublée d'une femme adorable et tu me pousses à donner le meilleur de moi. C'est un honneur de travailler avec toi.

À toute mon équipe de Greenwillow, des designers aux stars de la publicité en passant par le marketing.

À mon équipe britannique de Titan, de Miranda Jewess à Lydia Gittins et tant d'autres.

Aux six C qui me maintiennent la tête hors de l'eau, trois de chaque côté de l'océan. Vous êtes mes bouées, mes trésors.

À ma colocataire Jenna, qui parvient à transformer des ingrédients improbables en délicieux repas et m'incite à sortir de la maison.

À l'incroyable réseau d'écrivains et de lecteurs de la région de Nashville. C'est un vrai bonheur de faire partie de cette communauté.

Et surtout, à vous, mes lecteurs. Quoi qu'il arrive, vous serez toujours avec moi.

Achevé d'imprimer en Italie en septembre 2022
par L.E.G.O.

Le papier de cet ouvrage est composé de fibres naturelles, renouvelables, recyclables et fabriquées à partir de bois issu de forêts plantées expressément pour la fabrication de pâte à papier.

ISBN : 978-2-37102-364-2
Dépôt légal : octobre 2022

Loi n° 49-956 du 16 juillet 1949 sur les publications destinées à la jeunesse, modifiée par la loi n° 2011-525 du 17 mai 2011

Numéro d'édition : 0121-060-01-01

LUMEN